ANGELA PISEL

Du in meinem Herzen

GOLDMANN
Lesen erleben

Buch

11 Jahre, 5 Monate und 27 Tage ist es her, dass Grace Bradshaw zuletzt die Stimme ihrer Tochter Sophie gehört hat. Und nun bleibt ihr nur noch wenig Zeit, denn der Staat South Carolina hat das Datum festgelegt, an dem die Todesstrafe an Grace vollstreckt werden soll.
Doch Sophie hat alle Brücken hinter sich abgebrochen, nicht einmal ihr Mann weiß, wer ihre Mutter ist und welche schreckliche Tat Grace zur Last gelegt wird. Als Graces Anwalt Sophie schließlich findet, muss diese sich entscheiden. Soll sie weiter eine Lüge leben – oder riskiert sie alles, um die Frau wiederzusehen, der einmal ihre ganze Liebe gehört hat?

Autorin

Durch ihre Tätigkeit als Therapeutin und Coach stand Angela Pisel schon vielen Frauen in schwierigen Lebensphasen als Mentorin zur Seite. Die Erfahrungen, die sie in ihrer Arbeit mit zum Tode verurteilten Frauen gesammelt hat, haben sie tief bewegt und letztendlich zu ihrem ersten Roman »Du in meinem Herzen« inspiriert. Angela Pisel lebt mit ihrer Familie in North Carolina.

Angela Pisel

Du in meinem Herzen

Roman

Deutsch von
Karin Diemerling

GOLDMANN

Die Originalausgabe »With Love from the Inside« erschien 2016 bei G.P. Putnam's Sons, New York.

Dieses Buch ist auch als E-Book erhältlich.

FSC www.fsc.org
MIX
Papier aus verantwortungsvollen Quellen
FSC® C014496

Verlagsgruppe Random House FSC® N001967

1. Auflage
Deutsche Erstveröffentlichung September 2017

This edition is published by arrangement with G.P. Putnam's Sons, an imprint of Penguin Publishing Group, a division of Penguin Random House LLC.
Umschlaggestaltung: UNO Werbeagentur, München
Umschlagmotiv: Trevillion Images/Yolande de Kort
Redaktion: Ann-Catherine Geuder
An · Herstellung: kw
Satz: Fotosatz Amann, Memmingen
Druck und Bindung: GGP Media GmbH, Pößneck
Printed in Germany
ISBN: 978-3-442-48551-2
www.goldmann-verlag.de

Für Greg und die vier Kinder, die unser Zuhause
mit uns teilen.
Euretwegen möchte ich da sein.

Grace

Alle Normalität endete für mich in dem Moment, als die Polizei in Williams Krankenhauszimmer gestürmt kam. Man zerrte mich von seinem Bettchen weg, von meinem hilflosen Baby, das an Schläuchen hing, nach Atem rang, seine Mutter brauchte. Ich war von einem Arzt zum anderen gelaufen, aber keiner hatte auf mich hören wollen, wenn ich ihm klarzumachen versuchte, dass etwas nicht stimmte.

»Bradshaw, Ihr Anwalt will Sie sehen!« Eine unbekannte Stimme blaffte mich durch die Stahltür an und riss mich in die Gegenwart zurück.

Üblicherweise war dienstags mein Anwalttag, nicht donnerstags, also konnte es keine guten Nachrichten geben. Ich schob den Stift in mein Tagebuch mit dem abgegriffenen Ledereinband und warf es auf meine Pritsche. Beim Aufstehen erinnerte mich ein stechender Schmerz im Rücken daran, dass ich nicht im Hilton schlief.

Die nackten, kalten Wände und die ständige Geräuschkulisse aus Flüchen und Toilettenspülungen waren nicht gerade das, was ich mir vom Leben erträumt hatte. Eine stagnierende Existenz, ein Tag wie der andere. So ungerecht das Ganze war, konnte ich doch nichts an meiner Situation oder meinem Ruf ändern. Letzterer war mir immer noch wichtig, selbst nach siebzehn Jahren, so verrückt es klingt. Es wäre mir wahrlich lieber, der Nachwelt nicht als das Ungeheuer in Erinnerung zu bleiben, als das die Lokalpresse mich damals hinstellte, schon gar nicht als Kindsmörderin.

»Los, Beeilung«, knurrte der neue Wärter durch die schmale horizontale Öffnung in der Tür. »Beide Hände durchstecken.« Sein Ton erschreckte mich, und ich biss mir auf die Innenseite der Unterlippe, eine nervöse Angewohnheit, die ich einfach nicht ablegen konnte. Diesmal schmeckte ich Blut.

Alles in allem kam ich mit dem wechselnden Wachpersonal jedoch besser klar als so manche andere im Trakt. Jada saß jetzt vermutlich mit um die Knie verschränkten Händen da und wiegte sich vor und zurück wie eine aus der Psychiatrischen. Sie hat mir einmal erzählt, dass sie als kleines Mädchen nie wusste, wer ihr »Daddy« sein würde, wenn sie morgens aufwachte. Ich stellte mir die vierjährige Jada vor, wie sie in einem Strampler-Schlafanzug um die Ecke lugte, um die Lage zu peilen, und betete, dass der neue Mann am Frühstückstisch nett zu ihr sein würde. So stellte ich mir das gerne vor, aber Jada bekam immer noch Panik, viel mehr als wir anderen, wenn eine unbekannte Stimme ihr Befehle erteilte.

Ich streckte meinen linken Arm durch den Schlitz und hob die rechte Schulter ein Stück an, damit mein anderer Arm mitspielte. Meine Glieder waren etwas eingerostet, was vom tagtäglichen Herumsitzen in der Zelle nicht besser wurde. Der Aufseher legte mir die Handschellen an, fester als nötig, bevor er meine Arme zurück durch den Schlitz schob und die Zellentür öffnete. »Ihr Anwalt erwartet Sie.«

Ich vermied den Blickkontakt mit ihm, während er mich durch den Gang führte, sah zu Boden und zählte die grauen Betonplatten, um ruhig zu bleiben. Meine Zählerei wurde unterbrochen, als Roni zu schreien anfing.

»Ruhe da drin«, fuhr der Wärter sie an, »oder Sie dürfen auch diese Woche nicht duschen.« Seinem scharfen Ton nach zu urteilen, meinte er es ernst.

»Okay, Cowboy«, rief Roni zurück. »Okay.«

»Cowboy« rückwärts gelesen ergab »Yobwoc«, was für »Yankee-Ochsen bescheißen wir oft cool« stand (eins der vielen nutzlosen Dinge, die ich im Gefängnis gelernt habe). Ich rechnete mich nicht zu dem »Wir« in dem Akronym – ich bemühte mich, mit allen auszukommen –, Roni dagegen schon. Sie war diejenige, an der mir hier drinnen am meisten lag und der ich ein bisschen unter die Arme zu greifen versuchte. Vielleicht, weil sie so jung war, dass sie meine Tochter sein könnte. Aus unerfindlichen Gründen machte Roni gern Ärger, sobald sich ihr eine Chance dazu bot oder auch, wenn sie nicht die geringste Chance hatte.

Lediglich vier der sieben Zellen im Todestrakt waren belegt, wobei dieser Gefängnisteil nur von Außenstehenden so genannt wurde. Bei denen, die hier einsaßen, hieß er »Hotel Hölle«. Hoffnung war etwas, das niemand hier drin zu kennen schien, außer mir.

Vor allem vermisste ich das Gewöhnliche, Alltägliche. All diese unkomplizierten, als selbstverständlich erachteten Dinge wie das Klappern der Schlüssel meines Mannes an der Haustür um genau zwei Minuten vor sechs oder den Summer an der mit Klebeband geflickten Tür des Wäschetrockners, der signalisierte, dass eine Ladung frischer, warmer Handtücher zusammengelegt werden konnte. Das kiesige Gefühl der heißen Auffahrt unter meinen bloßen Füßen, wenn ich zum Briefkasten ging, um das rostige rote Fähnchen aufzustellen. In meinem kalten Minivan zu sitzen und darauf zu warten, dass die Fenster sich enteisten, bevor ich meine Tochter zur Schule fuhr. Oder mein Gesicht in die kleine Kuhle zwischen Williams Brust und seinem pummeligen Kinn zu vergraben, um seinen süßen Babypuder-Duft nach dem Baden einzuatmen.

Der Wärter quetschte meinen Oberarm, als er mich durch den leeren Aufenthaltsraum führte und den Summer an zuerst einer und dann noch einer automatisch verriegelten Tür betätigte, wonach wir einen der Besprechungsräume für Rechtsanwälte und ihre Mandanten betraten. »Besprechungsraum« ist dabei etwas hochgegriffen, aber wenigstens war der hier größer als meine Zelle und ermöglichte sogar Körperkontakt, so dass mein Anwalt, wenn er das wünschte, meine gefesselten Hände schütteln oder ein Dokument über den zerkratzten Resopaltisch schieben konnte, ohne an Glas zu stoßen.

Ben Taylor stand auf, als ich hereinkam. Er hatte mich in den letzten fünf Jahren vertreten und war zu einem der wenigen nicht zum Gefängnisbetrieb gehörenden Gesichter geworden, die ich zu sehen bekam. Sein Gesicht machte heute keinen guten Eindruck.

»Hallo, Grace, bitte nehmen Sie Platz.« Immer noch an Händen und Füßen gefesselt, setzte ich mich.

»Ben, wie geht es Ihnen?« Ich schindete Zeit, wollte alles andere hören als das, was ich befürchtete.

»Mir geht es gut.« Sein leichter Südstaatenakzent würde seine Nachricht, so schrecklich sie sein mochte, erträglicher klingen lassen. Die meisten Aufseher und viele der Insassinnen hier kamen von sonst woher, doch Bens weicher Tonfall erinnerte mich an zu Hause.

»Haben Sie sie gefunden?«, fragte ich in der Hoffnung auf etwas, an dem ich mich festhalten konnte.

»Es tut mir leid, Grace. Meinem Büro ist es bislang nicht gelungen, Kontakt zu ihr aufzunehmen.«

Selbst nach all den Jahren wachte ich morgens immer noch mit schweißnassem, am Körper klebendem T-Shirt auf, weil ich wieder davon geträumt hatte, wie meine Tochter bei der Beerdigung ihres Vaters ganz allein dasaß. Allein und verlassen. Ich wusste, ich konnte sie nicht dazu bringen, mir zu verzeihen, mir zu glauben oder mich gar zu besuchen, aber ich würde die Hoffnung nicht aufgeben. Vor vielen Jahren hatte ich aufgehört, sie anzurufen, und mir eingeredet, dass sie die Annahme meiner R-Gespräche verweigerte, weil ihr die Kosten zu hoch waren. Elf Jahre, fünf Monate und siebenundzwanzig Tage waren vergangen, seit ich ihre Stimme zum letzten Mal gehört hatte – seit mich zum letzten Mal jemand »Mom« genannt hatte. Wer hätte gedacht, dass ich mich einmal so sehr danach sehnen würde, dieses Wort zu hören.

»Aber deshalb bin ich nicht hier«, sagte Ben. »Leider haben wir nicht die erhoffte Antwort erhalten. Das Gericht hat unseren letzten Antrag auf Berufung abgelehnt.«

Ich ließ den Kopf sinken und versuchte, mich zusammenzureißen, damit mein Anwalt, der einzige Mensch, der mir glaubte, sich nicht noch schlechter fühlte als ohnehin schon. Alle Zuversicht, die mich in diesen Raum begleitet hatte, war verflogen, als ich wieder aufsah.

Ben rieb sich die Stirn. »Grace, der Richter hat Ihren Hinrichtungstermin festgesetzt.«

Sophie

Sophie wusste, dass sie Fehler gemacht hatte. Große Fehler, Fehler von der Art, die ein »Es tut mir leid« nicht ausradieren und ein »Bitte versteh mich« nicht wiedergutmachen konnte. Nicht nach so langer Zeit. Das schicke Auto in der Einfahrt, das große Haus am See und ihr dickes Bankkonto ließen ihr Leben von außen betrachtet perfekt erscheinen. In den Augen anderer hätte sie zufrieden, ja überglücklich sein müssen, aber … Vielleicht lag es daran, dass sie dieses Jahr dreißig wurde. Ihre Täuschungen schienen sie langsam einzuholen, und sie hasste dieses Gefühl.

Sie saß, wo sie jeden Morgen saß, nachdem Thomas zur Arbeit gefahren war – auf der Veranda vor dem Schlafzimmer mit Blick auf den See, ihren Kaffee in der Hand. Dieser Platz half ihr, innerlich zur Ruhe zu kommen, und gab ihr Energie für den Tag, zumindest normalerweise. Doch an diesem Oktobermorgen war irgendwie alles anders.

Sie stellte ihren Kaffeebecher ab und kuschelte sich fest in ihren Morgenmantel aus Chenille. Von der kalten Luft bekam sie eisige Hände, und sie wünschte, sie hätte noch die roten Fausthandschuhe mit der weißen Schneeflocke darauf, die sie als kleines Mädchen getragen hatte. Löcher in beiden Handtellern vom stundenlangen Laubrechen im Garten, damit sie in die Haufen hineinspringen und sich darin vergraben konnte, die Sekunden zählend, bis ihr Dad sie fand. *Sophie, Sophie, komm raus, wo du auch steckst.* Nachdem er eine Zeitlang so getan hatte, als wüsste er nicht, wo sie war, ließ er sich auf den Haufen und beinahe auf sie drauf fallen. Sie kicherte dann und konnte fast nicht mehr aufhören. »Diesmal hast du mich aber drangekriegt, Mäuschen«, schnaufte er dann immer.

Sophie überlegte, wann sie das letzte Mal etwas einfach nur zum Spaß gemacht oder irgendein überwältigendes Gefühl empfunden hatte statt dieser Abgestumpftheit, an die sie sich gewöhnt hatte. Sie war glücklich, wenn sie abends ihren Kopf auf ihren Mann bettete und zusah, wie seine Brust sich im Schlaf hob und senkte, oder wenn sie mit den Kindern im Krankenhaus Puzzles legte, aber das war immer nur von kurzer Dauer.

Sie schüttelte den Kopf, schalt sich wegen ihres Ausflugs in psychoanalytische Gefilde und jagte diese seltsamen Gefühle, welcher Natur auch immer sie sein sollten, zurück in die verborgenen, unerforschten Winkel, aus denen sie gekommen waren. Sie hatte die Kontrolle über ihr Leben. Das konnte ihr niemand nehmen, jetzt nicht mehr.

Ihre Gedanken wurden vom Vibrieren ihres Handys unterbrochen. Sieben neue E-Mails, zwei neue SMS und ein verpasster Anruf. *Mein kleiner Erinnerungstrip hat wohl mein Gehör beeinträchtigt.* Eine

SMS von Thomas, eine von Mindy und ein Anruf von einer unbekannten Nummer.

Während sie eine Antwort an Thomas tippte, wurde brummend Mindys SMS angezeigt. *Komme heute nicht. Rufe dich später an. Helfe trotzdem bei Benefizveranstaltung.*

Sie sah auf die Uhr ihres Handys. Die Zeit des Rätselns über ihren eklatanten Mangel an Emotionen war vorbei. Sie musste sich ranhalten.

Sophie hasste die Donnerstage. Nachdem sie vor einigen Jahren dieses Haus in West Lake gekauft hatten, hatte Thomas auf sie eingeredet, dass es ihr guttun würde, ein paar von den anderen Frauen in der Nachbarschaft kennenzulernen. Anfangs hatte sie sich widersetzt und Wochenend-Migränen und sogar einen verstauchten Knöchel vorgeschützt, bis Thomas merkte, dass System dahintersteckte, und sie ins Gebet nahm. »Du musst doch mal rauskommen und Freundschaften schließen.«

Nach ein paar Monaten hatte sie endlich nachgegeben und angefangen, an den monatlichen Treffen teilzunehmen, die die Nachbarinnen »Lesezirkel« nannten. Insgeheim bezeichnete sie die Frauen als »die Synthetischen«. Ein Raum voller Plastik-Damen in Designerklamotten, die herumsaßen, Margaritas tranken und die neuesten, in ihrer bewachten Wohnanlage lauernden Skandale durchhechelten. Die Bücher, die sie eigentlich gelesen haben sollten, kamen nie zur Sprache.

Sophie nahm sich selbst von diesem wenig schmeichelhaften Klischee nicht aus. Schließlich hatte sie sich schon bei mehr als einer Gelegenheit für etwas ausgegeben, das sie nicht war. Außerdem war es ja nicht so, dass die Damen nicht nett zu ihr gewesen wären, seit Thomas und sie in diese Gegend gezogen waren. Die meisten hatten sie freundlich willkommen geheißen, gleich vom ersten Tag an, und ein paar hatten sogar einen großen Präsentkorb mit Wein und Käse vor der Haustür abgestellt. Ein Zettel war daran befestigt gewesen: *Schade, dass wir Sie nicht angetroffen haben! Dinner bei den Parkers am Freitagabend?*

Vor diesem ersten Essen bei den Parkers hatte sie sich dreimal umgezogen und war zweimal ins Bad gerannt, um sich zu übergeben, bis sie sich schließlich für einen Tweedblazer und dunkelblaue Jeans entschieden hatte.

Mindy Parker (die zufällig im selben Krankenhaus arbeitete wie Thomas) hatte ihr jedoch sofort die Befangenheit genommen, und von dem Abend an hatte sich eine Art Freundschaft zwischen ihnen entwickelt. Vielleicht lag es daran, wie es bei Mindy zu Hause aussah. Sauber, aber nicht auf penible Weise blitzeblank; aufgeräumt, aber nicht zwanghaft ordentlich. Schokoladenkekskrümel und Milchtropfen auf dem Küchentresen hatten davon gezeugt, dass Mindy niemanden beeindrucken wollte. Sophie beneidete sie um diese Haltung. Mindy ließ ihre zweijährigen Zwillingsmädchen immer allen hallo und gute Nacht sagen, bevor sie sich kurz entschuldigte, um sie ins Bett zu bringen.

Mindys Freundin Eva dagegen war weniger authentisch. Man konnte sie sich gut in der achten Klasse vorstellen, wie sie tuschelnd mit dem Finger auf eine unglückliche Außenseiterin zeigte, die das Pech hatte, die Kleider einer älteren Schwester auftragen zu müssen. Sophie spürte jedes Mal Evas modekritischen Blick auf sich, wenn sie irgendwo hereinkam, und sie wirkte stets ein bisschen zu interessiert, wenn Thomas eine Geschichte erzählte. Eigentlich war Sophie nicht der eifersüchtige Typ, aber bei dem Lächeln, mit dem Eva ihn ansah, wurde ihr mehr als ein bisschen unbehaglich zumute.

Während Thomas mit sämtlichen Ehemännern, die sie in der Nachbarschaft kennengelernt hatten, in Form einer gelegentlichen Partie Tennis oder einer Runde Golf Kontakt pflegte, war Mindy die Einzige, mit der Sophie außerhalb des Lesezirkels oder anderer gesellschaftlicher Zusammenkünfte näheren Umgang hatte. Und selbst diese Freundschaft ging nicht sehr tief. Je weniger die Leute über sie wussten, desto besser.

Alle üblichen Lesezirkel-Autos waren schon vor Ort, als Sophie ihren Land Rover hinter Evas nagelneuem roten BMW parkte. Eva und drei andere Frauen (deren Namen ihr entfallen waren) gingen gerade hinein, aufgeregt gestikulierend und miteinander tuschelnd. Sie war nicht sicher, ob sie hören wollte, worüber. Da keine je ein Interesse daran gezeigt hatte, über das vereinbarte Buch zu sprechen, hatte Sophie die monatlichen Treffen in Planungssitzungen für Benefizveranstaltungen umgewandelt, die ihrem neuesten Projekt zugutekommen sollten – einem Hilfsfonds für bedürftige Kinder im St. John's Hospital.

Sie hatte die Idee gehabt, ein kulinarisches Event in Form einer Auktion zu organisieren, das sie in etwa so anpreisen wollte: *Eine zukünftig jährlich stattfindende Verkostung der vorzüglichsten Weine und Speisen, die je in den Südstaaten serviert wurden. Spitzenköche und ihre Teams treten an, um die Höchstbietenden mit sensationellen Kreationen zu überraschen, die selbst die verwöhntesten Gaumen zufriedenstellen werden.* Sophie feilte in Gedanken weiter an dem Text, während sie ihren Laptop von der Rückbank ihres SUV nahm.

»Habt ihr schon das von Stephen gehört?«, fragte Eva, bevor sie auch nur dazu gekommen war, ihre Handtasche abzustellen oder ihre Jacke auszuziehen. Da sie nicht wusste, ob auch sie gemeint war, antwortete sie zuerst nicht.

»Sophie? Hast du gehört, was da mit Stephen los ist?«

Sophie wollte weder uneingeweiht erscheinen noch Eva die Befriedigung eines Wissensvorsprungs gönnen, also sagte sie rasch: »Ja, gestern Abend schon. Thomas hat es mir erzählt. Ich kann es kaum fassen.« Eine wohlabgewogene Antwort, zumal sie keine Ahnung hatte, was mit Stephen los war. Aber eins wusste sie sicher, nämlich dass Eva nur zu gern als Erste über intime Einzelheiten informierte.

»Also, für diejenigen von euch, die es noch *nicht* wissen …« Ohne Atem zu holen stürzte Eva sich in den Klatsch. »Stephen ist ausgezogen. Mindy ist am Boden zerstört, sie hatten doch gerade erst einen Pool einbauen lassen und alles.« Ihre juwelengeschmückte Hand warf glänzendes Haar über die Schulter. »Aber ganz verübeln kann ich es ihm nicht. Habt ihr Mindy in letzter Zeit mal gesehen? Lässt sich ein bisschen gehen. Kann keiner Eistüte einen Korb geben.«

Alle Damen lachten, außer Sophie. Sie verteidigte Mindy nicht, aber sie lachte auch nicht mit. Zählte halbherzige Loyalität trotzdem? Sie hatte Mindy seit ungefähr zwei Wochen nicht gesehen und auch nicht mit ihr telefoniert. Zugegeben, ihre Unterhaltungen gingen nie besonders ins Persönliche, aber Probleme mit Stephen? Davon hatte sie nichts gewusst.

»So, sind wir so weit?«, fragte Kate, die Gastgeberin an diesem Tag, und blickte schmaläugig in Evas Richtung. Sie reichte Sophie einen Sekt mit Orangensaft und machte ihr diskret ein Zeichen, das Gespräch von Mindys Privatleben wegzulenken.

Sophie holte ihren Laptop heraus und sprach den ersten Punkt auf der Tagesordnung an.

»Warte, warte«, unterbrach Eva sie sogleich. »Wie ich höre, verheimlichst du uns etwas.«

Sophie tat, als suchte sie nach der nächstgelegenen Steckdose an der Wand, und hoffte, dass Evas falsche Wimpern jemand anderen anklimperten, wenn sie wieder aufsah.

»Sophie, ich rede mit dir.« Eva zog das Personalpronomen schrill in die Länge, als Sophie sich nicht umdrehte. »Wir lesen nämlich Zeitung, weißt du?«

Sophie bückte sich, um das Netzkabel in ihren bereits zu hundert Prozent geladenen Computer zu stecken. Ihr Gesicht brannte, als würde es gleich schmelzen.

Wissen sie es?

Sie hatte sich diesen Moment, ihre größte Furcht, schon tausend Mal ausgemalt. Immer mit unterschiedlichen Varianten, wer wann was herausfinden würde. *Wie soll ich ihnen das je erklären?*

»Du lieber Himmel, Sophie, was ist denn los mit dir? Du machst ein Gesicht, als hättest du Zahnschmerzen oder so. Du solltest stolz auf Thomas sein«, fuhr Eva fort und fing wieder mit ihrem Haarewerfen an. »Es stand heute Morgen in allen Zeitungen. Michael hat mich extra aus dem Auto angerufen, um zu hören, ob ich es gelesen habe.«

»Thomas, in der Zeitung?« Sophie lehnte sich an die Wand, erleichtert, dass der Treibsand unter ihren Füßen sie auch diesmal nicht verschlingen würde.

Eva stieß einen übertriebenen Seufzer aus. »Dein Mann operiert heute dieses kleine Mädchen. Graaatis! Du weißt schon, die Kleine, die sich das Gesicht verbrannt hat?«

Sophie erinnerte sich vage, davon in den Fernsehnachrichten gehört zu haben. Eine Sechsjährige, die über das Kabel eines Tischgrills gestolpert war.

»Das ist mir neu.« Sie wich Evas Klimperblick aus und versuchte, sich nicht anmerken zu lassen, wie sehr sie es hasste, wenn Eva mehr über ihren Mann wusste als sie selbst.

»Seine Hände sind einfach dafür geschaffen, Wunder zu vollbringen«, schnurrte Eva. »Findest du nicht auch?«

Diese Andeutung von Vertrautheit verunsicherte Sophie und ärgerte sie. *Was weiß die denn schon? War sie schon mal Patientin bei ihm?* Sie musterte Evas volle rote Lippen auf Anzeichen von Collagen hin.

»Schön zu wissen, dass du Thomas' Hände attraktiv findest«, mischte Kate sich mit einem dünnen Lächeln ein, »aber jetzt mal wieder zum Thema.«

Eva machte Anstalten zurückzurudern, doch Sophie schnitt ihr das Wort ab. Ihr Sektglas als Mikrofon benutzend, sagte sie: »Genau, meine Damen, das Benefizdinner.« Sie tippte gegen den Rand. »Ist dieses Ding an?«

»An vielleicht nicht, aber auf jeden Fall leer.« Kate griff nach einem Krug mit Mimosa und füllte ihr Glas bis oben hin nach.

Sophie trank einen langen Zug und beschwor das Bild von sich herauf, das alle sehen sollten. Als die Drinks langsam ihre Wirkung taten, zog sie ihren Ordner voller Erledigungslisten und Termine aus der Tasche und begann, die Aufgaben zu verteilen.

Grace

Grace Bradshaw, Staatsgefängnis Lakeland, Todestrakt. So lautete seit siebzehn Jahren die Anschrift auf meiner Post – größtenteils juristische Korrespondenz von meinen wechselnden Pflichtverteidigern. In Anbetracht meines Urteils und meines Aufenthalts in ebenjenem Trakt, in dem Gefangene auf ihre Hinrichtung warten, wusste ich natürlich, dass mich diese Nachricht früher oder später ereilen würde. Andererseits war in all der Zeit, die ich hier einsaß, noch nie jemand hingerichtet worden.

Die Gerüchte über den neuen Gouverneur stimmten also. Der Staat räumte auf, und man fing bei mir an. Ein klirrendes Geräusch unterbrach meine Gedanken. Meine Handschellen. Ben hörte es ebenfalls und griff über den zerkratzten Tisch, um das Zittern meiner Hände zu beruhigen. Doch ehe er mich berühren konnte, erinnerte der Wärter ihn knurrend an die Vorschrift, die Körperkontakt untersagte.

Ben senkte die Stimme: »Grace, ich werde Sie nicht aufgeben.« Er schielte kurz zu dem Officer hin, bevor er mir aufmunternd unters Kinn fasste. Ich bemerkte neue Falten auf seiner Stirn, sie mussten sich seit seinem letzten Besuch eingegraben haben.

»Ich verspreche Ihnen, dass ich einen neuen Weg finden werde. Ich habe Ihren Fall übernommen, weil ich Ihnen glaube. Und jetzt, da ich Sie besser kenne, bin ich davon überzeugt, dass Sie es nicht verdienen, hier zu sein. Sie sind nicht die, als die man Sie hinstellt.«

Die, als die man mich hinstellt. Damit rang ich seit dem Moment, als Anklage gegen mich erhoben wurde. *Münchhausen-Stellvertretersyndrom* – mit diesem Etikett hatte der Staatsanwalt mein angebliches Verbrechen versehen. Als wäre ich eine von diesen durchgedrehten Müttern in Horrorfilmen, die ihre Kinder absichtlich krank machen, um Aufmerksamkeit und Mitgefühl zu erheischen. Ein genauso einprägsamer wie vernichtender Begriff, der für reichlich fette Schlagzeilen gesorgt hatte.

Die zwölf Geschworenen hatten mit versteinerten Mienen dagesessen, jedem seiner verheerenden Worte gebannt lauschend, während ich ebenfalls reglos blieb und mir dieses Ungeheuer vorzustellen versuchte, das er da beschrieb. *Eine depressive Mutter, die kein zweites Kind wollte, eine einsame Pastorenfrau, die sich so verzweifelt nach Aufmerksamkeit sehnte, dass sie ihr Baby krank machte.* In seinem Schlussplädoyer – gemessen und wohlüberlegt, kalkulierend, aber aufrichtig überzeugt – stellte er Williams Tod als Folge einer Reihe von Untaten hin, die ich aus irgendwelchen abartigen Motiven geplant haben sollte.

Der Mann, der vom Gericht dazu bestimmt worden war, das Volk zu vertreten, hatte nie einen Fuß auf meine Veranda mit Gittergeländer gesetzt noch sich die Mühe gemacht, mich nach dem Horror zu fragen, den es bedeutet, ein Kind zu verlieren.

Er hatte nicht miterlebt, wie ich den weinenden William tröstete, ihm den Trost gab, den ihm nur meine Brust spenden konnte. Hatte mich nie im Wohnzimmer herumgehen und mein Baby in den Armen wiegen sehen, während ich inständig betete, dass es sich nicht wieder erbrach. Mich nie ein Handtuch befeuchten und das Blut abwischen sehen, das über das aufgeschürfte Knie meiner Tochter rann, oder erlebt, wie ich sie mit »Eine kleine Spinne« wieder zum Lachen brachte. Ich mag keine Preise als Supermutter gewonnen haben, aber ich habe meine Kinder genauso geliebt wie jede andere Mutter.

Die Geschworenen kauften dem Staatsanwalt die Geschichte ab, dass es William jedes Mal besser gegangen sei, wenn andere sich um ihn kümmerten, er aber wieder krank geworden sei, sobald nur ich ihn pflegte. Der Mann, der an jedem Tag des zweiwöchigen Prozesses eine Paisley-Krawatte in einer anderen Farbkombination trug, überzeugte zwölf Menschen von der Schuld eines einzigen.

Als die man mich hinstellt. Ich hatte darauf gehofft, dass die Geschworenen mich so sehen konnten, wie ich war, dass sie die Erfindungen, die falsch dargestellten Vorfälle durchschauten. Doch stattdessen … kam es schlimmer als in meinen schlimmsten Befürchtungen. Wie konnten zwölf von zwölf Personen dafür stimmen, dass ich auf staatliche Anordnung hin getötet werden sollte? Der Gedanke verursachte mir immer noch Panik.

»Fünf Minuten.« Der Wärter hob die gespreizte Hand.

»Grace«, sagte Ben leise, »ich versuche weiter, sie zu finden.«

»Ich weiß, aber es ist schwer, jemanden zu finden, der nicht gefunden werden will. Ich glaube, für sie bin ich längst gestorben.«

»Ich lasse meine Assistentin gerade Studentenverzeichnisse, frühere Adressen und solche Sachen durchgehen. Kann es sein, dass sie ihren Namen geändert hat?«

Daran hatte ich schon zigmal gedacht und konnte ihm trotzdem keine Antwort geben. Ich zuckte die Achseln.

»Versprechen Sie mir eins.« Ich bemühte mich, meine zitternde Stimme unter Kontrolle zu bringen. »Geben Sie ihr mein Tagebuch, wenn ich tot bin.«

»Ich führe Bradshaw zurück«, flüsterte eine vertraute, angenehme Stimme dem Wärter hinter mir zu. Ich saß auf einem Metallstuhl, meine Hände mit Handschellen an einen um meine Taille geschnallten Ledergürtel gefesselt. Die Fesseln schränkten meine körperliche Bewegungsfreiheit ein, aber meine Gedanken rasten, während ich die Nachricht meines Anwalts zu verarbeiten versuchte.

Ich sah zu Officer Jones mit den freundlichen grünen Augen auf. »Es tut mir leid«, sagte sie und zog die

Stirn in Falten. »Ich weiß, das ist nicht die Nachricht, auf die Sie gehofft hatten.«

Unter anderen, normaleren Umständen, wenn ich zum Beispiel erfahren hätte, dass ich noch zwölf bis vierzehn Monate zu leben hatte, falls die Chemo anschlug, oder dass mein Mann, mit dem ich seit dreiunddreißig Jahren verheiratet war, bei einem Autounfall ums Leben gekommen war, hätte ich mich an ihre Schulter sinken lassen und geweint, bis keine Tränen mehr kamen. So aber sagte ich nichts und nickte nur knapp.

Ich hatte das Gefühl, dass Officer Jones mich mochte oder zumindest glaubte, dass etwas Gutes in mir steckte. Wir hatten nie über meine Verurteilung gesprochen, weil sie natürlich wusste, was man mir anlastete. Alle wussten es. Demzufolge, was ich vom Wachpersonal mitbekommen hatte, war eine Zeitlang auf allen Fernseh- und Radiosendern in den USA und Kanada die Rede von mir gewesen – bis die Berichterstattung irgendwann spärlicher wurde und sich auf einen Serienmörder verlegte, der Prostituierte in Nevada umbrachte.

Officer Jones war eine von den wenigen weiblichen Aufsehern, die schon vor meinem Eintreffen länger im Todestrakt gearbeitet hatten. Ich schätzte sie auf Ende fünfzig, vor allem wegen ihrer sieben Enkelkinder, hatte mich aber nie getraut, ihr persönliche Fragen zu stellen. Wir hielten uns an die üblichen Fahrgemeinschafts-Themen wie zum Beispiel ihre Pläne für den Ruhestand. »Nur noch dreiundzwanzig

Monate und fünfzehn Tage, bis diese Lady« – sie zeigte mit beiden Daumen auf sich – »hier raus ist.«

Nie hätte ich gedacht, dass ich einmal vor ihr gehen würde.

»Das ist noch nicht das Ende. Der Gouverneur kann es immer noch aufhalten.« Sie half mir aufzustehen und ins Gleichgewicht zu kommen, was schwerer war als erwartet. Ich hatte weiche Knie.

Der neu gewählte Gouverneur hatte im Wahlkampf eine schnellere Rechtsprechung in Aussicht gestellt. Ich bezweifelte, dass es klug wäre, auf seine Hilfe zu hoffen.

Aber vielleicht sollte ich es positiv sehen. Lag nicht auch ein gewisser Trost darin, das Ende meiner Geschichte zu kennen? Ein Stück Selbstbestimmung, indem ich meinen eigenen Nachruf verfassen, das Datum nach dem Bindestrich selbst einsetzen konnte? Ich würde meinen Todeszeitpunkt ziemlich genau vorhersagen und schon mal zu meinem staatlich organisierten Begräbnis einladen können. Das Problem war nur, dass ich nicht wusste, wen.

»Kommen Sie«, sagte Officer Jones, »Kopf hoch. Sie waren doch nie eine, die leicht aufgibt. Kämpfen Sie für Ihre Tochter, von der Sie mir erzählt haben. Sophie, stimmt's? Kämpfen Sie für Sophie.«

Den Namen meiner Tochter so freundlich ausgesprochen zu hören, von jemand anderem als meinem Anwalt, war mehr, als ich verkraften konnte. Ich ließ den Kopf hängen und begann zu weinen.

Wir sagten nichts weiter, als Officer Jones mich zurückbrachte. Stattdessen tat ich das Einzige, das mich beruhigte, wenn ich es hier nicht mehr aushielt. Ich stellte mir die sechsjährige Sophie mit Rattenschwänzen, Zahnlücke und einem Lächeln wie am Weihnachtsmorgen vor, wie sie mir ein Fläschchen mit violettem Glitzernagellack reichte. *Bitte, Mommy, können wir den glitzerigen nehmen?*

Auf dem ganzen Weg zu meiner Zelle lackierte ich Sophie die Fingernägel, sorgfältig einen nach dem anderen, und pustete zwischen den Schichten darauf, bis sie trocken waren und ihre kleinen Hände perfekt aussahen.

Sophie

Sie hatte gerade die letzte Kerze angezündet, als Thomas durch die Tür zur Garage hereinkam. Das Handy ans Ohr geklemmt, erteilte er dem Pflegepersonal immer noch Anweisungen. »Erhöhen Sie die Schmerzmitteldosis bis zur besprochenen Menge. Rufen Sie mich an, falls ihre Temperatur über 38 Grad steigt.« Er warf ihr eine Kusshand zu, sobald er sie sah.

Dass er erst gegen neun nach Hause kam, schien zurzeit eher die Regel als die Ausnahme zu sein. Doch Sophie beklagte sich nicht. Wenn Thomas da war, gab er ihr stets das Gefühl, der Mensch zu sein, der in seinem geschäftigen Alltag am meisten zählte.

Pad Thai, Frühlingsrollen und gedünstetes Gemüse waren auf einem Set schwarzgrundiger Platten mit roten und gelben Blumenmustern arrangiert, während die Lieferboxen in dem Mülleimer neben der Garage steckten. Auch wenn er sowieso nicht glaubte, dass sie das alles selbst gekocht hatte, vermittelte sie ihm doch gern den Eindruck.

»Hallo Schatz.« Er küsste sie auf die Wange und warf seine Schlüssel und das Handy auf die elfenbeinfarbene Granitarbeitsplatte der offenen Küche. »Ich bin am Verhungern.«

»Hallo, Hübscher. Irgendwelche Leben gerettet heute?«

»Ich rette keine Leben, ich verschönere sie nur.« Er grinste. Das war ein eingespieltes Geplänkel zwischen ihnen, schon seit ihrem ersten Kennenlernen, ein paar Monate nachdem Thomas sein praktisches Jahr in der plastischen Chirurgie begonnen hatte.

Thomas liebte seinen Beruf, das wusste sie. Und sie liebte es, wie er über seine Arbeit sprach, sich im Scherz manchmal gar mit Frank Lloyd Wright verglich. Wenn seine Kundinnen etwas hinzugefügt haben wollten, machte er das. Wenn sie etwas weggenommen haben wollten, machte er das auch. Niemand war zu jung oder zu alt, um nicht ein Anrecht auf eine kleine Renovierung zu haben, fand er. In letzter Zeit wünschten die meisten seiner Kundinnen – es waren vorwiegend Frauen – Erweiterungen in der oberen Etage.

Sophie hatte nichts dagegen. Mit den Brustvergrößerungen wurden die Rechnungen bezahlt und der eine oder andere ziemlich aufwendige Urlaub finanziert, und sie ermöglichten es ihr, in einem Haus zu wohnen, das bereits auf mehreren Titelseiten regionaler Wohnzeitschriften abgebildet gewesen war. Dafür konnte sie darüber hinwegsehen, dass Thomas schon mehr Brüste angefasst hatte als Hugh Hefner.

»Wie war dein Treffen?«, erkundigte er sich, während er ein Tütchen Sojasoße aufriss. »Konntest du ein paar dazu bewegen, bei dem Fundraising-Event zu helfen?«

»Ja. Die wichtigsten Komiteeposten habe ich jetzt besetzt. Aber ich möchte auch Mindy etwas zu tun geben.« Sie nahm ihre Frühlingsrolle vom Teller und löste die zu stark gebratene oberste Schicht ab. »Hast du gewusst, dass es zwischen ihr und Stephen Probleme gibt?«

Thomas lehnte sich zurück und warf die leere Sojasoßenpackung in den Mülleimer. »Ich glaube, Eva hat neulich so was angedeutet, als sie Medikamentenmuster in der Klinik vorbeibrachte.«

»Eva arbeitet wieder?« Sie wusste nicht, was sie mehr schockierte – die Sache mit Stephen und Mindy oder dass Eva jetzt beruflich mit Thomas zu tun hatte.

»Ein paar Tage die Woche. Die Pharmafirma hat ihr ein Honorar angeboten, das sie nicht ausschlagen konnte. Sie verteilt Muster an ein paar Praxen und Kliniken in der Region.«

Na toll, dachte Sophie. *Nicht nur, dass wir im selben Viertel wie Malibu-Barbie wohnen müssen, jetzt sieht Thomas sie auch noch in der Praxis.*

»Gibst du mir mal eine Serviette?«, unterbrach er ihre eifersüchtigen Gedanken. »Ich habe dich heute vermisst.« Sein breites Lächeln unterstrich seine Worte.

Eigentlich glaubte sie ihm. Wäre da nicht dieser andere, gebrochene Teil von ihr, der sich immer noch minderwertig und verloren vorkam und verzweifelt versuchte, dorthin zurückzugelangen, wo er sich beschützt und dazugehörig fühlte. An diesen einstmals heilen Ort ihrer Kindheit, bevor ihre Mutter William getötet und alles zerstört hatte.

Thomas' Pager piepte, ehe sie mit dem Essen fertig waren.

»Ist die Klinik.« Er schob seinen Teller weg und blickte auf den Pager. »Wir haben ein Kind, dem es nicht so gut geht.«

»Das kleine Mädchen mit den Brandnarben?«

»Hast du's in der Zeitung gesehen?« Thomas, der gerade Nudeln um seine Gabel wickelte, hielt inne.

»Ich habe Eva gesehen.« Sophie beugte sich über den Tisch und wischte ihm etwas Soße vom Mundwinkel. »Wusste ich's doch, dass mein Mann ein Herz für Kinder hat.«

Thomas behandelte Kinder nämlich nicht gern. Nicht, dass er sie nicht mochte, sie stellten ihn nur vor größere Herausforderungen, und es tat ihm immer leid, wenn er sie zum Weinen brachte. Die meisten ihrer Entstellungen waren auf Geburtsfehler, Unfälle oder einen unfähigen Arzt in der Notaufnahme zurückzuführen, der nicht nähen konnte. Die Eltern waren häufig überbehütend und wichen ihren Kindern nicht von der Seite, was ihm seine Aufgabe noch erschwerte. Die Kleinen krümmten und wanden sich unweigerlich auf der Untersuchungsliege und fingen irgendwann an zu weinen, bis er die assistierende Schwester bitten musste, sie festzuhalten.

»Ich rufe vom Auto aus zurück. Komm mit, dann kannst du Mindy sehen. Ich glaube, sie hat heute Nachtdienst.«

»Ja, gern«, sagte Sophie, während sie sich den Rest ihrer Frühlingsrolle hineinstopfte. »Ist vielleicht die einzige Möglichkeit, ein bisschen Zeit mit meinem vielbegehrten Mann zu verbringen.«

Thomas rannte ihr in dem langen, leeren Krankenhausflur voraus. Der Telefonanruf im Auto hatte nichts Gutes verheißen. Sie hatte über die Freisprechanlage mitgehört, wie Anna, die Stationsschwester, sagte: »Ihre sechsjährige postoperative Transplantationspatientin – ihr geht es nicht gut. Ihr Puls ist hoch und unregelmäßig, Körpertemperatur 40,5. Ihre Mutter hat im Schwesternzimmer angerufen, weil sie wirres Zeug redet.«

»Okay«, hatte Thomas geantwortet und dann geschwiegen. Sophie sah ihm an, dass er zu ergründen versuchte, warum der Zustand des Mädchens sich nach einer Routineoperation so verschlechtert hatte. Doch ehe er mit einer plausiblen Erklärung aufwarten konnte, hatte die Schwester ins Telefon geschrien: »Dr. Logan, kommen Sie schnell, das Sauerstoffniveau sinkt. Es sieht nicht gut aus.«

Sophie folgte ihm, während er auf das Zimmer der Kleinen zueilte und dabei der Schwester übers Handy Anordnungen erteilte. Allein schon durch seine Größe von fast eins neunzig strahlte er Selbstvertrauen und Autorität aus, aber auch, weil er selbst in einer Krise stets gelassen und bestimmt blieb.

Sie hatte schon oft beobachtet, wie andere Frauen ihn ansahen. Wie sie seine Anweisungen ohne Zögern oder Zweifel befolgten. Und sie wusste, wie seine graphitgrauen Augen sich verengten, wenn er sich konzentrierte, aber beinahe rund wurden, wenn er etwas Wichtiges zu sagen hatte. Seine ruhigen Hände hatten ihn schon während der Ausbildung ganz nach vorn gebracht und anschließend auf eine Position in einem der besten Krankenhäuser im Südosten. Er war genauso talentiert wie gut aussehend.

Sophie dagegen kannte sich mit Dingen aus, von denen Thomas nie eine Ahnung haben würde. Mit widerwärtigen, unaussprechlichen Dingen, zum Beispiel wie Kot roch und welche Form er annahm, wenn er an eine kahle Gefängniswand geschmiert wurde. Eindrücke, vor denen Kinder beschützt werden sollten und die doch den Hintergrund ihrer letzten Erinnerungen an ihre Mutter bildeten.

Thomas' Studium an einer Eliteuniversität hatte ihn gewiss auf vieles vorbereitet, doch Sophies früheres Leben hatte sie Lektionen gelehrt, die für kein Geld der Welt zu haben waren. Seine Kindheit hatte aus Spieltreffen und Lacrosse-Turnieren bestanden, während sie ihre Samstage in der Highschool-Zeit damit zugebracht hatte, einen Überlandbus zu besteigen und ihre Mutter zu besuchen. Sie war sich nie ganz darüber im Klaren gewesen, ob sie aus Pflichtgefühl oder Einsamkeit hinfuhr, aber Samstag für Samstag, während andere junge Mädchen Abschlussballkleider anprobierten oder sich im Einkaufszentrum in Bikinis quetschten, hatte sie den Bus bestiegen, roboterhaft den Fahrpreis bezahlt und war bei ihrer Mutter geblieben, solange die Besuchszeit im Gefängnis es erlaubte – bis sie eines Samstags nicht mehr hingefahren war.

Die Heirat mit Thomas war ein Neuanfang für sie gewesen, ein neues Kapitel, und sie konnte das Leben hineinschreiben, das ihr zustand, das sie verdiente. Niemand, hatte sie sich geschworen, würde je von ihrer Schande oder dem Skandal erfahren, der die Märchenträume eines kleinen Mädchens zunichtegemacht hatte.

Sie hatte es nicht geplant, sich in eine privilegiertere Welt hineinzuschwindeln. Es war einfach passiert, Schicksal, in Gang gesetzt an dem Tag, als Thomas das Starbucks betreten hatte, in dem sie jobbte, um sich ihr Masterstudium zu finanzieren. Die Lebensversicherung ihres Vaters hatte knapp fürs College und ein paar ihrer Masterkurse gereicht, nicht jedoch für eine Wohnung und genug zu essen. Sie hatte ihre grüne Angestelltenschürze getragen, voller Flecken von Gott weiß was, als sie ihrem zukünftigen Ehemann begegnet war. Ein paar Monate später gestand er ihr, dass er sich auf den ersten Blick wie verrückt in sie verliebt hatte. Für Sophie wurde ein Traum wahr. Seine gut geschnittenen, lockigen dunklen Haare und sein blauweißgestreiftes Ralph-Lauren-Hemd, das in einer tadellos gebügelten Khakihose steckte, signalisierten, dass er in einer anderen Liga spielte. Sie hatte zwar noch nicht viele feste Freunde gehabt, aber diese wenigen waren weder mit seiner Klasse von Aussehen in ihrem Leben aufgetaucht noch mit seiner Klasse von Auto wieder daraus verschwunden. Sie traute ihren Ohren nicht, als er sie zwei Wochen und sieben Caffè Latte später um eine Verabredung bat.

Jetzt gehörten grüne Schürzen, Bestellungen aufnehmen und sich die Beschwerden der Kunden über ihren Kaffee anhören der Vergangenheit an. Sie war die Frau von Dr. Thomas Logan und die Tochter von niemandem.

Thomas beriet sich mit den diensthabenden Schwestern, während Sophie den Flur nach Mindy absuchte. »Hallo«, sagte sie, als diese schließlich hinter einem Stapel Patientenkarten auf dem Tisch der Abteilungssekretärin auftauchte. »Hast du kurz Zeit zum Reden?«

»Gleich, sobald ich die Medikamente hier fertig eingetragen habe.« Mindy sah vollkommen zerrupft aus, und ihr plattgebügeltes Haar wirkte noch strapazierter als sonst. Ein paar stumpfe Strähnen wellten sich in die falsche Richtung um ihr rundliches Gesicht herum. »Aber ich kenne jemanden, der Zeit für dich hat«, fuhr sie fort, während sie ein Gummiband von ihrem Handgelenk zog, um das rote Gestrüpp zu bändigen(paprikarot, wie sie selbst es beschrieb: »Meine blöden Haare sehen aus wie die Garnierung auf einem bescheuerten gefüllten Ei.«). Sie band es zu einem französischen Knoten zusammen und zeigte auf das Zimmer direkt gegenüber der Schwesternstation. »Er hat schon mehrfach nach dir gefragt.«

Max' Gesicht leuchtete auf, als Sophie hereintrat. Die *Sesamstraße* ging gerade zu Ende. Sie griff nach der Fernbedienung und schaltete den Fernseher aus, bevor das öffentliche Fernsehen ihm einen französischen Chefkoch zumutete, der Schokoladensoufflé mit einem Schuss Rum zubereitete.

Max, der gerade drei geworden war, brauchte noch die Gitter an seinem Bettchen, wenn niemand auf ihn aufpasste. Sophie ließ das vordere herunter und setzte sich auf die Matratze zu ihrem Lieblingspatienten. »Hallo, kleiner Mann. Wie geht es dir heute?«

Max legte den Zeigefinger auf seinen Hals, um das bei seinem Luftröhrenschnitt entstandene Loch zu bedecken, und krächzte: »Plussel.«

»Plussel«, neckte Sophie ihn. »Was ist das denn?«

Max, der sich jetzt aufgesetzt hatte, deutete quer durchs Zimmer auf das Zirkuspuzzle, an dem er und Sophie in den vergangenen Wochen gearbeitet hatten.

»Plussel«, wiederholte er kichernd. »Da drüben.«

»Ah, du meinst *Puzzle*«, sagte sie, ihn sanft in den Bauch piksend. »Ich hole es dir.«

Sie schob Max zurück in die Mitte des Betts und holte das Puzzlespiel von dem Tisch unter dem Fenster. »Meinst du, wir kriegen das jemals fertig?«

Max streckte die Arme aus und wackelte mit sämtlichen Fingern, so dass sie gar nicht anders konnte, als ihn hochzuheben und auf ihren Schoß zu setzen, während sie nach dem noch fehlenden Teil für das weiße Einhorn auf dem Karussell suchten.

Sie fand das Eckstück zuerst und schob es unauffällig an den Rand der Unterlage, wo die anderen Teile nicht davon ablenkten. Ihr Plan ging auf. Max quietschte entzückt, als er es schnappte und einfügte. »Pferdchen fertig.«

Mindy, die an diesem Tag für ihn zuständig war, kam gerade rechtzeitig herein, um seinen Triumph mitzuerleben. »Gut gemacht, Max. Du bist wirklich ein Schlaufuchs. Wer ist denn deine Helferin?« Sie zwinkerte Sophie zu. Max beachtete sie nicht, vollauf damit beschäftigt, das Teil zu finden, mit dem das Ohr des Elefanten vervollständigt würde.

»Gibt's was Neues wegen einer Pflegefamilie für ihn?«, flüsterte Sophie, während Mindy seine Medikamente zusammenstellte. Max war zu früh auf die Welt gekommen und hatte eine unterentwickelte Lunge, was die Tracheotomie erforderlich gemacht hatte. Seine Mutter, hatte Sophie gehört, kam mit der Verantwortung, sich um ein Kleinkind mit derart anspruchsvollen medizinischen Bedürfnissen zu kümmern, nicht zurecht.

»Noch nicht, nicht bei seinem Pflege- und Behandlungsbedarf. Ist schon eine besondere Familie nötig für den Schatz hier«, sagte Mindy und ließ die erste Medikamentendosis als Hüpfhäschen auf Max' unwilligen Mund zuhoppeln. Er war bereits in mehrere Familien vermittelt worden, soweit Sophie wusste, aber nie auf Dauer. Das ständige Freisaugen der Luftröhre und die anderen Behandlungen des Atmungsapparats, die er brauchte, hatte die letzte Pflegefamilie zermürbt. Zumal es mit seiner Gesundheit nicht bergauf zu gehen schien. In letzter Zeit war er öfter im Krankenhaus als draußen.

Sophie hatte Max rein zufällig kennengelernt. Seine Ergotherapeutin hatte ihn in einem grünen

Plastik-Bollerwagen durch den Geschenkeladen des Krankenhauses gezogen, und Sophie, die ehrenamtlich auf der Kinderstation arbeitete, hatte einen Blick auf sein breites, zahnlückiges Lächeln erhascht, als er vorbeirollte. Seine zerzausten blonden Krankenbetthaare und die großen braunen Augen hatten es ihr sofort angetan. Die Freundschaft zu dem Jungen hatte sie schließlich auf die Idee gebracht, einen Fonds für die bedürftigen Kinder der Station einzurichten.

Sie hatte Thomas dazu überredet, das Aushängeschild für die Spendenaktion abzugeben, wobei er sie jedoch gewarnt hatte, sich nicht allzu sehr für Max zu engagieren. »Er hat Sozialarbeiterinnen, die sich um ihn kümmern«, sagte er. »Außerdem will ich nicht, dass du dein Herz an ihn hängst, es könnte dir am Ende gebrochen werden.«

Doch ihr Herz war bereits gebrochen, und vielleicht konnte Max irgendwie dazu beitragen, es zu heilen. Sie beide verband etwas, und wenn sie William schon nicht hatte helfen können, dann vielleicht wenigstens diesem kleinen Jungen.

»So, und hier kommt Peter Puschelschwanz«, sagte Mindy mit weichster Flauschstimme. Während Sophie ihr zusah, fiel ihr auf, dass sie ihren Ehering nicht trug. Sie wollte sie gerade nach Stephen fragen, als plötzliche hektische Aktivität draußen im Gang sie ablenkte. »Alarmstufe rot in Zimmer zwei sechzehn, Alarmstufe rot in Zimmer zwei sechzehn«, dröhnte eine Stimme aus der Lautsprecheranlage. Mindy sprang auf. »Ich glaube, das ist die kleine Patientin von Thomas. Bin zurück, so schnell ich kann.«

Sophie deckte Max zu und schloss dann die Tür zu seinem Zimmer, damit er keine Angst bekam. Zu ihrer Überraschung jedoch störte er sich gar nicht an dem Krankenhausbetrieb, sondern beschäftigte sich damit, aus einem Speiseplan ein Raketenboot zu falten.

Sie dimmte das Licht, da es schon nach zehn war, und zog sein Lieblingsbuch *Der Samthase* aus der obersten Schublade seines Nachttischs. »Ich mag Hasen, keine 'ninchen«, hatte er das letzte Mal gesagt, als sie es ihm vorgelesen hatte.

Ihr war bewusst, dass sie Max im Moment mehr brauchte als er sie, aber immerhin nickte er, als er das Buch sah, und warf das halbfertige Boot auf den Boden.

Er suchte sein Bett nach seiner Toy-Story-Schmusedecke ab. Sophie half ihm und zog dabei die festgesteckte Bettdecke an drei von vier Ecken wieder heraus. Das Bett sah aus, als wäre ein Tornado darüber hinweggefegt, und sie mussten beide lachen, als sie entdeckten, dass Captain Buzz Lightyear und seine Bande sich die ganze Zeit unter dem Bett versteckt hatten.

»Komm her, du Schlaukopf.« Sie hob Max hoch und trug ihn zu dem lila Sessel in der Zimmerecke. »Buzz Lightyear kann sich verstecken, soviel er will, dir ist er ja doch nicht gewachsen.«

Sie gab ihm das Buch zum Anschauen, während sie

sein Bettzeug wieder in Ordnung brachte. Als sie kurz zu ihm hinsah, sackte sein müder Kopf herab.

Der Tumult im Flur schien sich gelegt zu haben, also trug sie den schlafenden Max zum Bett und deckte ihn zu. Seine Lieblingsdecke steckte sie ihm unter den schlaffen Arm.

»Schlaf gut, mein Süßer, schlaf gut«, flüsterte sie ihm ins Ohr und drückte ihm noch einen Kuss auf die Wange.

Dann ging sie hinaus und machte sich auf die Suche nach Thomas. Gedämpfte Stimmen führten sie zu einem kleinen Wartebereich am Eingang der Kinderstation, direkt gegenüber den Aufzügen. Durch die halb geöffnete Trenntür sah sie Thomas mit einem jungen Paar von Anfang dreißig sprechen und lauschte, während sie sich einen Kaffee von einem Getränkewagen eingoss.

»Sie haben gesagt, die Operation wäre eine Kleinigkeit, Dr. Logan. Sie haben gesagt, unsere Tochter würde sie leicht überstehen«, sagte der Mann, der verwaschene Jeans und ein Blue-Devils-Shirt trug. Er sprach langsam, als müsste er das Gesagte selbst noch verarbeiten.

»Was ist denn nur schiefgegangen?«, fragte die Mutter unter Tränen. Sie drückte einen grauen Plüschelefanten an ihre Brust.

Thomas war blass, sein weißes Hemd zerknittert. Seine Anzugjacke und die Krawatte hingen neben ihm über einer Stuhllehne. Sophie sah, wie er nach Worten rang. Ihr selbstbewusster, kompetenter Mann schien keine Worte zu finden, die die Situation weniger schmerzlich machten oder auch nur ansatzweise erklärten.

Das Mienenspiel der Eltern würde sich ihr unauslöschlich einprägen, das wusste sie. Schock und Trauer im Wechsel mit Wut und Fassungslosigkeit. Eine emotionale Achterbahn, die sich vor vielen Jahren auch auf den Gesichtern ihrer eigenen trauernden Eltern widergespiegelt hatte. Dazu dieser eindringliche, schmerzerfüllte Blick, wie er nur Menschen eigen war, die ein Kind verloren hatten.

»Ich bin nicht sicher, was schiefgegangen ist mit … mit …«, stotterte Thomas. »Die Autopsie wird uns mehr sagen. Ich habe diesen Eingriff schon viele Male durchgeführt und noch nie ein negatives Ergebnis gehabt.« Sein Pager piepte, er nahm ihn aus der Jackentasche und blickte kurz darauf.

»Dr. Logan«, sagte der Vater und wurde lauter. Er stand auf, so dass er Thomas überragte, während seine weinende Frau ihren Kopf an sein zitterndes Bein legte. »Dieses negative Ergebnis hieß Isabel. Ihr negatives Ergebnis, wie Sie es nennen, war unsere Tochter.«

GRACE

(Dieses Tagebuch gehört Grace Margaret Bradshaw, Nr. 44607. Bitte sorgen Sie dafür, dass meine Tochter, Sophie Pearl Bradshaw, es nach meinem Tod erhält.)

Liebe Sophie,

ich schreibe dieses Tagebuch, damit du eine Erinnerung an mich hast, wenn ich tot bin. Worte, geschrieben in meiner Handschrift, die von der Liebe erzählen, die uns verbunden hat. Den Anfängen vor meinem Ende.

Ich bete darum, dass die Zeilen auf diesem angegilbten Papier irgendwann zu dir gelangen, und vielleicht, ganz vielleicht öffnest du mir dann wieder dein Herz.

Meine juristischen Kämpfe scheinen nun vorüber zu sein. Ich habe die Hoffnung nicht aufgegeben, aber ich mache mich auf das Unvermeidliche gefasst – meine Hinrichtung, die irgendwann im Februar stattfinden soll.

Ich bin dir nicht böse. Ich verstehe, warum du mich nicht mehr besucht hast. Die Schande, die Peinlichkeit, vermute ich, waren einfach zu viel für dich. Dein Vater hat ständig Entschuldigungen für deine seltener werdenden Besuche erfunden. »Sie schreibt eine wichtige Geo-

grafiearbeit«, sagte er oder »Ihre beste Freundin Jillian gibt eine Pool-Party«, aber ich wusste genau, was los war. Du brauchtest mich, und ich war nicht da, nicht bei uns zu Hause, in der normalen Welt, in der es keine Plexiglasscheiben mit Telefonhörern daran und Stahltrennwände voller Graffiti gab.

Ich schreibe dir dies auf einer dünnen Matratze, die auf einem rostigen, schmutzig-weißen Bettgestell in meiner zwei mal drei Meter großen Zelle liegt. Die übrige Einrichtung meines »Zimmers«, wie ich es gern nenne, besteht aus einem kleinen Waschbecken und einer Toilette ohne Deckel. Ich habe die Wand über meinem Bett mit Fotos von unserem Familienleben tapeziert – ein schönes Leben, das ich als unvollendet betrachte.

Mein Leben beziehungsweise das bisschen, das mir davon bleibt, bedeutet mir immer noch etwas. Ich weiß nicht, ob es auch jemand anderem etwas bedeutet. Es ist schwer, irgendwem dort draußen eine gute Freundin zu sein, wenn man im Todestrakt sitzt.

Direkt neben mir auf Augenhöhe sind drei lächelnde Gesichter. Du zwischen mir, hochschwanger, und deinem Daddy. Ihr beide haltet unseren drei Monate alten, zappelnden Pudel in den Armen und versucht, ihn festzuhalten. Erinnerst du dich noch? Wir stehen unter dem rot-weiß gestreiften Vorzelt eines geliehenen Campers. Wir hatten das Wochenende auf Hilton Head Island verbracht, und ich hatte vergessen, dir Sonnenschutz auf die Nase zu schmieren. Ich konnte William in mir treten und strampeln fühlen, als ein netter Fremder diesen Schnappschuss machte.

Der Welpe war, wie du vielleicht noch weißt, anfangs ein Streitpunkt zwischen uns gewesen. Du hattest schon länger einen kleinen Hund haben wollen und die üblichen Versprechungen aufgezählt, die alle Kinder in diesem Fall machen. Mindestens dreimal am Tag sagtest du zu mir: »Ich kümmere mich ganz allein um ihn, ehrlich. Ich mache ihn stubenrein. Ich gehe jeden Tag nach der Schule mit ihm raus. Ihr braucht überhaupt nichts zu tun, Daddy und du. Ich habe auch schon einen Namen ausgesucht. Er soll ›Teddy‹ heißen.« Ich bin sicher, du warst längst dahintergekommen, dass die ausgeprägten Grübchen, die unter deinen Mundwinkeln erschienen, wenn du um etwas betteltest, sich meistens zu deinen Gunsten auswirkten.

Es war nicht so, dass ich keinen Hund wollte, aber ich sah vor allem die zusätzliche Arbeit, die ich mir damit aufhalste. Ich fühlte mich zu dem Zeitpunkt schon seit Wochen nicht richtig wohl, war ständig müde und hatte mit Übelkeit zu kämpfen. Dein Dad machte sich Sorgen, dass meine Depressionen zurückgekehrt sein könnten. Daran lag es zwar nicht, aber ich konnte es kaum bestreiten, wenn ich schon bei einer blöden, sentimentalen Kaffeewerbung im Fernsehen ein Taschentuch brauchte.

Nachdem ich mich wochenlang übergeben hatte, sobald nur irgendwas in der Pfanne brutzelte, vereinbarte ich einen Termin bei unserem Hausarzt. Dabei stellte sich heraus, dass ich in der zehnten Woche schwanger war.

Ich hatte es längst aufgegeben, noch ein Kind zu bekommen. Paul hatte recht, die Nachwirkungen meiner ersten Schwangerschaft hatten mich und unsere Ehe stark belastet. Der Babyblues nach deiner Geburt hatte zu lange angehalten, um noch als normal zu gelten. Ich erklärte mich schließlich bereit, zu einem Psychiater zu gehen, nachdem dein Vater dich (ich glaube, du warst etwa neun Monate alt) weinend und mit urinnassem Strampelanzug in deinem Bettchen vorgefunden hatte, während ich vor dem Fernseher saß, völlig versunken in die neueste Folge der Springfield Story. *Ich hatte dich den ganzen Tag nicht auf den Arm genommen.*

»Schwanger?«, sagte ich zu dem Arzt, als er mir die Neuigkeit verkündete. »Das war eigentlich nicht geplant.«

Er drückte aufmunternd meinen Fuß, während er mir vom Ende der Untersuchungsliege aus zuhörte, schmierte etwas auf seine Finger und fragte: »Dann ist dieses Baby also eine Überraschung?«

»Eine große.« Ich schloss die Augen und atmete langsam durch die Nase ein und aus.

Er beendete die Untersuchung und setzte sich dann auf den Rollhocker neben der Liege. Ich sah zu, wie die schwarze Tinte aus seinem Edelstahlfüller floss, als er die Tatsache dokumentierte, die ich noch nicht akzeptieren wollte. Noch ein Kind. Meine Fingerspitzen prickelten, und ich rang nach Luft.

Die Wahrheit ist, dass ich nie Mutter hatte werden wollen. Ich hatte nie das Bedürfnis gehabt, die Babys anderer in den Arm zu nehmen, zu wiegen oder anzuziehen oder zu gurren, wie süß sie doch seien und wie winzig die Fingerchen und so weiter. Doch ich hütete mich, das irgendjemandem zu gestehen, schon gar nicht deinem Vater oder den Frauen in unserer Kirchengemeinde, von denen die meisten ihre Kinderzimmer schon mit hüpfenden Affen-Mobiles und passender Safari-Bordüre dekoriert hatten, bevor auch nur das weiße Teststäbchen blau wurde.

»Und wann werden Sie und der Pastor eine Familie gründen?«, fragten sie mich, wenn ich an der Reihe war, während der Morgenmesse auf die Neugeborenen aufzupassen. Ich sorgte mich, dass etwas mit mir nicht stimmte, dass mir vielleicht das Gen fehlte, welches die Frauen um mich herum zu vollständigen Frauen machte.

Mein mangelnder Kinderwunsch in jungen Jahren verfolgt mich heute und hält mich nachts wach, weil ich an mir zweifele und mir etwas anlaste, von dem ich weiß, dass ich es nicht getan habe und niemals tun könnte. Mir ist nicht ganz klar, warum ich dir jetzt davon erzähle, aber ich habe das Gefühl, dass es sein muss. Vermutlich habe ich sonst keine Gelegenheit mehr, dir eine Vorstellung davon zu geben, wer ich vor alledem war.

Nach ein paar Tagen hatte sich der erste Schreck gelegt, und ich wurde ganz aufgeregt. Paul und ich hatten unsere Entscheidung, keine weiteren Kinder zu bekommen, schon häufiger in Frage gestellt, und außerdem ging es mir psychisch jetzt sehr viel besser. An der Art, wie du dich auf dem Sofa an mich kuscheltest und deine bloßen Zehen an mir riebst, merkte ich, dass ich eine gute Mutter geworden war.

»Note eins«, neckte Paul mich. »Die besten, preisgekrönten Kuchenbazar-Brownies im ganzen Schulbezirk.« Ich hatte schon seit Jahren keine Antidepressiva mehr gebraucht.

Ich betete, dass dein Dad sich über die Schwangerschaft freuen würde. Zuerst überlegte ich, eine hellblaue Babydecke und eine Packung Windeln als Geschenk einzupacken und ihm die Nachricht auf diese Weise beizubringen, entschied mich aber dagegen, weil du unerwartet hereinkommen könntest.

Also dachte ich mir eine narrensichere Methode aus. Mir kommen immer noch die Tränen, wenn ich an Paul denke, wie er – sein Jackett über die Schulter geworfen, verschwitzt und erschöpft nach einem wieder mal streitlastigen Ältestentreffen – wie jeden Tag beim Nachhausekommen zum Briefkasten ging und einen Brief herausholte, der »An meinen Daddy« adressiert war.

Auf Briefpapier mit gelben und blauen Pünktchen hatte ich geschrieben:

Lieber Daddy,

ich hoffe, du hast nichts dagegen, aber irgendwann Anfang September werde ich ein Zuhause brauchen. Und all das andere, was dazu gehört, eine Wiege, Rassel, Fläschchen und jede Menge Windeln. Den genauen Tag meiner Ankunft weiß ich noch nicht, aber ich habe vor, viele Jahre bei euch zu bleiben. Hoffe, das ist in Ordnung.

In Liebe, dein Kind (Name und Geschlecht noch unbekannt)

Ich saß auf der Veranda und beobachtete Pauls Reaktion. Kurz darauf hielten wir uns in den Armen, weinten und dankten Gott für dieses Wunder.

Du mit deinen elf Jahren hattest hinter der Fliegengittertür gelauscht und plärrtest heraus: »Heißt das, dass ich kein Hündchen bekomme?«

An meinem Tagesablauf hier änderte sich kaum etwas. Morgens um Punkt fünf Uhr wurden wir geweckt, dann rollte der Essenskarren schon quietschend durch den Gang. Das grelle Neonlicht ging stufenweise an, flackerte zuerst und summte dann laut, so dass man ohnehin nicht mehr schlafen konnte. Ich wälzte mich aus dem Bett und hatte nur wenig Zeit, meine Blase zu leeren, bevor ein Tablett mit zwei aneinanderhängenden Würstchen, einer Scheibe Weizentoast und einem hart gekochten Ei durch den Schlitz in meiner Tür geschoben wurde. Das Tablett blieb nur eine halbe Stunde, bevor ich es, fertig gefrühstückt oder nicht, wieder zurückschieben musste und es auf dem klappernden Rollwagen zu der Geschirrspülmaschine in der Gefängnisküche gekarrt wurde, um dann um 10:30 Uhr und um 16 Uhr wieder aufzutauchen.

Als ich anfangs nach Lakeland kam, aß ich kaum etwas. Nachdem ich zehn Kilo abgenommen hatte, ließ die Krankenstation mich medizinisch überwachen, denn an mir war vorher schon kein Gramm zu viel, aber ich konnte mich einfach nicht zum Essen überwinden. Wie sollte ich auch, bei dem, was man mir anlastete? Ich wollte sterben. Ironie des Schicksals, wie sich das Blatt inzwischen gewendet hat.

Der Gefängnisdirektor und die Schwester von der Krankenabteilung hielten sich an die Vorschriften und sorgten dafür, dass ich nicht starb. Ich fand es auf makabre Art komisch, dass die Leute, die irgendwann meinen Tod herbeiführen würden, mich zwangen, am Leben zu bleiben, und jeden Bissen dokumentierten, den ich mir in den Mund schob, Mahlzeit für Mahlzeit. Nach ein paar Monaten bekam ich vom Gefängnisarzt wieder Antidepressiva verschrieben.

Jeden Tag nach dem Frühstück nahm ich meine Bibel und las einen Psalm. Immer wieder musste ich nachsehen, ob meine Lieblingsfotos von Sophie und William noch gut behütet zwischen den Seiten des 91. Psalms lagen. Einer von denen, die Paul besonders am Herzen lagen. Mein Schutz-Psalm.

Jeden Morgen spreche ich dieses Gebet für dich: »Vater, danke, dass ich bei dir sitzen darf und du mir zuhörst, wenn ich dir von meiner Sophie erzähle. Ich vertraue dir meine Tochter an. Bitte beschütze sie. Ich weiß, dass du mit deinen liebend ausgestreckten Armen über sie wachst und sie vollkommen sicher ist. Ich fürchte kein Unheil während des Tages, weil deine Treue sie behütet. Geleite sie dorthin, wo das Böse ihr nichts anhaben kann. Danke für deine Engel, die sie auf allen Wegen behüten. Schenke ihr ein langes Leben und lass sie bitte den Weg zu mir zurück finden. Amen.«

Ich baue auf dieses Gebet wie andere auf ihre Lebens-

versicherung. Ich muss darauf vertrauen, dass jemand auf dich achtgibt. Noch einmal betrachte ich das Foto, bevor ich William in seinem blau-weiß gestreiften Matrosenanzug und dich in deinem rosa Tutu wieder sicher verwahre.

Ich bin nicht böse auf Gott, falls du das denkst. Ich hoffe, du bist es auch nicht. Es ist anders gekommen, als ich es für mich oder unsere Familie geplant hatte, aber ich habe mich arrangiert. Ich lege mein Schicksal in die Hände meines Schöpfers und setze meine Hoffnung auf Ihn, den Einzigen, der mich erretten kann. Er gibt meinem Herzen neuen Mut, wenn es keine Kraft mehr für den nächsten Schlag hat.

»Hinstellen zum Appell«, brüllte ein Wärter mich durch die Klappe an. Ich stellte mich mit dem Gesicht zur Tür wie immer zur vollen Stunde, wenn ich in meiner Zelle eingesperrt war. Nicht, dass ich irgendwo anders hätte sein können, aber die Verantwortlichen mussten eine Zahl notieren und sicherstellen, dass jede Insassin noch atmete.

»Duschtag. Seien Sie in zehn Minuten bereit«, befahl er. Das war ernst zu nehmen, wie ich wusste. Körperhygiene war ein Privileg, das jederzeit entzogen werden konnte. Das hatte ich schon in meiner ersten Woche hier erfahren müssen, als ich einen Befehl zu langsam befolgte und zwei Wochen lang nicht duschen durfte.

Ich band meine dunkelbraunen Haare mit den grauen »Strähnchen« zu einem losen Knoten zusammen, eine Frisur, die mir im Gefängnis zur Gewohnheit geworden war. Die grauen Haare als »Strähnchen« zu bezeichnen ließ sie wie eine freiwillige Entscheidung wirken und nicht wie eine Mahnung daran, dass die Seiten im Kalender umgeblättert wurden, obwohl ich stillstand. Ich wünschte, im Gefängnisladen für den persönlichen Bedarf gäbe es Clairol.

Großmutter Pearl – schade, dass du sie nicht mehr gekannt hast – hat mir schon früh beigebracht, wie man Haare schneidet, färbt und wellt. Aus Geldmangel waren Frisörbesuche bei uns rar, aber hier kommen mir diese Fertigkeiten nun zustatten. Sie hat mir auch das Nähen beigebracht, wie du nur zu gut weißt. Als ich klein war, hat sie mir all meine Kleider genäht, und später habe ich dir deine genäht. Du warst nicht sehr begeistert davon, wie ich mich erinnere, und hast dir das auch deutlich anmerken lassen. Ich habe versucht, vernünftig mit dir zu reden und dir zu erklären, dass Paul Pastor einer kleinen Gemeinde mit noch kleinerem Etat war und ich leider nicht dafür bezahlt wurde, dass ich unsere Toiletten putzte und dich zur Schule fuhr, aber du wolltest es nicht einsehen. Irgendwann gab ich es auf, mit dir zu diskutieren, und gab auch das Nähen auf. Von unseren wenigen Ersparnissen kauften wir dir Kleider, die wir uns nicht leisten konnten, aber ich glaube, es hat dich glücklich gemacht. Wir wollten, dass du glücklich bist. Bist du es?

»Zeit zum Duschen«, sagte der Wärter. Ich nahm Seife und Shampoo und wartete darauf, dass die Zellentür geöffnet wurde. Ich konnte nichts an meiner Situation ändern und hatte mich mit dieser Tatsache abgefunden, aber ich würde nicht aufhören zu hoffen. Ich würde nicht aufhören zu beten. Meine restlichen Tage würde ich darauf verwenden, das Einzige zu retten, das für mich rettenswert war – meine Beziehung zu Sophie.

Sophie

Normale Leute schrecken auf, wenn mitten in der Nacht das Telefon klingelt. Vielleicht war es Sophie früher genauso gegangen – sie konnte sich nicht erinnern –, aber nach fünf Jahren Ehe mit einem Arzt zuckte sie nicht mehr zusammen, wenn es klingelte oder das entnervende Geräusch von Thomas' Pager irgendeine Spielshow in ihren Träumen auftauchen ließ, in der sie unablässig auf ein Piepsignal zurannte, das sie nie erreichte.

Thomas, meist erschöpft nach einem hektischen Tag im OP, schlief weiter, ohne auf die erste Runde *piep … piep … piep …* zu reagieren. Wenn er sich nach zwei Minuten noch nicht gemeldet hatte – Sophie hatte die Zeit gemessen –, ertönte ein langgezogenes, höheres *Piiiep … Piiiep … Piiiep* und bewirkte, dass er nach dem Pager auf seinem Nachttisch tastete.

War er völlig erledigt – in einem postoperativen Koma, wie sie es nannte –, steigerte sich der Pager zu einer letzten passiv-aggressiven Aufforderung, einem anhaltenden, durchdringenden *Piiieeep*. Ähnlich dem Geräusch, vermutete Sophie, das Angehörige hörten, wenn ein Herz für immer stillstand und der Monitor am Krankenbett nur noch eine flache Linie anzeigte.

Als daher früh an diesem Morgen der Pager losging, rechnete sie mit dem Üblichen – dem Krankenhaus, das nach Thomas verlangte. Eine Konsultation, eine infizierte Naht oder eine neue Schwester, die Angst hatte, eine eigene Entscheidung zu treffen. Was es auch war, er würde es sich anhören, Anweisungen erteilen und sich wieder umdrehen, und sie würden beide wieder einschlafen. Thomas war gut darin, Beruf und Privatleben zu trennen.

Doch diesmal war es anders. Sie hatten beide nicht gut geschlafen. Nachdem Thomas irgendwann nach Mitternacht aus der Klinik zurückgekehrt war, hatte er sich so viel herumgewälzt, dass sich das Seidenlaken auf seiner Bettseite von den Ecken der Matratze gelöst hatte.

Er hatte nicht näher mit ihr über den Fall gesprochen, nur sehr Allgemeines gemurmelt wie »allergische Reaktion« und »mögliche Infektion«, aber sie wusste, dass der Tod des kleinen Mädchens ihm schwer zu schaffen machte, und nicht nur aus beruflichen Gründen.

So hatte sie ihn noch nie erlebt. Als sein Pager um 4:51 Uhr losging, war sie nicht sicher, ob er überhaupt geschlafen hatte. Obendrein hatte die letzte Nacht auch bei ihr Emotionen und Erinnerungen ausgelöst, die sie verzweifelt zu verdrängen versuchte. Williams ansteckendes Glucksen ertönte in ihrem Kopf wie ein alter Herzschmerz-Song im Radio. Sie sah sein Gesicht wieder vor sich. Seine weißblonden, abstehenden Haare. Das Funkeln in seinen meerblauen

Augen und wie sein Hals verschwand, wenn er mit vollem Körpereinsatz lachte. Der Geruch seiner winzigen, mit Babypuder bestäubten Zehen und wie seine Fingerchen sich vertrauensvoll um ihre Hand schlossen. Fragmente ihres Lebens, die sie angestrengt zu vergessen versucht hatte.

»Verdammt, Sophie, ich fühle mich wie in einer Zwangsjacke«, blaffte Thomas, als er nach dem Pager griff und das Krankenhaus zurückrief. »Hier ist Dr. Logan. Jemand hat mich gepagt«, sagte er knapp.

Sophie ließ sich zurück in die Kissen fallen, dann setzte sie sich auf. Sie hasste es, wenn Thomas ungehalten wurde. Er wurde nur selten wütend und noch seltener auf sie, aber wenn, dann nahm sie stets die Schuld auf sich und versuchte, das Problem zu lösen. Sie bedeutete ihm aufzustehen, damit sie das Bettlaken wieder um die Matratze spannen konnte.

»Wundversorgung«, wiederholte Thomas, immer noch telefonierend, »Verbrennungen dritten Grades.« Er notierte den Namen des Patienten auf der Krankenhausliste neben dem Bett. »Okay, danke. Können Sie mich bitte mit der zuständigen Schwester verbinden?«

»Alles okay mit dir?«, fragte sie, als sie sich beide wieder hinlegten.

»Na ja, ich muss zum Frisör, bevor wir zu meinen Eltern fahren«, wich er ihrer Frage mit einem angedeuteten Grinsen aus und fuhr sich durch den dichten Schopf. Sophie liebte seine gewellten, tintenschwarzen Haare, je mehr davon, desto besser. Und wenn sie so lang waren, dass sie auf den Halsausschnitt seines T-Shirts stießen, betonten sie sein ausgeprägtes Kinn. Sie mochte es nicht, wenn er sie schneiden ließ, und Thomas wusste das.

»Hör auf, mich zu quälen«, neckte sie ihn, wurde jedoch von einem neuen Piepen unterbrochen.

»Das wird ein langer Tag«, stöhnte Thomas. Er warf einen Blick auf den Pager und griff zum Handy.

Nachdem Thomas gegangen war, brach Sophie zu ihrem gewohnten Morgenlauf auf. Sie joggte die mit Ziegelsteinen gepflasterte Einfahrt hinunter und zwischen den säulenartigen Steinpfosten hindurch, die das Anwesen ankündigten. Sie war damals ziemlich überwältigt gewesen, dass sie in ein Haus mit solchen Säulen ziehen würde, die wie riesige Ausrufezeichen wirkten: »Achtung, hier wohnen Leute in einem Palast!«

Der Vorort West Lake galt allgemein als Elitewohngegend und bestand aus älteren Villen, die allesamt eine europäische Altweltelegan ausstrahlten. In vielen davon wohnten Ehepaare im Rentenalter, die in Golfkarren herumfuhren und im Clubhaus Sangria schlürften. Aber es gab auch eine jüngere Generation privilegierter Paare, manche mit Kindern, andere ohne. Alle Rasenflächen waren vorbildlich gestaltet, und um die meisten führte eine kreisförmige Auffahrt herum, die einen mehrstufigen Springbrunnen oder Bäume mit Formschnitt, die wie Models zu posieren schienen, bestens zur Geltung brachte.

Aufgewachsen in der Kleinstadt Brookfield, kannte Sophie niemanden, der ein auch nur halb so schönes Haus besaß wie die in ihrem Viertel. Ihr Elternhaus mit seinen zwei Schlafzimmern und nur einem Bad hätte leicht in die meisten Garagen hier gepasst.

Ihre Mutter, das musste sie ihr lassen, hatte immerhin das Beste aus dem gemacht, was sie besaßen. Unter anderen Umständen hätte ihre Mom eine eigene Show bei dem Heimwerker-Sender HGTV haben können, in der sie vorführte, wie man Vorhänge aus alten Jeans nähte oder das Haus auf hundert verschiedene Arten mit Wildblumen und Einweckgläsern dekorierte. Ihre Kindheit war kein Luxusparadies gewesen, aber es hatte eine Zeit gegeben, als sie wirklich schön war.

Sophies einzige richtige Freundin aus Kindertagen hieß Jillian, doch sie hatte sich nicht mehr bei ihr gemeldet, seit sie beide von der Highschool abgegangen waren. Jillian gehörte zu der Ära vor Thomas, sie wusste alles über Sophies Familie und hatte sie trotzdem gerngehabt. Sophie dachte gelegentlich daran, sie anzurufen, verwarf die Idee aber jedes Mal. Zu viel Zeit war vergangen, zu vieles hatten sie sich nicht erzählt. Und dann war da noch die Hochzeitseinladung, die nie abgeschickt worden war.

Sie hatte einfach nicht gewusst, ob sie sich darauf verlassen konnte, dass Jillian ihr Geheimnis für sich behielt. Ihr half, die Lüge aufrechtzuerhalten, die ihr mehr oder weniger herausgerutscht war, als Thomas sie zum ersten Mal nach ihrer Familie fragte.

»Tot. Ich habe niemanden mehr.«

»Niemanden?« Sie hatte die Traurigkeit in seinen Augen gesehen. Er streichelte ihre Hand, und sie legte sie zum ersten Mal in seine.

»Nein. Mein Vater ist kurz vor meinem Highschool-Abschluss an einem Herzinfarkt gestorben.« Das stimmte wenigstens. »Meine Mutter starb an Krebs, als ich zwölf war«, log sie weiter. »Keine Geschwister.«

Sie hätte ihm gern die Wahrheit gesagt, aber es war noch zu früh gewesen. Ihre Beziehung hatte noch zu sehr am Anfang gestanden, um mit ihrer Geschichte von Mord und Verlassenheit aufzuwarten. Sie hatte lieber Traurigkeit statt Mitleid akzeptieren wollen, hatte sein Mitgefühl angenommen, um sich eine Demütigung zu ersparen. Aber sie hatte vorgehabt, es ihm zu sagen. Falls es mit ihnen beiden etwas wurde, würde sie sich ihm anvertrauen. Fürs Erste jedoch, hatte sie sich gesagt, musste sie nach vorn schauen. Sie musste vergessen.

Aus einem Kuss waren Dutzende geworden, und ehe sie den richtigen Moment abpassen konnte, um Thomas die Wahrheit zu sagen, hatte er schon seinen Eltern von ihr erzählt. Sie hatten sie mit Geschenken überhäuft, als Thomas sie über Weihnachten mit zu ihnen nahm.

Oh, welch wirr Gespinst wir weben, wenn wir nach Trug und Täuschung streben, pflegte Sophies Mutter zu sagen. Sie zitierte gern berühmte Leute, und Sir Walter Scott war ihr Mann, wenn es um Ehrlichkeit ging. *Dein Wort sei wahr*, betonte sie immer. Sophie fragte sich, ob ihre Mutter an diesem Spruch erstickt war.

Sie sah auf ihre Armbanduhr, um zu entscheiden, wie weit sie an diesem Morgen laufen konnte. Es war Zeit genug für ihre üblichen fünf Kilometer, drei volle Runden um West Lake, wenn sie durch den Country Club abkürzte und um den Teich herum lief. Ihre Beine waren schwer wie Blei nach der ersten Runde, müde vom Schlafmangel. Mit Willenskraft schaffte sie es, nicht aufzugeben und so früh schon im Training kehrtzumachen. *Noch drei Kilometer, dann gehe ich meine Marathon-Aufgabenliste an.* Je früher sie fertig wurde, desto mehr konnte sie für die Wohltätigkeitsveranstaltung erledigen. Sie beschleunigte ihr Tempo und sprintete schneller denn je um den Teich und den steilen Hang hinauf, der den Golfplatz hinter dem Clubhaus begrenzte.

Als sie sich der Hügelkuppe näherte, bellte der schokoladenbraune Labrador, der auf der Terrasse vor Mindys Haus wachte. Sie wusste, dass sie eigentlich nach Mindy sehen sollte, doch ihre ellenlange To-do-Liste siegte über ihr schlechtes Gewissen.

Ungerufen kam ihr ein altes Motto ihrer Mutter wieder in den Sinn: »Freunde brauchen einander.«

»Hey, Murphy«, keuchte sie, als sie anhielt, um dem Hund den Kopf zu tätscheln. Er war der einzige Nutznießer der Speckstange, die meist in ihrer Dri-FIT-Laufjacke von Nike steckte. Am Kassenschalter ihrer Bank gaben sie einem entweder Lollis oder Hundeleckerli mit, und da sie kein zweijähriges Kind hatte, nahm sie die Leckerli.

Murphy wartete immer schon auf sie. Sobald er sie den Hügel heraufkommen sah, nahm er seine Her-mit-dem-Snack-Haltung ein. Oberschichtshund-Benehmen, hatte Sophie beim ersten Mal gedacht, als er sie so empfing. Den Kopf formvollendet aufgerichtet, während sein Schwanz das Tierheim verriet, aus dem er stammte. Sein rasches Hinternwackeln brachte sie zum Lächeln. *Der schönste Teil meines Laufs*, dachte sie, als sie das Leckerli über ihre Schulter warf und sich wieder in Bewegung setzte.

»Sophie.« Sie drehte sich um und sah Mindy in einem buttergelben Bademantel auf der Treppe stehen. »Hast du kurz Zeit?«

»Klar. Lange nicht gesehen«, sagte Sophie in einem unangebracht lockeren Tonfall. »Alles okay bei dir?«

»Irgendwann vielleicht wieder.« Mindy putzte sich die Nase mit einem zerknüllten Papiertaschentuch. »Er hat mich verlassen. Stephen hat mich verlassen. Ich glaube nicht, dass er zurückkommt.«

Anderthalb Stunden später kehrte Sophie in ihr leeres Haus und zu der nicht kleiner gewordenen Liste zurück. Sie wünschte, ihr wären die passenden Worte eingefallen, damit Mindy sich besser fühlte, sie nicht mehr weinen musste oder zumindest etwas klarer sah. Phrasen wie »Das renkt sich bestimmt wieder ein« oder »Er kommt sicher bald wieder zur Vernunft und merkt, was er da weggeworfen hat« schienen die

Freundin nicht getröstet zu haben. Stephen war wahrscheinlich für immer fort, Mindys Welt stand kopf, und nichts, was Sophie sagte oder nicht sagte, würde etwas daran ändern.

Sie duschte schnell und rubbelte sich die Haare mit dem Handtuch trocken. Wenn sie sie an der Luft trocknen ließ, hätte sie noch genügend Zeit, ein paar Anrufe zu erledigen, bevor sie zu Thomas' Praxis fuhr. Vielleicht konnte sie mit ihm zusammen zu Mittag essen und sich dann daranmachen, im Krankenhaus Spendenwillige zu werben. Sie zog eine weiße Hemdbluse und einen dunkelblauen Blazer heraus und suchte die untere Kleiderstange ihres Schranks ab, bis sie ihre dunkle Röhrenjeans fand.

Okay, wo anfangen? Sie warf einen Blick auf Thomas' aufgeräumten Schreibtisch, der quer in einer Ecke des Arbeitszimmers stand. Medizinische Fachzeitschriften, Füller und Büroklammern hatten alle ihren Platz und gaben ein Bild der Ordnung ab. Ganz im Gegensatz zu ihrem Stapel ungeöffneter Post, der neuesten Ausgabe von *In Style* und den Notizen und Unterlagen für die Secret-Chef-Spendenaktion – alles auf ihrem rot-weißen Paisley-Stuhl aufgetürmt und um ihre Aufmerksamkeit buhlend.

Sie beschloss, sich doch lieber die Haare zu föhnen, statt zu telefonieren, und dabei die Post durchzusehen. Den Föhn auf höchste Stufe gestellt, zog sie den Papierkorb heran. *Handzettel mit Reifensonderangebot: wegwerfen. Wasserrechnung: aufheben. Schädlingsbekämpfung: aufheben. Einladung zum Herz-Ball: bloß weg damit. Stopp, doch aufheben. Thomas hat gesagt, dass wir dieses Jahr hinmüssen.*

Der letzte Brief kam von einem Unbekannten, der Name sagte ihr nichts. Ihre Hände begannen zu zittern, als sie den handadressierten Umschlag mit der Aufschrift *Mrs Sophie Logan* betrachtete. Jemand aus ihrem Heimatort wollte sich mit ihr in Verbindung setzen, und offenbar wusste man jetzt, wo sie wohnte.

Grace

»Bücken, Bradshaw«, befahl der Wärter, der die Leibesvisitation durchführte. »Beine breit und husten.«

Bevor ich ins Gefängnis kam, hatte ich mich noch nie einem Menschen völlig nackt gezeigt – außer meinem Mann natürlich, aber selbst Paul bat ich meist, das Licht auszumachen. Abgesehen von meinen Ärzten war er der Einzige, der meine intimsten Stellen gesehen und berührt hatte. Hier drin jedoch wurde jede Falte und Spalte fremden Blicken preisgegeben und konnte von den Beamten, sowohl männlichen als auch weiblichen, jederzeit untersucht werden, sobald ich meine Zelle verließ. In diesen Momenten trat Scham an die Stelle von Anstand, und mein Selbstwertgefühl erlitt einen neuen Schlag.

Die erste Leibesvisitation bei meiner Ankunft in Lakeland war die schlimmste gewesen. Ich wurde vollständig meiner Identität beraubt. Die frühere Grace Bradshaw wurde zur Gefangenen Nummer 44607 und zur zweiten Frau im Todestrakt von South Carolina. In meiner sozialen Bezugsgruppe gab es eine Gemeinsamkeit: Wir hatten alle jemanden umgebracht – oder waren fälschlicherweise deswegen verurteilt worden.

Bei dieser ersten Durchsuchung stand ich nackt vor zwei Justizvollzugsbeamten, während diese jeden Quadratzentimeter meines Körpers dokumentierten, als würden sie Vieh auf einer landwirtschaftlichen Leistungsschau begutachten.

»Heben Sie den linken Arm«, sagte die Aufnahmebeamtin. Sie musterte meine Achselhöhlen, und ich weiß noch, dass ich mich dort nicht rasiert hatte.

»Jetzt den rechten.« Sie kritzelte etwas mit ihrem roten Stift.

»Bücken Sie sich, halten Sie die Gesäßbacken auseinander und husten Sie«, befahl der männliche Beamte, der bei der Visitation assistierte. »Noch mal husten.«

»Heben Sie Ihre Brüste an.« Er zog Latexhandschuhe über. »Eine nach der anderen.«

Passierte das wirklich mir? Mir wurde heiß und schwindelig, der Fußboden schien unter mir nachzugeben und wegzukippen.

Der Beamte wischte schnell und gezielt unter meinen Brüsten entlang.

»Drehen Sie sich um. Beugen Sie sich vor«, sagte er. Mein Blick richtete sich auf sein unleserliches, abgeplatztes schwarzes Namensschild. »Kopf nach unten und die Haare ausschütteln.« Er rechte mit den Fingern durch meine zerzausten, verschwitzten Haare.

Seine Kollegin schüttelte ein weißes Pulver über meinen Kopf. »Läuseshampoo.« Ich versuchte, es nicht einzuatmen.

Ich gehörte nicht mehr mir selbst.

»Richten Sie sich wieder auf, Beine breit«, kommandierte der Officer. »Okay, jetzt gehen Sie dreimal in die Hocke.«

»Husten … noch mal husten«, befahl die Beamtin, während sie zwischen meinen hockenden Beinen hindurchspähte und nachsah, ob etwas herausfiel.

»Irgendwelche Muttermale?«, fragte der Mann.

Ich zeigte auf den fünf Zentimeter langen birnenförmigen roten Fleck, der von Geburt an zwischen meinen Schulterblättern saß. Eine Lieblingsstelle meines Mannes. Hier drinnen nur ein weiteres Kennzeichen, das es festzuhalten galt. Paul hatte den »Storchenbiss«, wie er es nannte, gern mit dem Zeigefinger nachgezeichnet und mich dann dort geküsst.

Die Beamtin ging von meiner Rückseite zur vorderen unteren Hälfte herum und dokumentierte die drei Zentimeter lange wulstige Narbe unter meinem linken Knie. Sie muss sie bis ins Kleinste beschrieben haben, so lange, wie sie brauchte. Es fragte zwar niemand danach, aber der Vollständigkeit halber: Ich zog sie mir in der sechsten Klasse zu, als ich zu Hause von meiner Reifenschaukel fiel. Ein Geburtstagsgeschenk meines Vaters, nachdem ich meine alte Metallschaukel als zu peinlich für eine Zwölfjährige erklärt hatte. *Halt still, mein Mädchen.* Er untersuchte meine Wunde, während meine Mom brennendes Jod auf mein blutendes Schienbein träufelte. *Warum hat dieser Kreuzknoten denn nicht gehalten?*

Zu beiden Seiten meines Nabels zogen sich ungleichmäßige Schwangerschaftsstreifen über meinen

Bauch, wie abgenutzte Zebrastreifen. Die meisten würden sie wahrscheinlich hässlich finden, aber für mich waren es Trophäen, Erinnerungen an Sophie und William, als sie in mir heranreiften. Keine Ahnung, ob die Beamten sie notierten oder nicht.

»Keine Tätowierungen?«

Beinahe musste ich lachen. Bis ich fünfundzwanzig war, hatte ich mir nicht mal Ohrlöcher stechen lassen. Ich schüttelte den Kopf.

Damals glaubte ich, mich nie an diese Demütigung gewöhnen zu können. Hatte ich mich inzwischen daran gewöhnt? Tausend Leibesvisitationen später fügte ich mich einfach, ohne darüber nachzudenken. Das musste ich. Ich musste mich anpassen. Auch wenn es mir noch so gegen den Strich ging.

Als die Durchsuchung endlich vorbei war, zog ich meine zu weite graue Hose hoch und zerrte die Unterwäsche zurecht, so gut es mit den Handschellen ging. Die Gefängniskluft, ganz in Grau für die normalen Insassen, gab es nur in zwei Größen – zu groß oder zu klein. Heute trug ich die zu große, und die Hosenbeine waren gut acht Zentimeter zu lang. Das Oberteil, in dem ich versank, war orange und zeigte den übrigen Häftlingen an, dass ich im Todestrakt saß.

»Vorwärts. Die Uhr tickt.« Der Officer zeigte auf seine Armbanduhr.

»Ja, Sir«, antwortete ich, Blickkontakt vermeidend, nur um das schnell hinter mich zu bringen.

»Jetzt Sie«, sagte der Officer zu Roni, die als Nächste an der Reihe war und schon auf der anderen Seite der quadratischen Durchsuchungskabine gehockt hatte, die blondierten, strähnigen Haare so drapiert, dass sie ihre Augen bedeckten. »Sehen Sie mich nicht so an. Wir können das auf die sanfte oder die harte Tour machen.«

Mach es dir nicht schwerer als nötig, Roni. Ich zählte die Kacheln, während ich auf die Wärterinnen zuging, die mich zu meiner Arbeit führen würden. Meine Hose schleifte um meine schwarzen Gummilatschen herum. So schlimm ich die Leibesvisitationen fand, waren sie für Roni doch noch viel schlimmer. Das merkte ich daran, wie sie zurückzuckte, als die Beamten ihre Latexhandschuhe überzogen und begannen, sie nach Schmuggelware abzusuchen. Ihr Körper war schon zu oft ohne ihr Einverständnis begrapscht worden. Wir waren anpassungsfähig, aber manchmal musste Roni sich einfach wehren.

Wenn man mich als Kind gefragt hätte, was ich mal werden will, hätte meine Antwort garantiert nicht gelautet: »Im Schönheitssalon ›Leben oder Färben‹ hinter den malerischen Mauern des Staatsgefängnisses Lakeland arbeiten.« Mein Berufsweg verlief also nicht ganz nach Wunsch, aber lass mich dir berichten, wie man sich hier auf Gefängnisart nach oben arbeitet.

Meine ersten paar Jahre ohne Disziplinarmaßnahmen trugen mir das Privileg ein, innerhalb der Abteilung arbeiten zu dürfen. Auf einer heiß begehrten Position, für die ich zweiundsiebzig Cents am Tag bekam, aber so hatte ich wenigstens einen Grund, morgens aufzustehen.

Am Anfang wurden mir kleinere Hausmeisterpflichten zugeteilt, und ich schob mit einem langen Besen Dreck, Haare und Papierkügelchen durch die Gegend. Beim Fegen rechnete ich mir aus, wie viele Tage ich brauchen würde, um dir ein Geschenk kaufen zu können, vielleicht ein Abschlussballkleid mit Pailletten oder eine neue dunkle Jeans. Jeden Tag wischte ich den Boden vor den Zellen und nahm die Lachen um die ständig überlaufenden Toiletten auf. Wenn das getan war, schrubbte ich nichtidentifizierbare Essenspartikel und Körpersubstanzen von den Betonwänden ab, was mir 14,40 Dollar pro Monat auf meinem Eigenbedarfskonto eintrug. Nicht viel, aber es reichte, um Zahnpasta und Shampoo zu kaufen, wofür ich dankbar war. Nach zehn Jahren im Todestrakt und guter Führung erlaubte mir der Direktor, in dem gefängniseigenen Frisörsalon zwischen Zellenblock A und unserem Trakt zu arbeiten, ein fünfminütiger Spaziergang in Hand- und Fußschellen, den ich zweimal pro Monat machte. Ich war überglücklich, einen Job zu haben, den die meisten Insassinnen als »Cadillac« betrachteten (bequem und vergnüglich). Obendrein erhielt ich so Kontakt zu den normalen Gefangenen. Die Bezahlung blieb die gleiche, aber das war mir egal. Von zwei Wärtern an der Seite bewacht, konnte ich eine Schere zur Hand nehmen und Haare schneiden und waschen, sogar ab und zu mal Augenbrauen mit Wachs behandeln.

Roni war heute zufällig meine erste Kundin.

Sie ließ sich auf den grauen Drehstuhl fallen, die Hände immer noch gefesselt und im Gesicht flächige rote Flecken, die unterhalb ihrer Wangenknochen begannen und sich bis über ihren Hals zogen.

Nach einigem Schnauben und vergeblichen Versuchen, ihren Hosenbund zu richten, sagte sie endlich etwas. »Du erinnerst mich an meine Mama. Du hast den gleichen Mund. Nur nicht die gleiche scharfe Zunge.«

Ich behielt die Schere im Auge, während ich den schwarzen Umhang mit Klettband um Ronis orangenes Top befestigte. Wie immer sah ich ihr zuerst abschätzend ins Gesicht, ehe ich antwortete, so wie man zuerst vorsichtig die Wassertemperatur mit den Zehen testet, ehe man in eine volle Badewanne steigt, denn übereiltes Handeln konnte schmerzhafte Folgen haben.

»Was soll ich dir heute machen?« Ihre roten Flecken waren zu einem hellen Rosa verblasst, was mich dazu ermutigte, das Thema zu wechseln.

Roni war die neueste und jüngste (dreiundzwanzig Jahre alt) Bewohnerin des Trakts. In den ersten Monaten hier hatte sie mit niemandem geredet, niemanden angesehen, das Essen verweigert und nur geduscht, wenn man sie dazu zwang. Ihr leerer Blick, die wirren wasserstoffblonden Haare und ihr unzusammenhängendes Gemurmel ließen ihre grobknochige, hochgewachsene Gestalt noch bedrohlicher wirken. Im Grunde war sie nur noch die Hülle eines Menschen, dessen Seele woanders hingekrochen war.

Aus Angst vor ihrer eigenen Behausung, nahm ich an.

Ich hoffte, dass sie sich anpassen und nicht verrückt werden würde, wie man es sich von manch früheren Insassinnen hier erzählte. Ihre innere Leere war für mich nachvollziehbar, denn niemand brachte einem bei, wie man im Gefängnis seine Tage ausfüllte, doch das Gefängnispersonal fasste Ronis Abschottung als Trotz und Respektlosigkeit auf. Nicht die angenehmste Art und Weise, sein Leben im Todestrakt zu fristen.

In letzter Zeit jedoch war sie ein bisschen aus ihrem Schneckenhaus herausgekommen. Sie verließ gelegentlich ihre Zelle und setzte sich in den Gemeinschaftsraum, der den Mittelpunkt der Abteilung für die weiblichen Todeskandidaten bildete. Wir mit den orangenen T-Shirts konnten dort zusammenkommen und fernsehen oder unseren wöchentlichen fünfzehnminütigen Telefonanruf machen. Dieses gesellige Beisammensein, das man sich verdienen musste, war von zehn Uhr morgens bis zehn Uhr abends möglich, konnte aber jederzeit aus irgendeinem Grund oder auch ohne Grund gestrichen werden.

Nach einem halben Jahr ohne disziplinarische Strafen war Roni mal wieder ein Haarschnitt erlaubt worden. Ich war richtig begeistert gewesen, als ich zum ersten Mal einen grobzinkigen Kamm ihrer dicken Mähne nähern durfte, die inzwischen oben dunkel war und im unteren Drittel messingfarben.

»Fünf Zentimeter, nicht mehr«, sagte sie entschieden und deutete auf das Ende ihres Pferdeschwanzes.

Nickend bestätigte ich ihre Abmessung mit Daumen und Zeigefinger. Ich rollte sie zum Waschbecken hinüber, ließ das Wasser laufen und hielt die Hände darunter, bis es warm genug war.

Daraus, wie Roni mit dem Fuß wippte und ihr Rücken sich versteifte, wenn sie über ihre Familie sprach, hatte ich bereits geschlossen, dass das Verhältnis nicht gut war. Ich vermied es meist, ihr irgendwelche Fragen zu stellen, aus Angst, dass der jeweilige Haarschnitt mein letzter sein könnte, doch sie schien mir bei jeder Sitzung etwas erzählen zu wollen, schmerzliche, schlimme Dinge, die sie so energisch in sich vergraben hatte, dass sie umso stärker an die Oberfläche drängten.

»Du siehst gar nicht aus wie eine, die ihr Kind umbringt«, bemerkte sie, als ich ihre Haare mit dem Handtuch trockenrubbelte. Dabei musterte sie mich forschend in dem kunststoffbeschichteten Spiegel.

Ich wusste, dass ich für die meisten nicht mehr war als das, was in meiner Gefängnisakte stand, aber aus dem Mund einer Frau, die ihren Stiefvater, ihre Mutter und ihre Kusine zersägt und die Körperteile in Plastikbeuteln in der Gefriertruhe im Keller versteckt hatte, fand ich dieses indirekte Kompliment doch ein kleines bisschen anmaßend.

Allerdings war ich selbst überrascht gewesen, wie normal die anderen Frauen hier im Todestrakt aussahen. Frauen wie Carmen mit ihrer Südstaatlerinnen-Toupierfrisur und den runzeligen Händen oder Jada mit ihrem gespaltenen Kinn und dem Kaugummiparfum – beide durchschnittlich genug, dass man sie sich in irgendeinem Großraumbüro vorstellen konnte, wo sie den Kolleginnen Tipps für die besten Urlaubspensionen gaben oder wie man lockeres Kartoffelpüree hinbekam statt des pampigen, für das ich berüchtigt war. Frauen, die unter besseren Voraussetzungen – eine nüchterne Mutter, die sie abends ins Bett brachte, ein Vater, der seine Hände bei sich behielt – jetzt vielleicht an einem Make-up-Stand im Einkaufszentrum arbeiten würden, statt in einem Käfig zu leben wie ein tollwütiges Tier.

In der Nahrungskette der Häftlinge rangierte ich bei den Termiten und kleinen Nagern. Eine Kindsmörderin. Noch verachtenswerter als die Perversen, die allein auf den Schulbus wartende Nachbarskinder sexuell belästigt hatten. Ich hatte es längst aufgegeben, andere von meiner Unschuld überzeugen zu wollen – von der Liebe, die ich für meine Familie empfand und immer noch empfinde, von meinen verzweifelten Bemühungen, eine gute Mutter zu sein. Im Gefängnis sind Lügen, Rechtfertigungen und Ausreden so verbreitet wie trockene Haut im Winter. Also konzentrierte ich mich lieber auf das, was ich beeinflussen konnte, zum Beispiel, wie ich mit den anderen umging, dass ich freundlich zu ihnen war.

»Hältst du mich für böse?«, fragte Roni mich, während sie ihre Haarspitzen prüfte, ob sie auch gerade geschnitten waren. Wenn man sie darauf ansprach, bekannte sie freimütig, zu hundert Prozent schuldig zu sein, den Tod zu verdienen und nicht das kleinste bisschen Reue zu verspüren.

»Mein Immer-mal-wieder-Stiefvater hat mich gebumst, sobald er die Gelegenheit dazu bekam«, hatte sie mir einmal anvertraut, »und meine Mama hat es gewusst. Das war mein Geburtstagsgeschenk in der Nacht, als ich fünf wurde. Dieser Scheißkerl und mein armseliges Exemplar von einer Mutter hatten es verdient zu sterben. Meine Kusine war ein Kollateralschaden. Hat ihr weitere Nächte mit ihm erspart.«

Ich zögerte, bevor ich etwas sagte. Ich legte ihr eine Hand auf die Schulter und verbarg die Berührung mit meinem Rücken vor den Wachen. »Dein Stiefvater hat Schlimmes getan. Deine Mutter noch Schlimmeres.«

Ich habe an dich gedacht, während ich Roni frisierte. Hast du der Frau, die dir die Haare föhnt, auch deine persönliche Geschichte erzählt?

»Meine Mom wurde verhaftet, als ich knapp zwölf war. Ich habe mich praktisch selbst aufgezogen.«

Ich fragte mich, ob deine Worte Tränen hervorriefen oder ob du die Geschichte schon so oft erzählt hattest, dass das Schmerzliche sich abgenutzt hatte.

»Es tut mir leid«, sagt die gesichtslose Frau in meiner Vorstellung, während sie den Föhn abstellt und dir über die feuchten Haare streichelt, »dass Sie so eine traurige Kindheit hatten.«

Ich sah Roni im Spiegel an und antwortete wahrheitsgemäß: »Ich sehe viel Gutes in dir.«

Ihre Gesichtszüge, tief zernarbt von Wut und Akne,

wurden für einen Moment weicher, und ich erhaschte einen kurzen Blick auf ein unschuldiges Kind, das von seiner Mutter nie geliebt worden war.

Nach meiner letzten Kundin des Tages säuberte ich das Waschbecken und fegte lockige und glatte Haare auf ein Kehrblech, während die beiden Wärter sich mit Wetttipps für das bevorstehende Footballturnier an Thanksgiving übertrafen. Ich gab die Schere dem Officer zurück, der mir am nächsten stand, und sah zu, wie er sie in einer weißen Resopalschublade einschloss, die auch Rasierer und sterilisierte schwarze Stielkämme enthielt.

Ich überlegte, wie sich deine honigblonden Haare inzwischen wohl anfühlten und ob sie immer noch lockig waren wie die deines Vaters oder inzwischen so glatt wie meine. Wie sie wohl rochen? Bei uns zu Hause ist es nicht so zugegangen wie bei Roni, aber ich befürchte, dass du genauso tiefe Narben davongetragen hast.

Ich kehrte in meine Zelle zurück und wusste, dass ich das alles für dich aufschreiben musste. Meine Hände sind müde, und meine Füße tun weh, aber meine Gedanken überschlagen sich. Ich habe keine Besitztümer zu verteilen, keine Finanzen zu regeln, keine große Bestattung zu planen, aber dennoch ein paar Angelegenheiten in Ordnung zu bringen. Ich muss meinen Platz auf dieser Welt markieren, selbst wenn ich ihr nicht mehr angehöre: Es gibt mich! Auch ich bin von Bedeutung! Aber vor allem sollst du wissen, dass du von Bedeutung bist.

Sophie

Sophie spürte, wie ihr panische Hitze ins Gesicht stieg, als sie auf den ungeöffneten Brief starrte. Nun hatte sie es endlich so weit gebracht, dass sie nach vorn schauen und Pläne schmieden konnte, indem sie diesen entwürdigenden Teil ihres Lebens als weggesperrt und begraben betrachtete, gemeinsam mit dem Rest ihrer Familie. Warum versuchte jemand, ihr das zu nehmen?

Aber sie würde es nicht zulassen. Sie würde sich jetzt wie geplant vor ihrem Termin im Krankenhaus mit Thomas treffen. Bis dahin müsste er mit seiner letzten Patientin fertig sein, so dass sie vielleicht noch schnell zusammen essen konnten, ehe er zu seiner Nachmittagsvisite musste.

Sie faltete den Umschlag in der Mitte und dann noch einmal. Wenn sie ihn unter die Wasserrechnung vom letzten Monat oder in einen alten Schuhkarton unterm Bett stopfte, bestand die Gefahr, dass Thomas ihn zufällig fand – nicht aber, wenn sie ihn in ihr Make-up-Täschchen tat. Sie durfte kein Risiko eingehen, also wanderte ihr Geheimnis rasch zwischen ihren Gesichtspuder »matthell« und ihr Shocking-Pink-Lipgloss. Ihr Make-up, dachte sie, als sie den Reißverschluss zuzog, spiegelte das Durcheinander wider, das in ihr selbst herrschte.

Als sie auf den Ärzteparkplatz hinter dem Gebäude fuhr, in dem sich Thomas' Praxis befand, merkte sie, dass sie von der Fahrt überhaupt nichts mitbekommen hatte. Sie parkte neben seinem Wagen in dem reservierten Bereich. *Hat seine Vorteile, Arztgattin zu sein*, dachte sie jedes Mal, wenn sie ihre Schlüsselkarte durch den Schlitz an der Schranke zog.

Thomas' Praxisräume waren hochmodern eingerichtet, nicht wie die meisten anderen Arztpraxen, die sie kannte. Keine Spur von den üblichen Kunststoff-Schalenstühlen im Wartezimmer oder den matten Farbtönen einer vergangenen Deco-Ära. Hier gab es rote Velourledersofas mit eckigen Metallgestellen und klaren Linien. Große Plasmabildschirme hingen an den Wänden ringsum. Ein ausgeklügeltes visuelles Büfett sollte Lust machen auf das, was zu haben war: volle Schmolllippen, ein fester, runder Hintern, größere Brüste. Schlagworte und Slogans wie *innovativ* oder *Warum nicht jetzt?* tauchten zwischen den Bildern auf.

»Der erste Eindruck ist entscheidend«, hatte Thomas ihr erklärt, als er sie zum ersten Mal durch seine Räume führte. »Die Kundinnen sollen an Potenziale denken, wenn sie hereinkommen, und an Perfektion, wenn sie wieder hinausgehen.« Sophie verspürte bei jedem Besuch das Bedürfnis, sich nach Falten abzusuchen.

Ein unbekanntes Gesicht empfing sie an der Rezeption, die gewohnte Sprechstundenhilfe war wohl im Urlaub.

»Kann ich Ihnen helfen?«, fragte die muntere Mittzwanzigerin mit perfekten Zähnen und enger Bluse.

»Ich bin Sophie. Sophie Logan.«

»Ah, Dr. Logans Frau«, sagte das Mädchen und unterzog ihre Erscheinung einer Musterung.

»Ja. Ist seine Sprechstunde zu Ende?«

»Die letzte Patientin ist gerade gegangen, aber ich glaube, er ist noch, äh, in einem Meeting.«

»Danke«, erwiderte Sophie in einem Ton, der besagte: *Ich bitte Sie nicht um Erlaubnis*. Sie öffnete eine Tür und ging durch den Flur dahinter.

Die Tür zu Thomas' Büro war geschlossen, also setzte sie sich in den kleinen Wartebereich vor einem der Sprechzimmer. Sie war selbstbewusst genug, sich nichts von einer Aushilfe sagen zu lassen, aber nicht so kühn, ihren Mann bei der Arbeit zu stören.

Sie blickte auf die Zeitanzeige ihres Handys. Noch eine gute Stunde, bevor sie ins Krankenhaus hinüber musste. Hoffentlich war seine Besprechung bald zu Ende.

Sie sah sich in der Nische um und blätterte in dem Informationsmaterial auf den Beistelltischen aus gebürstetem Edelstahl. Vorher-nachher-Fotos von Kundinnen illustrierten das Geschick von Dr. Thomas Logan. Am meisten beeindruckte sie ein Buch mit dem Titel *Körperstraffung nach Gewichtsabnahme*, in dem Patientinnen, die einst schlaffe, überschüssige Haut mit sich herumgetragen hatten, ihre neuen, wohlgeformten Körper vorführten. Hut ab vor ihnen und vor Thomas.

Wieder blickte sie auf die Uhr. Noch eine Dreiviertelstunde, dann musste sie gehen. Sie nahm eine Zeitschrift zur Hand und überflog die Artikel. »Wider die Schwerkraft – Hoffnung für Hängebusen« oder »Tränensäcke – zeitweilig oder genetisch?« Keiner davon interessierte sie, aber bei dem Wort »genetisch« krampfte sich ihr Magen zusammen.

Ob ihre Mutter immer noch genauso aussah? Waren ihre Hände immer noch so weich? Sie schüttelte den Kopf, um den Erinnerungen Einhalt zu gebieten, aber sie ließen sich nicht vertreiben.

Bei ihrem letzten Besuch im Gefängnis hatte sie sich sehr angestrengt, fröhlich zu klingen. »Ich hatte heute meine Schulabschlussfeier.« Eins der glücklichen und doch nicht richtig glücklichen Ereignisse, die sie sich für ihre Mom aufgespart hatte, um ihr eine Freude zu machen und ihr das Gefühl zu geben, an ihrem Leben teilzuhaben.

Durch die Glasscheibe sah sie, wie ihre Mutter den Kopf hängen ließ.

»Ich wünschte, du wärst dabei gewesen.« Dann hatte sie den Hörer aufgehängt, weil die Zeit um war.

»Kann ich Ihnen etwas anbieten?«, fragte die Empfangstussi, als sie zum zweiten Mal vorbeischaute.

»Nein, danke«, sagte Sophie. »Ich brauche nichts.«

»Wollte nur nachfragen.« Sie tat, als würde sie ein paar Zeitschriften auf dem Tisch ordnen, ehe sie wieder ging.

Keine Anzeichen, dass sich in Thomas' Büro etwas regte, also machte Sophie ihre Handtasche auf und fischte den zusammengefalteten Brief aus ihrem Make-up-Etui. Vor elf Jahren hatte sie sämtlichen Menschen ihrer Vergangenheit den Rücken gekehrt und die untergeordnete Tätigkeit gekündigt, die darin bestand, ihre Mutter glücklich zu machen. Sie würde den Job nicht wieder übernehmen.

Thomas hatte doch bestimmt einen Schredder. Sie stand auf, um einen zu suchen, doch die Erinnerung an das herzerweichende Gesicht ihrer Mutter hielt sie davon ab. Sie riss den Umschlag auf.

Sehr geehrte Mrs Logan,

ich hoffe, dieser Brief erreicht Sie und es geht Ihnen gut. Ich versuche schon länger, Sie im Auftrag Ihrer Mutter, Mrs Grace Bradshaw, ausfindig zu machen. Mrs Bradshaw hat mich gebeten, Kontakt zu Ihnen aufzunehmen und Sie darüber zu informieren, dass ihr Status sich verändert hat. Es ist äußerst dringlich. Bitte rufen Sie mich so bald wie möglich unter dieser Nummer an: (334) 232-2549.

Mit freundlichen Grüßen
Ben Taylor

Die Worte verschwammen auf dem Papier. *Äußerst dringlich … Status verändert.* Sophie wurde schlecht.

Was denn für ein Status? Offenbar saß ihre Mutter

nach wie vor in der Todeszelle, obwohl ihr Vater immer erklärt hatte, dass ein Urteil, welches auf so wackeligen Beinen stand, einer Berufung niemals standhalten würde. »Deine Mom wird nicht im Gefängnis sterben«, hatte er einmal gesagt, während er eine Ladung ehemals weißer Handtücher zusammenlegte.

Vielleicht kommt sie ja raus. Sie wusste genauso wenig, wie sie mit dieser Möglichkeit umgehen sollte. Ihre Halskette mit dem S-Anhänger fühlte sich plötzlich eng an und schien sie zu würgen.

Stimmen drangen aus Thomas' Büro. Schnell steckte sie den Brief zurück in den Umschlag und stopfte beides in ihre Handtasche.

»Was machst du denn hier?«, sagte Thomas verblüfft beim Herauskommen.

Als sie nicht gleich antwortete, fragte er: »Ist alles in Ordnung?«

»Ja, ja. Ich wollte eine Liste von Spendern zusammenstellen. Für die Benefizveranstaltung. Und ich dachte, wir könnten zusammen mittagessen.«

»Tut mir leid, Soph. Ich hab schon gegessen.« Er deutete entschuldigend auf sein Büro.

Eva kam heraus, bekleidet mit silberfarbenen hochhackigen Schuhen und einem dunkelblauen Rock. In den Händen hielt sie eine zerknitterte Tüte von einem Deli.

»Oh, hallo«, sagte sie zu Sophie, kehrte ihr dann den Rücken zu und verschwand in der Toilette.

Sophie zwang sich, ihre Gedanken zu sammeln, ehe sie etwas sagte, aber sie wusste, dass ihre Miene pures

Entsetzen ausdrückte. »Was macht sie denn hier?«, stieß sie schließlich hervor, als Thomas keine Erklärung gab.

Ehe er antworten konnte, kam die Aushilfe durch den Flur herangeschossen. »Ich gehe jetzt zu Tisch. Denken Sie daran, Ihre Nachrichten abzuhören. Isabel Campors Eltern haben wieder angerufen.«

»Äh, ich nehme Alexis«, sagte Molly. Die Klasse prustete und kicherte.

Die Sportlehrerin überhörte die Hänseleien ebenso wie ihre übrigen Lehrer. »Gut, dann bleibst nur noch du. Geh rüber zur blauen Mannschaft.« Sophie ging durch die große Turnhalle, ein Spießrutenlaufen zwischen höhnischem Gegrinse und Gegackere. »Vorsicht, vielleicht hat sie den Killerinstinkt ihrer Mutter geerbt«, spottete ein Junge, ehe sie endlich einen Platz zum Hinhocken fand.

Sie hatte weiß Gott ihre Vertrauensprobleme, aber als sie nun ins St. John's Hospital zu ihrem Spendertreffen fuhr und das Bedürfnis verspürte, laut zu schreien, wusste sie nicht, ob wegen Evas pinkfarbenem Spitzen-BH unter ihrem dünnen weißen Shirt oder dem Schreiben vom Anwalt ihrer Mutter.

Ihr Handy hatte inzwischen mindestens dreimal geklingelt. Sie vermutete, dass es Thomas war, aber sie sah weder nach noch ging sie ran. Sie bezweifelte, ob sie ihre Zunge im Zaum halten konnte, solange sie derart aufgebracht war.

Er hatte ihr noch einen Kuss auf die Wange gedrückt und etwas davon gemurmelt, dass Eva zusammen mit ein paar Medikamentenmustern einen Mittagsimbiss vorbeigebracht habe. Sophie hatte nicht abgewartet, bis er mit seiner Erklärung fertig war oder Eva von der Toilette zurückkam, sondern nur gesagt, dass sie spät dran sei für ein Meeting, und war gegangen.

Das Handy klingelte erneut, als sie durch das Krankenhausfoyer eilte. Die Anrufanzeige lautete *St. John's Hospital*, daher meldete sie sich.

»Gott sei Dank«, sagte Mindy. »Hast du kurz Zeit?«

»Kaum. Ich versuche, jemanden vom Krankenhaus-Beirat zu erwischen, um zu sehen, ob wir für die Spendenaktion eine Anzahl an Geldgebern fest benennen können.«

»Ich darf solche Informationen wahrscheinlich gar nicht weitergeben, aber Max hat hohes Fieber. Er hat nach dir gefragt.«

Max sah so hilflos aus, als Sophie in sein Zimmer kam. Seine feuchten Haare und roten Fieberwangen gaben ihr einen Stich. Sein Sauerstoffapparat pumpte im Hintergrund.

Der kleine zerbrechliche Körper erinnerte sie an William. Ihr Bruder hatte auch so hilflos dagelegen. Ihre Mom, die an seinem Bettchen betete, ihr Vater, der das Baby weinend anflehte durchzukommen. Doch William war nicht durchgekommen, sie waren alle nicht durchgekommen. Sophie hatte in der Ecke gesessen und Buchstabieren geübt, während sie wünschte, dass das alles endlich aufhörte. G-r-o-ß-s-c-h-r-e-i-b-u-n-g.

Ihre Hals- und Schulterpartie verspannte sich. Sie war schon lange nicht mehr so wütend gewesen. Wütend auf all dieses Unglück, noch wütender auf die, die es zufügten. Ihre Mutter. Max' Mutter. Wenigstens hatte seine Mom ihn nicht krank gemacht. Sie hatte ihn nur im Stich gelassen, als er es schon war.

Sophie nahm einen weißen Frotteewaschlappen von dem Stapel frischer Wäsche auf Max' Nachttisch und machte ihn am Waschbecken nass. Als sie das Wasser abdrehte, hörte sie eine leise, heisere Stimme. »Sosie?« Es war ihm anzumerken, wie sehr ihn das Sprechen anstrengte.

»Hallo, kleiner Mann.« Sie legte ihm den feuchten Lappen auf die Stirn. »Ich hab gehört, dass es dir nicht gut geht.«

Sie zog einen dunkelfleckigen Schaukelstuhl aus der Zimmerecke heran. Er war an den Kanten abgestoßen und eingekerbt, so dass das blanke Holz zum Vorschein kam. Eine pastellfarbene Patchwork-Steppdecke lag über der Lehne, mit einem selbstgeschriebenen Schild daran, auf dem stand: »Mit Liebe genäht für Max. Deine Freundinnen von der ehrenamtlichen Krankenhaushilfe.«

»Schaukel mich«, sagte Max und streckte die Arme aus. »Lies Hasenbuch.«

Ein Gewirr aus Schläuchen und Kabeln verband ihn mit den Apparaten. Die Blutdruckmanschette drückte auf sein Ärmchen, das weiß, dann rot wurde.

Langsam, um nichts abzutrennen, tastete Sophie unter dem Bett nach dem Schalter, mit dem das Seitengitter abgesenkt werden konnte.

»Rutsch mal ein Stück, kleiner Mann. Wenn du nicht zu Sosie kommen kannst, dann kommt Sosie eben zu dir.«

Max zeigte ihr das breiteste Grinsen, das er zustande brachte. Sie kletterte unter dem Infusionsschlauch hindurch und über den Rufknopf hinweg und legte sich zu ihm aufs Bett.

»Wo sollen wir anfangen?« Sie nahm das zerfledderte Krankenhausexemplar von *Der Samthase* zur Hand.

Als sie bis Seite sechs gelesen hatte, merkte sie, dass sie der Handlung gebannter folgte als Max. Er konnte kaum noch geradeaus gucken.

»Du musst dich jetzt ausruhen, Max.«

»Muss Sosie weg?«

»Ich bleibe bei dir liegen, bis du eingeschlafen bist.« Sie rieb ihm über den feuchten Kopf.

»Singst du mir noch ein Lied?«

Sophie wusste nicht, wie sie darauf reagieren sollte. Es war lange her, dass sie einem Kind etwas vorgesungen hatte. Mit geschlossenen Augen überlegte sie.

Auf einmal kamen ihr ein paar Worte in den Sinn, zögernd, nach und nach. »Still, kleines Baby, wein nicht mehr, Mama kauft dir einen Teddybär …«

»Das ist ein doofes Lied.«

»Meine Mama hat es mir immer vorgesungen.« Die Erinnerung überfiel sie plötzlich. Ihre Mutter, die ihr die Haare aus dem Gesicht hielt, während sie sich über die Kloschüssel beugte. Ihre Mutter, die sie in den Armen wiegte, als ihr übernervöser Magen sich nicht beruhigen wollte. Sie hatte ihr dieses Lied immer vorgesungen und noch ein anderes, das ein bisschen nach Kirchenlied klang, um sie auf andere Gedanken zu bringen. *Ich leuchte dir mit meinem Licht, es leuchtet hell und weit, Satan kann es löschen nicht, es leuchtet jederzeit.* So liebevoll war sie gewesen, und Sophie hatte sich so geborgen gefühlt. Doch rückblickend fiel ein dunkler Schatten auf diesen Abend – von was war ihr eigentlich so schlecht gewesen?

Sie würde nicht den Fehler begehen, noch einmal so vertrauensselig zu sein. Blindes Vertrauen gehörte der Vergangenheit an. Nichts und niemand, schwor sie sich, sollte je wieder so viel Macht über sie haben – schon gar nicht die kaum verhüllte emotionale Erpressung eines Anwalts oder die widerwärtigen Avancen einer Pharmavertreterin.

Mit geschlossenen Augen sang sie weiter, als könnte das Lied irgendwie ihre Mutter von damals zurückbringen, die Mutter, die sie zu kennen geglaubt hatte, eine Mutter, wie sie sowohl Max als auch William verdient hätten. »Und will der Teddy nicht mehr brummen, lässt sie die Bienen für dich summen …«

Sie nahm Max fest in die Arme und summte, weil sie nicht mehr wusste, wie der Text weiterging, bis sein schläfriger Kopf herabsackte und sanft auf ihrer Schulter landete.

Grace

Erinnerst du dich noch an die alte Holzkiste, die wir immer zu Weihnachten hervorgeholt haben? Dein Daddy stellte diese vergammelte Kiste zusammen mit einem kleinen Heuballen neben den Baum. Die Nachbarn hielten uns für verrückt, aber mir hat diese Tradition immer viel bedeutet. Deine Großmutter Pearl, die sie bereits von ihren Eltern geerbt hatte, setzte sie fort, als ich ein kleines Mädchen war.

Unsere »Krippe« blieb so lange leer, bis jemand von uns etwas Liebevolles tat. Wenn wir dabei »ertappt« wurden, durften wir eine Handvoll Heu in die Kiste legen. So bereiteten wir gemeinsam als Familie das Bett für das Jesuskind vor.

Einmal hast du Williams Zimmer mit fünfundzwanzig Schneeflocken dekoriert, säuberlich in Form von Herzen und Dreiecken aus Papier ausgeschnitten, nur um zu sehen, was er für Augen machen würde, wenn er von seinem Schläfchen erwachte. Die Krippe wurde ordentlich voll an dem Tag.

Daddy warf Heu hinein, nachdem er eines Tages von der Arbeit nach Hause gekommen war und gesehen hatte, dass ich mit meinem neuen Kombi mit der manuellen Gangschaltung über seine Golfschläger gefahren war.

»Gut, dass dir nichts passiert ist«, sagte er nur, während er versuchte, das Ende seines Putters geradezubiegen.

Du hattest im Hintergrund seine Reaktion abgewartet, und als du merktest, dass er mehr besorgt um mich als um seine Golfschläger war, nahmst du seine Hand und zogst ihn zur Krippe. »Das Jesuskind kriegt dieses Jahr ein ganz weiches und warmes Bettchen.«

Immer wieder probe ich in Gedanken, was ich zu dir sagen würde, wenn ich dich noch einmal sehen könnte. Eines Tages, wenn du mit deinen Gefühlen ins Reine gekommen bist und deine Wunden genug Zeit hatten zu verheilen, wirst du das hier vielleicht lesen und feststellen, dass es mir nicht darum geht, meine letzten Tage im Todestrakt festzuhalten, sondern all die wunderbaren Gaben, die mir in meinem Leben zuteilgeworden sind. Du bist eine der kostbarsten davon.

Ich bin unruhig heute Abend – ich muss aus dieser Zelle raus. Wenn ich mich auf die Zehenspitzen stelle und den Kopf ein wenig drehe, kann ich gerade noch die Digitaluhr an der hinteren Wand des Aufenthaltsraums erkennen. Ich versuche, nicht hinzusehen, aber aus irgendeinem Grund kann ich mich nicht davon abhalten. Ms Liz, die Gefängnisseelsorgerin, hat versprochen, diese Woche zu uns in den Aufenthaltsraum zu kommen. Ich habe sie seit einer Weile nicht gesehen und weiß nicht, ob sie die schlechte Nachricht schon erfahren hat.

In letzter Zeit denke ich viel über die Zeit nach. So ist das wohl, wenn einem nicht mehr viel bleibt. Meiner Mutter zufolge habe ich mir mein Leben früher oft »hinweggewünscht«. »Ich kann es nicht erwarten, mir einen

Job zu suchen und mein eigenes Geld zu verdienen«, hätte ich mindestens einmal pro Woche zu ihr gesagt. »Es ist so viel besser, erwachsen zu sein.«

Als ich dich bekommen hatte und manchmal vor Müdigkeit umfiel, flehte ich darum, dass du die Nacht durchschlafen würdest. Als du Säuglingskolik hattest und dauernd schriest, zählte ich die Minuten, bis Paul nach Hause kam. Ganze Stücke meines Lebens hinweggewünscht, weil sie eine Geduld erforderten, die ich noch nicht besaß.

Anfangs, als man mich einsperrte, wurde die Zeit zu einer Obsession für mich. Wusstest du, dass es nur 914 Samstage von der Geburt eines Kindes bis zu dem Zeitpunkt sind, da es sein Zuhause verlässt, um aufs College zu gehen?

Bist du aufs College gegangen?

Wenn ich keine Uhr finden konnte, fragte ich die Wärter. »Können Sie mir bitte sagen, wie spät es ist?« Manche antworteten mir, andere verspotteten mich. »Müssen Sie dringend wohin, Bradshaw?«

Mein Name tauchte damals immer noch in den Abendnachrichten auf, und an den einsilbigen Antworten, die du mir bei unseren wöchentlichen Telefongesprächen gabst, merkte ich, dass du es in der Schule nicht leicht hattest. Paul hatte mir deinen Stundenplan aufgeschrieben. Wenn ich Zugang zu einer Uhr hatte, schloss ich um 11:55 Uhr die Augen und betete: »Lieber Gott, bitte lass Sophie beim Mittagessen nicht allein sitzen. Bitte lass sie nicht allein sitzen …«

Um 18:15 Uhr fragte ich mich, was Paul wohl zum

Abendessen machte. Hatte er noch genug Energie, um dir bei deinen Hausaufgaben zu helfen?

Nach einer Weile aber musste ich all das loslassen. Meine Gebete begleiteten euch immer noch, aber das tägliche Sorgenmachen wurde zu anstrengend. So viele Einzelheiten aus unserem Familienalltag, die ich nie erfuhr, weil sie einfach zu zahlreich waren, um davon bei den viertelstündigen Telefonaten zu berichten. Um meiner geistigen Gesundheit willen war es besser, nicht zu versuchen, alles mitzubekommen.

Ich brauche mich nur hier umzusehen, um zu erkennen, dass die Zeit nicht alle Wunden heilt. Wenn es so wäre, gäbe es hier gewiss ein paar frohere Herzen oder mehr leere Pritschen. Und du würdest mich vielleicht besuchen kommen, Fotos an die Trennscheibe drücken und mir von den Momenten erzählen, die dich zum Lachen oder zum Weinen gebracht haben.

Die vergehende Zeit allein trägt nichts dazu bei, unsere Wunden zu heilen. Es ist die Arbeit, die wir in den Heilungsprozess stecken, die uns gesund macht.

Wir hatten 659 gemeinsame Samstage, bevor ich unser Zuhause verlassen musste. Nur 26 davon mit William. Ich möchte noch einen Samstag. Ich brauche Zeit, um uns heil zu machen.

Ich werde Ms Liz fragen, ob sie mir eine Krippe besorgen kann. Irgendeinen alten Karton. Ich habe das Bedürfnis, etwas Liebevolles zu tun. Ich hoffe, dein Bett ist weich und warm heute Nacht.

Sophie

»Ich freue mich schon auf die Maisbrotfüllung und die Pekannusstorte«, bemerkte Thomas und fuhr auf die Überholspur.

Sophie nahm die Ohrhörer heraus, die sie auf der vierstündigen Fahrt nach Charleston zu Thomas' Eltern die meiste Zeit über drin gehabt hatte. Die letzten Takte von Miranda Lamberts »Over You« verklangen leise in ihrem Schoß.

»Ich auch.« Bei dem Gedanken an die bleistiftdünne Eva beschloss sie jedoch, nur etwas Truthahnfleisch und ein gefülltes Ei zu essen.

Sie hatten mit keinem Wort über ihren schnellen Abgang in der Praxis oder sonst etwas von Bedeutung gesprochen, seit Thomas gestern spätabends nach Hause gekommen war. Beide waren sie müde gewesen und mussten noch packen. Und blieben manche Dinge nicht besser unausgesprochen?

»Alles in Ordnung mit dir, Baby?«, hatte Thomas nach gut einer Stunde im Auto gefragt. Die Frage klang aufrichtig, er sah sie kurz an. »Du bist so still.«

»Ja, mir geht's prima.« Sie wich seinem Blick aus, um ihm keinen Anlass zu geben, ihr Schweigen näher zu erforschen. Sie konnte sich kaum erinnern, wann

»prima« das letzte Mal auf ihr Befinden zugetroffen hätte.

Die erwachsene Seite von ihr wusste, dass auch sie ihn fragen sollte, wie es ihm ging, wie er sich fühlte, seit seine kleine Patientin gestorben war. War er schon hinter die Ursachen gekommen? Aber in diesem Moment gewann die trotzige, grollende Seite die Oberhand, und sie sagte nichts. Sie stöpselte die Ohrhörer ein und scrollte durch ihre Playlist.

Konnte es sein, dass sie sich wegen Eva in etwas hineinsteigerte? Sie dachte über die Möglichkeit nach und über ihre Gemütsverfassung. In ihrer pinkfarbenen Pradatasche, die zwischen ihren Füßen klemmte, verbarg sich immer noch der Brief vom Anwalt ihrer Mutter.

Sie war nicht ganz bei klarem Verstand gewesen, als Eva aus Thomas' Büro gekommen war. Pharmavertreter besuchten Ärzte, das war ihr Job. Und Eva, die Bohnenstange, war nun mal eine Pharmavertreterin, sosehr sie sie auch verachtete.

Sophie schloss die Augen und versuchte »über sich hinauszuwachsen«, ihre Gegnerin »mit Großzügigkeit zu vernichten«, all das, was ihr Vater ihr vermittelt hatte, nachdem er zu ihrer moralischen Richtschnur geworden war. Doch schon bei dem Gedanken an Eva wurde sie gereizt.

»Es macht mir immer noch ein bisschen zu schaffen, was in der Klinik passiert ist. Du weißt schon, mit dem kleinen Mädchen. Ich hab noch nie eine Patientin verloren.«

Sophie hörte, was er sagte, reagierte aber nicht darauf. Sie dachte an Max und betete, dass sein Fieber abgeklungen war.

Thomas sah stur geradeaus, beide Hände um den unteren Teil des Lenkrads gekrampft.

»Weißt du inzwischen, woran es lag?«, fragte sie schließlich und ließ damit ihren Wunsch nach Bestrafung und fürs Erste auch ihren Groll ziehen.

»Nicht genau.« Er fuhr sich mit der Hand durch die Haare. »Nein. Das Krankenhaus wird den Fall anhand des Autopsieergebnisses prüfen. Ich habe meine Aufzeichnungen mitgenommen und was ich von der Krankenakte kopieren konnte, ohne dass es verdächtig wirkt. Vielleicht können Dad und Carter mir einen Rat geben.«

Sophie nickte. Thomas' Vater war ein bekannter Herzchirurg, der quer durchs Land flog, um auf Ärztekongressen Vorträge darüber zu halten, wann es angeraten war, eine künstliche Herzklappe einzusetzen. Und zwar ein spezielles, von ihm erfundenes Modell. Sophie wusste nicht genau, was das Besondere daran war, aber Thomas meinte, dass man damit wesentlich mehr Geld verdiente als mit Nasenkorrekturen. Carter, sein älterer Bruder, war Staatsanwalt bei der Bezirksstaatsanwaltschaft.

»Bist du sicher, dass du mit deinem Dad darüber reden willst?« Eine berechtigte Frage, da Thomas in Gegenwart seines Vaters immer unter einem gewissen Rechtfertigungsdruck zu stehen schien.

»Ich will mit überhaupt niemandem darüber reden«, antwortete er, »aber mir bleibt nichts anderes übrig.«

Sophie nahm die Ohrstöpsel heraus, wickelte sie zu einem Knäuel auf und warf die Komplizen ihres passiv-aggressiven Verhaltens ins Handschuhfach.

»Sie wurde gemobbt.« Thomas packte das Lenkrad wieder fester, sein Hals wirkte starr. »Sie hat sich ihre Brandnarben weggewünscht, weil sie in der Schule deswegen gehänselt wurde.«

»Das ist schrecklich.«

»Und jetzt fühle ich mich schrecklich. Du weißt, dass ich eigentlich nicht gern Kinder behandle, aber dieses kleine Mädchen ist mir irgendwie nahegegangen.«

»Was glaubst du, warum?«

»Gruselig!«, klagte Thomas und ließ die verkrampften Schultern sinken. »Die Kinder in der Schule sind vor ihr weggelaufen, weil sie fanden, dass sie gruselig aussieht.«

Sophie konnte sich gut in das arme Mädchen hineinversetzen.

Sie betrachtete die hilflose Miene ihres Mannes. Er zeigte sich nicht oft weich und verletzlich, aber wenn, dann fragte sie sich: *Ob er auch Mitgefühl mit mir hätte?*

»Liebling«, sagte sie langsam und gezwungen, »ich möchte dir etwas sagen.« Sie hob ihre Handtasche vom Boden auf.

Thomas sah sie an, aber nur flüchtig, weil der Verkehr gerade wieder zu stocken begann. Der Feiertagsstau machte den Moment nicht gerade ideal.

»Was denn, Schatz?«, fragte er, während er ein junges Mädchen anhupte, das auf der Nachbarspur eine SMS schrieb.

Sophie öffnete ihre Tasche und zog den Brief heraus.

»Guck auf die Straße!«, sagte Thomas überdeutlich und gestikulierte, während er an dem Mädchen vorbeifuhr.

Sophie hielt mit ihrer Eröffnung inne, als der Teenager zurückhupte und ihm den Mittelfinger zeigte.

»Reizend«, schrie er durch den Spalt in Sophies Fenster. »Stilvoll.«

»Bist du fertig?«, fragte sie, ehe sie das Fenster mit einem Tastendruck schloss.

»Ja«, antwortete Thomas und ließ seine Fingerknöchel am Lenkrad knacken. »Wo waren wir gerade?«

»Ich wollte dir nur sagen, dass es mir leidtut.« Sie schob den Brief zurück in den Umschlag und zupfte ihren Mann am Ärmel. »Es tut mir leid, dass du deine Patientin verloren hast.«

Mrs Logan (»Nenn mich Margaret, Liebes«) hatte Sophie immer mit offenen Armen empfangen und gab sich stets große Mühe. Sie rief jedes Jahr Anfang November an, um sie zu fragen, ob sie sich irgendetwas Besonderes für das Thanksgiving-Dinner wünsche, und Sophie wusste, dass es dabei nicht in erster Linie um Kürbispastete und Süßkartoffelauflauf ging. Auf diese Weise zeigte sie ihr, dass sie dazugehörte.

Natürlich hatte es anfangs Fragen gegeben, als Thomas mit seiner Mutter telefoniert und dabei Sophies Lügen wiedergegeben hatte. »Nein, Mom, sie hat keine Familie.« Er war leiser geworden, als er merkte, dass sie sich im Nachbarzimmer befand. »Genaueres weiß ich nicht.« Eine Pause. »Ich habe sie gefragt, aber sie spricht nicht gern darüber.«

Sophie hatte geahnt, dass seine Mutter öfters nachbohrte, um mehr über die arme Waise zu erfahren, die bald ihre Schwiegertochter werden sollte. Sie erinnerte sich noch gut an die Anteilnahme in den Augen seiner Eltern, als sie ihnen zum ersten Mal begegnet war, an die Anerkennung, die in ihren festen Umarmungen lag. Der ständig mitfühlende Ton war manchmal schwer zu ertragen, aber noch unerträglicher fand sie die Vorstellung, dass das Mitgefühl in Abscheu umschlagen würde, wenn sie die Wahrheit erführen.

»War deine Mutter eine gute Köchin?«, hatte Margaret sie gefragt, als sie zum ersten Mal die Feiertage miteinander verbrachten. Die unvermittelte Erwähnung ihrer Mom erschreckte sie so sehr, dass sie sich mit dem Kartoffelschäler in den Daumen schnitt. Sie überlegte sich ihre Antwort, während Margaret ein Pflaster holen ging.

»Meine Mutter hat leidenschaftlich gern gekocht«, sagte sie dann, als Margaret Betadine auf ihren blutenden Daumen träufelte. Ihr war klar, dass Thomas' Mutter sich nicht ernsthaft für die Güte von Graces Brathähnchen interessierte, sondern auf diese harmlose Art ihren Schutzwall durchbrechen und einen Zugang zu ihr suchen wollte.

»Sie hat gern Hochzeitstorten für andere gebacken.« Beides stimmte, und diese kleinen Fünkchen Wahrheit ließen die Lüge vom frühen Tod ihrer Mutter irgendwie weniger gravierend erscheinen.

Ihre gemeinsamen Anstrengungen bewirkten, dass sie sich bei den Logans tatsächlich wie zu Hause fühlte und die Feiertage mit ihnen genießen konnte. Angefangen von dem Porzellan mit dem blauen Weidendekor über die Jakobsmuscheln im Speckmantel, die um halb sechs als Appetizer serviert wurden, bis hin zum pünktlich um sechs beginnenden Festmahl.

Auch an diesem Thanksgiving saß Dr. Logan wie gewohnt am Kopfende des dunklen Holztisches. Margaret beschriftete immer noch Tischkarten, obwohl alle ihre festen Plätze hatten: Carter und seine Familie auf der einen Seite, Thomas und Sophie auf der anderen. Margaret an dem Ende, das der Küche am nächsten lag. Die Stühle hatten hohe, mit Schnitzereien verzierte Lehnen und rutschten nicht gut. Man brauchte mindestens drei Anläufe, bevor man entkommen konnte – das war Sophies Gedanke gewesen, als sie sich zum ersten Mal an diese Tafel setzte.

Nachdem Dr. Logan ein Dankgebet gesprochen hatte, schaufelte er sich eine große Portion Kartoffelbrei auf den Teller. Er reichte die Schüssel an Thomas weiter und sagte in Sophies Richtung: »Du hast ja bald Geburtstag. Wirst dreißig, wie ich höre.« Er machte nie viel Smalltalk, aber wenn, passte Sophie auf. Seine tiefe, gebieterische Stimme schüchterte sie immer ein bisschen ein.

»Leider hast du richtig gehört«, erwiderte sie, während Thomas ihr den Sieben-Schichten-Salat reichte. Sie nahm sich einen kleinen Löffel und gab ihn an ihre Schwiegermutter weiter.

Dr. Logan goss Bratensoße auf seinen Kartoffelbrei und richtete seine nächste Frage an Thomas. »Meinst du nicht, dass es langsam Zeit wird, diesem alten Mann hier ein paar Enkel zu bescheren?« Das Wort »Enkel« tönte laut hervor.

Sophie schluckte dreimal, um ein Stück gebratenen Speck hinunterzuwürgen, und wartete gespannt, wie Thomas auf die Frage reagieren würde, die eher wie ein Befehl geklungen hatte.

Thomas reichte ihr ein Glas Wasser und sagte: »Wir üben, sind aber noch nicht ganz bereit für den Ernstfall.«

Sein Vater lachte laut und schien sich damit zufriedenzugeben. Sie wollten beide Kinder, aber angesichts der Anforderungen seines Berufs fand Thomas es besser, die Sache noch ein Weilchen hinauszuschieben. Sophie hatte nichts dagegen, besonders bei ihrem Genpool. Die Mutterschaft blieb besser in die ferne Zukunft verbannt.

Margaret wechselte das Thema, indem sie Vivianne, Carters und Carolines bislang einziges Kind, fragte, ob sie etwas Cranberrysoße wolle.

»Nein danke, Oma Margaret«, antwortete die Fünfjährige wohlerzogen. »Tante Sophie, malst du später ein bisschen mit mir?«

Nach den letzten beiden Tagen konnte Sophie es

kaum erwarten, einen Buntstift in die Hand zu nehmen. »Nichts würde ich lieber tun.«

Nach dem Essen zogen die Männer sich in den Fernsehraum zurück, während Caroline, Margaret und Sophie den Tisch abräumten und sich über die saisonalen Sonderangebote nach Thanksgiving unterhielten. Vivianne saß im Schneidersitz auf dem Boden und wartete geduldig darauf, dass sie fertig wurden.

Sophie bemühte sich redlich, Carolines Ausführungen darüber zu folgen, dass die ganzen »Topdesigner« ihrem Image schadeten, indem sie ihre Kollektionen in Billig-Warenhäusern wie *Kohl's* und *Target* anboten, und warf eine gelegentliche Bemerkung ein wie »Ich finde Vera-Lavender-Label-Ballerinas toll«, aber sie war nicht richtig bei der Sache. Sie fühlte sich dünnhäutig und fehl am Platz.

»Tante Sophie, bist du gleich fertig?« Vivis freudig-erregter Ton erinnerte sie an Max. Max, der jetzt ganz allein sein Erbsenmus mit Truthahnscheiben aus der Fabrik essen musste.

»Ja, gleich, Vivianne.«

Vielleicht lag es an dem Brief, der in ihrer Tasche lauerte und sie daran erinnerte, dass die Vergangenheit nicht einfach verschwand. Und dass eine Mutter, was sie auch getan hatte, an Thanksgiving allein an dem letzten Ort saß, an dem irgendein Mensch sein wollte.

»Geht's dir gut, Sophie? Du siehst ein bisschen blass aus«, sagte Caroline.

»Mir ist ein bisschen komisch.« Sie entschuldigte sich und ging ins Badezimmer, wo sie die Tür hinter sich abschloss und an der Wand hinunter auf den Boden rutschte. *Entspann dich, genug jetzt, vergiss den Brief* – doch sie konnte sich noch so gut zureden, nichts half. Sie schloss die Augen und schüttelte den Kopf, wurde aber von alten Erinnerungen beschlichen, die sich nicht aufhalten ließen, sich gnadenlos in den Vordergrund drängten, bis sie sich nicht mehr dagegen wehren konnte.

Das Thanksgiving, als sie zehn Jahre alt war, stand wieder vor ihr. Sie in ihrem Bett, in ihrem rosa Mädchenzimmer, unter der Decke mit dem lilafarbenen Pünktchenmuster. Warm und geborgen, ihren schlafenden Hundewelpen neben sich. Sie hörte ihre Mom in der Küche herumwirtschaften, die Ofentür öffnen und schließen, der heranwehende Duft von frisch gebackenem Rosinenbrot. Der Mixer klapperte rhythmisch in der Schüssel, in der sie Kartoffelbrei »mit nur einem kleinen Klacks« Frischkäse machte.

Dann hörte sie eine Blaskapelle im Fernsehen, und gleich darauf rief ihr Dad: »Aufwachen, Dornröschen, die Parade fängt an!« Seine Schritte näherten sich ihrer Zimmertür, hielten aber inne, weil er den Makkaroniauflauf kosten musste. »Cremig genug?«, fragte ihre Mom.

Sie sah die ganze Familie um den kleinen ovalen Küchentisch sitzen, Pappteller mit dicken braunen Truthähnen vor sich (»Weniger Abwasch, mehr Zeit füreinander«, hatte ihre Mutter gesagt), und sich an den Händen halten, während ihr Vater das Dankgebet sprach. »Wir danken dir, Herr, für all die guten Gaben. Jeder Stuhl ist besetzt, und unsere Herzen sind voller Dankbarkeit.« William patschte fröhlich auf die Ablage seines Kinderstuhls, während ihre Mom ihn mit kleinen Löffelchen voll Apfelmus fütterte. Das war einer der seltenen Tage, an denen er lachte und gluckste wie ein normales Baby, eines, das nicht sein ganzes Essen wieder erbrach und ständig von einem Arzttermin zum anderen gekarrt wurde. Sophie wünschte, sie hätte mehr solcher Erinnerungen.

Sie atmete tief durch und zählte bis zehn. Wie lange war es her, seit sie sich gestattet hatte, an solche Momente zu denken, unwiederbringlich wie sie waren?

»Schnappen wir uns die Zeitung von deinem Mann«, sagte Margaret gerade zu Caroline, als Sophie zurück in die Küche kam. »Ich will nachsehen, ob Macy's die Coach-Taschen heruntergesetzt hat.«

Sie folgten ihr ins Wohnzimmer. Als Carter sie sah, legte er den Nachrichtenteil der Zeitung nieder. »Er hat es verdient zu schmoren«, bemerkte er, auf die Schlagzeile der Titelseite deutend. Sophie las das Fettgedruckte über seine Schulter hinweg: »Walter Mayberry wird im Lakeland-Gefängnis hingerichtet.«

Das Gefängnis, in dem auch meine Mutter sitzt.

»Auge um Auge«, fuhr Carter fort, als würde er sein Schlussplädoyer vor den Geschworenen halten. »Das Hobby dieses Mannes war es, junge Mädchen umzubringen. Mord zum Zeitvertreib. Die Welt ist besser dran ohne diesen Dreckskerl.« Margaret hielt Vivianne die Ohren zu.

»Reg dich ab, Johnnie Cochran, du hast heute frei«, neckte Caroline ihn und versuchte dabei, ihm die Beilage mit den Weihnachtsschnäppchen zu entlocken.

»Falsche Seite des Gerichtssaals«, gab Carter zurück. »Ich verteidige Kriminelle nicht, Herzblatt, ich bringe sie hinter Gitter und sorge dafür, dass der Schlüssel weggeworfen wird.« Er warf einen imaginären Schlüssel über seine Schulter und rieb sich triumphierend die Hände.

»'ne Kindsmörderin kommt als Nächste auf den Richtblock«, hörte Sophie ihn noch sagen, ehe ihr schwarz vor Augen wurde und ihr Kopf auf dem Boden aufschlug.

Grace

Meine Zellentür entriegelte sich pünktlich zur gewohnten Zeit. Wie sämtliche Türen im Zellenblock, außer Ronis. Ich wusste nicht, was sie diesmal angestellt hatte, um ihre Vergünstigungen abgesprochen zu bekommen, aber irgendetwas musste es gewesen sein. Ich hörte Jada ihre Schritte in der Zelle zählen. »Eins, zwei, drei, vier, rum. Eins, zwei, drei, vier, rum.«

»Kommst du?«, fragte ich sie im Vorbeigehen.

Sie achtete nicht auf mich, also setzte ich mich an den Klapptisch aus Metall und ging den Stapel Zeitschriften darauf durch. Ms Liz sammelte alte Ausgaben von der Frauengruppe in ihrer Kirche und brachte sie uns einmal im Monat. Es waren ganz unterschiedliche, von Kreuzworträtseln bis hin zu Warentests, die jedoch eins gemeinsam hatten – an der unteren rechten Ecke des Titelblatts war ein kleines Rechteck ausgeschnitten.

Ms Liz war meine Seelsorgerin, und wir sahen uns normalerweise mindestens einmal pro Woche, aber nun war es schon eine ganze Weile her. Ich wusste nicht, warum sie in letzter Zeit nicht gekommen war, aber ich vermisste sie und brauchte ihren Zuspruch mehr denn je.

»Kommt Ms Liz heute?«, fragte ich Officer Jones, die an ihrem Pult im Aufenthaltsraum gerade eine Telefonnummer wählte. »Hab sie nicht gesehen«, antwortete sie, ohne aufzublicken.

»Hier ist Jones …«, meldete sie sich ernst. Sie hörte kurz zu und sagte dann: »Es geht also los?«

Ich sah auf. Sie merkte es und senkte daraufhin die Stimme. »Der Erste seit Jahren. Hier wird der Teufel los sein.«

Die Person am anderen Ende musste ihr zugestimmt haben. Lakeland war das größte Hochsicherheitsgefängnis des Staates und hatte sowohl einen Todestrakt für Frauen als auch für Männer. Der neue Gouverneur hatte angekündigt, hart gegen das Verbrechen vorzugehen und noch härter gegen Verbrecher. »Viel zu viel von Ihrem sauer verdienten Geld wird dazu verwendet, Gesetzesbrecher durchzufüttern. Zum Tode Verurteilte sitzen Jahr für Jahr in unseren Gefängnissen, die Berufungen ziehen sich in die Länge und kosten Sie, die Steuerzahler, noch mehr Geld.« Das hatte er gebrüllt, als würde er den Leuten eine Steuererstattung in Aussicht stellen. »Ich verspreche euch, diese langwierigen Verfahren zu beschleunigen und dafür zu sorgen, dass die Strafen vollzogen werden.« Die Zuhörermenge in dem Fernsehbericht hatte gejubelt.

Officer Jones beendete ihr Gespräch an einem verschwiegeneren Ort, oder vielleicht blendete ich es auch aus. Fest stand, dass irgendjemand hier noch vor mir das Zeitliche segnen würde. Wer, das wusste ich nicht.

Carmen kam etwa zwanzig Minuten nach mir aus ihrer Zelle. Selbst im Todestrakt legte sie noch Wert darauf, divenhaft spät zu erscheinen.

Auf eine Begrüßung verzichtend, nahm sie sich ein Reisemagazin vom letzten Monat und sagte: »Ich wette, die Frau, die das hier gespendet hat, ist noch nie aus diesem Staat rausgekommen.« Ihre langen Fingernägel klickten auf dem Stahltisch. »Ihr Mann ist bestimmt ein Geizkragen.«

Sie blätterte rasch weiter, es schien sie nicht zu kümmern, ob ich ihr beipflichtete oder nicht.

»Ich wette, sie machen dauernd Reisen«, erwiderte ich nach ein paar Minuten. Ich wollte keinen Streit mit Carmen, aber ich bemühte mich um eine adventliche Gesinnung, und diese Abonnentin war immerhin so nett gewesen, die Zeitschrift zu spenden. »Bestimmt lässt sie ihren Kindern bunte Bänder in die Haare flechten, wenn sie an den Strand gehen.«

Carmen grunzte etwas und blätterte weiter. Sie war am längsten von uns allen hier und für mich am schwierigsten zu ergründen. Roni konnte ich verstehen. Brandflecken von einem heißen Bügeleisen bildeten den Rahmen ihrer Welt. Ich bezweifelte, dass sie je das stolze Glücksgefühl empfunden hatte, zum ersten Mal ohne Stützräder Fahrrad zu fahren oder von jemandem gesagt zu bekommen: »Du hast ein schönes Lächeln« oder »Du siehst hübsch aus in diesem Kleid.«

Von Carmen konnte man das nicht behaupten. Sie war in einem Haus mit Köchin und Chauffeur aufgewachsen und wusste eine Geschichte über jedes Urlaubsziel in jeder der gespendeten Ausgaben zu erzählen. Die Art, wie sie mit schräg geneigtem Kopf ihre dünne Scheibe Mortadella oder den grünen Wackelpudding im Plastikbecher untersuchte, verkündete allen, dass das Ganze hier unter ihrer Würde war. Ihre glänzenden schwarzen Haare, die sie zu einem strengen Knoten aufsteckte, umrahmten ausgeprägte hohe Wangenknochen und schmale Lippen.

»Sie sieht aus wie eine Gottesanbeterin«, hatte Jada einmal gesagt, als sie dachte, dass Carmen schlief. »Meine Fresse, sogar graue Haare und Falten haben Angst, dem Biest zu nahe zu kommen.«

»Ich gebe dir gleich Gottesanbeterin«, hatte Carmen geschrien und war mit erhobener Faust aus ihrer Zelle gestürmt. Ein Wärter war dazwischengegangen, bevor sie auf Jada losgehen konnte. Danach hatte sie drei Tage in Isolationshaft verbracht.

Carmen warf die Zeitschrift auf den Stapel und nahm sich eine *National Geographic* vor. »Venedig wird überbewertet«, sagte sie. »Stan möchte mal hin, aber mir wäre ein anderes Ziel lieber.« Ihr Blick verlor sich ins Leere, und sie verstummte.

Stan war ihr vierter Mann. Sie hatten vor sieben Jahren geheiratet, nachdem Carmen schon fast ein Jahrzehnt im Todestrakt verbracht hatte. Ms Liz hatte die schlichte Trauungszeremonie abgehalten, bei der Carmen und Stan sich durch die Trennscheibe hindurch das Jawort geben mussten. »Wahrscheinlich der erste Ehemann, der sicher vor ihr ist«, hatte eine der Wärterinnen gescherzt.

Carmen war vielen als »die Kuchen-Killerin« bekannt, weil sie ihren Ehemännern Nummer eins bis drei frisches Backwerk, angereichert mit unterschiedlichen Giftcocktails, vorgesetzt hatte. Wir hatten nie über ihre Verurteilung oder ihre Motive gesprochen, nur einmal hatte sie beim Durchblättern der Kochzeitschrift *Taste of Home* bemerkt: »Diesen knusprigen Karamell-Schichtkuchen habe ich mal für meinen zweiten Mann gemacht.«

Ich suchte nach der Novemberausgabe einer Hausfrauenzeitschrift, aus deren Rubrik »Menüs des Monats« ich gern den Kalender herausnahm. Es gab bestimmt Hausfrauen, die diese Rubrik und den praktischen Einkaufsführer tatsächlich dazu benutzten, Mahlzeiten für ihre Familien zu planen. Ich konnte sie mir vorstellen, wie sie den Hackbraten mit brauner Zuckerkruste und Kartoffelbrei zauberten, während ihre Kinder sich darum balgten, wer den Löffel ablecken durfte.

Ich hingegen hatte eine sehr viel simplere Verwendung für »Menüs des Monats«. Ich benutzte den Kalender dazu, die mir verbleibenden Tage abzuzählen.

Sophie

»Er tut mir in den Ohren weh«, heulte Sophie, die glitzernd-violetten Fingernägel fest auf ihre Ohrmuscheln gepresst. »Mach, dass er aufhört zu schreien!« Ihre Mom versuchte, William zu beruhigen, und ließ ihn sachte auf ihrem Arm hüpfen, doch was sie auch tat, nichts half. Baby William sah auch gar nicht mehr knuddelig aus, sondern steif und unbeugsam wie ihre Babypuppe Sabrina mit den glänzenden blauen Augen, die sich nicht bewegten.

»Onkel Thomas, sie sagt immer noch so komische Sachen!«, rief Vivianne. Ihr kreischender Ton ließ Sophie aufschrecken.

Sie öffnete die Augen und wusste nicht, wo sie war. Das dunkle Zimmer gab ihr wenig Anhaltspunkte, nur die salbeigrünen Chenillevorhänge wirkten irgendwie vertraut. Als sie den Kopf hob, um sich umzusehen, fühlte er sich schwer an und tat weh.

Blinzelnd stellte sie ihren Blick schärfer ein. Sie erkannte Vivianne, die im Schneidersitz am Fußende des Bettes saß und sich mit einem nach Erdbeeren riechenden Filzstift kleine dicke Herzen auf ihre dünnen Oberschenkel malte.

»Benutz dein Malbuch«, sagte Thomas zu ihr, als er hereinkam.

Thanksgiving. Die Logans. Jetzt wusste sie es wieder. Zittrig setzte sie sich auf die Bettkante und versuchte aufzustehen, doch das Zimmer drehte sich um sie herum, und sie taumelte.

»Langsam.« Thomas fasste sie stützend am Arm.

»Was ist passiert?«

»Du bist ohnmächtig geworden«, sagte er und sah ihr mit forschendem Ärzteblick in die Augen. Sophie stellte ihn sich mit weißem Kittel und Stethoskop um den Hals vor. Gleich würde er sie fragen, wie lange sie diese ungewöhnlichen Symptome schon hatte. Als er ihr Gesicht zwischen die Hände nahm, wusste sie, dass er nicht seine Frau anblickte, sondern die Symmetrie der Pupillen einer eigentlich gesunden Neunundzwanzigjährigen überprüfte.

»Der Gedanke an Vorweihnachtsschnäppchen war zu viel Aufregung, was?«

Sophie schnitt eine Grimasse und zog seine untersuchende Hand von ihrem Kinn weg. Sie betastete ihren Hinterkopf und fühlte eine dicke Beule.

»Ein ganz schönes Ei.« Er half ihr, sich wieder hinzulegen, deckte sie zu und setzte sich neben sie. »Wie fühlst du dich?«

»Unkoordiniert«, scherzte sie. Der Versuch, einen humorvollen Ton anzuschlagen, führte zu noch mehr Kopfpochen.

»Du warst eine Weile bewusstlos.« Er strich ihr die Haare aus den Augen und küsste sie auf die Stirn. Sein besorgter Blick sagte ihr, dass er jetzt wieder ihr Ehemann war. »Ich hab mir schon Sorgen gemacht.«

»Ich kann mich nicht erinnern, umgekippt zu sein.«

»Caroline meinte, du hättest dich nicht wohlgefühlt. Übelkeit?«

Da wusste Sophie es wieder. Ihre Mutter und ihr Vater, ihr letztes gemeinsames Thanksgiving, William in seinem Hochstuhl. Carter. Die Zeitung.

Das Zimmer und ihr Magen schlingerten erneut. Sie schloss die Augen und hoffte, dass sie sich nicht übergeben würde. *Muss meine Mom sterben?*

»Geht's dir wieder besser, Tante Sophie?« Vivi ahmte Thomas nach und leuchtete ihr mit ihrem parfümierten Filzstift in die Augen.

Als die Übelkeit sich legte, dachte Sophie kurz daran, ehrlich auf die Frage zu antworten. Vor den beiden damit herauszuplatzen, dass sie nicht mehr wusste, wann es ihr zuletzt gut gegangen war, dass ihre »Aufregung« nichts mit Shoppen zu tun hatte und dass sie noch so viele dunkelblaue Wildlederpumps und Prada-Täschchen besitzen konnte und doch nichts den Hohlraum füllen würde, der in ihrem Innern entstanden war an dem Tag, als ihre Mutter in Handschellen abgeführt wurde. Dass ihre Ohnmacht vielmehr auf Carters hartherziges Reden über die Hinrichtung eines Menschen zurückzuführen war, als würde alles in seiner vollkommenen Welt aus Richtig und Falsch, Schwarz und Weiß in eine Schublade passen, ohne dass Emotionen und persönliche Geschichte eine Rolle spielten – oder auch nur eine Spur von Empathie erforderlich wäre. Und dass ihre Mutter, die ihre ins Gesicht fallenden Haare mit einer Klemme befestigt und mit singender Stimme gesagt hatte »Misserfolgsquote von hundert Prozent, wenn du es nicht versuchst«, als Nächste dran sein könnte.

Sie überlegte, Vivianne zu bitten hinauszugehen und dann Thomas zu packen und ihn zu schütteln, bis er verstand, wie er dafür sorgen konnte, dass es ihr besser ging. Alles, nur um diesen bohrenden Schmerz loszuwerden, der sich jedes Mal einstellte, wenn sie sich eine gute Erinnerung an ihre Mutter erlaubte. An die Mutter, die bei ihr auf der Bettkante gesessen hatte wie Thomas jetzt und ihr versprochen hatte, dass ihr nie etwas Böses zustoßen würde. Hatte sie William das auch versprochen?

»Sophie, ist alles in Ordnung mit dir?«

Sie schlug die Augen auf und sah Thomas an, suchte nach Sicherheit, wog ab, ob das der richtige Ort und Zeitpunkt war, um ihm die Wahrheit zu sagen.

»Du hast einen Albtraum gehabt«, erklärte Vivianne, ehe Sophie antworten konnte. »Von einem Baby, das nicht aufhören wollte zu schreien.« Sie zog einen schwarzen Filzstift, der nach Lakritz roch, aus ihrer Plastikumhängetasche unter dem Bett hervor.

»Von wem hast du geträumt? Weißt du das noch?« Thomas rieb Sophies Unterarm. »Wer ist William?«

Ihr Gesicht fühlte sich kalt und heiß zugleich an. *Was habe ich gesagt?* Sie spulte den Traum im Kopf noch einmal ab. Ihr Bruder, dieser schlimme Abend, einer der letzten gemeinsamen zu Hause.

»Max«, sagte sie rasch und erschrak selbst darüber, was für eine gewiefte Schwindlerin sie geworden war.

»Ich habe bestimmt Max gesagt. Es macht mich so traurig, dass er an den Feiertagen allein ist.«

Thomas schien ihr zu glauben, wie immer. Sophie leckte sich mit trockener Zunge über die noch trockeneren Lippen. Jede Notlüge, so gerechtfertigt sie auch sein mochte, entriss ihr etwas, entriss ihnen beiden etwas. Bald schon, fürchtete sie, würde sie nichts mehr haben, das sie opfern konnte.

Als sie am nächsten Morgen aufwachte, ging es ihr besser, obwohl sie nicht sicher war, den Rest des Wochenendes bei den Logans durchstehen zu können. Die ständigen Fragen – »Wie fühlst du dich, Liebes?« oder »Kann ich dir wirklich nicht noch etwas anderes zu essen machen?« – trieben sie in den Wahnsinn. Sie wusste, dass Thomas' Familie es gut meinte, doch ihre Probleme konnten nicht mit Gemüsesuppe und Tylenol gelöst werden. Ihre Probleme konnten wahrscheinlich überhaupt nicht gelöst werden.

Alles, was sie wollte, war Zeit für sich allein. Zeit, um nachzudenken, um herauszufinden, was sie tun sollte. Nach langer Debatte hatte sie ihre Schwiegermutter und ihre Schwägerin dazu überredet, ohne sie shoppen zu gehen. »Ich komme bestens zurecht, ehrlich. Und drüben im Wohnzimmer sitzen zwei Ärzte, die nur herumlümmeln und Football gucken.«

»Genau das stimmt mich bedenklich«, erwiderte Margaret. »Wenn du nicht kostümiert wie ein Cheerleader der Dallas-Cowboys hereinhüpfst, vergessen sie dich am Ende völlig.«

Sophie lachte und tat, als würde sie bunte Puschel schwenken. Die Logan-Männer waren alle große Football-Fans. »Geht ihr Mädels nur. Ich werde einem guten *Sale* nicht im Weg stehen«, sagte sie feierlich und mit erhobener rechter Hand wie eine Pfadfinderin, die einen Eid schwört. Caroline und Margaret nickten endlich ihr Einverständnis. Vivianne, eine knallpinke Sonnenbrille mit Strasssteinchen auf der Nase, zappelte schon an der Haustür herum. »Los, gehen wir, Mommy!«, quietschte sie.

»Ich werde ein bisschen lesen und ein Nickerchen halten. Macht euch keine Gedanken um mich. Ich habe noch ein, zwei Tanzschritte in petto, falls ich ärztlichen Beistand brauche.«

Thomas rief herüber: »Freu mich schon darauf, das nachher zu sehen!«

Nachdem die Frauen gegangen waren, sagte sie ihm, dass sie sich hinlegen werde. Dann schloss sie sich im Gästezimmer ein, hockte sich in den Wandschrank und las den Zeitungsartikel, über den Carter sich so lautstark ausgelassen hatte.

»Gouverneur hält Wahlversprechen – keine Intervention gegen Gerichtsurteile«, titelte die *Charleston Daily News* auf Seite drei. »Gouverneur Whitaker hat den Familien von Verbrechensopfern eine schnellere Rechtsprechung zugesagt und beschleunigte Berufungsverfahren für Verurteilte angekündigt«, hieß es in dem Artikel. »Wir unterlaufen unser eigenes Rechtssystem, wenn wir gesetzlich Verurteilte jahrelang im Todestrakt einsperren und die ohnehin schon langwierigen Berufungsverfahren noch weiter ausdehnen. Lassen wir die Gerichte ihre Arbeit tun, und sorgen wir dafür, dass Todesurteile entweder aufgehoben oder vollstreckt werden«, wurde er zitiert.

Sophie überflog den Rest des Artikels. Der letzte Satz enthielt die Nachricht, die Carter so beredt herausposaunt hatte: »Eine Frau, die wegen Tötung ihres kleinen Sohns zum Tode verurteilt wurde, sieht als Nächste ihrer Hinrichtung entgegen.«

Sophie knüllte die Zeitung zusammen und sah nach, wie viele Balken ihr Handy hatte. Sie musste die Nummer zweimal eintippen, ehe sie es richtig hinbekam, und danach hielt ihre eigenwillige Hand das Telefon kaum ruhig genug, dass sie es klingeln hörte. Als die Verbindung endlich zustande kam, lief eine Bandansage: »Hier ist die Anwaltskanzlei Benjamin Taylor und Partner. Unser Büro ist über Thanksgiving geschlossen. Bitte hinterlassen Sie eine kurze Nachricht, wir rufen Sie so bald wie möglich zurück.«

Sie überlegte, etwas aufs Band zu sprechen, wusste aber nicht, wie sie ihr Anliegen kurz und bündig formulieren sollte. *Wird meine Mom als Nächste hingerichtet?* Eine Anwaltssekretärin mit einer Haftnotiz in der Hand könnte das etwas verstörend finden.

Sie beendete den Anruf und entschied, dass ihre Art von Mitteilung am besten persönlich überbracht wurde.

»Ich muss mich mit ein paar in Frage kommenden Chefköchen für das Benefizdinner treffen«, erklärte sie Thomas, als sie am Sonntagabend wieder zu Hause angekommen waren. »Ich hatte meinen Kalender hier liegen lassen und es völlig vergessen, sonst hätte ich es dir schon früher gesagt. Eine Reihe von ihnen nimmt an einer Food-Messe in der Nähe von Charlotte teil, so dass ich die meisten Kandidaten an ein und demselben Ort sprechen kann. Das erspart mir eine Menge Zeit.«

»Du willst morgen schon fahren? Bist du sicher, dass es dir gut genug geht?«, fragte Thomas stirnrunzelnd. »Du hast auf der ganzen Heimfahrt geschlafen, und die Fahrt nach Charlotte ist noch länger. Ich weiß nicht, ob das so eine gute Idee ist.«

»Mir geht's gut, ehrlich. Ich bin wieder topfit.«

Er hörte auf, den Stapel Post durchzusehen, den sie auf den Küchentresen gelegt hatte, und befühlte ihren Hinterkopf. »Du hast immer noch eine ziemliche Beule.«

»Lass das!« Sie schob seinen Arm weg. »Ich bin okay.« Das kam barscher heraus als beabsichtigt.

Thomas sah sie an, als würde er sie kaum wiedererkennen. »Ich liebe dich, ich mache mir Sorgen um dich. Das ist alles.«

Sie starrte auf ihren Ehering und drehte ihn nervös am Finger, um ihm nicht in die Augen sehen zu müssen.

»Dann fahr eben, wenn es sein muss, aber sei bitte vorsichtig. So eine Ohnmacht ist nicht normal. Versprich mir, wenigstens zum Arzt zu gehen, sobald du zurück bist.«

Sophie wälzte sich unruhig im Bett herum und murmelte immer wieder eine andere Entschuldigung, weshalb sie nicht schlafen konnte. »Ich hab noch so viel zu tun, bevor ich morgen abfahre«, sagte sie das letzte Mal, als ihre Ruhelosigkeit ihn weckte. Er nahm sein Kissen und ging, um auf dem Sofa zu schlafen.

Bei jeder Flunkerei hatte sie das Gefühl, sich selbst eine Grube zu graben, in die sie irgendwann hineinfallen würde. Sie stellte ihre Entscheidung, dorthin zu fahren, mindestens zwanzig Mal in Frage. *Vergiss diesen Teil deines Lebens. Er ist vorbei, du hast einen klaren (wenn auch nicht ganz glatten) Schnitt gemacht, also hör auf, das jetzt im Nachhinein anzuzweifeln.*

Vielleicht deutete sie zu viel in den Zeitungsartikel hinein. Es war schließlich kein Name genannt worden, und gewiss saß mehr als eine Person, die ein Kind getötet hatte, in diesem Gefängnis – ein Gedanke, der ihr in mehrfacher Hinsicht Unbehagen bereitete. Möglicherweise hatte der Brief ja etwas ganz anderes zu bedeuten. Irgendwelche Unterlagen, die sie unterschreiben sollte? Es gab sicher zahlreiche Gründe, weshalb ein Rechtsanwalt Kontakt zu den Familienangehörigen einer Mandantin aufnahm.

Auf halber Strecke nach Charlotte war sie zu dem Schluss gekommen, dass Ben Taylor nur bezahlt werden wollte. Mit den dramatischen Formulierungen in seinem Schreiben wollte er sich einfach nur wichtigmachen. Ihre Eltern hatten kein Geld mehr gehabt, nachdem die Gerichtskosten für den Prozess ihrer Mutter bezahlt worden waren. »Ich weiß, dass ich mit den Hypothekenzahlungen im Rückstand bin«, hatte sie als Dreizehnjährige ihren Vater ins Telefon flüstern hören. »Bitte geben Sie mir noch etwas Zeit.«

Sie war drauf und dran, Ben Taylor auflaufen zu lassen, den Wagen zu wenden und nach Hause zu fahren, doch der Gedanke, eine weitere Lüge für Thomas erfinden zu müssen, hielt sie davon ab. Sie konnte nicht umkehren, jetzt nicht mehr.

Grace

Ich hoffe, Sophie war heute gut beschäftigt. Vielleicht in der Stadt, einen neuen Lippenstift kaufen oder irgendwo Schlitten fahren mit ihren roten Fausthandschuhen. Hauptsache, sie war abgelenkt und kam nicht dazu, die Zeitung zu lesen. Ich kann ihr keinen Trost spenden und fände den Gedanken unerträglich, dass sie irgendwo ganz allein von einer bevorstehenden Hinrichtung erfährt.

Officer Jones hatte recht gehabt. Hier war der Teufel los. Ich versuchte, nicht aus dem Fenster zu sehen, aber das Gehupe und die Sprechchöre zogen mich magisch an. Das große Interesse erstaunte mich irgendwie. Der Mann, der sterben sollte, hatte seit Jahren keinen Besuch mehr gehabt. Hoffentlich hatte er heute welchen.

Unwillkürlich fragte ich mich: *Ob er Angst hat? Ob er noch Appetit hat? Hat er sich irgendwelche letzten Worte überlegt?*

Ich wusste, diese Fragen würde ich eher, als mir lieb war, selbst beantworten müssen, aber um ehrlich zu sein, sträubte sich etwas in mir, mich mit ihm auf eine Stufe zu stellen. Dieser Mann hatte wirklich schlimme Dinge getan.

Ich beschäftigte mich, so gut es ging. Zwang mich, nicht daran zu denken, was auf der anderen Seite des Gefängnisses vor sich ging, aber selbst die Luft hier drin war auf einmal anders. Elektrisch aufgeladen und stickig zugleich.

Für uns galt bis auf Weiteres Einschließung, was bedeutete, dass wir unsere Zellen unter keinen Umständen verlassen durften. Mein Radio funktionierte nur sporadisch. Die Antenne war abgebrochen und musste in eine bestimmte Stellung gebracht werden, und selbst dann empfing es nur ein paar wenige Sender. Meistens hörte ich etwa jedes dritte Wort.

Wie so oft, wenn ich mir die Zeit vertreiben wollte, machte ich sauber, entschlossen, jede Einkerbung in meinen cremefarbenen Betonwänden von Schmutz zu befreien. Doch so häufig ich sie auch schrubbte, glaubte ich doch immer noch, Überreste von den Exkrementen einer Vorgängerin zu erkennen. Als meine Arme müde waren, hörte ich auf und machte ein paar Sit-ups. Meine Bauchmuskeln, muss ich sagen, sahen ziemlich gut aus.

Bevor ich hierherkam, hatte ich nie Sport getrieben. Ich erfand immer tausend Ausreden, warum ich jetzt nicht aufs Laufband steigen oder in der Nachbarschaft joggen gehen konnte. »Ich bin zu erschöpft« oder »Ich muss noch Pauls Messkleidung waschen«. Jetzt aber, da körperliche Aktivität als ein durch Wohlverhalten verdientes Vorrecht galt, würde ich mehrere Nächte Schlaf drangeben, um Hampelmannsprünge im strömenden Regen vollführen zu können.

»Tablett kommt«, rief Officer Mackey durch die Tür. Er hatte einen starken Akzent von irgendwo aus dem Norden, New York oder New Jersey. Er war eigentlich ganz nett, aber wenn er schnell redete, fühlte sich mein Mund wie Sandpapier an.

Das Tablett mit meinem Abendessen wurde durch den Schlitz geschoben und mir ein kalter, verschrumpelter Hotdog samt wässrigem Apfelbrei serviert. Ich hatte furchtbaren Hunger und war froh, dass wenigstens das Brötchen nicht matschig war.

»Hinstellen zum Appell!«, befahl er, kaum dass ich mein Tablett eine Viertelstunde gehabt hatte. Schnell trank ich noch einen Schluck von meinem Wasser.

Ich stellte mich mit dem Gesicht zur Tür. Er starrte mich etwa eine Sekunde lang durch das Fenster an und schrieb etwas mit roter Tinte auf sein Klemmbrett.

»Hinstellen zum Appell!«, brüllte er in Ronis Zelle.

Nach ein paar Sekunden noch einmal. *Stell dich hin, Roni, bitte.* Ich hatte schon erlebt, wie sie aus ihrer Zelle gezerrt werden musste, und das war für niemanden von uns angenehm gewesen.

Ich hörte nichts mehr von dem Aufseher, also hatte sie beim zweiten Mal wohl gehorcht.

»Vollzählig«, sagte er, vermutlich zu Officer Jones. Sie hatte erwähnt, dass sie heute Abend arbeiten würde.

»Die Türen gehen in zehn Minuten auf, Ladys. Sie können in den Aufenthaltsraum gehen oder in Ihren Zellen bleiben, ganz wie es Ihnen beliebt.«

Ich schob mein Tablett durch den Schlitz, froh, dass ich endlich rauskonnte. Auch wenn mir nicht danach zumute war, mit jemandem zu reden. Mir lag nur daran, an Sophie zu schreiben. Jada und Carmen musste es genauso gehen. Ich hatte den ganzen Abend noch kein Wort von ihnen gehört.

»Kommst du raus?«, fragte Roni, nachdem die Türen entriegelt worden waren. Uns Gefangenen war es nicht erlaubt, irgendwo anders zusammenzukommen als im Aufenthaltsraum. Sie schlurfte beim Reden schon durch den Gang. »Ich dachte, wir könnten zusammen was schreiben.« Sie wedelte mit ein paar Briefen in meine Richtung.

»Komme gleich«, antwortete ich. Eine liebevolle Tat würde uns beiden guttun.

Roni bekam mehrmals die Woche Post. Als der erste Brief eintraf, saßen wir gerade zufällig nebeneinander. Ich sah, wie sie den Umschlag anstarrte und ihn in der Hand herumdrehte. Sie hielt ihn sich sogar an die Nase und beschnupperte ihn.

»Von wem ist der Brief?«, fragte ich nach ein paar Minuten dieses seltsamen Verhaltens.

Sie sah auf und durchbohrte mich mit ihrem Blick. Am liebsten hätte ich die Frage zurückgenommen.

»Sorry. Geht mich nichts an.« Ich hob abwiegelnd die Hände und rückte ein Stück von ihr ab.

Sie sagte immer noch nichts, sah aber auch nicht weg.

Diesmal war ich wohl zu weit gegangen. Ich sprang auf und betete, dass sie mir nicht hinterherkam, aber sie packte mich am Arm und zog mich wieder auf den Stuhl.

»Es tut mir leid, Roni.« Meine Augen flehten sie an, mich nicht auf den Betonboden zu werfen. »Ich frage nie wieder.«

Sie ließ mich los. »Ich weiß nicht, von wem der ist.« Sie warf den Brief in meinen Schoß. »Guck du mal nach.«

Ich rieb meinen Arm, dann hob ich den Umschlag auf, der mit der Vorderseite nach oben heruntergefallen war.

Roni kann nicht lesen, schloss ich, da der Absender klar und deutlich auf der Rückseite stand.

»Er ist von einem Carl Cooper«, sagte ich, vorsichtig auf ihre Reaktion schielend, ehe ich weitersprach. »Aus Alabama.«

Sie sagte immer noch kein Wort. Nach einigen langen Minuten schnappte sie sich den Brief und riss ihn entzwei.

Ein paar Wochen darauf kam ein weiterer Brief. Sie bat mich, ihn ihr vorzulesen, als wir im Aufenthaltsraum zusammen zu Mittag aßen. Ich wusste nicht, warum sie es sich anders überlegt hatte, aber ich zog das gefaltete Blatt aus dem geöffneten Umschlag.

»Liebe Roni«, stand dort, *»ich habe nichts von dir gehört. Hast du meinen letzten Brief bekommen?«*

Sie starrte in ihren gesüßten Tee, rührte mit dem Plastiklöffel darin herum. Ich las weiter. *»Ich habe erfahren, was mit dir passiert ist. Es tut mir sehr, sehr leid.«*

Sie nahm den Löffel heraus und legte ihn neben den Becher. Ihr Kopf sank auf den Tisch.

»Ich weiß, dass ich in deinem Leben keine Rolle gespielt habe« – ich sah auf, um festzustellen, ob ich fortfahren sollte –, *»aber das würde ich jetzt gern ändern.«*

Roni hob den Kopf und lehnte sich steif auf ihrem Stuhl zurück. Ihr halb gegessenes Eiersalatsandwich schob sie in die Tischmitte.

»Ich würde dich gerne besuchen.«

Sie legte ihren starren Kopf schräg und fixierte irgendetwas, das ich nicht sehen konnte. Ihre Augenwinkel röteten sich. Sie nahm mir den Brief ab, ehe ich zu Ende lesen konnte.

Ohne zu überlegen, machte ich den Mund auf: »Von wem ist er?«

Diesmal antwortete sie, aber ihre Stimme klang brüchig. »Von meinem Vater. Meinem leiblichen Vater.«

Mehr sagte sie nicht und ich auch nicht. Die Briefe sammelten sich an, bis Roni mich eines Tages, als Carmen auf der Krankenstation war und Jada in ihrer Zelle auf und ab tigerte, fragte, ob ich ihr helfen würde, ihm zu antworten.

So saßen wir beide an diesem Abend wie schon so oft zusammen, und ich half ihr, eine Antwort auf seinen jüngsten Brief zu verfassen. Zum ersten Mal sah ich, wie sich in ihrem Gesicht etwas spontan regte. Mit einem Bleistift, den sie ein wenig verkrampft hielt, schrieb sie den letzten Satz ab, den ich für sie vorgeschrieben hatte. *»Ja, du kannst mich zu Weihnachten besuchen.«*

Ronis gesamte Mimik hatte sich verändert, ein Wendepunkt, der es wert war, festgehalten zu werden. Ein Foto, das eine Mutter in ihr Album hätte kleben sollen, ein Foto, wie ich es gern von Sophie gemacht hätte.

Wenn ich etwas Heu gehabt hätte, hätte ich es in die Krippe gelegt, denn ich hatte an diesem Tag Gelegenheit, etwas Liebevolles zu tun. Da ich meine eigene Tochter im Weihnachtsmonat schon nicht sehen konnte, konnte ich vielleicht Carl Cooper helfen, seine zu sehen.

Sophie

Die Fahrt nach Brookfield dauerte länger, als sie erwartet hatte. So lange, dass sie sogar darum bangen musste, es noch rechtzeitig vor Feierabend zu der Anwaltskanzlei zu schaffen. Sie blickte auf die Uhr am Armaturenbrett. Viertel vor fünf. *Bitte, Mr Taylor, seien Sie noch im Büro.* Auf keinen Fall wollte sie mehr Zeit als nötig in ihrem Heimatort verbringen.

Sie fuhr um die letzte langgezogene Kurve vor Brookfield – 1.451 Einwohner. Das grüne Schild mit der Aufschrift *Willkommen in Brookfield* war immer noch dasselbe wie vor elf Jahren. *Hat etwa niemand in diesem Kaff inzwischen ein Kind bekommen oder ist an Altersschwäche gestorben?* Sie kannte mindestens vier Menschen, die nicht mehr zur Einwohnerschaft gerechnet werden konnten. Zählte die Familie Bradshaw denn gar nichts?

Sophie passierte das Schild und rollte mit bitterem Gefühl in ihre Vergangenheit hinein. *Ich werde mich von diesem Ort nicht runterziehen lassen, ich werde mich von diesem Ort nicht runterziehen lassen.* Sie sang dieses Mantra der Unangreifbarkeit vor sich hin, während sie sich zu erinnern versuchte, wo sich die Kanzlei befand. Im Zentrum (soweit man in so einem kleinen Städtchen davon reden konnte), in der Nähe des Gerichtsgebäudes und gegenüber dem »40th Street Café«. Noch etwa fünf Minuten, eine blinkende Ampel und zweimal rechts abbiegen, dann sollte sie da sein.

Als sie gerade aufatmen wollte, hörte sie eine Sirene. Sie blickte in den Rückspiegel und sagte sich, dass es wohl zu viel des Glücks wäre, wenn der schwarzweiße Streifenwagen, der an ihrer Stoßstange klebte, hinter jemand anderem her wäre. *Super, ein Ort mit einem einzigen Polizisten, und der erwischt mich prompt.*

Sie setzte den rechten Blinker und lenkte ihr SUV auf den Schotterparkplatz vor dem IGA-Supermarkt. Die grau-weiße, längsgestreifte Verkleidung sah immer noch genauso aus wie vor einem Jahrzehnt, nur etwas verblichener. Die Glühbirne in dem überdimensionalen A flackerte, ohne richtig zu brennen, bettelte darum, dass jemand sie erlöste.

Der Polizist folgte ihr und ließ die Sirene selbst dann noch an, als beide Wagen zum Halten gekommen waren. *Na klasse*, dachte Sophie. *Ich kann es nicht fassen, dass die Geschwindigkeitsbegrenzung hier immer noch dreißig ist. Null Verkehr, aber man muss im Schneckentempo fahren.*

Ein Cop von Anfang sechzig stieg aus dem Streifenwagen. Sein breiter schwarzer Gürtel, bewehrt mit Pistolenholster, Handschellen und Schlagstock, betonte seinen vorstehenden Bauch. »Guten Abend, Ma'am. Sind Sie in Eile?«

»Tut mir leid«, sagte Sophie und beschloss, sich dumm zu stellen. »Bin ich zu schnell gefahren?«

»Ich habe achtundsiebzig Stundenkilometer bei Ihnen gemessen. Nach meiner Berechnung sind das achtundvierzig über dem Tempolimit.« Seine betonte Sprechweise trieb den schleppenden Südstaaten-Tonfall ins Extrem.

»Oje!«, sagte Sophie und überlegte, ob sie sich durch vorgeschobene Unwissenheit oder eine Entschuldigung schneller wieder loseisen konnte. »Es tut mir so leid«, sagte sie. »Mir ist nicht ganz wohl. Anscheinend war ich ein bisschen abgelenkt.«

»Kann ich bitte Ihren Führerschein und den Fahrzeugschein sehen?« Seine Stimme klang irgendwie vertraut. Sophie zog den Führerschein aus ihrem Portemonnaie, nahm den Fahrzeugschein aus der Mittelkonsole und reichte ihm beides.

»Also, Mrs Logan«, sagte er, nachdem er sich die Papiere angesehen hatte, »was führt Sie denn mit solcher Hast in unser schönes Brookfield?«

»Familienangelegenheiten«, antwortete sie. »Ich habe früher mal hier gewohnt.«

Der Beamte warf noch einen Blick auf ihren Führerschein, dann auf ihren Ringfinger und ihr Gesicht. »Wie war Ihr Mädchenname?«

Sophie presste die Lippen aufeinander und versuchte, die Konsequenzen abzuschätzen, wenn sie sich jetzt eine Verfolgungsjagd mit ihm lieferte.

Er fragte erneut: »Ma'am, Ihr Mädchenname?«

Bilder von O. J. Simpson und dem Debakel mit dem weißen Ford Bronco blitzten in ihrem Kopf auf. »Bradshaw. Früher hieß ich Sophie Bradshaw.«

Er blickte noch einmal prüfend auf das Führerscheinfoto und sah sie mit zusammengekniffenen Augen an. »Sind Sie die Tochter von Grace Bradshaw?«

Die Erinnerung an ihre letzte Begegnung stellte sich fast gleichzeitig bei ihnen ein. Er war einer der Polizisten vor dem Krankenhauszimmer ihres Bruders gewesen. *Grace Bradshaw, ich verhafte Sie wegen Mordes an Ihrem Sohn, dem Kleinkind William Joseph Bradshaw.*

Nun sah er sie mit dem gleichen mitleidigen Blick an wie damals, als sie in den Armen ihres Vaters schluchzte. *Sie dürfen meine Mommy nicht mitnehmen. Lassen Sie meine Mommy in Ruhe.*

Der Officer gab ihr Führerschein und Fahrzeugbrief zurück, als könnte er das Leid, das er vor all den Jahren verursacht hatte, wiedergutmachen, indem er ein Auge zudrückte.

»Hoffe, es geht Ihnen jetzt besser, Mrs Logan. Für diesmal lasse ich es bei einer Verwarnung bewenden. Machen Sie etwas langsamer, und fahren Sie vorsichtig.«

»Kann ich Ihnen helfen?«

»Ich möchte zu Ben Taylor«, sagte Sophie zu der Frau, die gerade den Schlüssel in einer Bogentür aus astigem Walnussholz umdrehte. Ein bronzener Türklopfer in Form einer Bourbonenlilie hing neben einer zerkratzten Messingtafel, auf der stand: *Kanzlei Benjamin R. Taylor*. »Ist er da?«

»Das Büro ist schon geschlossen, Ms Colby. Sie hätten in Ihren Kalender sehen sollen.« Kein einziges Haar bewegte sich auf ihrem Kopf, als sie nachdrücklich nickte. »Ihr Termin war gestern.«

»Ich bin nicht Ms Colby«, erwiderte Sophie. »Ich muss zu Mr Taylor.«

Die Frau ließ ihren Schlüssel in eine bestickte Clutch fallen, ehe sie sie endlich ansah. »Oh, tut mir leid. Hab's einfach angenommen. Aber damit Sie's gleich wissen, Mr Taylor ist zu beschäftigt, um noch einen Sorgerechtsstreit zu übernehmen oder zerstrittene Eheleute zu beraten, die über eine Scheidung nachdenken.« Sie taxierte Sophie danach ab, in welche der beiden Kategorien sie fiel.

Sophie taxierte sie ebenfalls und fand, dass sie ein ziemlich dickes Selbstbewusstsein hatte für eine Frau, die mit ihrer Toupierfrisur und dem hellblauen Kleid ganz nach Alice in *Drei Mädchen und drei Jungen* aussah.

»Deswegen bin ich nicht hier«, entgegnete sie und wischte mit den Fingerspitzen unter ihren Augen entlang. Sie wollte nicht noch jemandes Mitleid in dieser Stadt, aber letztlich war sie selbst daran schuld. Nach einem ganzen Tag im Auto hätte sie mal in den Spiegel sehen sollen – ihre Finger waren schwarz gefleckt von verschmiertem Mascara. »Ich habe einen Brief von ihm bekommen. Er hat um ein Treffen gebeten.«

Eine Hand auf das verschnörkelte Geländer gelegt, eilte die Frau die Treppe hinunter. »Kommen Sie morgen Mittag gegen eins wieder, dann sehe ich mal, ob ich Sie dazwischenschieben kann.«

Sophie saß so lange im Auto, dass Leute, die aus dem Café kamen, schon zu ihr hineinsahen, um festzustellen, ob sie noch lebte. Sollte sie bis morgen Mittag warten und hoffen, Ben Taylor sprechen zu können? Oder sollte sie nach Hause fahren und hoffen, dass Thomas schon schlief und ihr keine Fragen stellte?

Ihr Handy klingelte, ehe sie eine Entscheidung fällen konnte.

»Hallo?«

»Hallo, Schatz, wollte nur mal hören, ob du gut in Charlotte angekommen bist.« Im ersten Moment wusste sie nicht mehr, was sie ihm erzählt hatte. Charlotte – ach ja, Chefköche auf das Benefizevent ansprechen.

»Ja, ich bin gut angekommen. Das Problem ist nur« – sie unterbrach sich, um eines zu erfinden –, »dass ich noch nicht mit allen sprechen konnte, die ich fragen wollte.«

»Das ist blöd«, sagte Thomas. Er klang etwas geistesabwesend, aber interessiert. »Was willst du jetzt tun?«

»Ich weiß es noch nicht. Vielleicht hier übernachten. Die lange Fahrt wäre umsonst gewesen, wenn ich nicht die Antworten bekomme, die ich brauche.« Halbwahrheiten wurden langsam zu ihrem Spezialgebiet.

»Bist du noch da?«, fragte sie, als er nichts darauf sagte.

»Ja, entschuldige bitte. Hab viel um die Ohren. Dann bleib doch über Nacht dort. Ich arbeite heute ohnehin länger im Büro.«

»Gut, ich glaube, das mache ich«, antwortete sie, froh, sich so leicht aus der Affäre ziehen zu können. »Und was ist bei dir los?«

»Ich werde noch ein paar Klinikunterlagen durchgehen. Du erinnerst dich an das kleine Mädchen, das nach der OP gestorben ist?«

»Natürlich erinnere ich mich daran. Du klingst bedrückt. Gibt es etwas Neues?«

»Ein Anwaltsbüro hat angerufen und um meine Aufzeichnungen gebeten. Das verheißt nichts Gutes, wie du weißt. Ich werde noch mal alles nachprüfen und versuchen dahinterzukommen, was schiefgegangen ist.« Er raschelte beim Reden mit irgendwelchen Papieren.

Sie konnte ihn sich gut vorstellen, den Sherlock Holmes der chirurgischen Abteilung, wie er an seinem Schreibtisch aus dunklem Kirschholz mit den eleganten Filigranarbeiten an den Schubladen saß. Eine Hand ins Haar vergraben, die andere über jeden einzelnen Laborwert und jedes Vitalzeichen in der Patientenakte des Kindes führend. Operationsberichte ordentlich vor sich aufgestapelt, alphabetisch geordnet und mit Farbcodes je nach Art des Eingriffs versehen. Gerahmte Zeugnisse samt vielfachen Auszeichnungen an der Wand hinter sich. *Summa cum laude. Oberarzt mit höchsten Ehren. Facharztdiplom mit Auszeichnung für plastische und wiederaufbauende Chirurgie.* Thomas übersah keine Details.

»Du hast bestimmt alles richtig gemacht. Du bist ein großartiger Arzt.«

»Ich glaube nicht, dass mir ein Fehler unterlaufen ist, aber Carter und Dad meinten, ich müsse meinen Namen und den unserer Praxis schützen. Soll ja nichts meine Bewerbung um den Chefarztposten gefährden.«

Letzteres sagte er mit einem sarkastischen Unterton, was Sophie vermuten ließ, dass seiner Familie mehr an dem Posten gelegen war als ihm selbst.

»Ein Gerichtsverfahren«, fuhr er etwas respektvoller fort, »bei dem es um ein Kind geht, endet fast nie zugunsten des behandelnden Arztes, ob er einen Fehler gemacht hat oder nicht.«

»Mit anderen Worten – einen Skandal vermeiden?«

»Einen Skandal vermeiden«, bestätigte Thomas nachdrücklich, aber wieder leicht sarkastisch. »Du kennst ja meine Familie – nichts darf ihren guten Namen beflecken. Um meinen Vater zu zitieren: ›Manchmal ist es besser, etwas unter den Teppich zu kehren, als sich vor Gott und der Welt demütigen zu lassen.‹« Sophie empfand diesen Kommentar wie einen Schlag ins Gesicht.

Am Rand von Thomas' Schreibtisch, hinter einem dünnen Stück Glas, posierten zwei Frischvermählte. Ein scheinbar glückliches Paar, tadellos gekleidet, mit breitem Zahnpastalächeln. »Ihnen beiden liegt die Welt zu Füßen«, hatte der Fotograf kommentiert, als sie sich die Abzüge ansahen.

»Ich gucke gerade auf unser Foto«, sagte Thomas, als Sophie etwas zu lange schwieg. »Wir sollten es neu rahmen lassen. Da ist ein kleiner Sprung im Glas.«

Grace

Vor sechs Minuten ist Walter Mayberry gestorben. Das weiß ich so genau, weil Officer Jones den Fernseher im Aufenthaltsraum eingeschaltet hat, um uns die Medienberichterstattung sehen zu lassen, falls wir wollten. Keine wollte. Carmen hat mit ihren überlangen Fingernägeln auf den Metalltisch getrommelt und sich bei Jada darüber beklagt, dass der Vitaminmangel in ihrem »Speiseplan« ihre Nagelhaut rissig mache. Roni hat in einer alten Sportzeitschrift geblättert und dabei so übertrieben laut gegrunzt, als hätte der Biss-Kampf zwischen Holyfield und Tyson gerade erst stattgefunden.

Zuerst wollte ich auch nicht hingucken. Ich machte mir Sorgen, dass du es sehen könntest, dass du mitbekamst, was passieren würde. Was bald mit mir passieren würde. Doch dann überwog die Neugier, gemischt mit einer ordentlichen Portion Angst, und ich konnte den Blick nicht mehr vom Bildschirm abwenden.

Es war die erste Hinrichtung in South Carolina seit vielen Jahren. Wahrscheinlich gab es deswegen so viel Medieninteresse, so viele Debatten. Die Fernsehkameras schwenkten über die Menschenmenge vor dem Gefängnis. Ein Mann hielt ein Schild in die Höhe, auf dem stand: Vergesst die Spritzen, nehmt eine Axt. *Gemalte rote Blutstropfen troffen aus dem letzten Wort. Andere standen mit Kerzen in der Hand im Kreis zusammen und beteten vermutlich dafür, dass sein Leben verschont würde.*

Ich habe Walter nicht gekannt, Officer Jones dagegen schon. Sie hat zuerst im Männertrakt gearbeitet, bevor sie in die Frauenabteilung versetzt wurde. Aber ich hatte natürlich von ihm gehört – dem »Grabeswürger«. Was er diesen unschuldigen Mädchen alles Furchtbares angetan hat.

Im Laufe der Berichterstattung wurden immer wieder Fotos von ihnen gezeigt. Ich versuchte, nicht hinzusehen, konnte aber nicht anders. Schulfotos, allem Anschein nach. Eins der Mädchen hatte Zöpfe, mit kleinen Schleifen zusammengebunden, und eine Lücke zwischen den oberen Schneidezähnen. Ein anderes hatte welliges kastanienbraunes Haar, zur Seite gescheitelt und mit einer goldfarbenen Spange befestigt. Sie trug eine tannengrüne Strickjacke.

Dann erschien plötzlich ein Foto von dem vierunddreißigjährigen Walter Mayberry auf dem Bildschirm. Sein Gesicht wurde von einer unförmigen Brille beherrscht, deren Gestell die Augenbrauen bedeckte und bis unter die Nase reichte. Wahrscheinlich ein Gefängnismodell, oder er hatte sich keine andere leisten können. Seine grauen Augen blickten verloren hinter den Gläsern.

Walter hatte Officer Jones einmal erzählt, dass er nicht mehr wisse, wann dieser Drang angefangen hatte. Das unkontrollierbare Verlangen, irgendwelche jungen Mädchen, die auf Zehenspitzen Münzen in den Süßigkeiten-

automaten vor der Autowerkstatt seines Vaters warfen, zu überfallen und zu töten.

Hinterher hasste er sich deswegen, doch der Trieb ließ sich nicht bezwingen, sosehr er auch dagegen ankämpfte. Seine schändlichen Taten spielten sich immer wieder von Neuem in seinem Kopf ab, was ihn manchmal erregte, ihn meistens jedoch quälte. Er wurde erst davon erlöst, als er in den Todestrakt kam. Sein Gerichtspsychiater hatte darum gekämpft, ihm Medikamente verabreichen zu dürfen.

Officer Jones sagte, er habe ihm ein neu zugelassenes Medikament zur Behandlung von Paraphilen oder Menschen, die ihren Sexualtrieb nicht kontrollieren können, verabreicht. Nachdem er zwei Monate lang wöchentlich eine Injektion erhalten hatte, sank sein hoher Testosteronspiegel, und seine obsessiven Gedanken verschwanden. Sein getriebener Geist wurde ruhig und friedlich.

Immer wieder sah ich die Bilder dieser Mädchen in Gedanken vor mir. Was für ein Grauen ihre Eltern durchgemacht haben mussten. Sie verdienten es, dass der Gerechtigkeit Genüge getan wurde, und ich betete darum, dass auch sie ihren Frieden fanden.

Zum Teil tat Walter mir aber auch leid. Er war letztlich ebenfalls ein Opfer. Das machte ihn keineswegs unschuldig oder seine Verbrechen weniger abscheulich, aber es half mir, ihn besser zu verstehen. Er musste Tag für Tag mit einem Ungeheuer leben, das in seinem Kopf wohnte.

Der Fernseher flackerte, blieb aber an. Die Reporter sprachen darüber, wie Walter seinen letzten Tag verbracht hatte. Dass er Spiegeleier zum Frühstück gegessen hatte, den Käsetoast zu Mittag jedoch nicht. Seine Henkersmahlzeit hatte auf seinen Wunsch hin aus dem bestanden, was alle anderen Gefangenen zum Abendessen bekamen: Rindfleischeintopf mit gewürfelten Kartoffeln und Karotten, Maisbrot und einem Glas wässerigem, süßem Tee.

Nächte oder vielmehr frühe Morgenstunden wie diese bewirken manchmal, dass ich mich voller Panik umsehe. Wie bin ich bloß hierher geraten? Ich bin nicht geisteskrank. Ich habe niemandem etwas getan. Meine Eltern haben mich abgöttisch geliebt. Wenn ich ins Zimmer kam, leuchteten ihre Gesichter auf. Ich hoffe, auch du hast meine Freude bemerkt, wenn ich dich ansah.

Irgendwo gibt es ein Foto von mir, auf dem ich dich kurz nach der Geburt im Arm halte. Es stand einmal in einem Rahmen auf meinem Nachttisch. Du hattest gerade die Augen geöffnet und schienst mich zu mustern. Ich war nicht sicher, ob du lächeln oder weinen würdest, aber dann hast du deine Fingerchen um meinen Zeigefinger geschlossen, als wolltest du sagen: »Hallo, du bist in Ordnung.« In diesem Moment wusste ich, dass ich dazu bestimmt war, deine Mutter zu sein.

Im Trakt war es ungewöhnlich ruhig heute Nacht. Carmen summte unser Sonntagmorgen-Kirchenlied, das Ms Liz ihr zu Anfang, als sie hier eingesperrt wurde, beigebracht hatte: Sanft und zärtlich ruft Jesus, ruft dich und ruft mich. Sieh, an den Pforten wartet und wacht er, wartet auf dich und auf mich. … Ernst und zärtlich ruft Jesus, ruft, oh Sünder, komm heim. *Alle im Todestrakt beteten wahrscheinlich wie ich um friedliche*

Träume in dieser Nacht. Ich betete, dass du tief und friedlich schliefst.

Ein paar Leute waren geblieben und knieten nun mit ihren brennenden Kerzen im Kreis. Würden sie auch kommen, um für mich zu demonstrieren?

Ein langer schwarzer Leichenwagen, gefolgt von zwei Streifenwagen, fuhr aus dem Gefängnishof heraus. Darin lag der tote Walter Mayberry, auf dem Weg zum Anstaltsfriedhof, zu dem ein schmaler Schotterweg führte und der hinter einer dichten Reihe Magnolienbäume verborgen lag. Den Nachrichten zufolge hatte niemand von seinen Angehörigen oder den Familien der Opfer seiner Hinrichtung beigewohnt.

Ich ging in mein Zimmer zurück, um Sophie von alledem zu berichten, und schaltete danach das Radio an. Vor dem Einschlafen musste ich noch ein wenig Musik hören. Der Sender rauschte dauernd, doch bevor ich ihn ausschalten konnte, hörte ich einen Mann mit Grabesstimme sagen: »Die nächste Hinrichtung im Staate South Carolina ist für den fünfzehnten Februar anberaumt. Die Verurteilte ist Grace Bradshaw, die Frau, wie Sie sich vielleicht erinnern, die ihren kleinen Sohn umbrachte, indem sie ihm wiederholt Scheibenwischerflüssigkeit ins Fläschchen tat.«

Sophie

In dieser Nacht schlief Sophie kaum mehr als eine halbe Stunde am Stück. Thomas' Worte gingen ihr nach, durchtränkten jeden Gedanken, färbten jede Wahrnehmung. *Einen Skandal vermeiden. Unter den Teppich kehren. Einen Skandal vermeiden.* Egal, wie oft sie das Gespräch mit ihm in Gedanken durchging, eine Mutter in der Todeszelle klang am Ende immer skandalös.

Das einzige Bed & Breakfast in der Stadt hatte fünf Zimmer, die alle nach Katzenstreu rochen. Mrs Neiland, die Wirtin, sagte, sie könne sich eines aussuchen, da sie der erste (und wie es aussah einzige) Gast an diesem Abend sei.

Am nächsten Morgen wachte sie noch vor Tagesanbruch auf. Um nicht mit Mrs Neiland Konversation treiben zu müssen, zog sie ihre Laufsachen an und entfloh durch den Seiteneingang. Eine Runde Joggen würde ihr den Kopf frei machen und einen Vorwand liefern, das Frühstück auszulassen, das dem Geruch nach zu urteilen nicht besser war als die Zimmer.

Thomas mochte es nicht, wenn sie so früh morgens lief. »Du weißt nie, wer sich um diese Zeit in den Straßen herumtreibt«, warnte er immer, wenn ihre Schlaflosigkeit wieder einmal dazu führte, dass sie noch vor Sonnenaufgang die Laufschuhe schnürte.

Die Verbrechensrate in Brookfield musste allerdings gegen null tendieren. Soweit sie wusste, war das einzige Gewaltverbrechen in der jüngeren Geschichte des Orts in ihrem Elternhaus begangen worden. »Wie wär's, wenn du mich davor beschützt, Thomas«, sagte sie laut und schmunzelte ein wenig dabei.

Lange Zeit hatte sie ihre Mutter tatsächlich für unschuldig gehalten. Ihr Vater hatte immer wieder zu ihr gesagt: »Das ist ein schrecklicher Irrtum. Deine Mom hat William geliebt. Sie hätte ihm nie geschadet. Irgendwann wird die Wahrheit ans Licht kommen.«

Er hatte geschworen, ihre Mutter zu retten und von diesem entsetzlichen, furchterregenden Ort wegzubringen. Ein Schwur, den er bei jedem Besuch im Gefängnis wiederholte. »Ich finde heraus, was passiert ist. Gib nicht auf, Gracie, bitte gib nicht auf.« Sie legten ihre Handflächen aneinander, die Glastrennscheibe dazwischen. »Wir werden bald wieder zu Hause sein, als Familie vereint.« Es klang immer weniger überzeugend, je mehr Jahre ins Land gingen.

Sophie hatte ihrem Dad geglaubt. Nachdem der abendliche Abwasch gemacht war und er ihre Hausaufgaben nachgesehen hatte, forsteten sie Zeitungsartikel und Gerichtsprotokolle durch. Sie legten Aktenordner an mit Beschriftungen wie *Sachverständige für die Verteidigung* und *Mögliche neue Zeugen*. Jeder Ordner dick gefüllt mit Bedauernsäußerungen und Dollarzeichen. »Es kostet Geld, eine gute Verteidigung auf die Beine zu stellen«, hatte ihr Dad gesagt, während er ältere Gerichtsfälle, Labortests und Profile von Sachverständigen, die hinzuzuziehen er sich nie würde leisten können, prüfte.

»Wir dürfen nicht aufgeben, Sophie. Wir dürfen niemals aufgeben«, sagte er zu ihr im Krankenhaus, nachdem ein erster Anfall von heftigen Schmerzen in der Brust zu einer Operation am offenen Herzen geführt hatte. Sophie, die damals die vorletzte Klasse der Highschool besuchte, drückte die Hand ihres Vaters und versprach weiterzukämpfen, auch wenn er dafür zu schwach sein sollte.

Ein paar Monate später wurde der Kampf zu ihrem. Kurz vor ihrem achtzehnten Geburtstag kam sie eines Tages nach Hause und fand ihren Vater in sich zusammengesackt am Küchentisch vor. Sein Herz hatte endgültig aufgehört zu schlagen.

Nach seinem Tod versuchten ihre Freundinnen, besonders Jillian, sie dazu zu bewegen, ein »normaler« Teenager zu sein und mit ihnen ins Einkaufszentrum oder wenigstens zu einem Drive-in-Restaurant zu gehen. Doch abends nach der Schule, wenn ihre Kameradinnen sich an Colleges bewarben oder sich ein Kleid für den Abschlussball kauften, war Sophie entweder bei ihrer Mutter im Gefängnis, oder sie suchte nach Möglichkeiten, sie dort herauszubekommen.

Kurz vor Weihnachten in diesem letzten Schuljahr fuhr Jillian sie einmal nach dem Unterricht nach Hause. »Ich mache mir Sorgen um dich«, sagte sie, stieg aus und lud sich kurzerhand bei ihr ein. »Du bist so besessen davon, deine Mutter freizubekommen, dass du dich selbst zur Gefangenen gemacht hast.« Sie deutete auf den Stapel von schmutzigem Geschirr in der Spüle und den überquellenden Mülleimer. »Eingesperrt in diesem Haus, wo du Gott weiß was tust.«

»Ich versuche, meine Mutter aus dem Gefängnis zu holen«, schrie Sophie so schrill, dass sie selbst erschrak.

»Es ist Weihnachten. Du bist hier ganz allein.« Jillian redete sanft und beruhigend auf sie ein. »Kein Baum, keine Lichter. Nichts. Bitte komm über die Feiertage mit zu uns.«

»Warum, damit du mir Vorträge halten kannst? Ich höre die Predigt ›Benimm dich wie ein normales junges Mädchen‹ schon oft genug von meinen Nachbarn. Jedenfalls, wenn es ihnen gut genug geht, dass sie meinen, nach mir sehen zu müssen.«

Jillian, die immer mit Sophie ganz zum Schluss in die Schulmensa ging und den fiesen Mädchen befahl aufzurücken, damit sie neben ihr sitzen konnte, entschuldigte sich. »Tut mir leid. Ich hab keine Ahnung, wie es ist, wenn die eigene Mutter im Gefängnis sitzt. Und obendrein der Vater vor Kurzem gestorben ist. Aber Sophie …« Sie unterbrach sich, als würde sie die Risiken dessen, was sie sagen wollte, abwägen. »Jemand muss dir mal die Wahrheit sagen.«

»Die Wahrheit? Ich kenne die Wahrheit«, zischte Sophie. »Wovon redest du?«

Jillian zog den Couchtisch ans Sofa heran und

setzte sich ihr gegenüber, so dass ihre Knie sich berührten. »Deine Mom ist krank. Krank im Kopf. Sie hat William krank gemacht. Bis er am Ende gestorben ist.« Jillian zupfte an ihrem französischen Zopf und weigerte sich, die Tatsachen noch länger zu beschönigen. »Alle wissen das außer dir.«

Sophie war sprachlos und sank in sich zusammen, als wäre alle Hoffnung, mit der ihr Vater sie erfüllt hatte, durch die scharfen Worte der Freundin aus ihr herausgeströmt. Einer Freundin, von der sie immer angenommen hatte, dass sie ihrer Mutter genauso glaubte wie sie selbst.

»Wie kannst du so etwas sagen? Du kennst meine Mutter doch. Du bist zusammen mit uns einkaufen gegangen. Du hast miterlebt, wie oft sie William zum Arzt gebracht hat. Du hast gesehen, wie viel er weinte. Gerade du solltest wissen, dass sie nicht dazu fähig gewesen wäre, jemandem wehzutun.«

»Offenbar aber doch. Sie hat deinem Bruder wehgetan. Du hast gehört, was der Staatsanwalt gesagt hat. Sie hat Münchhausen.« Jillians sonst so einfühlsamer Blick wurde hart.

Sophie presste eine Hand auf ihren Magen und wandte sich ab. »Kannst du jetzt bitte gehen? Ich muss allein sein.«

»Gut, dann lasse ich dich allein«, antwortete Jillian. »Aber denk darüber nach – die Beschreibung von Münchhausen passt.«

Sophie lief schneller und immer schneller durch die Straßen von Brookfield, doch hinter jeder Ecke lauerte eine weitere unliebsame Erinnerung. Beim Anblick ihrer Highschool, die wegen der Feiertage geschlossen war, musste sie an ihre Schulabschlussfeier denken. An der sie allein teilgenommen hatte, als Einzige ohne Familie.

Während die anderen Abgänger jubelnd ihre schwarzen Hüte in die Luft geworfen und gefeiert hatten, hatte sie den Kopf gesenkt und sich ihr Ziel vor Augen gehalten (*Mein Schulabschlusszeugnis nehmen und nichts wie weg hier*). Doch sie konnte den anderen noch so sehr aus dem Weg gehen, den Blicken und dem Geflüster, selbst vom Lehrerkollegium, entkam sie nicht. *Das arme Bradshaw-Mädchen. Was soll jetzt aus ihr werden?*

William wäre in diesem Jahr achtzehn geworden. Wäre jetzt im letzten Highschool-Jahr, würde hier mit seiner Klasse den Abschluss machen. Sophie fragte sich, wie er wohl ausgesehen hätte, wie er geworden wäre.

Die Schule lag in Fußnähe zu ihrem Elternhaus. Dem Haus, das sie mit dem Schwur verlassen hatte, nie dorthin zurückzukehren und nie zurückzublicken. Sie hatte den Ford Explorer ihres Vaters mit allem vollgeladen, was nur irgendwie in ein College-Wohnheim-Zimmer passte. Ihre Kleider, ein bisschen Bettwäsche, ein Fahrrad und Williams Babydecke – eine blau-rosa-gelbgestreifte Häkeldecke, die jetzt versteckt in einer Kaufhaustüte unter dem Karton mit ihrem Hochzeitskleid in ihrem Haus in West Lake lag.

Familienfotos, Möbel, Geschirr und sämtliche Prozessakten ihrer Mutter befanden sich immer noch in der North Prairie Street 365. Zumindest ging sie davon aus, denn sie war seitdem nicht mehr dort gewesen. Ein paar Tage nachdem Jillian ihr die Meinung gesagt hatte, hatte sie endlich den Mut aufgebracht, den Computer ihres Vaters anzuschalten und sich die ganzen Gerichtsunterlagen einmal näher anzusehen.

Sie wusste, dass er sein Passwort immer auf einem gelben Haftnotizzettel in seiner abgeschlossenen Schreibtischschublade aufbewahrt hatte. Als sie den Schlüssel nirgends fand, nahm sie einen Hammer und schlug damit auf das Schloss ein, bis es aufsprang. Mit klopfendem Herzen tippte sie das Passwort, john832, in das Eingabefeld des Computers ein. Ein Bibelvers natürlich, der, wie sie später herausfand, lautete: *Und ihr werdet die Wahrheit erkennen, und die Wahrheit wird euch frei machen.*

An jenem Tag machte die Wahrheit sie tatsächlich frei. Statt Geschenke auszupacken, öffnete sie an Weihnachten diverse Dokumente. Bericht des obersten Gerichtsmediziners von Brookfield: *Todesursache: Vergiftung durch Ethylenglykol.* Polizeiberichte: *Flasche mit Scheibenwischerflüssigkeit in der Garage der Bradshaws sichergestellt.* Toxikologischer Bericht: *Spuren von Ethylenglykol in der Babyflasche, mit der Grace Bradshaw ihren Sohn William im Krankenhaus zum letzten Mal gefüttert hat.* Notizen eines gerichtlich bestellten Psychiaters: *Angeklagte entspricht Profil von Personen, die an Münchhausen-Stellvertretersyndrom leiden. Klinisch depressive Mutter, die Zuspruch und Aufmerksamkeit von medizinischem Personal erlangen will, indem sie ihr Kind wiederholt krank macht.*

Als sie das alles zum ersten Mal ohne ihren Vater und dessen direkte Auslegung las, erkannte sie, dass Jillian recht hatte. Sie hatten alle recht gehabt. Von den gemeinen Kindern im Schulflur, die kicherten und lästerten, wenn sie vorbeiging – »Warum hat deine Mom dich eigentlich nicht vergiftet?« –, bis hin zum Hausmeister, der ihr nach Schulschluss den väterlichen Rat gab: »Es spielt keine Rolle, von wem du abstammst, du hast dein Schicksal selbst in der Hand.«

Wie konnte sie nur so dumm gewesen sein? Wie konnte ihr Dad so naiv gewesen sein? Ihre Mom war schuldig. Schuldig der Lüge, schuldig, ihren einzigen Sohn vergiftet und umgebracht zu haben. Sophies Bruder. Ob ihre Mutter sie am liebsten auch umgebracht hätte?

Tief erschüttert hatte sie den Computer ausgeschaltet. Voller Wut auf ihren Vater, weil er die Tatsachen verdreht hatte, weil er einfach gestorben war, aber vor allem, weil er ihr seine Überzeugung eingeimpft hatte.

Sophie dachte daran, umzukehren oder zumindest nicht zu ihrem alten Haus hinüberzusehen, als sie an der Kirche vorbeijoggte, die an der Straßenecke und nicht weit von ihrer Schule lag. Doch etwas in ihr wollte es anders, und ehe sie es sich versah, drehte sie sich auch schon um und stand vor ihrer Kindheit.

Es sah noch genauso aus, wie sie es in Erinnerung hatte, ein bescheidenes, zweistöckiges viktorianisches Haus mit einer von Holzgittern eingefassten Veranda, die nach wie vor einen Anstrich brauchte. Abblätternde gelbe Farbe klammerte sich mit letzter Kraft an das verrottete Holz und schien zu beten, dass der nächste Windstoß sie nicht davonblies. Löwenzahn und anderes Unkraut spross auf dem Gehweg davor, drängte mit Macht durch den rissigen Asphalt.

Den Rasen hatte die Gemeinde offenbar weiter instand gehalten. Sie hatte aufgehört, die Rechnungen zu bezahlen, nachdem sie Thomas geheiratet hatte, und keine Nachsendeadresse angegeben.

Ich weiß nicht, ob ich das packe, dachte sie, als sie in der Einfahrt ihres ehemaligen Zuhauses stand. Die Hollywoodschaukel auf der Veranda stand noch an ihrem Platz, leer und verlassen, als wartete sie auf ihre Familie. Sie stellte sich ihre Mom darin vor, schaukelnd, ein Glas frische, selbstgemachte Limonade in der Hand, wie sie nach ihr Ausschau hielt, wenn sie auf dem Nachhauseweg von der Schule um die Ecke bog. *Wie war dein Tag, Schätzchen? Hast du Hausaufgaben auf?*

Es würde ihre Mom sehr traurig machen, das Haus so heruntergekommen zu sehen, dachte sie und überlegte, ob sie nach dem Ersatzschlüssel suchen sollte, der immer mit Klebeband hinter dem schmiedeeisernen Briefkasten neben der Tür angebracht gewesen war.

Ein Hupen riss sie aus ihren Grübeleien. »Bin ich froh, dass ich Sie noch antreffe, Mrs Logan«, rief die Frau von der Anwaltskanzlei durchs offene Seitenfenster. »Ich hab erst heute Morgen beim Zähneputzen zwei und zwei zusammengezählt. Mr Taylor würde es mir nie verzeihen, wenn ich Sie wieder fahren ließe.«

Grace

Das war eine schwere Woche. Ich will nicht vorgeben, stark zu sein – ich glaube, dazu habe ich die Energie nicht mehr. Es gab Momente, in denen ich dachte, dass meine letzten Atemzüge nicht schnell genug kommen könnten. Das klingt morbide, ich weiß, aber die letzten paar Tage waren beinahe unerträglich. Walters Hinrichtung hat die ganze Atmosphäre hier schwer und drückend gemacht. Sogar meine Wirbelsäule widersetzte sich, wenn ich aufstehen wollte. Ich bin nicht gern negativ, schon gar nicht in meinem Tagebuch für dich, aber ich muss ehrlich sein.

Auch im Gefängnis sind Feiertage etwas Besonderes, nur nicht dieses Thanksgiving. Mein letztes, und ich dachte daran, den ganzen Tag im Bett zu bleiben. Es einfach zu verschlafen, als wäre nichts. Was mich davon abhielt, war dieses seltsame Pflichtgefühl, das ich gegenüber Jada und Roni empfinde, als müsste ich dafür sorgen, dass sie sich an diesem langen Feiertagswochenende nicht einsam fühlen. Jeder Mensch hat schöne Feiertage verdient, findest du nicht?

Carmens Mann kam zu Besuch, weshalb sie den ganzen Vormittag damit zubrachte, sich die Haare zu machen und ein wenig »Fülle« auf ihren Kopf zu bringen, damit ihr Gesicht nicht so lang wirkte. Ich zwang mich, höflich zu bleiben, als sie mich zum dritten Mal fragte, ob sie jünger aussehe, wenn sie ihr Haar nach rechts oder nach links scheitelte. »Deinem Mann wird es auf jeden Fall gefallen«, sagte ich so aufmunternd wie möglich.

Um 11:47 Uhr kamen die Essentabletts. Spät, aber wenigstens waren die industriell hergestellten Truthahnscheiben nicht kalt. Roni, Jada und ich setzten uns zusammen an den runden Stahltisch im Aufenthaltsraum. Keine sagte »Frohes Thanksgiving« an diesem Tag, der ansonsten wie jeder andere war, aber wir wollten wenigstens gemeinsam essen. Eine stillschweigende Überlebensregel, um mit dem stumpfsinnigen Einerlei hier fertigzuwerden.

»Serena müsste diese Woche ihren Führerschein bekommen«, prahlte Jada und zog die kalt gewordene Bratensoße durch ihren Kartoffelbrei. »Daryl hat gesagt, dass seine Tochter nicht mit so einer alten Dreckskarre zur Schule fahren soll, wie er es damals musste. Er will ihr einen anständigen fahrbaren Untersatz besorgen.«

Jada redete immer nur so lebhaft, wenn sie über ihre Familie sprach. Ich schätze, sie würde das Gleiche über mich sagen.

»Daryl will nicht, dass seine Kinder auf etwas verzichten müssen. Er hat Robbie zu seinem vierten Geburtstag so einen Camouflage-Jeep-Laster gekauft. Hat dreihundert und ein paar Gequetschte dafür bezahlt. Robbie ist mit dem Ding die Einfahrt rauf- und runtergebrettert, bis die Räder abgefallen sind.«

Sie lachte, und ich stimmte mit ein. Roni grunzte nur.

Sie hatte den Kopf schräg gelegt und war ganz damit beschäftigt, mit dem Daumennagel angetrocknete Makkaronireste von der Ecke ihres Tabletts zu kratzen. Ich versuchte, diese kleine Widerwärtigkeit zu übersehen, die sich ziemlich häufig auf unseren angeblich keimfrei gereinigten Essenstabletts fand. Es war schon schwer genug, das Essen hier runterzubringen, wenn es zum ersten Mal aus der Küche kam.

»Sie werden wahrscheinlich so gegen eins bei seiner Mom essen. Das machen sie jedes Jahr.«

»Das klingt nett«, sagte ich zu Jada. Sie erinnerte mich an die Mrs-Beasley-Puppe, die ich als Kind hatte. Wenn man an ihrer Schnur zog, wiederholte sie ständig dieselben paar Sätze.

Ich hatte gehört, dass der Gefängnisarzt eine Zeitlang versucht hatte, sie in die Wirklichkeit zurückzuholen. »Ihre Familie ist tot.« Sie hatte ihn bloß ausdruckslos angestarrt. »Ihr Mann und Ihre beiden Kinder sind bei einem Hausbrand umgekommen, wissen Sie nicht mehr?«

Ich bin nicht sicher, ob Jada sich der Tatsache je gestellt hat. Sie redet immer noch in der Gegenwartsform über ihre Familie, obwohl sie die letzten neun Male, als es Kürbispastete gab, ohne sie hier gesessen hat.

Der Richter bezeichnete sie als pathologische Lügnerin ohne Muttergefühle, als er sie wegen dreifachen vorsätzlichen Mordes verurteilte. In der Nacht des Feuers wurden leere Benzinkanister und drei sechzehn Tage alte Lebensversicherungen in Jadas Auto gefunden. Sie war die Einzige, die es lebend herausschaffte.

Ich machte es mir zur Aufgabe, weder Jada noch die

anderen Frauen, mit denen ich nun meine Feiertage verbrachte, zu verurteilen. Vielmehr beschloss ich, die Menschen zu lieben, die sie hätten werden können, wenn sie andere Entscheidungen getroffen oder andere Fähigkeiten mitbekommen hätten. So furchtbar ihre Verbrechen auch waren, bemühte ich mich doch, sie nicht auf ihre schlimmsten Fehler festzulegen, die sie vor so vielen Jahren begangen hatten.

Warst du heute allein?

Wir hatten zwölf Thanksgivings zusammen, ehe ich dich verlassen musste. Weitere fünf, bei denen du mir hinter Glas gegenübersaßest, auf deine Uhr schieltest und dich fröhlich gabst, damit ich glaubte, alles sei in Ordnung. Ich wusste nicht, dass der siebzehnte vierte Donnerstag im November, den wir zusammen feierten, der letzte sein sollte.

Wer ist jetzt bei dir?

Hast du an mich gedacht?

Hast du den anderen von unseren Zimtschnecken erzählt? Wie lange wir aufblieben und den Teig rollten, unsere Finger lachend in die Puderzuckerglasur tauchten und sie ableckten, bis uns schlecht wurde?

Ich hüte diese Erinnerungen wie einen Schatz, aber wenn ich's mir recht überlege, ist es mir egal, ob du jemandem von unserem selbstgebackenen Nachtisch oder meiner Philosophie, den Tisch ganz schlicht zu decken, erzählt hast. Ich hoffe, du hast einfach gesagt: »Das war mein Zuhause, und ich war gerne dort.«

Wie oft habe ich in meinem Leben etwas nicht gewusst. Nicht gewusst, ob es regnen würde an dem Tag, für den ich unser Picknick nach dem Gottesdienst geplant hatte, nicht mehr den Namen des Freundes eines Freundes gewusst, dem ich schon mehrmals begegnet war. Solche Dinge haben mich nie groß beunruhigt, weil es dafür immer einfache Lösungen gab wie den Wetterkanal gucken oder den Freund des Freundes entschuldigend noch einmal nach seinem Namen fragen.

Die großen Fragezeichen sind es, die mich heute nicht zur Ruhe kommen lassen und mich verhöhnen wie ein rotznäsiges Mädchen in der Schulpause: »Wo ist deine Tochter?« »Was ist wirklich mit deinem Sohn passiert?«

Unwillkürlich kommen mir die Monate vor Williams Tod wieder in den Sinn. Die endlosen Stunden, die ich versuchte, ihn zum Essen zu bringen, die Hilflosigkeit, als er immer mehr an Gewicht verlor, und die entsetzlichen Momente, wenn er sich unerklärlicherweise am ganzen Körper versteifte. Und schließlich der Tag, als es nicht mehr aufhörte und mir klar wurde, nachdem ich ihn im Krankenhaus zurücklassen musste, dass er endgültig von uns gegangen war.

Unser gemeinsamer Tag davor war wunderschön gewesen. Du hast Teddy an der Leine durch den Park geführt, während ich William in seinem neuen Kinderwagen nebenherschob. Erinnerst du dich, der mit der Paisley-Blende, damit er nicht zu viel Sonne abbekam? Hin und wieder blieben wir stehen, und Paul sang William etwas vor.

»Husch, husch, husch die Eisenbahn, wer will mit nach Charlotte fahrn …« William hatte gerade gelernt, in die Hände zu klatschen.

Als wir wieder zu Hause waren, machte ich William sein Fläschchen, während du Teddy beibrachtest, sich für ein Leckerli zu schütteln. »Schüttel dich«, hast du immer wieder zu ihm gesagt und ihm einen Keksknochen vor die Nase gehalten.

Paul bereitete im Arbeitszimmer seine Predigt vor, während ich William fütterte. Anfangs war er sehr hungrig und saugte so stark, dass die Milch ihm aus dem Mund lief und sich in den Falten unter seinem Kinn ansammelte.

»Ich brauche noch ein Lätzchen«, rief ich dir aus dem Wohnzimmer zu.

»Hungriger, hungriger Hippo.« Du hast ihn mit dem Finger in den Bauch gepikst, als du mir das Sabberlätzchen gereicht hast.

Ich werde nie vergessen, was ich dann sah. Was du dann sahst.

William war nicht mehr William. Sein rundes Babygesicht wurde ganz hart, und die dickflüssige Milchnahrung, die aus seinem Mund rann, warf Blasen.

»Hol Daddy!«, schrie ich. »Schnell, hol Daddy.«

Als Paul ins Wohnzimmer gerannt kam, hatten Williams blaue Augen aufgehört, sich zu bewegen, nicht aber seine Augenlider. Sie flatterten und flatterten, bis auch sie sich nicht mehr regten.

Als das Notarztteam ihn abholte, dachte ich keine Sekunde daran, dass er vielleicht nicht zurückkehren würde.

Dass ich nicht zurückkehren würde.

Mein letzter vollkommener Tag und der letzte Tag, den ich mit dir zusammen bei uns zu Hause verbrachte.

Nach dem Essen und meiner selbst auferlegten Geselligkeit kehrte ich in meine Zelle zurück. Ich hatte kein Bedürfnis, das letzte Footballmeisterschaftsendspiel meines Lebens im Fernsehen anzuschauen oder die Angebote in der Zeitung für Weihnachtsgeschenke, die ich nie kaufen würde, zu überfliegen. Ich wollte mir nur meine graue kratzige Decke über den Kopf ziehen und schlafen.

Doch das tat ich nicht. Ich konnte nicht. Ich hatte nur noch wenige Monate, um an Sophie zu schreiben. Aus diesem Grund und nur aus diesem Grund musste ich weiteratmen. Mir fielen immer wieder Dinge ein, die ich an sie weitergeben wollte.

Sophie

In Sophies Vorstellung hatte Ben Taylor zurückgegelte pechschwarze Haare, ein Lebemanngesicht und eine schnelle, laute Sprechweise. Doch als seine Sekretärin sie in sein Büro bat, erwies er sich als ein eher väterlicher Typ. Kräftig, tüchtig, gutmütig, einer, der es schaffte, seine Kinder vom ersten Zug an einer Zigarette abzuhalten, weil sie begriffen hatten, dass Rauchen nicht gut für sie war.

»Sophie, ich freue mich, Sie endlich kennenzulernen.« Er kam ihr mit ausgestreckter Hand entgegen, sein Ton herzlich und entwaffnend. In seinem Haar war gerade genug Silber, dass er distinguiert aussah, und sein Gesicht hatte gerade genug Falten, dass es weise wirkte.

»Mr Taylor, es tut mir leid, dass ich mich nicht früher gemeldet habe. Ich hoffe, Sie verstehen, dass ich mit diesem Teil meines Lebens abgeschlossen habe«, sagte sie rasch, um sich von vornherein abzugrenzen. »Wenn Sie mir also sagen, was meine Mutter Ihnen schuldet, werde ich den Betrag sofort begleichen. Ich habe noch eine lange Heimfahrt vor mir.«

»Bitte nehmen Sie Platz.« Er zeigte auf ein anthrazitfarbenes Ledersofa an der Wand. Sophie gab aus

Höflichkeit nach und setzte sich, während er zu seinem Schreibtisch ging und irgendwelche Unterlagen holte, vermutlich die Rechnungen. Sie konnte sich denken, wie sie lauteten: *Beratungsgespräch mit Grace Bradshaw – Insassin im Todestrakt – 1.500 Dollar. Weiteres Beratungsgespräch mit Grace Bradshaw – Urteil bleibt bestehen, immer noch im Todestrakt – 1.500 Dollar.*

Ihr Zynismus lief heute zur Hochform auf. Zugleich dachte sie schon darüber nach, wie sie die Rechnungen vor Thomas verbergen sollte.

Ben setzte sich zu ihr aufs Sofa. »Bitte verzeihen Sie, wenn mein Brief Ihnen den Eindruck vermittelt hat, dass ich auf Bezahlung aus bin. Die Kirche Ihres Vaters hatte ihn mit einer beträchtlichen Lebensversicherung ausgestattet. Davon konnten alle Anwaltskosten beglichen werden, und den Überhang habe ich im Auftrag Ihrer Mutter zur Instandhaltung des Hauses verwendet. Das Guthaben schrumpft natürlich, aber es ist noch etwas Geld da, das Ihnen zusteht, wenn Sie es möchten.«

»Ich brauche das Geld nicht, Mr Taylor.« Ihr Zweikaräter mit Smaragdschliff sollte ihm das eigentlich zeigen. »Und meine Mutter benötigt Ihre Dienste sicher noch.«

»Es war verflixt schwer, Sie aufzuspüren«, sagte er lächelnd und sichtlich zufrieden, sie gefunden zu haben. »Seit fünf Jahren versuche ich, Kontakt zu Ihnen aufzunehmen. Ihre Mutter noch länger. Sie vermisst Sie.«

Sophie erwiderte sein Lächeln nicht. »Mr Taylor, wie ich schon zu Anfang sagte, habe ich diesen Teil meines Lebens hinter mir gelassen. Ich habe meine gesamte Jugend damit verschwendet, eine Mutter zu lieben, die mich ebenfalls hätte lieben sollen, die meinen Bruder hätte lieben sollen.« Sie machte Anstalten aufzustehen. »Ich war ja so dumm. So dumm, ihr zu glauben, während die ganze Stadt wusste, dass sie schuldig ist.«

»Ich kann mir nur annähernd vorstellen, welche Qual Sie durchlitten haben.« Er legte ihr eine Hand auf die Schulter, fest genug, um sie dazu zu bewegen, sich wieder hinzusetzen.

»Sie haben ja keine Ahnung.« Sie biss sich auf die Unterlippe. »Ich habe meinen Bruder und meinen Vater verloren, alles ihretwegen. Meine Mutter hat mein Leben zerstört. Qual ist noch eine Untertreibung.«

Es war elf Jahre her, seit Sophie ein echtes Gespräch über ihre Mutter geführt hatte. Eines, bei dem sie deren Existenz wahrhaben und ihren eigenen Schmerz zum Ausdruck bringen konnte. Teils war es eine Erleichterung, teils hatte sie das Gefühl, auf dem höchsten Punkt einer Achterbahn zu stehen und plötzlich hinunterzusausen, ohne dass der Sicherheitsbügel vorgelegt war.

Ben schwieg einen Moment, damit sie sich fassen konnte. »Sophie«, sagte er, »ich will keine alten Wunden bei Ihnen aufreißen.«

»Was wollen Sie dann?«

»Ich wollte … nun ja, Ihre Mutter wollte Verbindung zu Ihnen aufnehmen, damit Sie erfahren, was sich in ihrem Fall getan hat.«

Sophie umklammerte die Sofalehne. Sie wollte es nicht hören. Sie wollte nicht von ihm bestätigt hören, was Carter an Thanksgiving gesagt hatte. Sie wollte sich weiter in dem Glauben wiegen, dass ihre Mutter und ihre Vergangenheit sicher hinter Gittern waren, wo sie hingehörten.

»Ich habe den Fall Ihrer Mutter vor rund fünf Jahren übernommen. Die Pflichtverteidiger schienen sich keine Mühe mehr zu geben, sie hatten nach ihrer Verurteilung praktisch aufgehört, irgendwelche nennenswerten Schritte zu unternehmen. Ihr Vater hat vor seinem Tod zwei Vorsorgeregelungen getroffen: die eine für Sie und Ihre Ausbildung, die andere für Ihre Mutter, damit sie sich andere Rechtsvertreter besorgen konnte, wenn sie das wollte.« Er wartete, dass sie das zur Kenntnis nahm.

»Okay«, sagte Sophie. »Was hat das mit mir zu tun?«

»Ich habe den Fall Ihrer Mutter übernommen, nachdem ich einen Brief von ihr bekommen hatte. Ich bin nach Lakeland gefahren und habe sie besucht. Sie ist ganz anders, als ich erwartet hatte.« Er schüttelte lächelnd den Kopf.

»Klar«, sagte sie. »Man würde nicht denken, dass jemand mit den Händen einer Betty Crocker und dem Lächeln einer Martha Stewart zu so etwas in der Lage ist.«

Ben wurde ernst. »Die Sache ist die: Ich glaube nicht, dass sie es getan hat.«

Es klopfte an der Tür. »Der Justizangestellte vom Gericht hat angerufen. Der Richter will Sie so schnell wie möglich bei sich sehen«, sagte Louise, die Sekretärin, die an diesem Tag einen schwarzen Hosenanzug mit Gürtel trug. Sie nieste und putzte sich die Nase mit einem lavendelblauen Taschentuch.

»Das habe ich befürchtet«, sagte Ben mit einem Blick auf seine Armbanduhr. »Wie lange sind Sie noch in der Stadt?«, fragte er Sophie.

»Sobald ich hier raus bin und mein Zimmer bezahlt habe, fahre ich los.«

»Meine Besprechung mit dem Richter sollte nicht länger als anderthalb Stunden dauern. Treffen wir uns doch im Café, so gegen halb zwei, ich lade Sie zum Mittagessen ein. Sie sollten hören, was ich Ihnen zu sagen habe.«

»Ich denke drüber nach.« Sophie schob ein Stück Bindfaden, das auf dem glänzenden Hartholzboden lag, mit der Spitze ihres Joggingschuhs herum.

»Louise«, schrie Ben – unnötigerweise, da diese sich nicht vom Fleck bewegt hatte. »Nachdem Sie sich die Hände gewaschen haben, geben Sie Sophie bitte den Umschlag – Sie wissen schon, den von ihrer Mutter.«

Immer noch in ihren Joggingsachen, verließ Sophie die Anwaltskanzlei. Sie hatte vor, zu ihrem Bed & Breakfast zurückzugehen, zu duschen, die Rechnung zu bezahlen und sich dann auf den Weg zu machen. Nichts verpflichtete sie dazu, noch zu bleiben. Ihr Vater hatte alles bezahlt, und ihrer Mutter war sie gewiss nichts schuldig. Sie hatte vor Jahren einen klaren Schnitt gemacht, und selbst wenn ihre Mom hingerichtet werden sollte – was konnte sie daran ändern? Die Mutter, die sie gekannt hatte, war schon vor langer Zeit gestorben, zusammen mit den übrigen Bradshaws.

Ben Taylor konnte sie für unschuldig halten, so viel er wollte, das gehörte schließlich zu seinem Beruf. *Meine Verantwortung gilt Thomas, mir selbst und der Familie, die wir vielleicht (vielleicht auch besser nicht) eines Tages gründen werden.* Sie dachte an Max allein in seinem Krankenhausbett, während seine Mutter irgendwo dort draußen vergnügt vor sich hin lebte. Ihn im Stich ließ, so wie ihre Mutter sie im Stich gelassen hatte. Wenn sie nun fuhr und nach vorn schaute, war das nur gerecht, nicht nur, was sie selbst anging, sondern auch William und Max. Sie gratulierte sich zu dieser wohl abgewogenen Entscheidung.

Als sie in der Pension eintraf, war ihr Zimmer schon gemacht, und frische Handtücher lagen in dem Weidenkorb neben dem Waschbecken im Bad. Die Vorhänge vor dem Schiebefenster waren aufgezogen worden, so dass einige Grasliliengewächse zum Vorschein kamen. Sophie warf ihre Schlüssel und den verschlossenen braunen Umschlag, den Louise ihr gegeben hatte, aufs Bett. Vermutlich enthielt er Gegenstände, die das Gefängnis loswerden wollte. Den Ehering ihrer

Mutter, ihren Führerschein, solche Sachen. Dinge, die üblicherweise den nächsten Angehörigen zugestellt werden.

Sie beschloss, zuerst zu duschen und dann zu packen. Den Umschlag würde sie später aufmachen – viel später, nachdem sie das einzige andere getan hatte, das sie noch tun musste, bevor sie das kleine Städtchen Brookfield wieder verließ.

Der Friedhof lag am östlichen Rand und grenzte an den einzigen Highway, der in den Ort führte. Ein fußballfeldgroßes Stück Land voller hochragender Eichen und unzähliger abrupt abgebrochener Lebensgeschichten.

An jedem Samstagmorgen ihrer Schulzeit hatte Sophie ihre Aufsatzhefte aus ihrem Rucksack geschüttelt und das vordere Fach mit Sachen gefüllt, die ihre Mutter brauchte, zum Beispiel Unterwäsche und Baumwollsocken. In das andere Fach tat sie das, was sie für den Zwischenstopp brauchte, den sie immer auf dem Heimweg machte. Pixiebücher, die sie ihrem kleinen Bruder vorlas, wenn sie ihn auf dem Friedhof besuchte.

Nachdem sie zum Studieren weggezogen war und aufgehört hatte, ihre Mutter zu besuchen, wurden auch die Besuche bei William und ihrem Vater auf dem Friedhof seltener. Sie beruhigte ihr Gewissen mit vierzehntägigen Blumensendungen, die sie mit ihrer ersten und einzigen Kreditkarte aus der Zeit vor Thomas in Auftrag gab.

Das letzte Blumengebinde wurde kurz nach ihrer Heirat geliefert. »Wem schickst du denn Blumen?«, hatte Thomas sich eines Tages gewundert, als er die Post vor ihr in die Hände bekam.

»Dem Grab meiner Eltern«, hatte sie ohne nachzudenken geantwortet. »Ich kann den Gedanken nicht ertragen, dass es vernachlässigt aussieht, weil ich nicht mehr dorthin komme.«

»Das ist lieb von dir«, hatte er gesagt, sie geküsst und den nächsten Brief aufgemacht.

Das Thema kam nie wieder zur Sprache. Thomas hatte keine Einwände erhoben, und Geld war gewiss nicht das Problem, aber Sophie sagte sich, dass ein neues Leben anzufangen auch bedeutete loszulassen, die Bürde abzuwerfen, die sie sich mit dem Gedenken an ihren Vater und ihren Bruder auferlegt hatte. Blumengestecke würden nichts an ihrem Schicksal ändern oder ihnen die letzte Ruhestätte angenehmer machen.

Sie parkte vor dem Friedhofseingang. Wenn sie sich recht erinnerte, lag ihr Vater in der zehnten Reihe, das siebzehnte Grab von rechts.

Sie begann, laut zu zählen, genau wie als Kind: »Eins, zwei, drei …« Wenn sie den Kopf gesenkt hielt und sich konzentrierte, musste sie nicht daran denken, dass sie hier der einzige Mensch über der Erde war.

»Zehn. Jetzt sechzehn weiter. Eins, zwei, drei …«

Nummer siebzehn, es stimmte.

IN LIEBENDEM GEDENKEN AN

PAUL WILLIAM BRADSHAW

Die Inschrift war nicht besonders originell, aber mit ihren achtzehn Jahren hatte sie nicht gewusst, was sie sonst darauf schreiben sollte. Ein Paar Engelsflügel schmückten den oberen Teil des Grabsteins.

Neben ihm lag William, mit einem viel kleineren Stein.

WILLIAM JOSEPH BRADSHAW

EIN GESCHENK GOTTES, DAS AN IHN ZURÜCK-GEGEBEN WURDE.

NICHT MEHR BEI UNS, DOCH IMMER IN UNSEREN HERZEN.

Sophie bückte sich und fuhr Williams Namen mit dem Zeigefinger nach.

»Hallo, Kleiner«, sagte sie. Das kalte Gras um sein Grab knirschte, als sie sich hinhockte. »Es tut mir leid, dass ich so lange nicht hier war. Ich habe dich vermisst.«

Unkraut war an den Seiten hochgewuchert und verdeckte sein Geburtsdatum.

Sie versuchte, etwas davon auszureißen, aber die tiefen Wurzeln hielten stand.

»Ich bin jetzt verheiratet. Ich wünschte, du könntest ihn kennenlernen. Er heißt Thomas.«

Der Wind blies und wehte trockenes Laub auf seinen Grabstein. Sie wischte es weg, so schnell sie konnte.

Dann riss sie mit beiden Händen jedes unerwünschte Kraut aus, bis ihre kalten Finger bluteten.

»Bitte verzeih mir, dass ich dich nicht gerettet habe«, sagte sie, als sie sich hinlegte und ihren Kopf auf seinen bettete.

Grace

»Was soll ich dir heute machen?«, fragte ich Roni. Es war dreieinhalb Wochen her, seit ich zuletzt im Salon hatte arbeiten dürfen. Meine Hände waren ein bisschen zittrig. Mehrere Frauen hatten einen Haarschnitt beantragt, so dass es heute viel zu tun gab. Aber ich war froh über die Ablenkung und dankbar für die Arbeit.

Die Insassinnen des Todestrakts bekamen immer die ersten Termine am Vormittag, damit die Wachhabenden ihren Umgang mit den übrigen Gefangenen auf ein Minimum beschränken konnten. Bisschen seltsam, dachte ich, da ich es ja war, die die Schere hielt, aber Vorschrift war Vorschrift.

»Ich will mal was anderes«, antwortete Roni mit entschlossener Miene. Ihre Stimmung hatte sich sehr gebessert, seit sie angefangen hatte, sich mit ihrem Vater zu schreiben. Man konnte sie dieser Tage geradezu als fröhlich bezeichnen.

»Mach mir einen Stufenschnitt.« Sie gab mir ein Foto, das sie aus der Zeitschrift *People* herausgerissen hatte. Jodie Foster stand in einem perlenbesetzten Abendkleid auf einem roten Teppich.

»Mein Dad hat gesagt, dass er sie in *Das Schweigen der Lämmer* toll fand.«

Ich betrachtete das Foto eingehend. Sosehr ich für eine gründliche Veränderung bei Roni war, konnte ich doch keine Wunder wirken. Ihre Haare waren an den Seiten kurz und hinten lang und erinnerten mich immer ein bisschen an eine Kleptomanin, die ich mal in der *Jerry Springer Show* gesehen hatte.

»Dir ist schon klar, dass sie hinten gekürzt werden und vorne erst nachwachsen müssen, bevor du genau die gleiche Frisur wie Jodie Foster haben kannst?« Ich betonte »genau die gleiche«, damit der neue Glanz auf ihren Wangen nicht wieder verblasste.

Roni musterte sich in dem kunststoffbeschichteten Spiegel. Mit einem schweren Seufzer riss sie mir Jodie aus der Hand und sagte: »Scheiß drauf, Grace. Mach mir einfach das Übliche.«

Nach einigen Minuten respektvoll-vorsichtigen Verhandelns konnte ich sie dazu überreden, dass ich die hintere Länge um ein paar Zentimeter kürzte und die harte Stufe zu ihrem Pony etwas abmilderte. Sie erlaubte mir sogar, die Seiten ein bisschen weicher und fransiger zu schneiden.

Als Roni ging, wirkte sie sehr zufrieden. »Willst du ein Trinkgeld?«, fragte sie mit einem schiefen Grinsen.

»Klar«, antwortete ich. »Glaube, das ist das erste Mal.«

»Such dir einen anderen Job.«

Sie gluckste immer noch über ihren eigenen Scherz, als die Wärterin ihr die Handschellen anlegte und sie aus dem Schönheitssalon zurück in ihre Zelle führte.

Ich war gerade beim zwölften Haarschnitt des

Tages, als eine Aufseherin mich unterbrach. »Letzte Kundin, Bradshaw. Der Direktor will Sie sprechen.«

In meinen siebzehn Jahren in Lakeland hatte ich Direktor Richards nur ein paar wenige Male zu Gesicht bekommen. Ich hörte ihn manchmal etwas über Lautsprecher verkünden oder sah seinen Namen unter Mitteilungen …

ALLE HÄFTLINGE DÜRFEN VON JETZT AN NUR NOCH ACHT ZENTIMETER LANGE ZAHNBÜRSTEN BENUTZEN. NORMAL GROSSE ZAHNBÜRSTEN SIND GEGEN DIE VORSCHRIFTEN UND WERDEN ALS SCHMUGGELWARE ANGESEHEN. DIE ACHT ZENTIMETER LANGEN ZAHNBÜRSTEN WERDEN AB SOFORT AUSGEGEBEN.

DIREKTOR ELROD RICHARDS

Es war ein seltsamer Gedanke, dass ich niemals wieder eine normal große Zahnbürste benutzen würde, aber was soll's, man gewöhnt sich an alles.

Wie befohlen, schloss ich den Salon. Die beiden Officer legten mir wieder Hand- und Fußschellen an, und ich schlurfte, zwischen ihnen eingezwängt, zu dem Wartebereich vor dem Büro des Gefängnisdirektors.

»Ausziehen«, befahl der weibliche Officer. Ich schleppte mich in die durch einen Vorhang abgetrennte Ecke und versuchte, an den Geschmack von gerösteten Marshmallows zwischen Schoko-Vollkorncrackern zu denken, während die beiden mich abtasteten. Sie gaben mir eine andere Uniform, als sie fertig waren. Der Taillengummizug schnitt in meine Haut.

»Gefangene 44607 vor Ort«, schrie der männliche Beamte, während er die Tür zum Büro öffnete.

Direktor Richards saß hinter einem zerkratzten Metallschreibtisch, Ms Liz ihm auf einem Klappstuhl gegenüber. Beide sahen mich nicht an, als ich hereinkam. Ich fragte sie, ob etwas mit Sophie passiert sei.

»Bitte setzen Sie sich«, sagte der Direktor, auf den Stuhl neben Ms Liz deutend.

Er hielt nicht viel von Höflichkeiten, sah aber auch nicht wie der Leiter eines Hochsicherheitsgefängnisses aus. Sein Gesamtgewicht inklusive Feuerwaffen betrug schätzungsweise kaum mehr als sechzig Kilo.

Er schob mir ein Schreiben über den Tisch. Ms Liz sagte nichts. Sie hielt die Augen geschlossen und schien zu beten.

Vorgebeugt versuchte ich, den Text zu lesen. Ich hätte dringend meine Lesebrille gebraucht und konnte so nur die Überschrift klar erkennen: ***HINRICHTUNGSBEFEHL***

Tief durchatmend lehnte ich mich zurück. Alles verschwamm vor meinen Augen, und ich brauchte eine Minute, um mich zu sammeln.

Endlich sagte Ms Liz etwas. »Grace, der Direktor hat mir gerade mitgeteilt, dass Ihr letzter Berufungsantrag abgelehnt wurde. Sie wissen das bereits, nicht wahr?« Ihre Stimme klang leise und dünn.

»Mein Anwalt hat es mir vor ein paar Wochen gesagt.«

»Das ist jetzt schwer für Sie, ich weiß, aber der Direktor muss dafür sorgen, dass Sie dieses Schreiben lesen. Ihnen muss bewusst sein, was beschlossen wurde.«

Ich beugte mich wieder über das Blatt, die kleine Druckschrift tanzte herum.

Ms Liz nahm das Schreiben an sich. »Erlauben Sie, dass ich es ihr vorlese?«

»Irgendwie müssen wir es ja hinter uns bringen«, antwortete der Direktor. Ein gerahmtes Foto, auf dem er dem Gouverneur die Hand schüttelte, stand hinter ihm auf dem Bücherregal.

Ms Liz holte tief Luft und begann zu lesen. »Die Strafjustizbehörde von South Carolina hat angeordnet, dass Grace Margaret Bradshaw am 15. Februar nächsten Jahres …« Ihre Stimme versagte, und sie musste einen Schluck Wasser trinken.

»… am 15. Februar nächsten Jahres in einen für die Hinrichtung vorbereiteten Raum gebracht …« Sie hörte wieder auf zu lesen.

»Herrgott noch mal. Geben Sie mir das Schreiben«, befahl der Direktor und rückte seine Brille auf der Nase zurecht.

»…dass Grace Margaret Bradshaw am 15. Februar nächsten Jahres in einen für die Hinrichtung vorbereiteten Raum gebracht werden und eine Injektion mit einer Substanz oder Substanzen von tödlicher Wirkung erhalten soll. Die Injektion soll so lange fortgesetzt werden, bis besagte Grace Margaret Bradshaw tot ist.«

Er las, ohne zu stocken. »Verstehen Sie diese Anordnung?«

Ich bejahte, und das war das Letzte, woran ich mich erinnerte.

Sophie

Ben Taylor saß in der hintersten Nische des 40th Street Café. Offenbar war er in etwas Wichtiges vertieft, denn er sah nicht von seinem Laptop auf, als die Türglocke bei Sophies Eintreten klingelte.

»Willkommen im Fortieth Street«, sagte die Kellnerin, die eine Platte voller Truthahn-Clubsandwiches in der einen und eine Kaffeekanne in der anderen Hand hielt. »Setzen Sie sich gern, wohin Sie wollen.«

Sie erkannte die erwachsene Bradshaw-Tochter nicht, während Sophie ihr altvertrautes Gesicht nicht vergessen hatte. Ihr Vater, zu müde von der Arbeit und zu deprimiert, um wieder zu zweit an dem einst vollen Familientisch zu essen, hatte sie oft zum Abendessen mit in das Café genommen. Anfangs gönnten sie sich das nur einmal pro Woche, bald aber schon drei- bis viermal. Sie bestellte immer den Käsetoast mit Sauerteigbrot, ihr Dad immer das Tagesgericht, das Lucy empfahl.

»Du brauchst ein bisschen mehr Fleisch auf den Rippen, Paul«, hatte Lucy augenzwinkernd gesagt und seinen Arm gestreift, wenn sie mit den Speisekarten oder dem Wasser herbeiflitzte. Ihre langen Fingernägel besaßen jedes Mal eine andere Farbe. Manchmal waren sie dunkelrot, dann wieder farblos glänzend, mit Glitzersteinchen am oberen Rand.

Sophie begriff, dass Lucy sich mehr von ihrem Vater wünschte als eine Gewichtszunahme. Doch er, blind für die Zuneigung anderer, las nur seine Zeitung und stellte Sophie jeden Tag die gleichen Fragen: »Wie war Mathe heute?« oder »Waren sie nett zu dir in der Schule?«

Eines Tages, zwischen dem Servieren seines panierten Steaks mit gebratenen Okra und dem Rhabarberkuchen, brachte Lucy den Mut auf, ihn um eine Verabredung zu bitten.

»Paul, du weißt ja, dass ich hier viel selbst koche und du viel davon isst«, sagte sie, wobei ihre Stimme und ihr ansehnliches Dekolleté sich senkten. »Wie wär's, wenn ich mal zu dir rüberkomme und dir eine richtige hausgemachte Mahlzeit vorsetze?«

Sophie unterbrach das Nuckeln an ihrem Milkshake lange genug, um herauszuplatzen: »Meine Mom ist weg, aber nicht tot.«

Ihr Dad, dessen Gesicht die Farbe von Chilischoten angenommen hatte, bedachte sie mit »dem Blick«. Er sah sie nicht oft so an, aber wenn, wusste sie, dass es ernst war.

»Du bist eine großartige Köchin, Lucy, eine der besten, aber Sophie und ich kommen ganz gut zurecht. Ich werde deinen Buttermais weiter hier genießen, wenn es dir recht ist.«

»Du weißt ja, wo du mich findest, wenn du es dir anders überlegst.« Sie streichelte seine Hand, während sie ihm Wasser nachschenkte. Als er zehn Dollar Trinkgeld statt der üblichen fünf gab, wusste Sophie, dass er fürchtete, ihre Gefühle verletzt zu haben.

Nun stand Sophie vor Ben Taylors Sitznische und wartete darauf, dass er sie bemerkte. »Hallo«, sagte sie schließlich, als nichts passierte.

»Hallo. Schön, dass Sie gekommen sind.« Er rutschte von seiner Bank und stand höflich auf, während sie sich setzte. »Haben Sie Hunger?«

Auf einmal merkte sie, dass sie noch gar nichts gegessen hatte, seit sie in Brookfield war. »Ja, ein bisschen.«

Ben reichte ihr die Speisekarte, doch sie winkte ab. Als Lucy kam, um die Bestellung aufzunehmen, verlangte sie das Übliche – Käsetoast mit Sauerteigbrot.

Sie machten Smalltalk während des Essens. Er fragte sie nach ihrem Leben, ihrem Mann, ob sie arbeitete. Sie antwortete höflich, aber knapp, denn sie wollte nicht, dass ihre Mutter etwas über sie erfuhr, schon gar nicht, da sie ihren Anwalt als Mittler vorschob. Um seine Fragen abzuwehren, stellte sie ihm Gegenfragen. Zwei erwachsene Söhne, einer Anwalt wie er selbst, der andere Volleyballtrainer für Frauen an einem kleinen, aber erstklassigen Sportcollege bei Chicago.

»Wie lange sind Sie schon verheiratet?«, fragte Sophie, weil ihr aufgefallen war, dass Ben seine Frau mit keinem Wort erwähnte.

»Dreiundzwanzig Jahre«, antwortete er. »Meine Frau starb, ein Jahr nachdem wir nach Brookfield gezogen waren.« Er zog seine Brieftasche heraus, um ihr ein altes Familienfoto zu zeigen.

»Sie war sehr schön«, sagte Sophie und nahm das Bild aus der Plastikhülle. »Wie ist sie gestorben, wenn ich fragen darf?«

»Ein Aneurysma im Gehirn. Es kam sehr plötzlich.« Er nahm das Foto wieder an sich und betrachtete es mehrere Sekunden lang, ehe er es wieder einsteckte. »Ich habe die Zeit, die ich mit ihr hatte, zu sehr als selbstverständlich angesehen. Das bereue ich heute am meisten.«

»Es tut mir sehr leid für Sie.«

»Und mir für Sie.«

Sie schwiegen einen Moment, bevor Ben zum eigentlichen Thema kam.

»Wie ich Ihnen vorhin schon sagte, vertrete ich Ihre Mutter seit einigen Jahren. Mein erster Fall nach dem Umzug hierher sogar. Die Pflichtverteidigerin, die sie zuvor hatte, hat ihre Sache furchtbar schlecht gemacht. Sie hat wichtige Zeugen nicht befragt, die sie hätte befragen sollen, und Leute in den Zeugenstand gerufen, die nicht gut vorbereitet waren. Der Staatsanwalt hat sie allesamt in der Luft zerrissen.« Er rollte einen Strohhalm zwischen seinen etwas steifen Fingern herum.

»Mein Vater war von den Pflichtanwälten auch nicht begeistert, aber ich habe die Beweise gesehen. Wir hatten nicht viel Geld, und sie hatten nicht viel, worauf sie sich stützen konnten. Das Ethylenglykol im Fläschchen meines Bruders, die versteckte Scheibenwischerflüssigkeit in unserer Garage … das sah nicht gut aus.« Ihre Stimme klang kalt, als sie diese altbekannten Dinge wiederholte.

»Ich kenne die Beweislage und die Vorwürfe sehr gut. Die Staatsanwälte haben der Verteidigung weisgemacht, dass Ihre Mutter Münchhausen hatte …«

»Dass sie meinen Bruder absichtlich krank gemacht hat, damit sie ihn zum Arzt bringen konnte.« Laut käute sie wieder, was sie schon so oft im Stillen zu sich selbst gesagt hatte. »Sie gierte nach Aufmerksamkeit.«

»Noch mehr?« Lucy schnappte sich ihre Wassergläser, bevor sie ablehnen konnten.

»Ja, so hieß es damals«, sagte Ben, als Lucy wieder davongeeilt war, der Definition, nicht aber dem Vorwurf zustimmend. »Aber sie entspricht nicht dem Profil.«

»Mein Bruder ist tot. Ihm ging es immer nur schlecht, wenn er bei ihr war. Profil hin oder her, die Beweise haben mich überzeugt.«

»Sie und jedes Berufungsgericht«, erwiderte Ben nüchtern. »Der Fall Ihrer Mutter lässt mich nachts nicht schlafen. Das passt einfach alles nicht zusammen.«

Sophie kaute den letzten Bissen von ihrem Käsetoast.

»Warum hat Ihre Mom Sie nicht auch krank gemacht?«, fragte er leise, weil Lucy gerade zum dritten Mal den Tisch in der leeren Nische hinter ihnen abwischte.

Sophie schluckte zweimal, aber der zähe Käse wollte einfach nicht herunterrutschen. Sie trank einen langen Zug von ihrem Wasser. Nach erneutem Schlucken sagte sie: »Vielleicht hat sie das ja.«

»Was meinen Sie damit?«, fragte Ben, ohne seine Überraschung zu verbergen.

»Das weiß ich auch nicht so genau. Aber ich stelle jetzt halt alles in Frage, was in meiner Kindheit passiert ist. Jedes Mal, wenn ich mich erbrochen habe, Bauchschmerzen hatte – hat sie das vielleicht verursacht?«

Ben nahm seine Serviette vom Schoß und legte sie auf den Tisch. »Glauben Sie, dass sie so etwas getan hätte?«

»Ich weiß es wirklich nicht.« *Warum nicht ich? Warum William?*

Ben schwieg einen Moment. Sophie kam es vor, als wollte er ihr Gelegenheit geben, ihre Meinung zu überdenken und etwas zu sagen, das ihm helfen würde, ihrer Mutter zu helfen. Als nichts von ihr kam, sagte er: »Ich habe alles getan, was ich konnte, um die Gerichte dazu zu bewegen, den Fall neu zu verhandeln, aber leider ist der letzte Berufungsantrag Ihrer Mutter gerade abgelehnt worden.« Er unterbrach sich, ließ ihr Zeit, sich auf das einzustellen, was als Nächstes kommen würde, doch ehe er fortfahren konnte, stürzte Lucy mit der Kaffeekanne herbei.

»Sophie Bradshaw! Hätte ich gleich kapieren sollen, dass du das bist, als du den Käsetoast bestellt hast. Wir haben uns ja eine Ewigkeit nicht gesehen.« Sie knallte die Kaffeekanne auf den Tisch und beugte sich seitlich zu einer Umarmung herunter. Sophie an sich drückend, sagte sie: »Ich hoffe, unser Anwalt hier kann noch verhindern, dass deine Mom hingerichtet wird.«

Ben bezahlte, half Sophie in ihren Blazer und geleitete sie über die Straße zu seiner Kanzlei. Lucys überschwängliche Begrüßung hatte einigen Aufruhr im Café verursacht, und die zudringlichen Blicke der Leute, die aufgereiht an der Theke saßen, waren zu viel für Sophie gewesen.

»Ich hasse diesen Ort«, sagte sie, als sie Ben in sein Büro folgte. »Ich konnte kaum abwarten wegzuziehen. Nicht zu fassen, dass ich jetzt hier bin.«

Das alte verhasste Gefühl, im Mittelpunkt ungewollter Aufmerksamkeit zu stehen, überwältigte sie erneut. Sie wusste nicht, ob sie sich setzen oder fortlaufen sollte.

»Ich weiß, Sie hatten das alles nicht verdient, aber Ihre Mutter auch nicht. Sie müssen begreifen, was ich Ihnen jetzt sage. Ihre Mutter hat keine Möglichkeit zur Berufung mehr, und ihr Hinrichtungstermin ist festgesetzt worden. Wenn der Gouverneur nicht interveniert, wird sie am fünfzehnten Februar durch die Giftspritze sterben.«

Sophie weinte die meiste Zeit über während der Heimfahrt. Was erwartete dieser Anwalt denn von ihr? Dass sie ihre Mutter auf einmal für unschuldig hielt? Das tat sie nicht. Aber wollte sie wirklich, dass sie starb?

Nach Brookfield zu fahren und in dem Morast zu wühlen, aus dem sie sich vor so langer Zeit befreit hatte, war ein großer Fehler gewesen. »Ich werde ein Gnadengesuch beim Gouverneur stellen«, hatte Ben gesagt, »aber das ist im Grunde ziemlich aussichtslos. Bitte denken Sie darüber nach, ob Sie Ihre Mutter nicht noch einmal besuchen wollen, bevor es zu spät ist.«

Sie hatte sich von ihm verabschiedet, ohne sich festzulegen. Auf seine Bitte hin hatte sie ihm ihre Handynummer gegeben, unter der Bedingung, dass er sie nur anrief, wenn es absolut notwendig war. Obwohl sie nicht wusste, was in dieser Situation noch einen Notfall darstellen könnte.

Sie notierte sich auch seine Nummer und versprach anzurufen, falls sie sich zu einem Besuch durchrang. »Mein Mann und seine Familie wissen nichts über meine Vergangenheit, und ich möchte, dass das so bleibt.«

Er hatte genickt, aber sein abgewandter Blick sagte ihr, dass er sie nicht verstand. »Ich glaube Grace«, betonte er, als er sie zur Tür begleitete. »Helfen Sie mir herauszufinden, was wir übersehen.«

An jeder roten Ampel stellte sie sich vor, wie ihre Mutter auf eine Bahre geschnallt wurde. Wie lange Nadeln in ihre Venen gestochen wurden. Wie sie mit bebender Stimme ihre letzten Worte sprach. Und ganz allein starb.

Es war fast sieben Uhr abends, als sie ihre Karte durch den Schlitz zog und auf den Parkplatz vor Thomas' Praxis fuhr, weil sie davon ausging, dass er wieder lange arbeitete und noch nicht zu Hause war. Sobald sie den Motor abgestellt hatte, sah sie auf ihr Handy. Es war merkwürdig, dass Thomas seit gestern nicht mehr angerufen hatte, andererseits war ihr selbst nicht danach gewesen, sich zu melden. Keine Nachricht, bis sie wieder zu Hause war, hatte sie für besser gehalten, als noch mehr Lügen zu erfinden.

Sie kramte in der Handtasche nach ihrem Make-up. Der Eye-Concealer half kein bisschen gegen die dunklen Ringe – Schlafmangel und vom Weinen verquollene Augen gingen aus diesem Kampf eindeutig als Sieger hervor.

Sie fuhr sich mit der Hand durch die Haare und trug den Lippenstift auf, den Thomas am liebsten mochte. An diesem Abend lag ihr nichts ferner, als sexy zu wirken, aber für Verständnis und Vergebung wäre sie durchaus dankbar. Sie musste ihm die Wahrheit sagen, und zwar gleich, ehe sie den Mut verlor. Er musste verstehen, warum sie ihn angelogen hatte und warum sie ihm das alles nicht schon früher gesagt hatte. Sie brauchte ihn, um ihr zu helfen, eine Entscheidung zu treffen.

Sophie ging zur Hinterseite des Gebäudes und versuchte es an der Tür dort. Sie war abgeschlossen, also lief sie wieder nach vorn und probierte es an einem anderen Eingang. Waren etwa schon alle gegangen?

Sie sah sich auf dem Parkplatz um. Thomas' Auto stand auf seinem gewohnten Platz und ein anderes, das sie nicht kannte, hinter dem Müllcontainer. Ein weißer Transporter mit dem Firmenlogo DIE FRÖHLICHEN PUTZFEEN parkte vorm Seiteneingang.

Außer dem Reinigungspersonal schien tatsächlich niemand mehr da zu sein. Sie klopfte an die Seitentür, doch das Brummen eines Staubsaugers verkündete, dass es eine Weile dauern konnte, ehe ihre Bitte um Einlass erhört wurde.

Sie holte ihr Handy heraus und schrieb Thomas eine SMS. »Arbeitest du noch?« Als er nicht gleich antwortete, hockte sie sich auf die Bordsteinkante, um ihre E-Mails abzurufen.

Und wie, antwortete Thomas ein paar Minuten darauf. Die wandernden Punkte auf ihrem Bildschirm zeigten an, dass er gerade tippte. *Bin im Krankenhaus. Späte OP. Rufe dich nachher an.*

Sie ging zurück zum Parkplatz, um sich zu vergewissern, dass es wirklich sein Auto war, das sie gesehen hatte. Der Aufkleber WEST-LAKE-HAUSBESITZER bestätigte ihr, dass sie nicht verrückt war. Ob er sich von einem seiner Kollegen zum Krankenhaus hatte mitnehmen lassen?

Sie lehnte sich an die Motorhaube seines Wagens.

Eine Frau, die einen Staubsauger und einen Putzeimer schleppte, stieß die Seitentür auf.

»Halten Sie die Tür auf«, rief Sophie ihr zu. »Sind alle schon weg?«, fragte sie beim Hineingehen.

»Alle außer dem jungen Doktor«, sagte die Putzfrau zwinkernd. »Ich glaube, er ist noch da hinten mit seiner hübschen Frau, so wie sich's anhört.«

»Dr. Logan?«, fragte Sophie.

»Keine Ahnung. Der Niedliche«, antwortete die Frau und bückte sich, um einen Fussel vom Boden aufzuheben. »Der mit den dunklen, welligen Haaren.«

Sophie wusste nicht, ob sie sich übergeben oder in Ohnmacht fallen sollte, entschied aber, dass keins von beidem hilfreich wäre, wenn sie herausfinden wollte, was Thomas da trieb. Mit der Hintergrundbeleuchtung ihres Handys tastete sie sich durch den dunklen Flur voran.

Die Putzfrau hat sich geirrt, beruhigte sie sich. *Er ist schon öfter mit einem Kollegen ins Krankenhaus gefahren, besonders wenn sie zusammen operiert haben.* Und vor ein paar Wochen hatte Thomas' Praxispartner sein Auto auf dem gemieteten Parkplatz stehen und sich von Thomas nach Hause fahren lassen. Nach einem langen Bereitschaftsdienst konnte auch eine kurze Heimfahrt endlos erscheinen.

Am Ende des Flurs angekommen, war sie zu der Überzeugung gelangt, dass sie sich albern benahm und die Putzfrau eine Klatschtante war. Mit einer Hand strich sie an der Wand entlang, um den Lichtschalter zu finden.

Sobald sie das Licht angeknipst hatte, sah sie ihre schlimmsten Befürchtungen bestätigt. Auf einem Stuhl vor Thomas' Büro lagen Evas Coach-Tasche und ihre roten Slingpumps.

GRACE

Piep. Piep. Piep. Etwas saß zu fest um meinen Arm und drückte. Ich versuchte, es abzureißen, kam aber nicht heran.

»Nicht bewegen. Ich bin gleich bei Ihnen.«

Ich hatte keine Ahnung, wer da mit mir sprach oder wo ich war, und das grelle Licht stach mir in die Augen. Meine Schläfe fühlte sich zugleich feucht und krustig an. Ich wollte mich aufsetzen, doch das ging nicht, weil ich an Armen und Beinen gefesselt war. Ich musste würgen.

Eine korpulente Frau mit einem Haarknoten und blauer Strickjacke drehte meinen Kopf zur Seite und hielt eine Nierenschale unter meinen Mund. »Warten Sie. Ich richte Sie ein Stück auf.«

Sie drückte einen Knopf, und der obere Teil der Matratze begann sich zu heben. Doch es kam nichts aus meinem Magen, trotz Brechreiz und wiederholter Versuche.

»Trockenes Würgen«, sagte sie. »Nichts mehr da drin.« Sie entfernte die Blutdruckmanschette von meinem Arm. Das laute Reißen des Klettverschlusses tat mir in den Ohren weh, und ich schloss wieder die Augen. »Ich kann Ihnen etwas gegen die Übelkeit geben, da Sie nun wach sind.« Sie nahm eine Spritze von einem Tablett und injizierte etwas in die neben meinem Bett hängende Tropfflasche. »Wissen Sie, wo Sie sind?«

War es schon Zeit für mich zu sterben?

»Krankenstation. Sie sind im Büro des Direktors umgekippt. Haben sich den Kopf an der Ecke seines Schreibtischs aufgeschlagen. Waren seit gestern Abend bewusstlos.«

15. Februar. Jetzt wusste ich es wieder. *Ich hatte an Sophie gedacht.*

»Kann ich etwas zu trinken haben?« Meine Zunge klebte an meinen Lippen.

»Ich hole Ihnen erst einmal ein paar Eissplitter.« Ihre Schuhsohlen quietschten auf dem Linoleum, als sie sich entfernte.

»Schon bereit für Besuch?«, hörte ich eine freundliche Stimme fragen. Ich öffnete ein Auge und sah Ms Liz, die mir einen warmen Waschlappen auf den Kopf legte. »Ich wusste nicht, ob Sie jemals wieder aufwachen.«

Ich wusste nicht, dass ich die Wahl hatte.

Die Schwester kam zurück und gab Ms Liz meine Eissplitter. Sie löffelte ein paar heraus und hielt sie an meinen Mund. Ihre Finger waren knochig und gekrümmt.

»Was kann ich tun, um Ihnen zu helfen?«, fragte sie, nachdem ich ein paar Löffel voll gelutscht hatte. Sie rieb sich die geschwollenen Gelenke ihrer rechten Hand.

»Die Zeit zurückdrehen«, sagte ich und versuchte zu lächeln.

»Haben Sie inzwischen etwas von Ihrer Tochter gehört?« Ich wusste, dass sie die Antwort kannte, bevor sie fragte.

Während unserer Zusammenkünfte hatten wir ständig über Sophie geredet, aber irgendwann hatte ich keine neuen Geschichten mehr zu erzählen gehabt. *Morgen hat Sophie Geburtstag*, wollte ich ihr sagen. *Sie wird dreißig.*

»Mein Anwalt hat versprochen, dass er nicht aufgibt.« Ich drehte den Kopf weg, weil meine Augen brannten. »Ich bin nicht sicher, ob ich noch will, dass er sie findet.«

»Oh Grace«, sagte Ms Liz. »Sie können im Moment nicht klar denken. Natürlich wollen Sie sie noch einmal sehen, bevor ...« Sie verstummte.

»Sie hat jetzt ihr eigenes Leben.« Es geht nicht um das, was ich will, hätte ich beinahe erwidert. Mein Leben ist bald vorbei, und ich möchte, dass Sophies weitergeht. Ich habe es ihr schwer genug gemacht. Was ist, wenn Ben sie findet und wir uns gleich wieder voneinander verabschieden müssen? »Ich hoffe, sie hat inzwischen eine neue Familie, von der sie geliebt wird.«

»Auch dafür werde ich beten.« Ms Liz senkte den Kopf und rieb sich den Nacken. »Ich arbeite schon lange in diesem Gefängnis, und ich habe Menschen kennengelernt, deren bloße Gegenwart meine Seele Schutz suchen ließ. Von Natur aus böse, so etwas gibt es. Dann wiederum bin ich Mördern begegnet, die alles Geld auf ihrem Bedarfskonto gespendet haben, damit das Kind eines Mitgefangenen sich Schulsachen kaufen konnte. Das Gefängnis macht manche besser und manche schlechter, aber Sie …« Sie stockte. Ich hatte keine Ahnung, worauf sie hinauswollte. »Sie sind die Gleiche geblieben. Sie kamen selbstlos hierher, und Sie werden selbstlos wieder gehen. Sie haben sich kein bisschen verändert.«

Ich wusste, dass das nicht ganz stimmte. Gut, ich war nicht bitter geworden, aber ich sah nach nichts mehr aus. Neulich hatte ich einen Traum gehabt (eher einen Albtraum), in dem ich Sophie nach all den Jahren wieder gegenüberstand und sie mein eingefallenes Gesicht nicht mehr erkannte. *Ich suche meine Mutter. Hat irgendwer meine Mom gesehen?*

»Sie haben doch auch eine Tochter, nicht wahr?«, fragte ich Ms Liz.

»Nicht nur eine. Meine Älteste ist verheiratet und hat zwei Kinder. Die Mittlere, Hildie, arbeitet in einem Gartencenter in San Diego. Und meine Jüngste, Olive, ist noch dabei, sich zu finden.«

»Darf ich Sie etwas fragen?«

»Natürlich.«

»Was würden Sie Ihren Töchtern vor Ihrem Tod noch unbedingt mit auf den Weg geben wollen?«

Liebe Sophie,
ich hatte heute einen Unfall, aber der Gefängnisarzt meinte, in ein paar Tagen sollte ich wieder auf den Bei-

nen sein. Hat mir Bettruhe verordnet für die nächsten achtundvierzig Stunden. Ich hätte auf der Krankenstation bleiben können, bat aber inständig darum, zurück in meine Zelle zu dürfen. »Was kann ihr schon noch passieren?«, hörte ich den Doktor die Schwester fragen.

Dreiundzwanzig Stiche ziehen sich jetzt von meiner rechten Augenbraue zum rechten Ohr. Ich kann wohl von Glück sagen, dass ich mit der Narbe nicht lange leben muss.

Eine von den anderen Insassinnen, Roni, hat auch eine Narbe. Sie ist dick und aufgeworfen, verläuft gekrümmt von ihrem Nacken über ihren Rücken und verjüngt sich über dem Steißbein. Ich sah sie einmal, als sie ihr orangenes T-Shirt zur Durchsuchung anhob. »Roni«, rief ich, ehe ich mich bremsen konnte, »was ist denn bloß mit dir passiert?«

Sie reckte das Kinn und sagte mit einem eisigen Lächeln: »Drähte von meinem Bettgestell. So hat mein Stiefvater mir beigebracht, mich nie mehr vor ihm zu verstecken.«

Ich denke gern daran, was meine Freundin Kimberly über Narben zu sagen hatte. Du erinnerst dich doch an sie? Die Nachbarin, die Brustkrebs hatte. Sie hat Tessa öfters zum Spielen mit dir auf der Slip'n-Slide-Wasserrutschbahn rübergebracht, wenn ihr Blutbild es zuließ, dass sie aus dem Haus konnte. Eigentlich hat sie es über Kahlköpfe gesagt, aber es trifft auch hierfür zu.

Als die Chemo bei ihr nicht mehr anschlug, legte Kimberly eine Liste an mit der Überschrift: »Dinge, die ich begraben will«. Manchmal nannte sie es auch die »Ich brauche nicht mehr angepasst zu sein, weil ich bald sterbe«-Liste. Ein Mantra, sozusagen, für Menschen, die sich entscheiden, endlich das zu tun, was sie tun wollen.

Ich weiß nicht mehr, was alles darauf stand, nur noch das, was am meisten Eindruck auf mich machte. Meine Unsicherheiten begraben. *Sie nahm ihr Kopftuch ab, als ich sie bat, mir den Punkt zu erklären.*

»Ich hatte immer Angst vor den Blicken.«

»Den Blicken?«, fragte ich, als wüsste ich nicht genau, was sie meinte, und spielte mit dem dunkelblauen Faden an einem losen Knopf meiner Bluse.

»Du kannst meine Glatze ruhig anstarren.« Kimberly packte meine Hand, damit ich mit dem Gefummel aufhörte, und sah mir gerade ins Gesicht. »Es macht mir nichts mehr aus.«

Dabei verdrehte sie die Augen, was uns beide zum Lachen brachte.

»Meine Haare zu verlieren hat mich beinahe genauso geängstigt wie meine Diagnose.« Sie öffnete die Terrassentür, um nachzusehen, ob du und Tessa noch über die Rutschbahn saustet, ehe sie fortfuhr. »Dann hat Charlie eines Abends spät gearbeitet, und ich musste zum Lebensmittelladen rüberlaufen. Dabei sah ich eine andere Frau mit einem Kopfturban, und wir kamen uns näher.«

»Ihr kamt euch näher?«

»Na ja, unsere Glatzen kamen sich näher«, sagte sie mit einem leisen Lachen. »Mein Kahlkopf half mir, Mitgefühl mit einem anderen Kahlkopf zu haben. In dem Moment wurde mir klar, dass Kahlköpfe andere Kahlköpfe brauchen, um Heilung zu finden.«

Kahlköpfe heilen Kahlköpfe, und Narben heilen Narben.

Ich mache es zum Sinn und Zweck meiner Narbe, Roni bei der Heilung ihrer Narbe zu helfen.

An den Rest von Kimberlys Liste erinnere ich mich wie gesagt nicht, bis auf einen Punkt, den du vielleicht auch lustig findest: Meinen Hüfthalter begraben. *(Tragen Frauen diese schrecklichen Dinger immer noch?) Wir verbrannten acht Paar einschnürende Lycra-Teile auf dem Grill in unserem Garten. »Eure Speckröllchen sollen niemals misshandelt werden«, sagte sie zu Tessa und dir, während sie ein schwarzes Mieder mit der Grillzange herumschob.*

Bald sterben zu müssen macht manche Leute klüger und bewirkt, dass sie sich in ihrer Haut wohler fühlen, meinst du nicht auch?

Sophie

Sophie stand wie erstarrt im Flur der verlassenen Arztpraxis. Ihr war klar, dass ihr nächster Schritt wohlüberlegt sein musste. Ihr erster, zweiter und auch dritter Impuls war es gewesen, hineinzustürmen und Evas hinterhältiges Herz mit einem Skalpell zu zerteilen. Thomas hatte doch bestimmt irgendwo eines herumliegen.

Dann, nach einigen Momenten vernünftigen Nachdenkens, unterstützt durch intensives Kaugummikauen, wurde ihr bewusst, dass die Schuld bei Thomas lag. Gegen ihn sollte sich ihr Zorn richten. Erstens, weil er sie betrog, zweitens, weil er einen so schlechten Geschmack bewies bei der Frau, mit der er sie betrog. Sie sah schon die Schlagzeilen vor sich: »Chirurgenfrau tötet Geliebte ihres Mannes mit Skalpell«, oder vielmehr: »Arztfrau bringt Mann aus Eifersucht mit Skalpell um.«

Keine der beiden Möglichkeiten stellte eine praktikable Lösung dar, denn die nächste Schlagzeile würde lauten: »Tochter teilt sich Todeszelle mit Mutter«, doch je länger sie vor Thomas' Büro stand, desto wütender wurde sie. Eva dort drin kichern und Thomas lachen zu hören …

Was machten die da? Es hörte sich nicht nach Sex an, aber auch nicht nach Arbeit.

Sophie war kurz davor, anzuklopfen und die beiden zur Rede zu stellen, doch allein schon bei der Vorstellung, wie Eva ihre Seidenbluse zurechtzupfte und sie mit diesem Blick ansah, der besagte: »Er begehrt mich mehr als dich«, wollte sie auf etwas einschlagen. Das Sicherste war, einfach zu gehen, ehe noch jemand anderes als sie selbst verletzt wurde.

Warum sollte Thomas sie auch nicht betrügen? Tief in ihr drin, in den Winkeln ihrer Seele, die sie so angestrengt zu verbergen, wiederherzustellen, zu überwinden versuchte, saß immer noch ein Waisenkind, das niemand wollte. Kein Lippenstift von Elizabeth Arden und kein Seidentuch von Chanel konnte sie eines Lebens würdig machen, das sie nicht verdiente. Erstaunlich eigentlich, dass Thomas so lange gebraucht hatte, um fremdzugehen.

Sie wollte nicht nach Hause, aber auch nicht mehr herumfahren. Nach einer Stunde der Selbstzerfleischung, unterbrochen von Fantasien, in denen sie Eva zerstückelte, landete sie schließlich auf dem Parkplatz des St. John's Hospital.

Die Besuchszeit für Nichtfamilienangehörige endete um acht, aber sie hoffte, inzwischen einen anderen Status zu haben, da sie so viel Zeit mit Max verbrachte. Falls nicht, hatte Mindy ja vielleicht Dienst und erlaubte wenigstens, dass sie ihm noch eine Gutenachtgeschichte vorlas.

Als sie durch die Tür zur Kinderstation trat, schob Mindy gerade den Medikamentenwagen herum. Das erste Positive an diesem fürchterlichen Tag.

»Alles okay mit dir?«, fragte Mindy. »Du siehst schrecklich aus.«

Ihre brutale Ehrlichkeit brachte Sophie zum Lachen, zumal Mindy sich normalerweise sehr zartfühlend ausdrückte.

»Halt bloß nicht mit deiner Meinung hinterm Berg«, scherzte sie, wobei sie einen Blick auf ihr Spiegelbild in einem Wäschekarren aus Edelstahl erhaschte. »Diese Wimperntusche sollte eigentlich wasserfest sein.« Sie kramte in ihrer Handtasche nach einem Papiertaschentuch.

Mindy reichte ihr ein Feuchttuch von der obersten Ablage des Medikamentenwagens. »Möchtest du darüber reden?«

»Schrecklich gern«, sagte Sophie, ehe ihr innerer Zensor sie zurückpfiff. »Aber das ist jetzt nicht der richtige Moment. Du arbeitest, und ich muss nach meinem kleinen Freund sehen.«

Mindy nickte. »Dann solltest du dich beeilen. Ihm sind eben schon seine großen Augen zugefallen.«

Sophie machte kurz auf der Toilette Halt, ehe sie zu Max ging. Schließlich wollte sie dem armen Jungen vor dem Einschlafen nicht noch Angst einjagen. Die schwarzen Flecken unter ihren geschwollenen Augenlidern erschreckten sie ja selbst. Ihr Handy piepte, als sie gerade dabei war, die dunklen Schmierstreifen abzuwischen.

Das tief in der Tasche vergrabene Telefon zu finden erforderte mehr Energie, als sie aufzubringen bereit war, aber das hartnäckige Signal ließ sich nicht ignorieren. Als sie das Gerät endlich herausgefischt hatte, sah sie eine Nachricht von Thomas. *Bin jetzt fertig, fahre nach Hause. Hab dich vermisst.*

Am liebsten hätte sie das Handy gegen die Wand oder ins Klo geworfen, doch dann fiel ihr ein, dass der Anwalt ihrer Mutter nur diese Nummer hatte. Nicht, dass sie etwas von ihm – oder irgendeinem anderen Mann in ihrem Leben – hören wollte, aber ihr Pflichtgefühl gewann die Oberhand.

Vergiss Thomas, ermahnte sie sich. *Nimm ihn dir später vor.* Außerdem wusste sie nicht, was sie sagen sollte und wie sie es sagen sollte. Klang es besser, wenn man jemanden mit Südstaatenakzent als Dreckskerl bezeichnete?

Sie schaltete das Handy aus und warf es in ihre Handtasche. Der einzige Mensch, den sie jetzt sehen wollte, wartete am anderen Ende des Gangs auf sie.

Max lag mit dem Rücken zu ihr im Bett, als sie hereinkam. Buzz Lightyear und seine Kumpane standen sich an den Längsseiten gegenüber, für ein bevorstehendes Gefecht aufgestellt, das zweifellos durch die Schläfrigkeit und Erschöpfung eines kleinen Jungen vereitelt worden war. Seine Toy-Story-Decke war wieder heruntergefallen und lag auf dem Fußboden.

Sophie hob sie auf und legte sie mit dem weichen Rand an sein Gesicht, so wie er es gern hatte. Ihr Herz wurde schwer bei der Vorstellung, dass Max nach seiner Schmusedecke geweint hatte, ohne dass jemand ihn gehört und sie aufgehoben hätte. Ob er lange geweint hatte? Oder hatte er erst gar nicht damit angefangen, weil er wusste, dass niemand in der Nähe war, um ihm die Tränen abzuwischen?

Es lag nicht daran, dass das Krankenpflegepersonal unaufmerksam gewesen wäre, ganz im Gegenteil. Für Max' körperliche Bedürfnisse wurde bestens gesorgt. Die Funktion der lebenswichtigen Organe wurde alle vier Stunden überprüft, eine Schwesternhelferin goss Milch über seine Cap'n Crunch, und eine Ergotherapeutin schob ihn in einem Wägelchen durch die Gegend und brachte ihm bei, sich die Schuhe zuzubinden. Nein, es waren die heimlichen Ausflüge zu McDonald's und das Versteckspielen unter der Decke mit seiner Mommy, was er vermisste.

Wer tröstete ihn, wenn er mitten in der Nacht aufwachte und sich vor einer Ausbeulung in den Klinikvorhängen oder einem Knarren unter seinem Bett fürchtete? Wer sagte ihm, dass alles gut werden würde, wenn seine Lunge sich mit Flüssigkeit füllte und er von einem neuen Fieberanfall geschüttelt wurde? Wer würde seine Zahnfee sein, wenn ihm die Schneidezähne ausfielen? Niemand würde die wichtigen Ereignisse im Leben eines kleinen Jungen mit ihm begehen.

Sophie beugte sich über das Gitter und strich ihm die langen Locken aus dem Gesicht. Er musste die Haare geschnitten bekommen, dachte sie und nahm sich vor, Mindy zu fragen, wie man das im Krankenhaus arrangierte. Max bewegte einen Arm und machte den Eindruck, als würde er gleich aufwachen.

»Max?«

Ihn zu wecken wäre selbstsüchtig, wusste sie, aber andererseits konnte er stets ein bisschen Liebe und Fürsorge brauchen, egal wie spät es war. Als er sich nicht weiter regte, beugte sie sich über ihn und küsste ihn auf die Wange. Ihre Lippen verharrten ein bisschen zu lange, weil sie immer noch hoffte, er würde aufwachen und ihr sein breites Lächeln zeigen. Oder sich aufsetzen und sich so freuen, sie zu sehen, dass sie einen Grund hätte zu bleiben. Einen Ort zum Bleiben. Sie könnte hier neben ihm in dem Sessel schlafen.

Als er nicht aufwachte, zog sie den Sessel an sein Bett und sah zu, wie seine kleine Brust sich hob und senkte. Seine Mundwinkel zuckten, als träumte er von etwas Schönem oder Süßem. Zum ersten Mal dachte sie daran, ihn einfach hochzuheben und mit nach Hause zu nehmen. All das Unrecht, das ihm widerfahren war, mit etwas absolut Richtigem wiedergutzumachen. Sie konnte ihn liebhaben und sich um ihn kümmern, da seine Mutter das offenbar nicht wollte. Dann hätte er wenigstens eine Chance, den Kampf zu gewinnen.

Thomas hatte sein Mitspracherecht verwirkt. Wenn sie bei ihm blieb, und das war ein großes Wenn, würde er sich mit der Tatsache abfinden müssen, dass sie nun ein Kind hatten, ein Kind mit besonderen Bedürfnissen, dessen zeitaufwendige Pflege eine Herausforderung darstellte. Sie hörte schon seine Gegenargumente.

Max braucht eine Vollzeit-Pflegekraft. Bist du wirklich bereit, das zu sein?

Es war ihr egal, was er sagte oder dachte. Ausnahmsweise einmal war es ihr egal, was Thomas wollte. Für sie zählte nur Max und was das Beste für ihn war. Zum ersten Mal seit langer Zeit traf sie eine klare Entscheidung. Und diese Entscheidung fühlte sich richtig an.

Sophie wachte auf, als jemand ihre Schulter rieb. »Willst du die ganze Nacht hierbleiben?«, flüsterte Mindy. »Thomas ist bestimmt schon ganz krank vor Sorge.«

»Wie spät ist es?«, fragte sie benommen und tastete nach ihrem Handy.

»Viertel nach fünf.«

»Ach du Schande! Ich kann's nicht fassen, dass ich eingeschlafen bin.« Sie machte ihr iPhone an und wurde sogleich von zahlreichen Nachrichten in Anspruch genommen. 21:17 Uhr: *Wo bist du? Ruf mich an.* 21:45 Uhr: *Mach mir Sorgen, ruf an.* Fünf verpasste Anrufe, fünf Nachrichten auf der Mailbox, alle von Thomas. In der letzten kündigte er an, die Polizei zu verständigen, wenn sie nicht bald zurückrief.

»Ich sollte mich besser darum kümmern.« Sie zeigte Mindy den Handy-Bildschirm, schob den Sessel zurück an die Wand und küsste Max ein letztes Mal, bevor sie ging. »Wir sprechen uns bald, ja?«, sagte sie zu Mindy. »Ich möchte wissen, wie du ohne Stephen zurechtkommst.«

»Jederzeit«, antwortete Mindy. Sophie umarmte sie fest, was sie beide gut gebrauchen konnten.

»Hey, hast du heute nicht Geburtstag?«, fragte Mindy nach dieser Umarmung, die so lange gedauert hatte wie nie zuvor.

»Stimmt, hab ich wohl.« Auf dem großen Whiteboard in Max' Zimmer stand das Datum des Tages.

»Na dann, herzlichen Glückwunsch! Ruf mich später an, dann feiern wir.«

»Mach ich«, sagte Sophie. Sie verließ den schlafenden Max und wählte die Handynummer ihres Mannes.

Thomas ging beim ersten Klingeln ran. »Gott sei Dank. Ist alles okay mit dir?«

»Ja. Ich wollte dir keine Angst machen. Du hast gesagt, dass du lange arbeiten würdest, also bin ich Max besuchen gegangen – und bei ihm eingeschlafen.«

»Ich dachte, dir wäre was passiert. Ich hab in jedem Krankenhaus zwischen hier und Charlotte angerufen. Die Polizei war keine Hilfe. Sie meinten, ich solle heute wieder anrufen, wenn du noch nicht aufgetaucht wärst.« Sophie merkte, wie frustriert er war. Erleichtert, aber auch frustriert.

»Tut mir leid. Ich wollte dich nicht beunruhigen.« Nicht zu glauben, dass sie sich jetzt entschuldigte. »Wir müssen miteinander reden. Ich gehe gerade aus dem Krankenhaus und will noch kurz bei einem Starbucks Halt machen und mir was zu trinken holen. Möchtest du auch etwas?« Hatte sie ihn wirklich gerade gefragt, ob er etwas von Starbucks wollte? Sie war genauso irre wie ihre Mutter.

»Ich möchte, dass du nach Hause kommst, sonst nichts.« Seine Frustration schlug langsam in Ärger um.

»Ich habe gesagt, dass es mir leidtut«, blaffte sie zurück.

»Ich bin froh, dass es dir gut geht«, sagte Thomas, jetzt wieder beherrschter. »Bei jedem Geräusch hab ich gebetet, dass es die Garagentür ist. Ich muss gleich zu einer frühen OP. Schon die fünfte Tasse Kaffee, ich glaube, ich bin etwas gereizt.«

»Sind wir beide.« Sophie wollte nicht länger damit warten, ihn wegen seines abendlichen Techtelmechtels zur Rede zu stellen, es aber auch nicht unbedingt in einem vollen Krankenhausflur tun.

»Denkst du noch an den Herzball heute Abend?«, fragte er, ehe sie zu einem etwas abgeschiedeneren Bereich gelangen konnte. »Meine ganze Praxis geht hin. Es wäre eine gute Gelegenheit für dich, ein paar von den Kollegen auf Spenden anzusprechen.«

Der Herzball. Den hatte sie vollkommen vergessen. Ihr Geburtstag – den hatte er offenbar vergessen.

Dreißig Jahre alt, und das einzige Geschenk, das sie wollte, hatte sie gerade schlafend allein in seinem Bettchen zurückgelassen.

Grace

Ich habe Sophie ein paar Tage lang nicht geschrieben. Seit dem Sturz sehe ich ein bisschen verschwommen. Heute Nachmittag habe ich versucht, ein Schläfchen zu halten, aber die Geräuschkulisse aus Flüchen, Toilettenspülungen und plärrenden Radiosendern hat mich immer wieder aufgeweckt. Carmen hörte Südstaaten-Country (sie nennt es Grand-Ole-Opry-Musik), und Roni hatte die Übertragung eines NASCAR-Rennens laufen. Ich überlegte, meine Stiche selbst herauszunehmen, damit mein Kopf nicht explodierte.

Mein Kopfkissen war gerade bequem geworden, als der Wärter brüllte: »Hinstellen zum Appell!«

Flirrende Punkte tanzten vor meinen Augen, so dass ich beim Aufstehen nicht sehen konnte, wer mich durch das Fenster anschrie. Ich lehnte mich mit einem Bein an die Pritsche, um nicht umzukippen.

»Bradshaw, die Gefängnisgeistliche will Sie sprechen.«

»Sir?«, erwiderte ich. Er musste doch wissen, dass ich auf Anweisung des Arztes liegen bleiben sollte.

»Los, Bewegung. Stecken Sie Ihre Hände durch.«

Mich an der Wand abstützend, versuchte ich, dem

Befehl Folge zu leisten, doch die Zelle drehte sich um mich herum. Ich stand vor der Wahl, entweder zu gehorchen und auf den Betonboden zu fallen oder nicht zu gehorchen und aufs Bett zu fallen. Ich entschied mich für das Bett.

»Bradshaw, wenn Sie je wieder das Tageslicht sehen wollen, stehen Sie jetzt auf und geben mir Ihre Hände.« Seine Stimme verhallte, und ich hörte nicht, was er als Nächstes sagte. Dann öffnete er meine Zellentür, immer noch brüllend.

»Wenn ich Ihnen einen Befehl gebe«, bellte er mir ins Gesicht, »dann befolgen Sie ihn.«

Ich hatte diesen Mann noch nie gesehen. Er packte mich am Arm und zwang mich aufzustehen. Dabei traf seine Gürtelschnalle meine Schläfe, und ich fühlte, wie die Naht aufplatzte.

»Sie können sich Ihre letzten Tage angenehm oder unangenehm machen. Liegt ganz bei Ihnen«, knurrte er, als er mich gegen die Wand stieß. Die kühlen Betonschalsteine taten meinem Gesicht gut.

Er legte mir die Handschellen an, und ich folgte ihm stolpernd in den Aufenthaltsraum.

Lebe dein Leben mit einer Liebe, die allem trotzt, flüsterte Paul mir in mein klingendes Ohr. *Lass deine Feinde das Beste in dir zum Vorschein bringen, nicht das Schlechteste.*

»Sie blutet«, sagte Ms Liz, als wir auf den Tisch zugingen, an dem sie saß.

»Sie gehorcht den Befehlen nicht«, erwiderte der Officer, das Wort »sie« in die Länge dehnend. Er zog einen Stuhl heraus und drückte mich darauf nieder. »Fünfzehn Minuten«, sagte er und entfernte sich.

»Ich habe um Erlaubnis gebeten, Sie *in Ihrer Zelle* besuchen zu dürfen«, sagte Ms Liz. Sie vergewisserte sich, dass der Wärter uns den Rücken zukehrte, bevor sie meinen Arm streichelte. Dann holte sie ein Papiertaschentuch aus ihrer Handtasche und tupfte das Blut ab, das mir seitlich übers Gesicht rann.

»Wollen Sie auf die Krankenstation?«, fragte sie leise.

»Nein.« Ich wollte Paul.

»Können Sie mir ein Glas Wasser bringen?« Meine Mundhöhle fühlte sich an, als hätte sie Sonnenbrand.

Sie tat es, und kurz danach ging es mir besser.

»Ich habe eine Antwort auf Ihre Frage gefunden.« Sie nahm einen Notizzettel aus ihrer kleinen schwarzen Bibel und faltete ihn auf.

»Welche Frage?«

»Die Frage, die Sie mir vor ein paar Tagen gestellt haben. Ich habe viel darüber nachgedacht.«

Sie legte das Blatt auf ihren Schoß und strich es mit ihrer arthritischen Hand glatt. »Sie haben mich gefragt, was ich meinen Töchtern vor meinem Tod noch unbedingt mit auf den Weg geben möchte.«

Ich hatte es nicht vergessen, hätte aber nicht geglaubt, dass sie darauf zurückkommen würde. Als sie an dem Tag von meinem Krankenbett wegging, war mir bewusst, dass ich eine Grenze überschritten hatte. Die zwischenmenschlichen Beziehungen im Gefängnis waren einseitig. Ich hatte zuzuhören und zu gehorchen. Keine Fragen zu stellen. Als ich Ms Liz von meiner Familie erzählte, hatte ich ihr Einblick in mein Leben gewährt. Ich hatte nicht damit gerechnet, dass sie mir auch Einblick in ihres gewähren würde.

»Nun, die naheliegende Antwort ist, dass ich meinen Mädchen sagen möchte, wie sehr ich sie liebe.«

Daran, wie sie mir beim Reden in die Augen sah, merkte ich, dass ihr dieses Gespräch ebenfalls etwas bedeutete.

»Aber ich denke, das wissen sie schon«, fuhr sie fort. »Außerdem sollen sie wissen, dass ich jedes Mal vor Stolz fast platze, wenn ich sie ansehe. Ich kann es immer noch kaum glauben, dass ich« – sie legte ihre verkrümmten Finger an ihre Brust – »eine kleine Rolle bei ihrer Erschaffung spielen durfte.« Sie blickte wieder auf ihren Zettel. »Ich hoffe, das ist ihnen klar.«

Mir kamen auf einmal die Tränen, und ich musste schniefen. Sie reichte mir ein Taschentuch. Ich beugte mich leicht vor, weil ich kein Wort von dem, was sie zu sagen hatte, verpassen wollte.

Ms Liz schlug ihre Bibel auf. Die Seitenränder waren voller Notizen, mit schwarzem Kuli geschrieben. Ein violettes Lesebändchen aus Samt markierte eine Stelle.

Ich dachte, sie wolle mir aus der Heiligen Schrift vorlesen, doch sie trank nur einen großen Schluck aus ihrer Wasserflasche.

»Das ist keine von den üblichen Unterhaltungen, die ich mit Gefangenen führe.« Sie stellte die Flasche ab und zögerte, als wollte sie sich vergewissern, ob sie angeschnallt war oder den Herd ausgeschaltet hatte. »Aber wie ich Ihnen neulich schon sagte, sind Sie anders. Zu Ihnen habe ich Vertrauen.«

Das hatte mir schon seit über siebzehn Jahren niemand mehr gesagt.

»Ich bin nicht immer eine tolle Mutter gewesen.« Sie legte die Bibel auf den Tisch und wartete auf meine Reaktion.

»Keine Kritik von meiner Seite …« Ich hob meine gefesselten Hände, und wir lachten beide.

»Meine jüngste Tochter und ich haben uns zuweilen nicht besonders gut verstanden. Ich dachte immer, eine gute Erziehung heißt, dass ich eine Reihe von Regeln aufstellen muss, die meine Kinder befolgen sollen. Ich wollte sie zu guten Mädchen erziehen, die mit dem Sex bis zur Ehe warten und keinen Alkohol trinken, außer er wird ihnen am Abendmahltisch im Haus des Herrn gereicht.«

Sie strich über den Bibeleinband. »Olive hat immer dagegen rebelliert. Wenn ich ihr sagte, sie solle um Mitternacht zu Hause sein, kam sie um zwei. Als ich ihr erklärte, sie dürfe mit sechzehn einen Freund haben, kam sie mit fünfzehneinhalb mit einem Knutschfleck an, nur um mir eins auszuwischen.«

Ms Liz drückte die Bibel an ihre Brust. »Ich habe aus diesem Buch ein Regelwerk gemacht.«

»Noch fünf Minuten«, bellte der Officer.

»Um es kurz zu machen, Olive würde mir nicht den Titel ›Beste Mutter aller Zeiten‹ verleihen. Sie ist in der Highschool von einem Jungen schwanger geworden und traute sich nicht, damit zu mir zu kommen.« Ihre Stimme brach. Ich wollte ihre Hand streicheln oder sie in den Arm nehmen.

»Ich hätte ihr mit dem Kind geholfen, aber darauf konnte sie wohl nicht vertrauen.«

Ich nickte, als wüsste ich, wie Ms Liz sich fühlte.

»Erst Monate später habe ich von der Abtreibung erfahren. Ich hörte, wie sie mit einer Freundin am Telefon darüber sprach.«

»Wie geht es Olive jetzt?«

»Gut, glaube ich, aber unser Verhältnis ist angespannt. Allein schon, wie sie mich ansieht. Als würde sie sich ständig fragen, ob ich enttäuscht von ihr bin.«

Ms Liz schielte zu dem Officer hin, der auf uns zukam. Unsere Zeit war für heute fast vorbei.

»Um also auf Ihre Frage zurückzukommen …«

»Die Zeit ist um.«

Ms Liz steckte mir rasch einen zusammengefalteten Zettel aus ihrer Bibel zu, bevor der Aufseher es merkte. Ich drückte ihn fest in der Hand und fühlte mich beinahe wie ein normaler Mensch, als der Officer mich in meine Zelle zurückführte.

Sophie

Sophie hatte Thomas den ganzen Tag lang weder zu Gesicht bekommen noch mit ihm gesprochen. Am Morgen hatte er einen Zettel an der Espressomaschine hinterlassen, auf dem stand: *Bin in den OP gerufen worden, rufe dich später an*, was aber nicht geschehen war. Keine SMS »Tut mir leid, dass ich dich betrogen habe«, keine langstieligen Geburtstagsrosen, die in der Diele auf sie warteten.

Nach stundenlangem Abwägen ihres weiteren Vorgehens, unterbrochen vom Ersinnen diverser schmerzhafter Methoden, um Evas gelmodellierte Krallen von Thomas loszueisen, beschloss sie, etwas für sich selbst zu tun. Sie kramte ihr Maßband aus dem Wäscheschrank hervor und begann mit der Gestaltung eines Kinderzimmers. Für einen kleinen Jungen, mit einer Eisenbahn und Legosteinen und hellblauen Wänden.

Abends gegen halb acht klingelte es an der Tür, gerade als sie »Die sicherste Methode, eine Reifenschaukel im Haus anzubringen« googelte. Sie dachte kurz daran, nicht aufzumachen und so zu tun, als sei sie nicht da, doch das Licht im Flur verriet sie.

Es klingelte wieder, bevor sie die Haustür erreichte. Sie rechnete mit Joey, dem ungeduldigen Nachbarsjungen, in voller Pfadfindermontur, Popcorn verkaufend. Eine große Schüssel Karamell-Popcorn mit Schokoladenüberzug wäre vielleicht gar keine schlechte Idee. Als Geburtstagsgeschenk an sich selbst. Sie würde eine DVD einlegen und sich in eine bessere Stimmung mampfen.

Als sie aufmachte, stand Thomas in seinem schwarzen Smoking unter der Außenbeleuchtung. »Ihr Wagen wartet, Madame«, sagte er und zeigte auf die Limousine, die auf der kreisförmigen Auffahrt parkte. Als er ihre zerrissenen Jeans und das T-Shirt mit dem Logo der University of North Carolina bemerkte, fiel sein Arm herab.

»Der Herzball!«, fiel es ihr wieder ein. »Ich war in Gedanken und hab's total vergessen.«

»Das sehe ich.« Als sie ihn bloß reglos anstarrte, sah er auf seine Uhr und meinte: »Kein Problem, Schatz. Beeil dich und mach dich fertig. Wir haben noch Zeit.«

»Ich gehe nicht zu dem blöden Herzball. Wir beide müssen miteinander reden.«

»Sophie, was ist denn los mit dir?« Er hob einen Finger, um dem Chauffeur zu bedeuten, dass es noch einen Moment dauerte. »Du benimmst dich schon seit Tagen so seltsam.«

»Willst du mich auf den Arm nehmen?«, kreischte sie. »*Du* benimmst dich seltsam. Du und …«

Thomas unterbrach sie. »Was dich auch umtreibt, du musst dich jetzt beruhigen.« Er sah zum Fahrer hinüber, ob der sie auch nicht beobachtete. Doch er tat es, also winkte Thomas und hob noch einmal seinen Eine-Minute-Finger. »Wir können reden, aber das ist jetzt nicht der richtige Zeitpunkt. Der Wagen wartet, meine Kollegen warten. Ich habe ihnen allen von deiner Spendenaktion erzählt. Du musst mitkommen.«

Sophie hatte nicht mehr die Energie, sich zu streiten, noch die Willenskraft, sich zu widersetzen. Sie hasste Thomas in diesem Moment, aber nicht so sehr, um alles, wofür er gearbeitet hatte – alles, wofür sie gearbeitet hatte –, mit Füßen zu treten. Einen Abend lang noch konnte sie die glückliche, treu ergebene Gattin spielen.

»Bitte mach dich fertig«, flehte Thomas sie mit großen Augen an. »Diese Sache ist mir wichtig.«

Sophie gab nach, wenn auch nicht sanftmütig. Sie knallte die Schlafzimmertür hinter sich zu, ehe sie unter die Dusche sprang. *Wenigstens kenne ich die Köche dort. Ich bete, dass sie guten Wein und tonnenweise Shrimps auftischen.* Dann konnte trinken, essen und sich zu ein paar Stunden Smalltalk zwingen, wenn es sein musste.

Doch als sie sich vor dem Ganzkörperspiegel abtrocknete und ihre rotfleckigen Wangen sah, die schlecht mit den dunklen Augenringen kontrastierten, sank ihre Laune wieder, und sie war nicht unbedingt glücklicher darüber, dreißig geworden zu sein.

»Oh Sophie«, hörte sie die Synthetischen sagen, während sie sich zwischen dem minzgrünen paillettenbesetzten Kleid mit dem tiefen Ausschnitt und dem violetten mit dem Schlüssellochausschnitt am Rücken zu entscheiden versuchte, »du siehst fantastisch aus in diesem Kleid.« Doch sobald sie ihnen den Rücken kehrte, würde eine von ihnen flüstern: »Wenn ihr Mann Schreiner wäre, würde sie sich doch auch neue Regale machen lassen, oder?« Sie zog den trägerlosen Satin-Push-up-BH von Victoria's Secret aus ihrer Wäscheschublade.

Es wird immer eine geben, die hübscher ist oder hässlicher oder dünner oder größere Brüste hat, hatte ihre Mom zu ihr gesagt, bevor sie ins Gefängnis ging. *Definiere dich über die Größe deines Herzens, nicht über die Größe deiner Jeans. Du bist genau so, wie du sein sollst.*

Der Chauffeur wartete neben dem Wagen und hielt den hinteren Schlag auf. »Ziemlich schicker Schlitten, den du da aufgetan hast«, bemerkte Sophie in dem Versuch, auf nett zu machen, als Thomas sie zu der Limo geleitete. »Auto in der Werkstatt?«

Er lächelte, offensichtlich froh, dass sie endlich fertig und in besserer Stimmung war. Sie glitt auf die Rückbank, er neben sie. »Ich habe dich vermisst«, sagte er, küsste sie auf die Wange und legte ihr die Hand auf den Oberschenkel.

Sie wollte ihm glauben, seinen Kuss erwidern, sich an ihn schmiegen und von ihm hören: »Ich liebe nur dich«, aber das ging nicht. Dazu war zu viel passiert in den letzten Tagen, nicht zuletzt Bens Ankündigung: »Wenn der Gouverneur nicht einschreitet, wird Ihre

Mutter am fünfzehnten Februar durch die Giftspritze sterben.«

Ihr ganzes Erwachsenenleben lang war sie stolz darauf gewesen, allein zurechtzukommen. Auf niemanden angewiesen zu sein, weil einen sowieso alle enttäuschten. Thomas war ihr Mann, ihr Seelengefährte, ihr bester Freund, aber auch ihn ließ sie nur bis zu einem gewissen Grad an sich herankommen. Hatte er sich deshalb Eva zugewandt?

Sie schalt sich selbst dafür, dass sie zu seiner Praxis gefahren war, in der Absicht, ihm die Wahrheit über ihre Familie zu sagen. Ihm ihre Lügen zu gestehen und um seinen Trost und seine Vergebung zu bitten.

Sie hatte seine Loyalität nicht verdient, sehnte sich aber mehr denn je danach. Als der Duft seines Aftershaves den Wagen erfüllte und seine Schulter sie streifte, musste sie sich beherrschen, um nicht ihren Kopf darauf sinken zu lassen und ihn um eine Beteuerung anzuflehen. »Liebst du mich wirklich«, wollte sie schreien, »oder haben wir uns auch auseinandergelebt?«

»Alles in Ordnung?«, fragte Thomas, als sie seine Hand von ihrem Bein schob.

»Ich bin nur müde.« Sie hoffte, er würde es dabei bewenden lassen.

»Und sonst? Noch mehr Übelkeitsanfälle?«

»Nein, alles wieder gut«, antwortete sie. »Ich hab sogar ganz schön Hunger.«

»Reg dich jetzt nicht auf«, sagte Thomas vorsichtig, »aber ich bin zufällig Dr. Chemales im Krankenhaus begegnet.«

»Bitte sag nicht, dass du einen Termin für mich gemacht hast!«

»Sei nicht sauer. Er meinte, er könnte dich morgen gegen zehn drannehmen.«

»Das hätte ich auch selbst gekonnt«, erwiderte sie, nicht gerade dankbar.

»Verzeih«, sagte Thomas, sich gegen mehr verteidigend, als er ahnte. »Er war gerade bei der Visite, und ich hab mir Sorgen um dich gemacht.«

»Das nächste Mal frag mich bitte zuerst.« Sie zwang sich, ihren scharfen Ton etwas abzumildern. »Ich bin nicht sicher, ob das wirklich nötig ist.«

»Ich aber schon. Es ist nicht normal, ohne ersichtlichen Grund in Ohnmacht zu fallen. Bitte nimm den Termin wahr, wenn schon nicht dir zuliebe, dann mir zuliebe.«

Sophie sann über das Wort »normal« nach. War es normal, seinen Mann einer Affäre zu verdächtigen? Oder dass kleine Jungen im Krankenhaus allein gelassen wurden, damit jemand anders für sie sorgte? Gehörte es zum normalen, fröhlichen Geplänkel an Thanksgiving, von seinem Schwager beiläufig die Hinrichtung der Mutter aus der Zeitung verkündet zu bekommen?

»Sophie, ich kann den Termin auch absagen, wenn du absolut nicht hingehen willst.«

»Nein, schon gut.« Sie wollte sich nicht mit ihm streiten. Weder darüber noch über Eva. Sie beschloss, beides für diesen Abend auf sich beruhen zu lassen. Aber nur für diesen Abend.

»Danke, dass du dich um mich kümmerst.« *Um meine Gesundheit zumindest*, dachte sie, während sie sich von ihm abwandte und zum Seitenfenster hinausstarrte.

Sie begann zu argwöhnen, dass etwas im Busch war, als die Limousine vor dem Ritz-Carlton hielt und sie Mindy eilig durch die Drehtür verschwinden sah. Der Herzball war nicht Mindys Ding, zumal sie und ihr Mann sich vor Kurzem getrennt hatten. Sie war noch nie hingegangen, und Sophie wüsste keinen Grund, warum sie ausgerechnet jetzt daran teilnehmen sollte.

Ihr Verdacht bestätigte sich, als der Fahrer ihr zwinkernd die Tür aufhielt und versicherte, dass sie keinen Tag älter als einundzwanzig aussehe. Sophie mochte keine Überraschungen, war aber trotzdem erleichtert, dass Thomas ihren Geburtstag nicht vergessen hatte. Wie es aussah, hatte er sogar sehr daran gedacht.

Sie prüfte ihre Erscheinung in den dunkel getönten Scheiben der Limo. Thomas musste es bemerkt haben, denn er streichelte ihr über die Wange und flüsterte: »Du siehst fantastisch aus.«

Als sie das Hotel betraten, tat er, was er immer tat, wenn sie zusammen in der Öffentlichkeit erschienen. Er legte ihr leicht eine Hand auf die Taille und führte sie hinein, als wäre sie ein Filmstar.

Das dreiköpfige Orchester spielte »Happy Birthday«, und alle Synthetischen rauschten herbei, um sie zu begrüßen. Kate drückte ihren Arm als Erste. »Du siehst umwerfend aus.«

Sophie gefiel es nicht, im Mittelpunkt zu stehen, noch dazu unvorbereitet, und sie hasste es noch mehr, in einer Gruppe von Leuten allein gelassen zu werden, die eindeutig mehr Thomas' Freunde waren als ihre. Mehrere Ärzte aus seiner Praxis winkten ihr zu und kamen ebenfalls herbei.

Nachdem die Gratulationen überstanden waren, stahl Mindy sich an ihre Seite und flüsterte ihr zu: »Du siehst toll aus. Geht's dir jetzt besser?«

»Ganz ehrlich?«, zischte Sophie zwischen zusammengebissenen Zähnen hindurch.

Bevor Mindy antworten konnte, hüpfte Eva in einem blutroten trägerlosen Abendkleid heran, von dem lauter kleine schimmernde Perlen herabtropften. »Alles Gute zum Geburtstag, Sophie«, kreischte sie und prostete ihr mit einem Glas Wein zu. Nicht das erste anscheinend, da die Hälfte des Weins überschwappte und alle in der näheren Umgebung damit getauft wurden. Mindys champagnerfarbenes Kleid bekam das Meiste von dem Schwall ab.

»Tut mir ja so leid«, sagte Eva und suchte nach jemandem, dem sie ihr Glas in die Hand drücken konnte, während sie sich ein paar Cocktailservietten schnappte, um die Weinspur abzutupfen, die sich über Mindys Brust zog. Ihr Gerubbel machte den Fleck nur noch schlimmer.

»Herrgott, Eva, lass mich das machen.« Sophie riss ihr die durchweichten Cocktailservietten aus der Hand. »Wir brauchen Sodawasser.«

»Thomas, tanz mit mir«, säuselte Eva unvermittelt und versuchte, ihn auf die Tanzfläche zu ziehen. Sophie drehte sich um und sah, dass sie sich an Thomas schmiegte und nicht mehr geradeaus gehen konnte.

»Mal langsam, Eva. Der erste Tanz gehört meiner Frau.« Thomas zog ihre klammernden Arme von seinem Hals. »Wo ist dein Mann?«

»Hat's nicht geschafft.« Da sie so nuschelte, klang es wie ein einziges langes Wort. »Ich will, dass du mit mir tanzt.« Hartnäckig versuchte sie, ihm die Arme wieder um den Hals zu schlingen.

Kate schritt ein, bevor Sophie dazu kam.

»Wir holen dir jetzt erst mal einen Kaffee«, sagte sie und packte Eva fest genug am Arm, dass sie zuhörte. »Du machst dich lächerlich.«

»Ich will doch nur ein bisschen Spaß haben. Dazu sind Partys doch da, oder?« Sie funkelte Thomas an und ging dann auf Sophie los. »Sei nicht immer so frigide und tanz mit deinem Mann.«

Sophie machte einen Schritt auf sie zu, doch Thomas hielt sie zurück. »Nicht hier. Nicht vor allen anderen«, sagte er. »Meine Partner sind hier.« Er sah sich um, ob sie jemand beobachtete, während er so tat, als würde er den Verschluss ihrer Perlenkette zurechtrücken. »Bitte mach jetzt keine Szene.«

Sophie nickte, jedoch nicht, ohne Eva noch einen letzten drohenden Blick zuzuwerfen.

»Komm, ich schenke dir nach«, sagte sie so liebenswürdig, dass alle Umstehenden es hören konnten. Dabei legte sie den Arm um ihre synthetische Freundin und strich Evas aufgesteckte Locken über dem Ohr weg, damit ihr kein Wort entging. »Geh nach Hause, Eva, bevor ich mich vergesse und es richtig unangenehm für dich wird.«

Grace

Niemand bekommt im Leben genau das, was er erwartet. Daran versuchte ich zu denken, als Officer Mackey mich durch die Zellentür anschrie.

»Bradshaw, Zeit für die Krankenstation!«

Es war dunkel draußen, und zur Krankenstation wurde man normalerweise nur tagsüber geführt.

Ich blickte durch den Schlitz.

Er starrte zurück. »Krankenstation hat angerufen«, sagte er. »Stecken Sie Ihre Hände durch.«

Ich gehorchte.

Nachdem er die Tür geöffnet hatte, sagte ich zu ihm: »Mir geht's gut, die Fäden kommen erst nach zehn Tagen raus. Wissen Sie, worum es geht?«

»Nee. Befolge nur die Anweisungen.« Seine Stimme klang hohl.

Carmen hatte vor ein paar Monaten auch so einen spätabendlichen Termin gehabt. Ich hatte zu meinem Fenster hinausgelugt, als ich hörte, wie sie aus ihrer Zelle geführt wurde. Bei ihrer Rückkehr hörte ich sie weinen. Als ich sie am nächsten Tag danach fragte, sagte sie, ich solle den Mund halten und es gehe mich nichts an. Ich fragte mich, ob sie inzwischen wohl gesprächiger wäre.

Mein Verstand sagte mir, dass ich Officer Mackey vertrauen konnte – er hatte mir noch nie etwas getan –, aber mein Puls sagte etwas anderes. Die Kampf-oder-Flucht-Reaktion setzte ein, obwohl keins von beiden eine realistische Möglichkeit war.

Officer Mackey hielt seinen Daumen an den Scanner vor der Krankenstation. Zuerst blinkte es nur rot. »Scheißtechnik«, murmelte er. Nachdem er zum dritten Mal den Daumen darüber bewegt hatte, leuchtete eine Reihe von grünen Lämpchen auf.

Als die Tür aufglitt, sah ich kaum etwas. Es war dunkel dort drin, bis auf ein kleines Licht in dem abgeschlossenen Medikamentenschrank. Sechs unbelegte Krankenliegen standen an der Wand und wirkten gespenstisch, wie sie da auf ihre nächsten Patienten warteten.

»Setzen Sie sich«, sagte Officer Mackey und befestigte meine Fußfesseln an den Beinen des Stuhls, der der Tür am nächsten stand.

Hatte Carmen auch hier gesessen? Schweiß sickerte durch meine Naht, und die Wunde begann, sich wie ein Bienenstich anzufühlen. Mit gebeugtem Kopf versuchte ich, mir die Schweißtropfen abzuwischen, konnte aber nicht heranlangen.

Ich schloss die Augen und tat das Einzige, das mich beruhigte, wenn ich es hier nicht mehr aushielt. Ich stellte mir Sophie mit neun Jahren vor, Schokoladenglasur an den Fingern und um den Mund. »Ich konnte nicht bis zu meiner Party warten, Mommy. Bist du böse?«

Nachdem ich eine Ewigkeit im Dunkeln gesessen hatte, ging die Tür zur Krankenstation auf. Direktor Richards kam herein, flankiert von zwei männlichen Gefängnisaufsehern. Keiner von ihnen sagte etwas oder sah auch nur in meine Richtung. Der Beamte rechts machte eine Lampe an.

»Haben Sie die Formulare?« Der Direktor schnippte mit den Fingern in Richtung des anderen Officers, der kahlrasiert war und aussah, als könnte er bei der Armee gewesen sein.

»Ja, Sir.« Er reichte ihm einen braunen Umschlag vom Tisch.

Ich hörte den Scanner draußen piepen, und dann kam der Gefängnisarzt herein.

»Schön, dass Sie es noch geschafft haben«, sagte der Direktor, ohne aufzusehen. Er leckte sich den Daumen, um die Papiere von dem Umschlag zu trennen.

»Ich bitte um Entschuldigung, Sir. Ich war schon fast zu Hause, als Ihre Sekretärin anrief.«

Der Direktor hörte mit dem Blättern auf und sah den Arzt mit zusammengekniffenen Augen an. »Diesmal muss es reibungslos über die Bühne gehen.« Anschließend sah er mich mit zusammengekniffenen Augen an.

»Ja, Sir«, antwortete der Arzt. »Mayberrys Venen sind kollabiert. Ich werde dafür sorgen, dass die hier« – er deutete mit dem Kopf auf mich – »gut hydriert ist.«

»Bringen Sie sie her«, blaffte der Direktor, auf einen unter den Tisch geschobenen Stuhl deutend. »Ich möchte heute noch irgendwann nach Hause.« Einer der Aufseher schloss meine Fußfesseln auf und führte mich hinüber.

»Sie haben da einen ganz schönen Schnitt am Kopf.« Der Direktor zog eine Brille aus der Brusttasche seines Jacketts und setzte sie auf, um meine Schläfe zu mustern. »Ich dachte, wir gehen die nächste Stufe besser in der Krankenstation an. Könnte uns einen Weg ersparen.« Er gluckste über seinen Scherz.

Ich nicht.

»Mrs Bradshaw, erinnern Sie sich daran, dass ich Ihnen den Hinrichtungsbefehl vorgelesen habe?«

Ich nickte. Zwar nur verschwommen, aber im Wesentlichen.

»Es gibt ein striktes Protokoll, das befolgt werden muss, wenn wir eine Verurteilte hinrichten. Jede Menge Papierkram auszufüllen, verstehen Sie.« Er rieb sich den Nacken angesichts dieser Ungeheuerlichkeit. »Normalerweise warten wir bis fünfundvierzig Tage vor dem Hinrichtungstermin, um das alles zu erledigen, aber na ja, da die Feiertage bevorstehen, würde ich gern jetzt schon damit anfangen.«

Er zog mehrere Formulare heran und breitete sie auf dem Tisch aus. Ich hatte Mühe, die kleine Druckschrift zu entziffern.

»Machen Sie noch ein Licht an«, blaffte der Direktor. Jemand betätigte einen Schalter.

Ich verstand den Juristenjargon nicht. Das Licht nützte nichts.

»Muss ich das alles jetzt lesen?« Der erste vollständige Satz, den ich seit meiner Ankunft in diesem Raum sagte.

»Weigern Sie sich, die Dokumente zu lesen?«

»Nein, Sir. Ich wollte nur wissen, ob ich sie mit meinem Anwalt durchsehen kann, ehe ich sie unterschreibe?« Ich achtete darauf, dass es wie eine Frage klang.

»Notieren Sie, dass die Gefangene Nummer 44607 sich geweigert hat zu unterschreiben.« Die Metallbeine seines Stuhls scharrten über den Fußboden, als er aufstand.

»Kann ich die Papiere mit in meine Zelle nehmen und sie dort durchlesen?«, fragte ich respektvoll.

Er starrte mich einen Moment lang an, blickte auf meine Stiche, dann in meine Augen, während er die Bitte einer Frau erwog, die er für bösartig genug hielt, ihr eigenes Baby zu ermorden.

»Sie haben achtundvierzig Stunden Zeit«, sagte er dann. Und zum Gefängnisarzt, ehe er ging: »Untersuchen Sie ihre Venen. Diesmal muss es ohne Probleme vonstattengehen.«

Als ich in meine Zelle zurückkam, las ich noch einmal die Antwort von Ms Liz. Das eine, das sie ihren Töchtern mit auf den Weg geben wollte, bevor sie starb.

Mit der Hand geschrieben stand auf dem Zettel:

Vertraut euren Kämpfen. Ihr kennt noch nicht alle Details.

Sophie

Sophie wachte am nächsten Morgen total benebelt auf. Eva. Thomas. Die Party. Ihre Mutter. Sie wusste nicht, was sie zuerst verarbeiten sollte.

»Du glaubst mir doch wegen Eva, oder?«, fragte Thomas, als er aus der Dusche kam.

»Ich weiß nicht, was ich glauben soll.« Sie zog die Daunendecke hoch. »Ich weiß nur, was ich gesehen habe.« Sie wollte weitere Erklärungen oder zumindest, dass er wiederholte, was er am Abend zuvor gesagt hatte: »Ich will nur mit dir zusammen sein.«

Thomas warf sein Handtuch auf den Boden und setzte sich zu ihr aufs Bett. »Sieh mich an.«

Als sie nicht reagierte, kniete er sich vor sie hin. »Ich habe dich noch nie angelogen. Was du in meinem Büro gesehen und auf der Party gehört hast, war alles nur Eva. Eva, wie sie leibt und lebt. Mein Fehler war es, sie zu bitten, mir bei der Planung deiner Geburtstagsparty zu helfen. Ich habe einfach nicht damit gerechnet, dass sie da mehr hineininterpretieren würde.«

Sophie wollte von ihm abrücken, doch je länger sie ihm in die Augen sah, desto mehr glaubte sie ihm. Er hatte sie wirklich noch nie angelogen. Das war ihre Spezialität, nicht seine.

Sie betrachtete die Form seines Mundes beim Reden, die Linien auf seiner Stirn. Sie prüfte jeden seiner Züge, als würde sie einen Verdächtigen auf einer Reihe von Polizeifotos betrachten, und suchte nach Unstimmigkeiten in seiner Geschichte, irgendeinem Hinweis darauf, dass er ihr untreu gewesen war.

»Ich versuche dir zu glauben. Ich hätte dich schon vor Wochen danach fragen sollen, gleich nachdem ich sie zum ersten Mal bei dir im Büro gesehen hatte. Aber ich wollte nicht, dass du mich für unsicher oder misstrauisch hältst.«

Thomas küsste sie sanft auf den Mund. »Du *bist* ein bisschen unsicher und misstrauisch«, sagte er und warf sein Handtuch nach ihr. Sophie lachte nicht und fing es nicht auf.

»Noch zu früh?«, fragte er.

»Viel zu früh!«

Thomas zog seine OP-Kleidung an und kontrollierte dann Handy und Pager auf Nachrichten hin. Sophie beobachtete jede seiner Bewegungen vom Bett aus und dachte, wie leer ihr Leben ohne ihn wäre.

Er merkte, dass sie ihn anstarrte, und setzte sich noch einmal zu ihr auf die Bettkante. »Wann geht es endlich in deinen Dickschädel«, sagte er mit einem Lächeln, das ihr ein wunderbar warmes Gefühl gab, »dass nur du für mich zählst?«

Sophie traf etwas früher in dem vereinbarten Coffeeshop ein, um ihre Gedanken zu ordnen, bevor sie mit Mindy sprach. Ein gemeinsames Frühstück, hatten sie beide gestern Abend beschlossen, war genau das, was sie brauchten. Sophie wünschte sich eine gute Freundin, aber auch eine Vertraute und Mitwisserin. Während sie ihren Kaffee bestellte, sann sie darüber nach, inwieweit sie Mindy einweihen sollte.

»Einen fettarmen Salzkaramell-Macchiato ohne Schlagsahne bitte«, sagte sie zu der Barista an der Theke. Sie fragte sich, was das Mädchen wohl für einen Hintergrund hatte. *Jobbt sie fürs College so wie ich, oder nimmt sie sich ein Jahr Auszeit zwischen Schule und Studium, um herauszufinden, was sie will?* Sie musterte sie eingehender, als sie den Deckel auf den Pappbecher tat. Auf ihrem Namensschild klebte ein gelber Smiley, der die letzten Buchstaben des Namens verdeckte: *S-T-A-C*. Mit y oder ie? Jemand hatte ihrem Smiley einen Schnurrbart verpasst.

»So, bitte sehr«, sagte das Mädchen und reichte ihr den warmen Becher. Sophie entschied, dass sie mehr nach Stacie aussah.

Sie sicherte sich einen Ecktisch und holte ihr Handy heraus, um einen Blick in ihren Terminkalender zu werfen. Das Gefühl, gut organisiert zu sein und den Überblick zu haben, beruhigte irgendwie ihre Nerven. Arzttermin um zehn. Das hatte sie beinahe vergessen. Sie überlegte, ihn abzusagen, dachte dann aber an Thomas (»Ich mache mir Sorgen um dich. Es ist nicht normal …«) und beschloss hinzugehen.

Als sie weiter müßig durch den Kalender scrollte, fiel ihr auf, dass gar nicht mehr viel Zeit bis zu der Benefizveranstaltung blieb. *Jetzt wird's langsam eng,* dachte sie, als sie die Wochen zählte. Nur noch achteinhalb bis dahin.

Und am Tag darauf, stellte sie fest, als sie weiter durch den Februar scrollte, *soll meine Mutter hingerichtet werden.*

»Alles okay mit dir?«, fragte Mindy. Sie zog einen Stuhl vom Nachbartisch heran und setzte sich neben sie. »Du wirkst total gedankenverloren.«

»Oh, hallo.« Sophie steckte ihr Handy ein und nahm die Handtasche vom Tisch. Sie hatte Mindy weder hereinkommen noch bestellen sehen. »Nur noch ein bisschen müde von gestern Abend.«

»Ja, die Party hatte es in sich.« Mindy trank einen Schluck von ihrem Kaffee. »Eva versteht es wirklich, Leben in die Bude zu bringen. Ich kenne niemanden, der sich so geschickt in den Mittelpunkt zu stellen weiß.«

»Auf jeden Fall will sie bei Thomas im Mittelpunkt stehen.«

Mindy zog einen Schmollmund, Eva nachahmend. »Das mag ja sein«, zischelte sie, »aber Thomas betet dich an.« Ihr Mund wurde wieder normal. »Er hat diese Überraschungsparty für dich wochenlang geplant. Hat sich mehrmals vergewissert, dass ich auch komme, und mich um meine Meinung wegen deines Geschenks gefragt.«

Sophie hielt den blauen Topazring in die Höhe, der gut die Hälfte ihres rechten Ringfingers einnahm. *Dein Geburtsstein. Und ein Symbol für Liebe und Treue.*

Seine Worte, als er ihr ihn beim Nachhausekommen gegeben hatte.

»Thomas weiß wirklich, wie man Geschenke macht«, bemerkte sie, während sie gemeinsam ihren Ring bewunderten.

»Danke, dass du dich mit mir triffst«, sagte sie nach einer Weile. »Ich bin froh, dass wir uns endlich mal wieder unterhalten können. Wie geht es dir denn jetzt so ohne Stephen?«

»Ich will nicht lügen – das ist das Schwerste, was ich je durchgemacht habe. Und furchtbar für die Zwillinge.« Mindy wurde ganz blass, und Sophie dachte schon, dass sie anfangen würde zu weinen. »An manchen Tagen weiß ich nicht, wie ich das alles schaffen soll.«

Diese Art von Frage-Antwort-Gespräch war Sophie fremd, aber sie zwang sich, den Blickkontakt zu halten. »Gibt es … gibt es noch eine Chance für euch beide?«

»Ich glaube nicht, dass er zu mir zurückkommt.« Mindy kratzte an ihrem leeren Ringfinger. »Stephen ist schon länger nicht mehr glücklich gewesen. Nicht mit mir, nicht damit, wie ich aussehe, wie ich rede. Er sagt, wir hätten uns auseinanderentwickelt.«

»Falls es irgendetwas hilft, ich finde, Stephen hat den Verstand verloren.« Ganz klar eine Phrase, die eine Freundin zu einer anderen sagt, wenn sie nicht weiß, was eigentlich los ist, aber etwas Besseres fiel ihr nicht ein.

Mindy spielte mit einem Strohhalmpapier, das unter den Tisch gefallen war.

»Ich möchte für dich da sein.« Sophie rückte ihren Stuhl vom Tisch ab und beugte sich vor, um ihr die Hand auf den Arm zu legen. »Ich bin keine besonders gute Ratgeberin, aber ich bin eine gute Zuhörerin. Ich wäre gern enger mit dir befreundet.«

Mindy nahm ihre Hand, schloss die Augen und nickte.

»Genug jetzt von mir«, sagte sie und tätschelte noch einmal dankbar Sophies Hand, bevor sie nach ihrem Kaffee griff. Sie schlug die Beine übereinander, löste sie wieder und fragte: »Und was ist außer der Ewigen Eva bei dir los? Du sahst ganz schön mitgenommen aus neulich Abend im Krankenhaus.« Mindy brach ein Stück von ihrem Cranberry-Cookie ab.

Die Tische um sie herum füllten sich und erschwerten ein privates Gespräch. Eine junge Mutter, die ihre Haare mit einer Bananenspange hochgesteckt hatte, setzte sich auf den letzten freien Stuhl, direkt neben ihnen, und begann, ihr Kleinkind mit Stückchen von ihrem Lemonscone zu füttern. »Mehr, Mama, mehr!« Sophie versuchte zu entscheiden, wie viel sie von sich preisgeben sollte.

»Ich hatte einfach einen rundum schlechten Tag«, sagte sie und beschloss, das Terrain erst einmal mit dem weniger traumatischen Erlebnis zu sondieren. »Ich dachte, dass Thomas mich betrügt.«

»Mit wem?«, fragte Mindy, obwohl sie ihren Kaffee noch nicht ganz hinuntergeschluckt hatte.

»Du weißt schon.« Sophie reichte ihr eine Serviette, damit sie die Flüssigkeit, die ihr aus dem Mundwinkel lief, abwischen konnte. Mindy wischte und lachte.

»Ich will mich nicht über deine Befürchtungen lustig machen, aber ich weiß mit Sicherheit, dass das nicht stimmt. Ich habe Thomas schon mit ihr zusammen erlebt, als sie ›rein zufällig‹ vorbeischaute, wenn er Visite hatte. Vollkommen geschäftsmäßig.«

»Na gut, das glaube ich jetzt auch – denke ich –, aber warum hat er ausgerechnet sie gebeten, ihm bei der Planung meiner Überraschungsparty zu helfen? Sie hat leider mehr darunter verstanden, als mit dem Orchester das Geburtstagsständchen abzusprechen.«

»Wenn es dich tröstet, Thomas hat mich auch gefragt, aber ich fürchte, ich war von keinem großen Nutzen. Es gab zwei Treffen in seinem Büro, zu dem einen bin ich zu spät gekommen, und bei dem anderen wurde ich zur Arbeit weggerufen.«

»Das Treffen letzte Woche, als er mit ihr in seinem Büro war und ich weinend zu dir ins Krankenhaus kam?«

»Genau. Vor dir etwas geheim zu halten, kann echt nach hinten losgehen.«

Sophie wurde augenblicklich leichter ums Herz. Sie hatte ihr Bestes getan, um Thomas zu glauben, aber Gewissheit zu haben war ein wunderbares Gefühl. »Er hat so viel zu tun in letzter Zeit.« Wegen des steigenden Lärmpegels im Café rutschte sie näher heran. »Ist irgendwie geistesabwesend.«

»Ich weiß, dass der Tod dieses kleinen Mädchens ihn quält. Er fragt sich ständig, ob er etwas falsch gemacht oder übersehen hat. Gestern Abend hat er kurz mit mir darüber gesprochen.« Mindy seufzte und legte ihre zu Fäusten geballten Hände in den Schoß. »Aber mir geht es ähnlich. Der Fall bereitet mir schlaflose Nächte. Die Krankenhausoberen haben sich die Patientenakte kommen lassen. Ich vermute, die Familie will prozessieren.«

»Oh nein!« Das war Thomas' Albtraum.

»Ich dürfte eigentlich gar nicht mit dir darüber reden«, sagte Mindy mit einem prüfenden Seitenblick auf die Bananenspangenfrau. »Die Krankenhausleitung hat jeden von uns einzeln einbestellt und uns damit gelöchert, was wir genau gemacht haben, was wann wie passiert ist und all so was.«

»Was hast du ihnen gesagt?« Sophie hätte die Frage am liebsten zurückgenommen, als sie Mindys Gesichtsausdruck sah. »Ich meine, glaubst du, dass Thomas einen Fehler gemacht hat?«

»Ich weiß es nicht.« Mindy sog die Wangen ein und blies sie dann auf. Sie schob den Rest ihres Cookies zurück in die Verpackung. »Ehrlich nicht.«

»Das Mädchen wurde gemobbt. Sie wollte die Operation. Ihre Eltern haben darauf gedrungen.«

Dabei wusste Sophie eigentlich gar nicht genau, wie sehr die Eltern darauf gedrungen hatten. Thomas hatte Mitleid mit der Kleinen gehabt, aber sie hatten doch eine Einverständniserklärung unterschreiben müssen, oder?

»Die Autopsie hat ergeben, dass das Mädchen an maligner Hyperthermie gestorben ist.«

»Was ist das?«

»Eine heftige Reaktion auf die Narkose. Sehr selten, und wenn sie vorkommt, dann gewöhnlich noch im OP und nicht postoperativ wie in diesem Fall.«

»Aber hätte dann nicht der Anästhesist Schuld?«

»Möglicherweise, aber die Rechtsabteilung befragt uns alle. ›Wie lange haben Sie das Kind im Operationsraum überwacht? Wie hoch war sein Blutdruck im Aufwachraum?‹ Alle, die mit ihr zu tun hatten, werden befragt.«

»Thomas vernachlässigt solche Details nicht«, sagte Sophie in dem Bedürfnis, ihren Mann zu verteidigen, auch gegenüber jemandem, der ihm gar nichts vorwarf. »Oder?«

»Ich glaube nicht, dass irgendwer etwas falsch gemacht hat.« Mindy senkte ihre Stimme zu einem Flüstern. »Die Anästhesistin, die OP-Nachsorgeschwester, sogar ich, alle haben die Patientin untersucht. Diese Reaktion ist einfach völlig unerwartet eingetreten.«

Sophie lehnte sich auf ihrem Stuhl zurück, während sie über das nachdachte, was Mindy da sagte. »Vielleicht hätte die Schwester Thomas eher anrufen müssen, oder vielleicht hätte er länger im Krankenhaus bleiben sollen.« Sie unterbrach sich, nahm eine Serviette und rollte sie zwischen Daumen und Zeigefinger hin und her. »Im Nachhinein kann man sich endlos mit Selbstvorwürfen quälen.«

Grace

Letzte Nacht habe ich nicht gut geschlafen. Immer wenn ich gerade am Wegdämmern war, hörte ich den Direktor sagen: »Diesmal muss es reibungslos über die Bühne gehen.« Dann spürte ich, wie kalte Hände meinen Ärmel aufrollten und meinen Unterarm abklopften. »Das hier scheint die beste Vene zu sein.«

Irgendwann in den frühen Morgenstunden stand ich schließlich auf. Ich hatte keinen Blick mehr auf die Papiere geworfen, die man mir mitgegeben hatte, konnte sie aber auch nicht vergessen. Der braune Umschlag starrte mich bedrohlich an, lauerte nur einen Meter weit weg, um jeden Moment über mich herzufallen.

Ich atmete tief durch und knipste die Lampe an. Der Hausfrauenkalender empfahl, ein Pfannengericht mit Broccoli und Shrimps zum Abendessen zuzubereiten. Wenn ich die Augen schloss, konnte ich die im heißen Wok brutzelnden Shrimps riechen. Paul hatte Chinapfanne geliebt.

Ich nahm den Kalender für November und rechnete mit Hilfe meines Zeigefingers zurück – der letzte Besuch meines Anwalts war drei Wochen her. Wenn wir in der kommenden Woche telefonieren durften, musste ich ihn anrufen und fragen, ob er mir mit den Formularen helfen würde. Ich nahm den Umschlag und schüttelte den Inhalt heraus.

Sophies Schulzeugnisse hatten immer in einem ähnlichen Umschlag gesteckt. *Eine Freude, sie in der Klasse zu haben. Einserzeugnis, Klassenbeste. Ausgezeichnete Mitarbeit in Englisch.* Paul und ich hatten ihr zur Belohnung ein Rootbeer mit Eiscreme spendiert. William zog die Nase kraus, als Sophie ihren Finger durch die Schlagsahne zog und ihn ihm dann in den Mund steckte. »Wenn du später auch gute Noten hast, kriegst du mehr davon«, flüsterte sie ihm in sein winziges Ohr.

Ein Jahr nach meiner Inhaftierung besuchte Paul mich einmal allein. Das machte er manchmal, wenn wir unter vier Augen miteinander reden mussten. Er hielt Sophies Zeugnis an die Trennscheibe. *Wirkt in sich gekehrt. Mangelhafte Beteiligung. Oft ohne Hausaufgaben. Psychologische Beratung wird empfohlen, um Isolation und Wutausbrüchen entgegenzuwirken.*

»Ich tue, was ich kann«, sagte Paul, seine Haut fleckig um Augen und Mund herum. »Aber sie redet nicht mit mir. Ich komme nicht an sie heran.« Er saß gebeugt und hielt den Telefonhörer mit aufgestützten Ellbogen.

»Sie hat dich lieb, Paul«, versuchte ich ihm Mut zuzusprechen, doch ich fühlte mich hilflos. Ich schloss kurz die Augen, um sein verwahrlostes Gesicht an meinem zu spüren. »Lass ihr Zeit. Sie wird sich wieder fangen.«

»Okay, ich werde sie schon dazu bringen, sich auszusprechen«, sagte er, ebenso um sich selbst zu beruhigen wie mich.

Ich wusste, dass meine Anwaltsrechnungen unsere Ersparnisse aufgezehrt hatten. Wir konnten uns keinen Psychologen für Sophie leisten.

»Mach dir keine Sorgen um uns.« Er rieb sich die Brust mit der flachen Hand. Das alles hatte ihm das Herz gebrochen; er war ein gebrochener Mann.

Ich schüttelte den Kopf, um die schmerzlichen Erinnerungen zu vertreiben. Ich konnte jetzt nicht über den Kummer nachdenken, den ich ihnen verursacht hatte, ich musste mich mit diesen Formularen befassen. Der Gedanke, wieder mit William und Paul vereint zu werden, machte es nicht erträglicher, Sophie verlassen zu müssen.

Ich breitete die fünf Blätter nebeneinander auf meinem Bett aus.

Das erste trug die Überschrift **WUNSCH FÜR DIE LETZTE MAHLZEIT**. *Essenswunsch darf 15 Dollar nicht übersteigen und muss örtlich beschafft werden können. Alkohol kann nicht gestattet werden.*

Der Kommentar dieses Fernsehreporters klang mir noch in den Ohren: *»Walter Mayberry verzichtete auf ein Menü von McDonald's und aß, was die übrigen Gefängnisinsassen auch zu Abend bekamen: Rindfleischeintopf mit gewürfelten Kartoffeln und Möhren, dazu Maisbrot und ein Glas süßen Tee.«*

Ich schob das Formular unter die anderen. Noch war ich nicht bereit zu hören, was der Reporter über mich sagen würde. Ich nahm das nächste zur Hand.

LISTE DER GEWÜNSCHTEN ZEUGEN BEI DER HINRICHTUNG

Meine Mutter, die Einzige von Sophies Großeltern, die bei ihrer Geburt noch lebte, hatte eine lange Reise in Kauf genommen, um bei mir im Kreißsaal sein zu können. Sie bestürmte die Schwester mit Fragen, als ich zu pressen begann. »Hat sie große Schmerzen? Können Sie nicht etwas dagegen tun?« Paul hielt meine Hand und stützte zugleich meine Mom, während das erste unserer beiden Wunder geschah.

Ich rechnete nicht mit noch einem. Doch falls Sophie sich meldete, würde ich sie nie und nimmer zusehen lassen, wie man mich zu Tode brachte. Ich kreuzte das Kästchen neben *Keine gewünschten Zeugen* an und unterschrieb. Meine Abschiedsparty würde bescheiden sein, meine Heimkehrfeier dagegen grandios. Ich fragte mich, ob William im Himmel immer noch ein Baby war oder inzwischen erwachsen.

GNADENGESUCH AN DIE EXEKUTIVE

Darüber musste ich zuerst mit Ben reden. Sollte ich weiterkämpfen? Nur wenn es ihm mehr Zeit verschaffte, um Sophie zu finden, entschied ich. Das Formular kam ebenfalls nach unten.

ENTSORGUNG VON BESITZTÜMERN UND STERBLICHEN ÜBERRESTEN

Name und Adresse des/der Angehörigen, der/die über verbleibende Besitztümer in der Haftanstalt und Bestattung der Leiche bestimmen soll:

______________________________ .

Ich hatte immer gedacht, dass ich einmal neben Paul und William begraben werden würde, aber nicht, dass ich selbst für meinen Transport dorthin sorgen müsste. Vielleicht konnte Ben das veranlassen?

LETZTER WILLE & TESTAMENT

Das war schon bei Ben hinterlegt, ich vermachte alles Sophie. Ich musste nur dafür sorgen, dass er daran dachte, dem Direktor eine Kopie meines Testaments zu geben.

Über all das nachzudenken überforderte mich nach so wenig Schlaf. Ich starrte auf die Formulare. Die fett gedruckten Buchstaben verursachten mir Herzklopfen. *Was würde dir schmecken, bevor die Spritze gesetzt wird? Wen würdest du einladen, dir beim Sterben zuzusehen?* Die Betonwände rückten näher an mich heran.

Ich sammelte die Papiere so schnell es ging zusammen und schob sie zurück in den Umschlag, befestigte die Messingklammer des Verschlusses mit Nachdruck, um sie zum Schweigen zu bringen, ehe sie mich weiter verhöhnen konnten.

Tief ein- und ausatmen, rief ich mir in Erinnerung. Eine Übung, die Ms Liz mit mir praktizierte, wenn die Angst mich überwältigte. »Zählen Sie bis zehn«, sagte sie. »Und jetzt versetzen Sie sich woandershin.«

Ich tat, was ich oft tat, wenn ich es hier nicht mehr aushielt. Ich schloss die Augen und dachte an Paul, wie er vor mir niederkniete. Seine lockigen, zimtfarbenen Haare ringelten sich um seine Stirn, und er roch nach frisch gemähtem Gras. »Ich möchte keinen Atemzug mehr ohne dich tun.« Er klappte ein rotes Samtkästchen auf, das er in der Tasche seiner schwarzen Hose verborgen hatte. Ich dachte, er würde gleich anfangen zu weinen. »Du bist mein Zuhause. Bitte sag, dass du meine Frau werden willst.«

Sophie

Ob Thomas doch eine Schuld traf? Sophie konnte nicht umhin zu spekulieren. Mindy hatte das zwar nicht direkt gesagt, es aber auch nicht vehement bestritten. Vielleicht war er mitverantwortlich für die Tragödie, die diese Familie getroffen hatte.

»Mrs Logan«, sagte eine kräftig gebaute Arzthelferin in blauem Schwesternanzug an der Tür des Wartezimmers. »Kommen Sie bitte.«

Sophie stand auf und folgte ihr zum Empfang.

»Hundertzehn zu vierundsechzig, das ist gut. Normale Temperatur. Dann wollen wir Sie mal wiegen und in ein Untersuchungszimmer bringen.«

Sophie stellte sich auf die Waage. Die Schwester schob das Gewicht auf fünfzig Kilo und dann ein Stück nach rechts. »Sieht aus, als hätten Sie abgenommen seit dem letzten Besuch. Dreieinhalb Kilo.« Sie scrollte durch die elektronische Patientenakte. »Essen Sie mal ordentlich über die Feiertage, sonst werden Sie noch weggeweht.«

»Ich hatte nicht viel Appetit«, sagte Sophie, blickte auf ihre Hände und drehte an ihrem Ehering.

Die Schwester führte sie in ein anderes Zimmer, gab ihr einen Papierkittel und setzte sich auf einen

Hocker neben der Untersuchungsliege. »Ist der Gewichtsverlust der Grund, weshalb Sie heute hier sind?«

Sophie setzte sich auf die Liege und schlug die Beine übereinander. »Mein Mann ist der Grund.« Sie hatte den Papierkittel in der Hand und wusste nicht, ob sie ihn schon anziehen oder noch warten sollte. »Er hält es offenbar für anormal, wenn jemand an Thanksgiving mal kurz umkippt.«

Die Frau tippte mit einem Tablet etwas in ihre Akte. »Da muss ich Ihrem Mann allerdings recht geben.«

In dem Moment kam Dr. Chemales herein.

»Guten Morgen, Sophie, schön, Sie wiederzusehen.« Er gab ihr die Hand. »Ist ja eine Weile her.«

»Das stimmt.« Sie konnte sich nicht erinnern, wann sie das letzte Mal bei ihm gewesen war. Ohnehin erst ein- oder zweimal, seit Thomas und sie hier wohnten. Dr. Chemales hatte seitdem etwas von seiner Haarpracht verloren, besaß aber immer noch die gleiche joviale Art im Umgang mit seinen Patienten. »Es gibt eigentlich gar keinen Anlass für eine Untersuchung, aber Thomas hat darauf bestanden.«

»Ja, ich weiß, wie Ärzte sein können, wenn es um ihre Frauen geht«, sagte er grinsend. »Also, wo drückt der Schuh? Thomas hat etwas von einem Ohnmachtsanfall erwähnt.«

»Ich war kurz ohnmächtig, ja, aber nur dieses eine Mal. Mir geht's wieder gut.«

Dr. Chemales setzte sich auf den Hocker und legte die elektronische Patientenakte auf die Liege. Er tippte und klickte, fragte dann: »Beide Eltern sind verstorben?«

»Ja«, antwortete sie nach kurzem Zögern, weil sie vergessen hatte, dass sie natürlich auch bei ihrer Krankengeschichte gelogen hatte.

»Ihr Vater ist an einer Herzerkrankung gestorben?«, fragte er, immer noch in die Akte blickend. »Mit zweiundfünfzig?«

»Ja.« Fiel ein gebrochenes Herz auch in diese Kategorie?

»Das ist jung«, sagte Dr. Chemales und sah sie an.

»Sehr.«

»Und Ihre Mutter?« Sein Blick richtete sich wieder auf die Patientenkarte. »Was hatte sie für gesundheitliche Probleme?«

Es wurde immer schwieriger, sich ihre Lügengeschichten zu merken und glaubhaft wiederzugeben. Doch die Wahrheit kostete sie einfach zu viel Überwindung. »Sie starb an Brustkrebs, als ich zwölf war.«

»Das tut mir leid.« Seine medizinischen Fragen waren weniger klinisch-kalt als mitfühlend.

»Haben Sie mit Ihrer Gynäkologin schon über eine Mammographie gesprochen? Brustkrebs kann erblich sein, wissen Sie?«

»Ja, ich weiß. Das habe ich«, antwortete sie rasch, in der Hoffnung, dass dieser Termin bald vorbei war.

Dr. Chemales tastete und drückte hier und dort und sagte schließlich: »Nun, mir scheint alles in Ordnung zu sein. Sie waren wahrscheinlich ein wenig dehydriert. Aber wir nehmen noch eine Blut- und eine Urinprobe, um ganz sicherzugehen.«

»Hab ich Thomas doch gesagt, dass ich gesund bin«, sagte Sophie, froh, einmal recht zu haben.

»Das sind Sie bestimmt, aber eine Ohnmacht ist etwas, das man auf jeden Fall untersuchen lassen sollte. Thomas hat recht daran getan, Sie herzuschicken.«

»Vorsicht ist besser als Nachsicht, ich weiß«, wiederholte sie den Spruch, mit dem ihr Vater ihr immer gekommen war, wenn er sie ermahnte, einen Fahrradhelm zu tragen, lange bevor das Gesetz es vorsah, oder die Außenbeleuchtung anzuschalten, ehe sie die Haustreppe hinunterging.

»Die Schwester bringt Sie jetzt ins Labor. Ich rufe Sie an, falls es irgendetwas Auffälliges gibt.«

Als Sophie gerade auf einen freien Parkplatz vor Barnes & Noble fuhr, klingelte ihr Handy.

»Mrs Logan?«

»Am Apparat.«

»Hier ist die Schwester aus Dr. Chemales' Praxis. Er hat mich beauftragt, Sie anzurufen und Ihnen zu sagen, dass wir nicht auf die restlichen Testergebnisse zu warten brauchen, um die Ursache Ihrer Ohnmacht festzustellen.«

»Was?«, rief Sophie. »Er sagte doch, ich sei dehydriert gewesen.«

»Einen Moment bitte, Mrs Logan.«

»Sophie, hier ist Dr. Chemales. Herzlichen Glückwunsch – Sie und Thomas bekommen ein Baby!«

Grace

Ich eilte aus meiner Zelle, sobald die Türen klackend aufsprangen. Ms Liz hatte bestimmt die Dezembernummer von *Hausfrau heute* mitgebracht, und ich wollte mir den Kalender schnappen, ehe mir jemand zuvorkam. Officer Jones lächelte, als sie mich sah, und wedelte mit der Zeitschrift, um mir zu zeigen, dass sie auf meiner Seite war – zumindest in dieser Hinsicht.

»Danke«, mimte ich lautlos.

»Hab schon wieder einen«, sagte Roni hinter mir. Sie hielt mir einen Brief vor die Nase, ehe ich hingehen und meinen Kalender an mich bringen konnte.

»Dein Dad schreibt dir wohl jeden Tag!«

»Lies ihn mir vor«, sagte sie.

»Setz dich.« Ich dirigierte sie zum Tisch. »Wir lesen ihn zusammen.«

Sie riss den Umschlag auf, aber so, dass sie die roten Herzen nicht zerstörte, mit denen die ganze Rückseite bemalt war. Carl hatte DAD in eins der Herzen geschrieben, von dem aus ein Pfeil zu den anderen führte. *Vermisse dich* stand oben darüber.

Zehn Tage noch begann die erste Zeile. Ich forderte Roni auf, es laut zu lesen. »Za… zah… zehn.« Ermutigend stupste ich sie an.

Nach ein paar weiteren Versuchen wurde sie jedoch frustriert. »Kommt er jetzt oder nicht?«, schrie sie. Schweißtropfen traten auf ihre Stirn, und sie stand halb auf.

»*Zehn Tage noch, bis ich dich endlich sehe*«, las ich schnell. »Ich will dir doch nur helfen, lesen zu lernen.«

Sie begann, ungeduldig mit dem Fuß zu tappen, dann hörte sie wieder auf. Ihre Nasenlöcher blähten sich beim Einatmen. »Ich hab es satt, mir dumm vorzukommen. Sagst du mir bitte einfach, was er will?«

Ich überflog den Rest des Briefs. »Er sagt, das Einzige, was er sich zu Weihnachten wünscht, ist, mit dir zusammen zu sein.«

Roni nahm mir den Brief ab. Sie grunzte irgendetwas Unverständliches, bevor sie aufsprang und zurück in ihre Zelle lief.

Carmen und Jada saßen mit der Beschäftigungstherapeutin des Gefängnisses zusammen. Sie durfte uns zweimal monatlich besuchen, aber nur als Gruppe und wenn wir keine Disziplinareinträge hatten. Gewöhnlich sahen wir sie vier- bis fünfmal im Jahr.

Jada sah nicht auf, als ich mich zu ihnen setzte. »Meinen Kindern wird der Christbaumschmuck gefallen«, murmelte sie, während sie roten Flitter über einen mit Klebstoff getränkten Kiefernzapfen streute.

Carmen verdrehte die Augen in meine Richtung und rollte mir einen Kiefernzapfen hin. »Lenkt dich von deinen Sorgen ab.« Wir hatten weder über meinen bevorstehenden Termin gesprochen noch darüber, dass sie wahrscheinlich die Nächste sein würde.

Ich nahm die Klebstofftube und drückte darauf. Das würde das siebzehnte Stück Weihnachtsschmuck sein, das ich hier bastelte. Mein Baum, falls wir einen haben durften, würde mit ganz unterschiedlichen Anhängern geschmückt sein, gemacht aus Eisstielen und Ähnlichem, dazu weiße Papierschneeflocken. Auf die Rückseite schrieb ich immer mit rotem Filzstift: *Für Sophie, in Liebe, Mom.*

Ich drehte den Kiefernzapfen in der Hand herum und wusste nicht, wo das diesmal hinpassen sollte.

Carmen las meine Gedanken und schob mir einen Lebkuchenanhänger aus Pappe hin. »Hier«, sagte sie, »darauf kannst du deiner Tochter was schreiben.«

Ich lächelte sie schwach an. Carmen war normalerweise nicht so verständnisvoll und mitfühlend. Ihre Akte enthielt, nach ihrer eigenen Auskunft, die Diagnose einer narzisstischen Persönlichkeitsstörung. Ich hatte das einmal nachgeschlagen, als sich auf dem vorbeirollenden Bücherwagen ein medizinisches Wörterbuch befand. In dem dicken königsblauen Band stand, dass die Betroffenen unfähig seien, die Gefühle anderer wahrzunehmen, und vorwiegend egoistische Ziele verfolgten.

Natürlich musste ich dann auch nachsehen, was der blaue Wälzer über mich zu sagen hatte. Ich blätterte in dem Teil, der mit *Diagnostischer und statistischer Leitfaden zu psychischen Störungen* überschrieben war.

Münchhausen-Stellvertretersyndrom: das Erfinden oder Verursachen von Krankheiten bei abhängigen Per-

sonen, um Mitgefühl und Aufmerksamkeit bei anderen zu erregen.

»Hier, benutz den weißen Flitter«, bot Carmen mir an. »Der wird Sophie an Schnee erinnern.«

Ich nahm den Anhänger, den sie mir hingeschoben hatte, und war dankbar dafür, dass zumindest heute ihre Diagnose (wie auch meine) mehr als ein bisschen danebenlag.

Sophie

Sophie fand sich erneut auf einer Untersuchungsliege sitzend wieder, kalt und fröstelnd und auf den Gynäkologen wartend. Einer der Vorteile, Arztgattin zu sein, war es, andere Arztgattinnen zu kennen. Ein kurzer Anruf bei Kate, und schon stand sie als erste Patientin auf Jacks übervollem Vormittags-Sprechstundenplan am 23. Dezember.

Natürlich hatte sie Kate nicht den wahren Grund genannt, warum sie zu ihrem Mann wollte. Und es ging Kate auch nichts an, dass sie ohnmächtig geworden war, also hatte sie einen Vorwand erfunden und etwas von »oft müde, wahrscheinlich anämisch« gesagt und dass sie »rasch wieder fit« werden müsse, um die Organisation des Benefizabends zu Ende bringen zu können. Trotzdem irgendwie merkwürdig, eine Freundin zu bitten, ihren Einfluss geltend zu machen, damit ihr Mann den eigenen Unterleib untersuchte. Niedrige Eisenwerte hörten sich immerhin glaubwürdig und dringlich an und gaben Kate keinen Anlass, sie sich nackt von der Taille abwärts mit gespreizten Beinen auf dem Untersuchungsstuhl vorzustellen.

Normalerweise ging sie zu Dr. Johnson, einer Ärztin in der Gemeinschaftspraxis, doch die lehrte gerade an der medizinischen Hochschule und hätte sie erst in der Woche nach Weihnachten dazwischenschieben können. So lange konnte sie nicht warten, und so unangenehm es auch sein mochte, sich von einem Nachbarn untersuchen zu lassen, brauchte sie doch schnellstmöglich eine Bestätigung von fachlicher Seite, dass die drei Stäbchen, auf die sie am Abend zuvor gepinkelt hatte, recht hatten. Dr. Chemales war Internist, kein Gynäkologe. Er konnte sich irren, oder?

Sie hatte Thomas nichts von diesem neuen Arztbesuch erzählt. Wann denn auch? Kaum dass er gestern Abend zur Tür herein war und ihr einen raschen Kuss auf den Kopf gedrückt hatte, war er joggen gegangen und hatte danach seinen Vater angerufen. Obwohl er die Tür des Arbeitszimmers zugemacht hatte, hatte sie doch Bemerkungen wie »Ja, ich denke, ich muss das irgendwie regeln« und »Ich habe keine Ahnung, wie sich das auswirken wird« aufgeschnappt.

Das Letzte, womit sie ihm jetzt kommen wollte, war, dass sie schwanger war. Sie glaubte es ja selbst nicht. Sie war nicht bereit für ein Baby. Sie wollte Max.

Sie nahm ihr iPhone und begann nach »Ursachen für fehlerhafte Schwangerschaftstests« zu suchen, als es an der Tür klopfte und der Doktor hereinkam.

»Nun, ich würde sagen, man darf gratulieren!« Er gab ihr die Hand, nachdem sie das Telefon zurück in ihre Tasche geworfen hatte.

Sophie zwang ihre Mundwinkel nach oben, mehr

oder weniger aus Dankbarkeit dafür, dass er ihr so kurzfristig einen Termin gegeben hatte und sie offenbar gern genug mochte, um sich für sie über die, wie er annahm, gute Nachricht zu freuen.

»Bist du sicher?«, fragte sie, um ihm eine letzte Gelegenheit zu geben, seine Meinung zu ändern. »Ich wüsste nicht, dass meine Periode ausgeblieben ist.«

»Ganz sicher. Dein HCG-Wert ist ziemlich hoch.« Er warf einen Blick auf ihre Patientenkarte. »Ich schließe daraus, dass es ungeplant ist?«

Ungeplant. Unerwartet. Unverhofft. Such's dir aus.

»Hast du irgendwelche Symptome? Morgenübelkeit, empfindliche Brüste, oft müde?«

»Mir ist oft ein bisschen flau im Magen, aber mein Magen war schon immer leicht reizbar. Einmal bin ich ohnmächtig geworden. Mir war unglaublich schwindelig.«

»Möglicherweise war dein Blutzucker etwas tief, oder du bist leicht anämisch.«

Das hörte Sophie gern. So hatte sie Kate wenigstens nur teilweise angelogen.

»Ich werde die Eisenwerte überprüfen, sobald wir eine Blutprobe von dir haben. Ich weiß, dass du sonst zu Dr. Johnson gehst, aber ich wäre dafür, heute schon mal mit der Schwangerschaftsvorsorge zu beginnen, wenn es deine Zeit erlaubt.«

»Äh …«, stotterte Sophie und fischte ihr Handy heraus, um nach der Uhrzeit zu sehen. Als sie ihm keine Antwort gab, fragte Jack erneut.

»Ich kann es nicht zulassen, dass meine Nachbarin

hier rausgeht und wieder umkippt. Das würde Kate mir nie verzeihen. Können wir wenigstens eine Blutprobe nehmen und einen Ultraschall machen, um herauszufinden, wie weit du bist?«

Sophie nickte und konnte es immer noch nicht richtig glauben, dass da ein kleines menschliches Wesen in ihr heranwuchs. Sie legte ihre Hände auf den Bauch und versuchte zu empfinden, was eine gute werdende Mutter wohl empfinden sollte. Überschwängliche Freude? Mit der sie sofort allen Freundinnen und Bekannten simste: *Danach habe ich mich so sehr gesehnt*?

Jack machte die Tür auf und rief seine Arzthelferin. »Dr. Johnson soll bei Mrs Logans nächstem Besuch die Gebärmutterhals- und Brustuntersuchungen vornehmen. Legen Sie schon mal die Unterlagen mit Mrs Logan an und sagen Sie Betsy, sie soll das Ultraschallgerät hier hereinbringen, damit wir abschätzen können, wann das Baby zur Welt kommt.«

»Das ist eine gute Sache, dieses Kind«, sagte Jack noch, ehe er das Untersuchungszimmer verließ. »Es wird Thomas von allem andern ablenken.«

Allem andern? Sophie wollte ihn danach fragen, doch eine Assistentin rollte schon das Ultraschallgerät herein.

Ein paar Minuten später starrte sie liegend auf den Monitor.

»Das hier ist der Dottersack«, sagte die MTA und zeichnete kleine Kreuze auf den Bildschirm. Abwechselnd bewegte sie den Stab und tippte etwas ein. »Sehr schön, genau das wollen wir sehen.« Sie hörte mit dem Abtasten auf und zeigte auf ein kleines Flackern in der Mitte des Bildschirms. »Das ist das schlagende Herz des Embryos.«

Sophie konzentrierte sich auf das Flackern, während die MTA den Stab weiterbewegte und Verschiedenes markierte.

»Sieht gut aus. Kräftiger Herzschlag.« Sie murmelte noch ein paar andere Dinge über Fruchtwasser und Sackbreite, aber für Sophie lief alles nur auf eins hinaus: noch ein Ereignis in ihrem Leben, das sich ihrer Kontrolle entzog.

»Füllen Sie bitte diese Formulare aus«, sagte Jacks Sprechstundenhilfe, nachdem sie sich wieder angezogen hatte. Sophies Blick wurde glasig. Die Helferin gab ihr die Unterlagen und tätschelte ihre Hand. »Ich weiß, das muss man erstmal verdauen. Ist das Baby eine Überraschung?«

»Eine große«, antwortete Sophie und nahm sich zusammen, um nicht schon gleich zu Anfang wie eine Rabenmutter zu klingen. Die Wände des Flurs, in dem sie stand, waren mit Babyfotos tapeziert. Riesige runde Augen starrten sie vorwurfsvoll an.

»Ich meine, es ist nicht so, dass wir uns keine Kinder wünschen, nur der Zeitpunkt ist etwas ungünstig.«

»Ich habe vier Kinder. Alle erwachsen inzwischen, aber ich kann Ihnen sagen, mir ging es bei jeder Schwangerschaft genauso. Überfordert und unterqualifiziert, so fühlt man sich.« Die Arzthelferin deutete auf das Wartezimmer vor dem Labor und begleitete sie dorthin. »Sie sollten mit Ihrer Mutter sprechen. Ich wette, sie kennt das.«

»Wir reden nicht miteinander«, entfuhr es Sophie, ehe sie sich bremsen konnte.

»Oh, das tut mir leid. Ich quatsch einfach immer drauflos und gehe davon aus, dass alle Familien wie meine sind. Ich telefoniere mehrmals am Tag mit meinen Mädchen.«

»Ist schon gut«, sagte Sophie, während die Frau weiterquasselte und von einer Meinungsverschiedenheit erzählte, die sie mit einer ihrer mittleren Töchter an Thanksgiving gehabt hatte. »Wir haben tagelang nicht miteinander gesprochen. Wegen eines Süßkartoffelauflaufs, so was Blödes.« Sie verdrehte die Augen.

»Unsere Probleme sind ein bisschen größer.« Ein Streit um eine Beilage für das Thanksgiving-Dinner klang geradezu himmlisch. Sophie wünschte sich verzweifelt, solche nichtigen Auseinandersetzungen mit ihrer Mutter führen zu können, statt sie verleugnen zu müssen und nie wieder lebend zu sehen.

Als sie nichts weiter hinzufügte, sagte die Arzthelferin: »Ich hoffe, das Kind wird Sie beide wieder zusammenbringen. Ich lasse Sie jetzt in Ruhe den Papierkram erledigen.«

Sophie wusste, dass sie schon zu viel gesagt hatte, also ging sie nicht darauf ein. Wie sollte sie jemandem erklären, dass ihre Mutter dieses Baby, ihr erstes

Enkelkind, nie zu Gesicht bekommen würde? Bis dahin würde sie längst tot und begraben sein.

Sie setzte sich auf den Stuhl, der am weitesten weg von den anderen, ach so aufgeregten werdenden Müttern stand. Die drei Seiten ärztlicher Formulare setzten ihr zu. Wie um alles in der Welt sollte sie es schaffen, rund um die Uhr für ein Baby zu sorgen? Ihr kam der Verdacht, dass sie den Plan, Max zu adoptieren, wohl nicht richtig durchdacht hatte, wenn es ihr schon Panik verursachte, hier ihren Namen, die Sozialversicherungsnummer und die Krankenkasse einzutragen.

Konzentrier dich, ermahnte sie sich. *Lass die Gefühle aus dem Spiel und tu, was getan werden muss.* Sie hatte keine gesundheitlichen Probleme. Manchmal eine Migräne vor oder während ihrer Regel. Keine Allergien, kein Diabetes, keinen hohen Blutdruck, kein Nierenversagen. Die erste Seite war schnell ausgefüllt.

Alter bei der ersten Menstruation? Sie wusste nicht mehr, ob sie zwölf oder dreizehn gewesen war, nur noch, in welche Klasse sie ging und wem sie sich notgedrungen anvertraut hatte. Es war im Dezember gewesen, im achten Schuljahr. Sie sollte die Suzy Shopper im Weihnachtsstück der Schule spielen, eine Rolle, die es erforderte, fast während der gesamten zweistündigen Aufführung auf der Bühne zu stehen und entweder im Chor zu singen oder herumzutanzen und dabei so zu tun, als wäre ihre Tasche bis obenhin vollgestopft und zu schwer zum Tragen.

Die Krämpfe hinderten sie daran, bei der Generalprobe ihre Pirouetten zu drehen, und die Tanz- und Musiklehrerin ließ sie an der Seite sitzen, während die anderen Kinder herumhüpften und -sprangen. Vor der Aufführung am Abend rannte sie auf die Toilette und stellte fest, dass ihr rot-grün gemusterter Karorock mit Blut getränkt war. Ihre Mom war ins Gefängnis gekommen, bevor sie mit ihr über die Pubertät hatte sprechen können, und die Aufklärung ihres Vaters über Schambehaarung, wachsende Brüste und alles andere hatte darin bestanden, ihr an ihrem zwölften Geburtstag ein Buch mit dem Titel *Du wirst jetzt eine Frau* unter der Zimmertür durchzuschieben.

Die Tanzlehrerin kam zufällig gerade in die Toilette, um sich Deo aufzusprühen, und hörte Sophie schniefen. »Süße, ist alles in Ordnung? Wir fangen gleich an.«

Sophie machte die Kabinentür auf und zeigte ihr die Flecken auf ihrem Rock. Ein Blick in ihre großen verängstigten Augen genügte, und die Lehrerin verstand, dass es ihre erste Regelblutung war.

»Das kriegen wir schon wieder hin.« Sie holte einen Vierteldollar aus ihrer Handtasche und steckte ihn in den Münzschlitz des weißen Kastens an der Wand. Eine braune Schachtel mit der Aufschrift *Kotex* fiel heraus, die sie Sophie gab. »Warte hier, ich komme gleich mit frischer Unterwäsche und einem neuen Rock zurück.«

Die Lehrerin musste ihren Vater angerufen haben, denn als sie nach Hause kam, lag eine große blaue Schachtel *Always mit Flügeln* auf ihrem Bett. Sie wollte so gern ihre Mutter anrufen und sie alles Mögliche fragen wie »Warum brauche ich Flügel?« oder »Sind Binden oder Tampons besser?«, doch ihrer Mutter war wieder einmal das Recht zu telefonieren aberkannt worden. Als sie mit ihrem Vater im nächsten Monat hinfuhr, um sie zu besuchen, konnte sie ihre Fragen nicht stellen, ohne dass ihr Dad mithörte. Nach dem Besuch verkroch sie sich in ihrem Zimmer und zog das Buch unter dem Bett hervor. Drittes Kapitel: »Das Auf und Ab des Menstruationszyklus«.

Sophie nahm sich die restlichen Fragen vor. *Gibt es in Ihrer Familie Fälle von Depressionen?* Sie hatte ihre Eltern einmal im Auto miteinander flüstern gehört, als sie dachten, sie schliefe auf der Rückbank. »Wenn du wieder Medikamente brauchst, dann sag es mir bitte, Grace.« Sie schrieb ein Fragezeichen in das Feld.

Haben Sie Geschwister, die verstorben sind? Wenn ja, tragen Sie bitte das Todesalter und die Todesursache ein. William, acht Monate. Sie brachte es nicht über sich, *ermordet* neben seinen Namen zu schreiben. Wieso war das überhaupt wichtig? Sie ließ den zweiten Teil unbeantwortet und betete, dass Thomas den Bogen nie zu Gesicht bekommen würde.

»Mrs Logan, sind Sie bereit für die Blutabnahme?«, fragte ein junger Mann in einem weißen Laborkittel. Sophie unterschrieb das Formular und folgte ihm.

Nach mehreren Versuchen und drei gefüllten Röhrchen klebte er ein Pflaster auf ihren Arm und geleitete sie zu einem Stuhl in Jacks Sprechzimmer. Ein Foto von Jack und Kate mit Sonnenvisieren auf dem Kopf und Angelruten in der Hand schmückte seinen Schreibtisch.

»So, das Ultraschallbild sieht gut aus. Der Embryo ist gesund«, sagte Jack, kaum dass sie sich gesetzt hatte.

»In der wievielten Woche bin ich?«, fragte sie und wurde sich bewusst, dass sie die Existenz des Kindes damit zum ersten Mal anerkannte. Langsam wurde es Wirklichkeit.

»Nach den Messungen etwa in der elften, was bedeutet, dass der Geburtstermin« – er konsultierte eine Tabelle – »um den fünfundzwanzigsten Juni herum sein sollte.« Thomas war auch im Juni geboren. Sie hörte Margaret schon mit der Partyplanerin telefonieren: »Wir brauchen zwei Torten, eine dreistöckige mit Vanilleglasur für meinen Sohn Thomas und eine kleinere aus Schokolade mit vielen bunten Streuseln für mein Enkelkind. Man muss sich ordentlich die Hände und das Gesicht vollschmieren am ersten Geburtstag, das ist eine Familientradition bei den Logans.«

»Die Blutwerte sollten am Nachmittag da sein. Ich habe die Analyse sofort in Auftrag gegeben, wegen deines Ohnmachtsanfalls und der Schwindelgefühle. Ich gebe dir erst einmal diese Schwangerschaftsvitamine sowie Eisentabletten mit, da ich aufgrund deiner Symptome von einer Anämie ausgehe.« Er reichte ihr zwei Fläschchen. »Sollte das nicht zutreffen, können wir sie wieder absetzen, aber heb sie auf, denn es kann gut sein, dass du sie im Laufe der Schwangerschaft noch brauchst.«

Dann bat Jack sie um den Fragebogen. »Okay, keine

Warnsignale, was deine medizinische Vorgeschichte angeht. Dein Vater ist an einer Herzerkrankung gestorben. Und deine Mutter, lebt sie noch?«

»Ja«, sagte Sophie zögerlich, denn sie konnte nicht mehr lügen, jetzt, da es um ihr Kind ging.

»Ist sie gesund?«

»Soweit ich weiß, ja.« Jack sah auf, fragte aber nicht weiter nach.

»Du hattest einen Bruder, sehe ich hier. Er ist im Kleinkindalter gestorben?« Als sie nicht antwortete, fragte er: »Weißt du, woran?«

Mit den Jahren hatte sie die Kunst, solchen Gesprächen aus dem Weg zu gehen, perfektioniert. Doch jetzt war damit Schluss. Auch wenn sie wusste, dass Jack streng genommen nicht mit Kate darüber sprechen durfte, war sie nicht so naiv zu glauben, dass er sich strikt daran halten würde. Hatte Thomas nicht das Recht, es als Erster zu erfahren?

Sie konnte sich jetzt keine Gedanken darüber machen. Sie konnte sich nur Gedanken um ihr Baby und dessen Bedürfnisse machen. Zum ersten Mal fühlte sie sich wie eine Mutter.

»William war die meiste Zeit krank. Meine Mutter hatte … äh … Schwierigkeiten, ihn zu füttern. Brachte ihn ständig zum Arzt. Er wollte nie sein Fläschchen nehmen, und wenn er es doch tat, erbrach er alles wieder.« Sie sah Jack an, um abzuschätzen, ob sie unbedenklich fortfahren konnte. Er machte sich Notizen, ohne aufzublicken, also sprach sie weiter. »Er wirkte immer schläfrig und konnte kaum den Kopf gerade halten. An dem Tag, als er starb, hatte er einen Krampfanfall.«

Jack unterbrach sein Schreiben, als Sophie schon drauf und dran war, ihm die ganze Geschichte zu erzählen, und fragte: »Hatte dein Bruder eine Stoffwechselkrankheit?«

Grace

Der Wille zur Tat, der Mut zum Wagnis.
Sir Walter Scott

Sophie, ich habe etwas getan, das ich nie für möglich gehalten hätte. Ich kann es drehen und wenden, kann mich rechtfertigen, so viel ich will, letztendlich bin ich doch verantwortlich, weil ich keinen Mut gezeigt habe. Ich habe mich für den Weg des geringsten Widerstands entschieden, ich habe mich entschieden, nichts zu tun.

Heute am frühen Abend kehrte Carmen uns den Rücken zu und wisperte ins Telefon – ein Ritual, das sich jede Woche wiederholt, wenn sie ihr R-Gespräch nach Hause führt. Wie wir alle weiß sie, dass die Anrufe aufgezeichnet werden, was sie aber nicht daran hindert, ziemlich anstößige Gespräche mit Ehemann Nummer vier zu führen. Manchmal spricht sie mit leiser, sinnlicher Stimme, an anderen Tagen stöhnt und seufzt sie so laut, dass die Wärter sie schon mittendrin unterbrochen haben.

Sie wickelte sich ihre Haare um den Finger und wiegte sich vor und zurück wie ein Mädchen, das zum Schulabschlussball eingeladen wird. Ich versuchte, sie nicht anzustarren, aber Roni, die als Nächste in der Schlange wartete, sah ständig auf die Uhr und warf Carmen böse Blicke zu. Immer noch drei Minuten nach meiner Berechnung, und ich wartete nur darauf, dass Roni explodierte.

In ihrem letzten Brief an ihren Vater (ich schrieb, sie diktierte) hatte sie ihm angekündigt, dass sie ihn am 23. Dezember anrufen werde.

Warte bitte beim Telefon, *ließ sie mich schreiben,* weil ich nur einen Anruf bekomme und endlich mal deine Stimme hören will. *Das Wörtchen ›bitte‹ hatte ich hinzugefügt.*

»Beeil dich, Carmen«, knurrte sie und tigerte ungeduldig auf und ab.

Carmen ignorierte sie, stieß aber ein paar besonders markerschütternde Laute in ihre Richtung aus.

Ronis Vater arbeitete Nachtschicht in seiner eigenen Tankstelle. Das Gespräch würde nicht zustande kommen, wenn sie ihn nicht bald erreichte.

»Noch eine Minute«, rief der Officer unnötigerweise, denn ob man fertig ist oder nicht, die Verbindung wird nach Ablauf der Zeit automatisch unterbrochen.

Roni holte einen kleinen Zettel aus ihrer Hosentasche und faltete ihn auf. Sie starrte auf die Ziffern, während ihre Schritte langsamer wurden.

»Bis zum nächsten Mal«, säuselte Carmen so tief und sexy, wie es nur ging. Dann knallte sie den Hörer auf und wirbelte zu ihrem Publikum herum.

»Wird verdammt noch mal auch Zeit«, schnauzte Roni sie an und streifte sie unabsichtlich mit der rechten Schulter, als sie die Hand nach dem Telefon ausstreckte.

»Au!«, schrie Carmen. Der Officer stand von seinem Schreibtisch auf und rannte herbei. »Sie hat mich geschlagen.«

Noch ehe Roni widersprechen konnte, hatte der Wärter sie schon gegen die Wand gestoßen.

»Du musst immer Ärger machen, was?«

Carmen legte die Hand an ihre linke Schulter und jammerte: »Ich glaube, sie ist ausgekugelt.«

Roni drehte ihren Kopf zu mir um. Als unsere Blicke sich trafen, sah ich weg. ICH SAH WEG.

Der Wärter drückte ihr Gesicht wieder an die Wand und legte ihr Handschellen an. Als er sie in ihre Zelle führte, flehte sie: »Sag's ihm, Grace. Du hast doch gesehen, was passiert ist. Sag's ihm.«

Ich machte den Mund auf, aber die Worte wollten nicht herauskommen. Sie steckten in mir fest und gemahnten mich an das letzte Mal, als ich gepetzt hatte. Ich musste Ben anrufen und wusste, dass im Gefängnis keine gute Tat ohne Folgen bleibt. Drei Mitgefangene hatten mir den »Kodex« einmal mit dem angeschmolzenen Ende einer Zahnbürste beigebracht, nachdem ich mitbekommen hatte, wie eine Lebenslängliche in ihren ersten Wochen in Lakeland schikaniert wurde. Die Wachhabenden hatten dabeigestanden und nichts unternommen. Steck deine Nase nicht in die Angelegenheiten anderer und verpfeif nie eine Mitgefangene. Drei Monate lang nicht im Sitzen pinkeln zu können genügt als Denkzettel – danach weiß man, dass der eigene moralische Kompass einen im Gefängnis nicht immer in die richtige Richtung lenkt.

Der Officer stieß Roni in ihre Zelle. »Wie viele Disziplinareinträge hast du dir jetzt wieder eingehandelt?«

Sie antwortete nicht, aber ich hätte es an ihrer Stelle tun können. Keinen, nämlich, jedenfalls nicht in den letzten Monaten. Seit ihr Vater ihr schrieb, hatte sie sich strikt an die Vorschriften gehalten und sogar einmal Jada gebeten, die Musik leiser zu stellen, weil Officer Jones sich den Kopf gerieben hatte, als täte er ihr weh.

Doch das zählte alles nicht. Roni würde gnadenlos gemaßregelt werden und alle Vergünstigungen verlieren. Würde ihren Dad nicht am Telefon sagen hören: »Ich bin froh, dass ich dich gefunden habe«, würde ihn am Weihnachtstag nicht aus der Nähe betrachten können, um festzustellen, ob sie ihm ähnlich sah.

»Bradshaw, wollen Sie jetzt telefonieren oder nicht?«, sagte der Officer, nachdem er Roni eingeschlossen hatte.

Mein Kinn begann zu zittern, als ich zum Telefon ging.

Ich wusste nicht, wen ich mehr hasste, mich selbst oder Carmen.

»Anwaltsbüro Ben Taylor.« Ich vermutete, dass es Louise, seine Sekretärin, war, die sich nach dem fünften Klingeln meldete, war mir aber nicht sicher.

»Ein R-Gespräch aus dem Staatsgefängnis Lakeland. Übernehmen Sie die Gebühren?«

»Name des Gefangenen?« Sie räusperte sich und hüstelte. Eindeutig Louise.

»Nennen Sie Ihren Namen«, forderte die Telefonistin mich auf.

»Ich bin es, Louise. Grace Bradshaw.«

»Mensch, warum sagen Sie das nicht gleich?«, antwortete Louise. »Natürlich übernehmen wir das.«

In der Leitung knackte es, und dann hörte ich eine Automatenstimme: »Verbleibende Zeit: vier Minuten.«

Wie konnte das denn sein? Ich wollte protestieren, wusste aber, dass es zwecklos war, und sprach stattdessen schnell: »Kann ich mit Mr Taylor sprechen?«

»Grace, ich bin froh, dass Sie anrufen.« Louise unterbrach sich, um zu husten. »Er will auch mit Ihnen reden.«

»Ist er da?«, drängte ich.

Louise hustete erneut. »Hab einen verdammten Frosch im Hals.«

»Der Direktor hat mir irgendwelche Formulare gegeben, und ich habe Angst, sie zu unterschreiben, ohne vorher mit Ben gesprochen zu haben.« Nur noch drei Minuten.

»Tun Sie's nicht. Diesem durchtriebenen Direktor kann man nicht trauen.« Sie steckte sich etwas in den Mund, ich hörte sie lutschen. »Ben ist heute bei Gericht, aber er möchte Sie unbedingt sprechen.«

»Geht es um meinen Fall oder um Sophie?«, fragte ich.

Louise räusperte sich und hustete wieder. »Ich weiß nicht, ob ich Ihnen das sagen sollte.«

Ich wollte sie anflehen, hörte es aber bei ihr klingeln.

»Kleinen Moment. Ben ist auf der anderen Leitung.«

Sie schaltete mich in die Warteschleife. »Jolene« von Dolly Parton jaulte mir ins Ohr, und mir wurde flau im Magen. *Jolene, Jolene, Jolene, Jooolene. Bitte, lieber Gott, mach, dass er Sophie gefunden hat.*

»Grace, hier ist Ben.«

»Hallo, Ben. Bitte sagen Sie, dass Sie gute Nachrichten haben …«

Doch es kam keine Antwort, die Leitung war tot.

Sophie

Sophie wusste nicht, mit wem sie zuerst sprechen sollte. Doch als sie zum Auto zurückging und ihr Handy herausnahm, war es Ben Taylors Mobilnummer, die sie wählte. »Bitte, geh ran. Bitte, geh ran.« Nach viermaligem Klingeln sprang die Voicemail an. »Hier spricht Ben Taylor, ich kann Ihren Anruf im Moment leider nicht entgegennehmen …« Ungeduldig mit dem Fuß trommelnd, wartete sie darauf, dass die Ansage endete.

»Ben, hier ist Sophie Logan. Bitten rufen Sie mich so schnell wie möglich zurück. Ich muss dringend mit Ihnen sprechen.«

Dieser Tag war einfach zu viel, alles verschwamm ineinander. Sie musste so viele Neuigkeiten verarbeiten, dass sie gar nicht wusste, wo sie anfangen sollte. Konnte das sein? Konnte ihr kleiner Bruder tatsächlich todkrank gewesen sein, wie Jack vermutete? Sie hatte ihm nichts vom Prozess ihrer Mutter erzählt, das war nicht nötig gewesen. Er hatte allein aus den Symptomen geschlossen, dass William an einer Stoffwechselkrankheit gestorben war.

Als sie ihm nicht widersprochen hatte, war er ausführlicher geworden und hatte erklärt, dass solche Krankheiten häufig nicht diagnostiziert wurden, da es sich um seltene, erblich bedingte Defekte handelte. Vor siebzehn Jahren seien viele Stoffwechselstörungen noch nicht einmal bekannt gewesen.

Er fand es durchaus plausibel. William habe kaum Appetit gehabt und sich nach dem Trinken oft erbrochen, da Babys mit dieser Störung das Enzym zur Aufspaltung von Proteinen fehle. Für Sophie fügte sich auf einmal alles zusammen. »Warum finden die Ärzte denn nicht heraus, was ihm fehlt?«, hatte sie ihre Mutter bei einem der vielen Besuche beim Kinderarzt sagen hören. Später bestand ihr verzweifeltes Flehen aus: »Ich schwöre, dass ich deinem Bruder nicht geschadet habe. Du musst mir glauben.«

Doch sie hatte ihr nicht geglaubt. Niemand hatte ihr geglaubt, außer ihrem Vater.

Jedes Symptom, das William gehabt hatte, passte zu der Krankheit, die Jack beschrieb – möglicherweise eine metabolische Azidämie oder etwas in der Richtung. Sie hatte es sich von ihm buchstabieren lassen und in ihr Handy eingetippt.

Das Verwirrende war, dass all diese Symptome auch von einer Vergiftung hätten ausgelöst werden können, wie es der Staatsanwalt in seinem Schlussplädoyer geschildert hatte. Sophie versuchte, ihre schwankenden Gefühle im Zaum zu halten, die von Glück, Erleichterung, Schuldbewusstsein bis hin zu purer Angst reichten. Ihre Mutter saß seit siebzehn Jahren in der Todeszelle. Nicht nur das Rechtssystem hatte sie für eine Kindsmörderin gehalten, sondern auch ihre eigene Tochter.

Ihr Handy leuchtete auf. Geringer Ladezustand.

Wo war das Autoladegerät? Eine hektische Durchsuchung des Handschuhfachs ergab nichts. In der Mittelkonsole dagegen tauchte ein von schwarzem Kabel umwickeltes Ladegerät samt dem ungeöffneten Umschlag auf, den Ben Taylor ihr von ihrer Mutter gegeben hatte.

Sie riss ihn auf und zog ein Foto heraus: die kleine Sophie, schlafend im Bett mit ihrem Prinzessinnen-Diadem auf dem Kopf, Hund Teddy zusammengerollt neben ihr. Ihre Fingernägel waren mit violettem Glitzernagellack lackiert. Auf die Rückseite hatte ihre Mutter ein einziges Wort geschrieben: DANKBAR.

Sie stöpselte das Ladegerät ein und wählte erneut Bens Nummer. Diesmal lautete ihre Nachricht: »Ben, ich hoffe, Sie sind zu Hause, denn ich bin zu Ihnen unterwegs.«

»Hallo, Schatz, ich hab schon auf dich gewartet.« Thomas saß mit einer Zeitung in der Hand am Küchentisch, als Sophie hereinkam, um schnell ein paar Sachen zum Wechseln für ihre Fahrt einzupacken. Sein Gesicht war so weiß wie sein Oxfordhemd. »Komm, setz dich zu mir.«

Er war sonst nie mitten am Nachmittag zu Hause. Sophies Gedanken überschlugen sich mit Katastrophenszenarien. *Er liebt Eva doch? Er hat das mit meiner Mom herausgefunden? Jack hat ihm von dem Baby erzählt?*

»Alles in Ordnung mit dir?« Sie hätte Thomas als

Ersten nach dem Verlassen der Frauenarztpraxis anrufen sollen, nicht den Todeszellen-Anwalt ihrer Mutter. Was war nur los mit ihr?

»Wir müssen miteinander reden. Kannst du dich bitte setzen?« Sein Blick sagte ihr, dass es um etwas Wichtiges ging. Hatte er ernst gemeint, was er an diesem Morgen gesagt hatte? Wer täuschte hier wen? Spielte das überhaupt eine Rolle? Sie legte eine Hand auf ihren Bauch.

»Thomas«, sagte sie und zog den Stuhl neben ihm heraus. »Es tut mir so …« Die Worte kämpften sich durch den Kloß in ihrem Hals. Sie ließ sich auf den Stuhl fallen.

»Mir tut es leid«, sagte Thomas, ihr die Hände auf die Beine legend. »Ich bin mit dieser ganzen Sache nicht richtig umgegangen.«

Evas verführerisch rotgemalte Lippen tauchten vor Sophies geistigem Auge auf. »Ich wusste es. Du hast mich doch mit Eva betrogen?« Sie nahm seine Hände von ihren Knien und wollte aufstehen.

Thomas zog sie wieder zu sich herunter. »Nein, ich rede doch nicht von Eva!« Seine ernste Miene hellte sich ein wenig auf. »Ich bin vielleicht nicht ganz ehrlich gewesen, aber ich bin dir treu.«

Treu. Sophie wappnete sich gegen das, was da kommen würde.

Er hielt einen Teil des *News & Observer* in die Höhe. »Arzt wird Mitschuld am Tod eines Mädchens vorgeworfen« lautete die Titelzeile auf Seite vier. »Willst du es selbst lesen, oder soll ich dir eine Zusammenfassung geben?« Er legte den säuberlich gefalteten Artikel auf den Tisch und schob ihn ihr hin.

»Die Zusammenfassung.«

»Ein Reporter hat die Eltern interviewt«, stammelte er. »Sie sagen, ich hätte nicht mal den Namen ihrer Tochter gewusst. Sie sagen, sie wäre mir völlig egal gewesen.«

»Wie können sie so etwas behaupten? Du hast nächtelang schlecht geschlafen deswegen.« Sie schnappt sich die Zeitung, ohne auf Thomas' präzise Knicke zu achten. »Wer hat diesen Müll überhaupt geschrieben?«

Thomas rieb sich die stoppelbärtigen Wangen, während sie das Ganze Wort für Wort las. »Es spielt keine Rolle, wer das geschrieben hat. Das ist jedenfalls die Sichtweise der Eltern.«

»Dieser Artikel unterstellt dir Fehler. Hier steht, du hättest ihr keine ausreichende Nachbetreuung zukommen lassen, du hättest ihre medizinische Vorgeschichte nicht akkurat aufgenommen.«

»Ich weiß, was da steht.« Thomas umklammerte die Tischkante. »Ich und die halbe Stadt wissen, was da steht.« Stuhlbeine scharrten über den Hartholzboden, als er abrupt aufstand.

»Das ist eine gute Sache, dieses Kind«, hatte Jack gesagt. *»Es wird Thomas von allem andern ablenken.«*

Thomas nahm eine Flasche Wasser aus dem Kühlschrank, während sie überlegte, wann sie ihm von der Schwangerschaft erzählen sollte.

Danach zu urteilen, wie er die Flasche auf den Tisch

knallte, als er sich wieder setzte, war jetzt nicht der beste Zeitpunkt.

»Ich habe mit meinem Vater und meinem Bruder gesprochen und sie um Rat gefragt, was ich tun soll.«

»Was meinst du, ›was du tun sollst‹?« Ihre Frage lastete schwer auf seinen bereits hängenden Schultern. »Wenn dich keine Schuld trifft, musst du dich wehren.«

»Mich trifft keine Schuld. Ich habe alle nötige Sorgfalt walten lassen.« Er beugte sich zu ihr vor und legte ihr wieder die Hand aufs Knie. »Glaubst du mir nicht?«

Sophie streichelte seine Hand. »Natürlich glaube ich dir.«

»Mein Dad und Carter empfehlen mir beide, die Angelegenheit möglichst schnell aus der Welt zu schaffen. Ich hätte schon längst eine außergerichtliche Einigung erzielen sollen, meinen sie.« Thomas verdrehte die Augen. »Für sie ist es das Wichtigste, die Sache aus den Medien herauszuhalten.«

Sophie verstand ihre Besorgnis. Noch heute überfiel sie der Gestank von schalem Zigarrenatem, wenn sie an den Herausgeber des *Brookfield Journal* dachte, der auf ihrer Verandatreppe kampiert hatte, eine klobige Kamera um den Hals gehängt, das Mikrofon einsatzbereit in der Faust.

»Ich hab daran gedacht, auf sie zu hören. Wirklich. Ich will das aus der Welt schaffen.« Thomas zog seine Hand weg und strich die Knicke des gefalteten Artikels mit dem Daumennagel nach. »Ich könnte gerichtlich dagegen vorgehen. Ich könnte meine Anwälte veranlassen, Sachverständige hinzuzuziehen, die den Geschworenen erklären, dass dieses kleine Mädchen an einer seltenen negativen Reaktion auf die Narkose gestorben ist, was der Wahrheit entspricht. Maligne Hyperthermie kommt äußerst selten vor, und selbst wenn ich die ganze Zeit bei ihr geblieben wäre und ihr eine andere Medikation verordnet hätte – ich glaube nicht, dass ich sie hätte retten können.«

»Es war nicht deine Schuld.« Warum fiel es ihr so leicht, an seine Unschuld zu glauben, nicht aber an die ihrer Mom?

»Ich habe alles getan, was ich nur konnte.« Thomas kratzte sich am Hinterkopf. »Aber ich bekomme ihr Gesicht einfach nicht aus dem Kopf.«

Der Anblick ihrer mit Handschellen gefesselten Mutter kam Sophie plötzlich in den Sinn.

Sie legte den Arm um ihn und massierte dann seinen Nacken. »Was willst du jetzt tun?«

»Das, was ich von Anfang an hätte tun sollen.« Er holte sein Handy heraus. »Ich werde mit den Eltern sprechen.«

Grace

Aus dem Fernseher tönt die Ankündigung des Weihnachtsfilms, der gleich im Programm folgt. »Ein Engel kommt dem herzensguten, aber frustrierten George Bailey zu Hilfe, indem er ihm zeigt, wie das Leben in seiner Heimatstadt aussehen würde, wenn es ihn nicht gäbe.« Ich schreibe dir aus dem Aufenthaltsraum und bilde mir dabei ein, die schützenden Arme meines Dad um mich herum zu spüren.

Wie ich dir schon mal erzählt habe, lebte Opa Joe für den Dezember. Noch ehe der Truthahn an Thanksgiving kalt geworden war, ließ er meine Mom und mich alles, was irgendwie mit Schnee zu tun hatte, hervorholen und traf Vorbereitungen für unsere frühmorgendliche Fahrt die gewundenen Bergstraßen hinauf und tief in den Wald hinein, wo wir den vollkommenen Weihnachtsbaum schlagen wollten.

Er begutachtete jede Douglasie auf ebenmäßigen Wuchs und Stärke der Zweige hin und zog die kleinen dichten Bäume den langen dürren vor.

»Mir gefällt der hier, Daddy«, sagte ich Jahr für Jahr, auf den höchsten zeigend, den ich finden konnte.

Als ich alt genug geworden war, um das Ritual zu verstehen, neckten meine Mom und ich ihn damit, nur um seine Reaktion zu erleben: »So ein Baum wirkt immer viel größer, wenn man ihn erstmal zu Hause hat, Schatz.«

Sie zwinkerte mir zu, während er sein schwarzgelbes Maßband herausholte und sagte: »Stell deinen Fuß hier unten drauf, Gracie.«

Er zog das Maßband, so hoch es ging, und peilte dann über den Daumen. »Etwa fünfzehn Zentimeter zu hoch für unser Wohnzimmer.« Dabei sah er sich nach uns um, ob wir enttäuscht waren. »Du brauchst doch noch Platz, um den Stern obendrauf zu setzen, nicht wahr, Gracie, Süße?«

Sobald wir den Baum durch die Haustür geschoben und gezerrt hatten, schmückten wir ihn. Mein Dad, immer noch schweißgebadet, drehte die Schrauben am Ständer fest. »Meinst du, er ist gerade, Schatz?«

Dann setzte er mich auf seine Schultern, damit ich den elektrischen Stern an der Spitze anbringen konnte. Meine Mom machte in der Küche Hühnereintopf mit Nudeln (ich muss dir unbedingt das Rezept aufschreiben – vier Sterne!), während Dad und ich unseren prachtvollen Lichterbaum bewunderten. Wir aßen vor dem Fernseher und sahen Eine Weihnachtsgeschichte.

Ein paar Stunden zuvor hatte der für Ronis Disziplinarverfahren zuständige Beamte vor ihrer Zelle gestanden und ihr die Folgen der Auseinandersetzung mit Carmen vorgelesen.

»Sie werden wegen des schweren Vergehens, eine Mitgefangene körperlich verletzt zu haben, mit fünfundvierzig Tagen Absonderungshaft bestraft.«

Roni sagte nichts.

Der Beamte fuhr fort: »Sie haben auf Ihr Recht verzichtet, eine eigene Aussage zu machen oder Zeugen zur Aussage zu benennen.«

Solche Disziplinarverfahren wurden normalerweise außerhalb unseres Trakts und vor einem Ausschuss abgehalten, doch Roni hatte sich geweigert, ihre Zelle zu verlassen.

»Es wäre mir lieber, das zu erledigen, ohne die Gefangene unter Zwang aus ihrer Zelle herausholen zu müssen«, hatte ich Officer Jones am Telefon sagen hören.

Mir auch. Unter Zwang herausholen bedeutete nämlich Tränengas. Ich hoffte, dass die Person, mit der sie sprach, nicht auf den Vorschriften beharrte, legte aber für alle Fälle ein sauberes, nasses Handtuch bereit, das ich mir aufs Gesicht legen konnte. Nachdem Roni sich das letzte Mal einem Befehl widersetzt hatte, hatten meine Augen drei Tage lang gebrannt.

Der Anhörungsbeamte war einverstanden gewesen, unter der Bedingung, dass Roni sich schuldig bekannte und auf ihr Aussagerecht verzichtete. »Wir haben hier sowieso keine, bei der man sich darauf verlassen kann, dass sie die Wahrheit sagt«, hatte er Officer Jones vorhin noch zugezischt.

Ich konnte sehen, wie Roni ihr Gesicht gegen das Fenster drückte, als der Beamte weiter von seinem Blatt ablas. »Sie werden dreiundzwanzig Stunden pro Tag in Ihrer Zelle eingeschlossen. Sie verlieren sämtliche angesammelten Bonuspunkte wegen guter Führung.«

Ich biss mir auf die Unterlippe. Keine Gemeinschaftszeit, keine Anrufe, keine Besuche. Sie durfte Post empfangen, aber ich würde sie ihr nicht vorlesen dürfen.

Der Anhörungsbeamte schob ihr ein Formular durch den Schlitz in der Tür. »Unterschreiben Sie das zur Bestätigung, dass Sie die Strafmaßnahmen wegen eines schweren Verstoßes verstanden haben.«

»Leck mich, Cowboy! Leckt mich doch alle!«, schrie sie, spuckte auf das Papier, zerriss es und schob die Fetzen zurück durch den Schlitz. Sie warf sich schluchzend gegen die Tür. »Ich hasse euch«, brüllte sie ins Leere. Ich hatte sie noch nie weinen gehört.

Carmen hatte den ganzen Tag über nicht den Kopf aus ihrer Zelle gesteckt. Ich hoffte, dass sie Gott auf Knien um Verzeihung bat, so wie ich es heute den ganzen Tag immer wieder getan hatte. Vielleicht nahm Gott meine Schuld hinweg, aber ich bezweifelte, dass Roni mir je wieder vertrauen würde.

Kurz bevor der Film anfing, kam Jada zu mir in den Aufenthaltsraum. Sie gab mir einen geöffneten Umschlag, und ich zog eine silberfarbene Karte heraus. Eine weiße Taube mit ausgebreiteten Flügeln nahm die Vorderseite ein. Innen stand in goldener Schnörkelschrift ein Standardgruß: *Frohe Weihnachten und ein glückliches neues Jahr*.

Darunter, mit roter Tinte geschrieben, drei schlichte Worte: *Ich verzeihe dir*.

»Von meiner Schwiegermutter«, flüsterte Jada. Sie zog die Beine an die Brust und begann, sich vor und zurück zu wiegen. Ihre feuchten, trüben Augen schlossen und öffneten sich ständig, während wir den Film sahen.

Später kehrte ich in meine Zelle zurück und schlug meinen Menüplaner von *Hausfrau heute* auf. 23. Dezember: *Knusprige Honig-Senf-Hähnchenschenkel und Spinatsalat mit Birnen, Walnüssen und Ziegenkäse.* Ich malte ein großes rotes X und zählte. Noch vierundfünfzig Tage, bis ich sterbe.

Sophie

»Was ist mit deinem Vater? Deinem Bruder? Was ist mit dem Chefchirurgenposten?«, fragte Sophie, während Thomas die Nummer der Eltern des Mädchens heraussuchte.

»Der Chefchirurg ist mir egal. Ich bin glücklich auf meiner Position, und was meine Familie angeht …« Thomas rieb sich geistesabwesend die Arme. »Es kümmert mich nicht mehr, was sie sagt oder denkt. Ein kleines Mädchen ist gestorben, ob durch meine Schuld oder nicht, und ich muss den Campors sagen, dass sie mir nicht gleichgültig war und dass es mir leidtut.«

Sophie sah ihm nach, als er langsam, aber entschlossen ins Arbeitszimmer ging. »Guten Tag, Mr Campor«, hörte sie noch, ehe er leise die Tür hinter sich schloss.

»Ich muss auch einiges wieder in Ordnung bringen«, sagte sie laut zu sich selbst. Und sie würde damit anfangen, sobald Thomas zu Ende telefoniert hatte.

Ein Gespräch wie dieses erforderte eine bequemere Sitzhaltung und eine heiße Tasse Kaffee als Stimmungsaufheller, daher bat sie Thomas, sich ins Wohnzimmer zu setzen. Sie füllte Wasser in die Kapselmaschine, während er in seiner Praxis anrief. »Können Sie bitte meinen ersten beiden Patienten heute Nachmittag Bescheid geben, dass ich ein bisschen später komme?«

Sophie hörte ihr Handy brummen, als sie die Kapsel in die Maschine steckte. Zwei verpasste Anrufe von Ben Taylor. Sie nahm sich nicht die Zeit, seine Nachricht abzuhören, sondern drückte gleich auf »Anrufen«. Ehe sie nachsehen konnte, ob Thomas noch telefonierte, meldete sich Ben.

»Ben Taylor.« Er klang in Eile.

Als sie sah, dass Thomas aufgelegt hatte und anscheinend seine E-Mails auf dem Handy durchsah, verdrückte sie sich schnell in die Garage.

»Ben, hier ist Sophie.«

»Ich bin froh, dass Sie anrufen. Ihre Nachricht hörte sich dringend an.«

»Ich muss Sie sprechen. Sind Sie in Brookfield?«

»Bei Gericht bis heute Abend. Heiligabend fahre ich für ein paar Tage weg. Hat es Zeit, bis ich zurückkomme?«

»Ich glaube, meine Mutter könnte doch unschuldig sein«, sagte sie leise, damit Thomas es nicht hörte. »Ich glaube, mein Bruder war ernstlich krank.«

»Okay, ich ändere meine Pläne. Wie schnell können Sie hier sein?«

Thomas schlürfte seinen Kaffee, die langen, muskulösen Beine übereinandergeschlagen und entspannt in die Sofapolster gelehnt. Ein Anflug seines gewohnten

Lächelns erschien, als Sophie zu ihm ins Wohnzimmer kam.

»Das war jetzt nicht gerade der leichteste Anruf, aber ich bin froh, dass ich es gemacht habe.«

»Wie ist es gelaufen?«, fragte sie und fürchtete sich beinahe vor der Antwort.

»Ich habe ihm erklärt, was meiner Ansicht nach passiert ist, und ihn dann um Entschuldigung gebeten. Aufrichtig um Entschuldigung gebeten.« Thomas nahm eine Zeitschrift aus einem Korb, legte sie auf den Beistelltisch und stellte seine Kaffeetasse darauf ab. »Ich habe gehört, wie er mit den Tränen kämpfte.«

»Werden sie trotzdem klagen?«

»Ich weiß es nicht. Das habe ich ihn nicht gefragt. Seine Tochter ist gestorben, und es war mir wichtig, ihm zu versichern, wie leid es mir tut.«

Sie legte ihm zärtlich die Hand an die Wange, ein letztes Mal, bevor sie ihm ihre Unzulänglichkeiten gestehen und ihr gemeinsames Leben aufs Spiel setzen würde. Das Kind, das in ihr heranreifte, hatte einen mutigen Vater. Sie zog ihn an sich und küsste ihn. »Du bedeutest mir alles, weißt du?«

»Du bedeutest mir auch alles«, erwiderte er und wischte sich ein wenig Lipgloss vom Mund. »Mein Leben bekam einen Sinn in dem Moment, als ich dich traf.«

»Du hast mich gerettet, ohne es zu wissen.«

Thomas' Pager piepte.

Er sah sie an und legte ihn weg. »Das kann warten.«

»Ich muss dir jetzt etwas sagen.« Sie hielt inne und nahm all ihren Mut zusammen. »Es geht um meine …«

Sein Handy klingelte. Wenn es gleich nach einem Pagersignal klingelte, war es zweifellos etwas Dringendes. Er nahm ihre Hand, bevor er ranging.

»Dr. Logan«, meldete er sich schroff und drückte die Hand entschuldigend. »Ich bin gerade beschäftigt.«

Sophie sah ihn an, während er zuhörte, fast dankbar für die Unterbrechung dieses Moments, der ihr letzter gemeinsamer sein konnte. Nach einigem »Hm, hm« gab Thomas nach. »Rufen Sie auf der OP-Station an und besorgen Sie mir einen Raum. Ich komme, so schnell ich kann.«

Er entschuldigte sich mehrmals, als er aufbrach. »Wollen wir heute Abend zusammen essen gehen? In dem ruhigen Lokal mit Kerzen an der Third Avenue? Dann können wir reden, solange du willst.«

Sophie umarmte ihn, als würde er in Übersee stationiert. »Ich liebe dich«, sagte sie, als sie ihn endlich losließ. »Vergiss das nie.«

Er ging, und sie sah ihm durch das schmiedeeiserne Türgitter nach, als er zu seinem Auto trabte. *Hätte ich das doch nur besser gehandhabt*, dachte sie. *Das mit Thomas und vieles andere.*

Sie packte eine Reisetasche mit mehr Kleidern, als sie für einen Kurztrip brauchte. Sie hatte keine Ahnung, wann sie zurückkommen und wie es dann zwischen ihr und Thomas stehen würde. Rasch schrieb sie ihm noch eine E-Mail, die er vermutlich erst öffnen würde, wenn sie schon unterwegs nach Brookfield war.

Ich muss für ein paar Tage weg und selbst einige Dinge in Ordnung bringen. Frohe Weihnachten, mein Schatz.
In Liebe, Sophie

Sie stellte sich sein Gesicht vor, wenn er die Mail las. Wie er sich mit den Fingern durch die dunklen Haare fuhr und sich fragte, was sie bloß vorhatte und womit er es verdiente, dass sie ihn einfach so im Stich ließ. Wenn er sie doch nur mal alles erklären ließe. Jetzt aber musste sie sich auf den Weg machen und die Wahrheit herausfinden, und zuvor musste sie noch einen Zwischenhalt einlegen.

Sophie warf sich einen großen schwarzen Müllsack über die Schulter und ging durch den Flur zur Kinderstation. Max sollte ein ganz besonders schönes Weihnachten haben, auch wenn sie es zwei Tage früher feiern mussten.

»Wo ist mein kleiner Mann?«, rief sie fröhlich, als sie die Tür zu seinem Zimmer aufmachte.

»Sosie!«, juchzte Max und streckte die Arme nach ihr aus. Eine schmale Frau in einer Camouflagehose und einem grauen Kapuzensweatshirt saß in dem malvenfarbenen Sessel und hielt ihn auf ihrem Schoß. Er zappelte, damit sie ihn herunterließ.

»Hallo, ich bin Sophie.« Sie gab der Frau die Hand,

die älter wirkte, als sie vermutlich war. Wunde Stellen verteilten sich auf ihrer Stirn und um die Mundwinkel herum.

»Ruby.« Sie nahm die dargebotene Hand nicht, sondern hielt Max noch fester. »Ich bin die Mutter von Max.« Ihre eingefallenen Wangen ließen ihren Mund schief wirken.

»Oh.« Sophie setzte den Plastiksack voller Spielsachen in der Ecke ab. »Schön, Sie kennenzulernen.«

»Sosie, halt mich.« Max versuchte, sich aus den Armen seiner Mutter zu befreien.

»Mommy hält dich doch.« Sie ließ ihn auf ihren Knien hüpfen, doch er wurde nur noch unwilliger.

»Sonst hilft das immer.« Sie versuchte, mit Max auf ihrer Hüfte aufzustehen, verlor aber das Gleichgewicht und fiel zurück auf den Sessel.

»Was hast du denn?«, fragte Sophie Max. Er zog einen Schmollmund und begann zu weinen.

»Hier, Sie können ihn nehmen«, sagte seine Mutter, ohne sie anzusehen.

Max sprang sofort von ihrem Schoß und in Sophies Arme, wobei seine Sauerstoffschläuche sich verwickelten und die Monitore sich nacheinander abschalteten.

»Ich muss mal eine rauchen«, sagte die Mutter, bevor Sophie dazu kam, Max zu entwirren oder irgendwelche Fragen zu stellen. Sie flüchtete aus dem Zimmer, als Mindy gerade eintrat.

»Wie ich sehe, hast du Max' Mom kennengelernt«, bemerkte sie, sobald Ruby außer Hörweite war.

»Ja, genau.« Sie wollte Max das Gefühl geben, dass

das etwas Gutes war. »Deine Mommy ist zu Besuch gekommen, jippieh!«

Mindy nahm ihm kurz die Sauerstoffkanüle ab, während Sophie ihn herumwirbelte. Er gluckste so tief aus dem Bauch heraus, wie sie es noch nie gehört hatte.

»Du bist meine Mommy«, sagt er, als sie aufhörte, sich zu drehen.

»Ich bin deine Sosie.« Sie pikte ihn spielerisch in den Bauch und sah Mindy hilfesuchend an.

Mindy, einen Stift im Mund, zuckte die Achseln. »Sie will ihn mit nach Hause nehmen.«

»Kann sie das?«

»Den Gerichtsakten nach ja. Unsere Klinikanwälte prüfen die Unterlagen gerade.«

»Was ist mit seinem Zustand, der ganzen medizinischen Versorgung?« Sophie zeigte auf die Sauerstoffflaschen und die Monitore. »Ist ihr klar, wie viel Pflege und Fürsorge er braucht?«

»Sie behauptet es«, sagte Mindy, während sie irgendwelche Knöpfe drückte.

Sophie brachte Max ins Bett, und Mindy legte ihm wieder die Nasenkanüle an. Er keuchte bereits.

Was ihn nicht daran hinderte, auf den schwarzen Plastiksack zu zeigen. »Plussels?«, fragte er. Seine blauen Lippen formten ein breites Lächeln.

»Vielleicht«, neckte sie ihn.

Als Mindy wieder gegangen war, machte Max ein Geschenk nach dem anderen auf: Buntstifte, Filzstifte, Malbücher und bunte Puzzles mit dreidimensionalen

Teilen zum Zusammensetzen. Sophie legte sich zu ihm aufs Bett und las ihm ein Buch über einen Mann vor, der seinen großen lila Schuh verloren hatte, und dann noch ein anderes über eine Raupe, die nicht mehr kriechen wollte. Alles immer mit einem Auge zur Tür. Ob seine Mutter wohl zurückkam?

»Und die störrische Raupe begann zu zittern, während ihre zwölf Augen vor Angst übergingen. Was passiert mit mir?«, las Sophie mit kieksender Insektenstimme.

»Du machst Quatsch, Mommy«, sagte Max kichernd. Seine Ärmchen waren immer noch fest um sie geschlungen, als seine echte Mom zur Tür hereinkam.

GRACE

»Das kann jetzt ein bisschen ziepen«, sagte die Schwester von der Krankenstation, als sie meine Fäden mit der Pinzette hielt, um sie herauszuschneiden. »Sieht gut aus.«

Sie zog eine schwarze Puderdose aus der Tasche ihres weißen Kittels, klappte sie auf und gab sie mir. »Normalerweise würde man da draußen« – sie deutete mit der Schere auf einen Punkt jenseits des Stacheldrahts – »bei einem so tiefen Schnitt einen Facharzt für plastische Chirurgie hinzuziehen. Sie haben Glück, dass unser Doktor so gut nähen kann.«

Ich hielt mir den kleinen Spiegel vors Gesicht und betrachtete die dicke gezackte Linie, die sich nun von meinem rechten Auge abwärts zog. Dann dachte ich an Roni und versuchte, Dankbarkeit zu empfinden. Ich wischte den beigen Puder vom Rand des Spiegels ab und unterzog mich einer genaueren Musterung. Der Fernsehbildschirm und der mit einer Kunststoffschicht überzogene Spiegel im Frisörsalon waren gnädig zu mir gewesen. Glasspiegel dagegen lügen nicht, und ich fand die Wahrheit wenig attraktiv.

Die schwarzen Tümpel unter meinen Augen und die Furchen auf meiner Stirn schockierten mich.

»Das Gefängnis hat Ihnen zugesetzt«, sagte die Schwester und streckte die Hand nach ihrem Kompaktpuder aus.

»Ihr Spiegel setzt mir zu«, erwiderte ich. Ich hatte nicht die Kraft, ihr zu sagen, wie ich mich wirklich fühlte.

»Wenn es Ihnen ein Trost ist, ich finde, Sie sehen ziemlich gut aus für neunundvierzig.«

»Danke.« Ich brachte ein Lächeln zustande. Es war ein Trost.

Schönheit ist nicht alles, hörte ich mich Sophie das Gleiche predigen, was meine Mutter immer gesagt hatte. Ich hatte leicht reden gehabt, als meine Haut noch prall war und meine hohen Wangenknochen Farbe besaßen.

Paul hatte oft gesagt, dass er mich immer als Erste bemerkte, wenn er einen Raum voller Leute betrat. »Es ist mehr als deine heiße Figur«, meinte er. »Du hast so eine sanfte Schönheit, die unvergänglich ist.«

Ich wünschte, er könnte mir das jetzt noch einmal sagen. Es mir ins Ohr flüstern und mich in seinen Armen halten, während ich sein nach einem langen Tag fast verflogenes Aftershave schnupperte. Seine Worte in mich aufsaugen, die mir versicherten, dass meine grauen Strähnen und die zunehmenden Falten ein Zeichen von Weisheit waren, auch wenn ich mir die Lehren meines Lebens bestimmt nicht freiwillig ausgesucht hatte.

»Gut, hier ist keine Wundbehandlung mehr nötig«, sagte die Schwester. »Wir sehen uns …«

Wir wussten beide, wann wir uns wiedersehen würden.

»Ich wünsche Ihnen schöne Weihnachten.« Ich winkte ihr zum Abschied, ehe die Wärter mich zur Tür hinausschoben.

Ms Liz und Carmen unterhielten sich an dem Tisch im Aufenthaltsraum, als ich zu meiner Zelle zurückgeführt wurde. Jada saß allein in der Ecke, vom Fernseher abgewandt, und hielt den Kopf gesenkt.

»Sind Ihre Fäden gezogen worden?«, fragte Ms Liz, während ich mit Minischritten vorbeischlurfte.

»Bin so gut wie neu, oder?«, antwortete ich. Mit Carmen konnte ich immer noch nicht reden.

Ich versuchte, im Vorbeigehen in Ronis Zelle hineinzuspähen, doch ein Aufseher hinderte mich daran. »Kümmern Sie sich um Ihren Kram«, befahl er.

Sie saß nun schon seit mehreren Tagen in Isolationshaft. Ich musste mich bei ihr entschuldigen und ihr erklären, warum ich mich so verhalten hatte. *Verstehe ich es denn selbst?*

»Hinstellen zum Appell!«, schrie der Aufseher, ehe er mir die Handschellen abnahm.

Alle waren hinter ihren Fenstern zu sehen, mit Ausnahme von Roni.

Die Officer wechselten einen Blick. Der größere brüllte: »Alle einschließen!«

Jada und Carmen kehrten schnurstracks in ihre Zellen zurück. Ms Liz stand ebenfalls auf, einen verwirrten Ausdruck im Gesicht.

Der kleinere Officer sperrte mich in meine Zelle

ein, ohne mir die Fußfesseln abzunehmen. Die Tür knallte zu, ehe ich protestieren konnte.

»Wir haben eine Gehängte«, schrie der andere.

Innerhalb von Sekunden dröhnte eine Durchsage durch die Lautsprecheranlage. Vier weitere Beamte kamen durch den Zellenblock gelaufen und versammelten sich vor Ronis Tür.

Ich starrte aus meinem Fenster und betete, dass sie sich irrten. »Bitte mach, dass sie lebt!«, flehte ich Gott und alle anderen an.

Einer der Wärter blieb an der Zellentür stehen, während die anderen hineingingen. Ein in sich gedrehtes weißes Laken hing von der Decke, Ronis abgeknickter Hals darin.

Ein Officer legte ihr Handschellen an, bevor er sie losschnitt. Ich konnte es nicht mehr ertragen und drehte mich weg. »Warum? Warum nur?«

Eine Bahre aus der Krankenstation rollte quietschend heran. Ich lugte wieder hinaus und sah, wie sie Ronis schlaffen Körper vom Boden aufhoben. Das Laken war immer noch um ihren Hals gewickelt.

»Ich hab einen schwachen Puls«, hörte ich jemanden sagen, als man sie an meiner Zelle vorbei- und aus dem Todestrakt hinausschob.

Sophie

Sophie plante, so lange zu fahren, wie ihre Erschöpfung es zuließ, um noch an Heiligabend in Brookfield einzutreffen. Thomas rief wie erwartet auf dem Handy an. »Bitte sag mir, was los ist« gefolgt von »Was kann ich tun, damit du zurückkommst?«

Sie antwortete ihm nur ausweichend. »Das Ganze tut mir so leid. Ich wollte mit dir darüber sprechen, bevor ich losfahre, aber dann bist du plötzlich weggerufen worden. Keine Angst, du hast alles richtig gemacht, aber ich kann dir etwas von dieser Tragweite nicht am Telefon sagen.« Sie bat ihn, ihr zu vertrauen, obwohl ihr selbst schleierhaft war, weshalb er das sollte.

Kurz überlegte sie, ihm zu sagen, dass sie schwanger war. Das würde ihn möglicherweise beschwichtigen und ihre Bindung zueinander festigen, so dass kein Maß an vorangegangener Täuschung ihr etwas anhaben konnte. Aber sie war nicht sicher, ob er über die Nachricht erfreut sein würde. Nachdem die Frau seines Praxispartners das letzte Mal entbunden hatte, hatte er beim Verlassen der Entbindungsstation so eine Bemerkung zu ihr gemacht. »Ich bin echt froh«, hatte er gesagt, als sie in den vollen Aufzug stiegen,

»dass wir noch keine Kinder am Hals haben.« Sie wusste nicht, ob er sich je bereit dafür fühlen würde.

Doch sie konnte es ihm nicht verübeln, denn die Mutterschaft … Gott, allein die Vorstellung jagte ihr Angst ein. *Was ist, wenn ich das Bewältigungsmuster meiner Mutter übernommen habe?* Die Angst hatte sich ein wenig gelegt, als sie Max begegnet war, und noch etwas mehr, als sie den Herzschlag ihres sich in ihr entwickelnden Babys gehört hatte.

Nach Meilen um Meilen unbeantworteter Fragen gab Thomas es schließlich auf. Er nahm ihr nur das Versprechen ab, ihn anzurufen, sobald sie angekommen war, und »in Verbindung zu bleiben«, was ihre Rückkehr anging.

»Wie soll ich das meinen Eltern erklären?«, fragte er noch. »Meine Frau verlässt mich an Weihnachten.« Sein Kummer fraß sich durch die Leitung.

»Sag ihnen, dass ich unbedingt etwas geradebiegen muss.«

Er legte auf, ohne sich zu verabschieden.

Sophie ließ alle vier Autofenster herunter in der Hoffnung, dass die eiskalte Dezemberluft sie wachhalten würde. Als das nicht wirkte, fuhr sie von der Interstate ab, etwa anderthalb Stunden vor Brookfield. Gleich nach der Ausfahrt zeigte ein grünes Hinweisschild an, dass es nach rechts zum Lakeland-Staatsgefängnis ging und nach links zu einer Tankstelle, Hotels und einem Cracker-Barrel-Restaurant. Ein Lkw-Fahrer hinter ihr hupte, als sie immer noch an der Kreuzung stand, obwohl es längst grün war.

Sie kämpfte den Impuls nieder, nach rechts, nach Lakeland, abzubiegen, um sich vor den hohen Stacheldrahtrollen aufzubauen und zu rufen: »Mom, bitte sag mir, was mit William passiert ist. Ich muss wissen, wie ich zu dir stehe.«

Als der Lkw-Fahrer zum dritten Mal hupte, fuhr sie nach links und kurz darauf auf den Parkplatz des Holiday Inn, in dem sie und ihr Vater am Abend nach der Verurteilung ihrer Mutter übernachtet hatten. Diesmal gab es keine mit Kameras und Blitzlichtern bewaffneten Reporter auf dem verlassenen Platz, die sich in Position brachten, um ihre erste Frage abzufeuern. »Mr Bradshaw, glauben Sie immer noch, dass Ihre Frau unschuldig ist?« Ihr Vater hatte ihr versehentlich mit seinem silbernen Ehering ein paar Haare ausgerissen, als er sie vor ihnen abschirmte.

»Warum hassen diese Nachrichtenleute meine Mom?«, hatte sie gefragt, nachdem sie ihr Zimmer bezogen hatten. Er hatte keine Antwort darauf gehabt. Sophie hatte sich aufs Fensterbrett gesetzt und einer normalen Familie beim Schwimmen im Betonpool zugesehen, während ihr Dad sich im Badezimmer einschloss. »Spring, Johnny«, rief eine junge Mutter ihrem kleinen Sohn zu, der orangene Schwimmflügel trug. »Mommy fängt dich auf.«

Ihr Vater kam erst wieder heraus, als ihr knurrender Magen sie dazu trieb, an die Badtür zu hämmern. »Dad, ich hab Hunger. Lass uns Mom abholen und nach Hause fahren.« Sie hörte ihn drinnen weinen.

»Gleich, mein Schatz«, sagte er und drehte den

Wasserhahn des kleinen Hotelwaschbeckens auf. »Ich muss dir etwas erklären.«

Während des ganzen Prozesses hatte er versucht, sie von allem abzuschotten. Er hatte die Fernsehnachrichten nicht angemacht, wenn sie nach der Schule zu Hause war, und hatte sie in den zwei langen Wochen des Gerichtsprozesses bei verschiedenen Gemeindemitgliedern untergebracht. Eine ältere Nachbarin sprang ein, wenn in der Kirchengemeinde niemand zur Verfügung stand.

Er hatte sich tatsächlich eingebildet, wie er ihr später erzählte, dass er seine Frau direkt nach der Beratung der Geschworenen, noch in Handschellen, wenn es sein musste, aus dem Saal ziehen und mit nach Hause nehmen würde, wo sie hingehörte – wo er sie beschützen und sie Sophie eine Mutter sein konnte. Mit Williams Tod würden sie gemeinsam als Familie fertigwerden.

Nie hätte er gedacht, dass die Sprecherin der Jury aufstehen und verkünden würde: »In der Sache der Staat gegen Grace Bradshaw befinden wir, die Geschworenen, die Angeklagte für schuldig.« Der Richter war dem Schuldspruch gefolgt. »Mrs Bradshaw, Sie sind eine Lügnerin mit übersteigertem Geltungsbedürfnis und pervertierten Muttergefühlen.«

Bei der Urteilsverkündung hatten die Staatsanwälte sich umarmt, als der Richter sagte: »Ihre vorsätzlichen, heimtückischen Taten stellen die schlimmste Art von Verrat an einem abhängigen Menschen dar und verdienen es daher, mit dem Tode bestraft zu werden.« Sie hatten einen Fall gewonnen. Ihre Familie dagegen hatte alles verloren.

Eine zwölfjährige Sophie hatte neben ihrem Dad auf der fleckigen braunrosa Steppdecke in Zimmer 330 gesessen, während er ihr mit ausdrucksloser Miene die schlechte Nachricht beibrachte: »Deine Mutter muss jetzt in Lakeland leben.«

Sophie zog ihren Koffer über den trostlosen Parkplatz. Beim Einchecken sagte sie zu der Angestellten am Empfang: »Mir ist jedes Zimmer recht, nur nicht dreihundertdreißig.«

Ben Taylor hatte ihr einen Umschlag an der Tür seines Bürogebäudes hinterlassen. Auf der Karte darin stand: *Sophie – rufen Sie mich an, wenn Sie da sind.*

Sie streifte ihre braunen Autohandschuhe ab und holte das Handy aus der Jackentasche. Keine SMS von Thomas. Er hatte sich heute und morgen freigenommen, weil sie ihn darum gebeten hatte, damit sie ein paar Einkäufe erledigen und einen Weihnachtsbaum besorgen konnten. Auf die letzte Minute wie immer, das war eine Heiligabendtradition bei ihnen. »Weißt du, wenn wir Kinder haben, werden wir diese Baumaktion irgendwann früher machen müssen«, hatte sie letztes Jahr zu ihm gesagt.

»Ben, hier ist Sophie.«

»Hallo.« Er klang außer Atem.

»Ich bin hier, vor Ihrem Büro.« Der Wind frischte auf, weshalb sie das Telefon zwischen Wange und Schulter klemmte und die Handschuhe wieder anzog.

»Haben Sie irgendwelche alten Akten vom Verfahren Ihrer Mutter aufbewahrt?«

»Die müssten noch im Haus meiner Eltern sein.« Sie hatten sich zuletzt in dem weißen, kaputten Wäschekorb befunden, der an die Wand geschoben im Wäscheraum stand. Zeitungsartikel und gelbe Notizblöcke, begraben unter Haufen von schmutzigen Handtüchern und Bettwäsche.

»Wir treffen uns dort in einer Viertelstunde.« Er legte auf, bevor sie widersprechen konnte. Sie war so lange nicht mehr in dem Haus gewesen. Der Gedanke an Schimmelpilzsporen, die die Wände emporkrochen, und fette Kakerlaken, die vermutlich inzwischen dort hausten, verursachte ihr einen Brechreiz. Alte Pizzakartons und Töpfe voll angeklebter Ramen-Nudeln und Resten von Campbell's Tomatensuppe hatten sich auf den Küchenarbeitsflächen gestapelt, als sie zum letzten Mal die Haustür abgeschlossen hatte. In dem letzten halben Jahr vor ihrem Schulabschluss hatte sie überhaupt nicht mehr abgewaschen.

Ben saß bereits in der Hollywoodschaukel auf der Veranda, als sie in die Einfahrt einbog. Er schloss auf, während sie noch über die rissigen Gartenplatten ging. »Ich muss deinen Dad dazu kriegen, dass er die austauscht«, hörte sie ihre Mom sagen. »Sonst verstaucht sich irgendwann jemand den Knöchel.«

»Sie haben einen Schlüssel?«, fragte sie Ben, nachdem sie die Hand unter den alten Briefkasten geschoben und den noch dort hängenden Ersatzschlüssel ertastet hatte.

»Ja. Ihre Mutter bat mich, die Schlösser auszutauschen und mich um das Haus zu kümmern, als klar wurde …«

»…dass ich es nicht tun würde«, beendete Sophie den Satz. »Ist schon gut. Wie gesagt, ich hatte mit alldem abgeschlossen. Ich wollte nie wieder zurückkommen.«

Ben hielt ihr die Fliegengittertür auf. Drinnen sah es sauber und aufgeräumt aus, genauso wie damals, bevor ihre Mutter fortgegangen war. Sophie musste sich beherrschen, um nicht loszuweinen.

»Wie das?« Sie drehte sich zu ihm um.

»Nehmen Sie's mir nicht übel, aber hier herrschte ein ziemliches Chaos. Als Sie die Instandhaltung nicht mehr bezahlt haben, gab es Beschwerden vonseiten der Gemeinde.«

Sophie ging zum Kamin und betrachtete die Fotos auf dem Sims. Sie, wie sie den neugeborenen William in den Armen hielt, ihr Dad, wie er Maiskolben und Schweinekoteletts auf dem neuen Kugelgrill grillte, den er zum Vatertag bekommen hatte, und ihre Mutter vor der ersten dreistöckigen Hochzeitstorte, die sie selbst gebacken und verziert hatte. Sie nahm ein Schild zur Hand, auf dem stand: *Erdulde deinen Kummer, denn er formt deine Seele.*

»Als wir Sie nicht finden konnten, bat Ihre Mutter mich, jemanden damit zu beauftragen, hier sauberzumachen.«

Sophie starrte auf den frisch gesaugten braunen Flokati. Ihr Dad hatte monatelang gespart, um ihrer

Mutter diesen Teppich kaufen zu können. In einer Ecke des Zimmers, unter dem mittlerweile altmodischen Läufer, war ein Herz mit der Inschrift: *Paul + Grace = forever* in die welligen Holzdielen geschnitzt.

»Meine Mutter hat sich immer gut um das Haus gekümmert.« Sie strich über die handgenähten Vorhänge an den Wohnzimmerfenstern. *Sieh mal, was ich für einen schönen Seidenstoff im Schlussverkauf erstanden habe*, hörte sie ihre Mutter zu ihrem Vater sagen. *Ich hab noch ein bisschen mit der Verkäuferin gehandelt und ihn für einen Appel und ein Ei bekommen.*

»Es geht nichts über ein schönes Zuhause«, bemerkte Ben.

Halb stimmte Sophie ihm zu. Die andere Hälfte musste noch Beweise sammeln.

»Ich habe alles, was hier herumlag, von der Reinigungskraft in Kisten verpacken lassen. Sie meinte, sie hätte sie in eins der Schlafzimmer gestellt. Sollen wir nachsehen?«

Es gab nur zwei Schlafzimmer, und Sophie führte ihn zuerst in das ihrer Eltern. Williams Kinderbettchen stand noch dort und enthielt lauter Kisten und Kartons voller Papierkram.

»Ich nehme mal eine«, sagte Ben und hob die erste Kiste vom Stapel. Die Hausbetreuerin hatte SCHULHEFTE ETC. auf den Deckel geschrieben. Ben stellte die Kiste auf das Doppelbett ihrer Eltern, und Sophie begann, sie durchzusehen. Zuoberst lagen ein paar Bilder, die sie im Kindergarten gemalt hatte. Ein Strichmädchen mit orangenen Rattenschwänzen, das etwas hielt, was nach einem Drachen aussah. Darunter stand in krummen Druckbuchstaben: *Ich will ein Hündchen!*

Ben schnappte sich den nächsten Karton, auf dem VERSCHIEDENES stand. Oben auf dem Stapel lagen ungeöffnete Briefe des Stromanbieters, Wasserrechnungen der Gemeinde Brookfield und diverse andere ignorierte Schreiben aus Sophies Tagen allein zu Hause.

»Ich nehme an, die sind alle bezahlt worden«, sagte sie mit einem schiefen Lächeln und warf die Rechnungen zurück in die Kiste.

»Ja, alles erledigt«, antwortete Ben, auf das angeschaltete Licht im Zimmer deutend.

»Von der Lebensversicherung meines Vaters?«

Er nickte.

»Das hier sieht nach dem richtigen Karton aus«, sagte sie und holte ein paar Ordner mit der Aufschrift PROZESSPROTOKOLLE heraus.

»Ihr Anruf hat mich zum Nachdenken gebracht«, murmelte Ben, als sie die Kiste zum Bett hinübertrug. »Ich habe sämtliche Mitschriften von dem Prozess und alle eidesstattlichen Aussagen der Sachverständigen, aber wonach ich suchen sollte, ist etwas, das Ihr Vater möglicherweise erst nach der Verurteilung Ihrer Mutter herausgefunden hat.«

Sophie nahm alle Unterlagen aus der Kiste. Drei gelbe Anwaltsblöcke lagen zuunterst. »Hieran hat er jeden Abend nach dem Essen gearbeitet.« Sie reichte sie Ben.

»Woher der Sinneswandel?«, fragte er plötzlich,

nachdem er ein paar Minuten darin geblättert hatte. »Warum haben Sie mich angerufen?«

Sophie wurde schwindelig, und sie stand auf. »Ich glaube, ich muss einen Schluck Wasser trinken«, murmelte sie.

»Ich würde es zuerst eine Weile laufen lassen«, rief Ben, bevor er ihr in die Küche folgte. »Das Wasser ist zwar angestellt, aber ich weiß nicht, ob es schmeckt. Geht's Ihnen gut?«, fragte er, als sie sich an den Küchentisch setzten.

»Bin wohl ein bisschen hungrig.« Sie hatte nicht den geringsten Appetit, aber diese Begründung fiel ihr leichter, als zu erklären, wie es tatsächlich um sie stand.

Er steckte die Hand in seine Sakkotasche und bot ihr ein Pfefferminzdragee an.

»Danke.« Sie wickelte es aus und steckte es in den Mund. »Sie halten mich sicher für eine tolle Tochter.« Sophie konnte ihm nicht in die Augen sehen. *Warum muss jeder Augenblick so schwer sein?*

Ben musterte sie schweigend, und sie kam sich noch blöder vor, weil sie jedes Mal so ein nervliches Wrack war, wenn sie sich trafen. »Wie geht es meiner Mutter?«, fragte sie. Sie schob den Pfefferminzbonbon im Mund herum und fuhr die drei sich überschneidenden Wasserringe auf dem Eichentisch mit dem Finger nach. *Nimm einen Untersetzer, Sophie. Dieser Tisch hat deinen Dad viel Geld gekostet.*

Sie hatte vor langer Zeit bewusst damit aufgehört, sich Gedanken um das Wohlergehen ihrer Mutter zu machen. Sich zu fragen, ob sie genug Decken hatte oder Geld für Snacks und Briefmarken auf ihrem Konto für den persönlichen Bedarf. Und sie hatte diese hartherzige Entscheidung mit Argumenten gerechtfertigt wie: *Wen kümmert es schon, ob sie sich einen Schokoriegel kaufen kann? William hat nie einen zu kosten gekriegt.*

Doch jetzt, da die Möglichkeit einer unrechtmäßigen Verurteilung ihrer Mutter sich wieder in ihr Bewusstsein geschlichen hatte, meldete sich auch das schlechte Gewissen. Selbst wenn sie all ihre Gedanken auf Max richtete oder die Benefizveranstaltung oder Thomas, lauerten darunter stets Schuldgefühle, weil sie ihren Tochterpflichten nicht nachgekommen war. Traurige Bilder von ihrer Mom, die zusehen musste, wie die anderen Insassinnen Mikrowellen-Popcorn im Aufenthaltsraum aßen, oder deren Zehen blau wurden vor Kälte, wenn die Temperaturen fielen, weil Sophie keine Lust gehabt hatte, ihr Geld für dickere Socken zu schicken.

»Gerechtigkeit für William« – dieses Motto hatte ihr bislang beim Vergessen geholfen, doch jetzt … Sie hatte das noch nicht ganz verdaut.

»Sie hält sich tapfer. Ist keine, die so leicht aufgibt.«

»Weiß sie, dass Sie mich gefunden haben?«

»Ich habe es ihr noch nicht gesagt. Ich wusste nicht wie, vor allem, wenn Sie sie nicht sehen wollen?« Er sprach den Nebensatz als Frage aus, und sie spürte, wie er sie forschend ansah.

»Ich bin schwanger«, platzte sie heraus. Der Todeszellenanwalt ihrer Mutter war der erste Mensch, dem sie es anvertraute.

»Sind Sie deshalb hier? Weil Sie es Ihrer Mutter sagen wollen?« Ben trommelte mit den Fingern auf den Tisch.

»Es hat damit zu tun, weshalb ich glaube, dass meine Mutter unschuldig sein könnte. Ich … ich habe herausgefunden, dass mein Bruder William alle Symptome einer seltenen Stoffwechselkrankheit hatte.«

Ben klappte den Ordner zu, den er aus dem Schlafzimmer mitgebracht hatte. »Fahren Sie fort.«

»Ich hab meinem Gynäkologen gesagt, dass ich einen Bruder hatte, der im Säuglingsalter gestorben ist. Niemand sonst weiß davon.« Ihre Wangen begannen zu brennen. »Ich hab mich geschämt, es jemandem zu erzählen.«

Ben schubste eine Schachtel mit vergilbten Papiertaschentüchern zu ihr hin. »Sie haben die Situation bewältigt, so gut Sie es damals konnten.«

Sie lächelte ihn halbherzig an. »Ich hab mich schäbig verhalten und will es wiedergutmachen. Das heißt, falls es noch nicht zu spät ist.«

»Ich kann einen Besuch arrangieren, das auf jeden Fall, aber ich weiß nicht, ob wir Ihrer Mutter gleich schon von Ihrer Theorie erzählen sollten.«

»Was meinen Sie? Sie haben doch gesagt, dass Sie sie für unschuldig halten. Vielleicht können wir endlich beweisen, dass sie meinen Bruder nicht umgebracht hat.«

»Ich bin gestern nach Ihrem Anruf die ganze Nacht aufgeblieben und habe die Unterlagen aus zig Jahren zum hundertsten Mal durchgesehen. Die erste Anwältin Ihrer Mutter hat furchtbar schlecht gearbeitet, aber ich fürchte, nicht schlecht genug, als dass es für einen neuen Prozess reichen würde.«

»Man wusste es damals nicht«, beharrte Sophie. »Man hatte keine Ahnung von dieser Krankheit, die mein Bruder wahrscheinlich gehabt hat. Niemand wusste davon. Mein Arzt sagt, es gab damals noch nicht die entsprechenden Diagnosetests.«

Sie kippte den restlichen Inhalt der Kiste, die Ben mitgebracht hatte, auf den Tisch wie zur Bekräftigung, dass darin etwas war, das den Namen ihrer Mutter reinwaschen würde.

Ben nahm sich die alten gelben Anwaltsblöcke vor, während Sophie einen Haufen abgestempelter Dokumente nach irgendetwas Offiziellem von der Gerichtsmedizin durchforstete.

»Wann ist Ihr Vater noch mal gestorben?«, fragte Ben, in einigen alten Seiten blätternd.

»Ende November.« Sophie legte ihren Stapel Papiere auf dem Schoß ab und rieb sich die Augen. »Mein Dad starb in der Nacht des achtundzwanzigsten November, irgendwann, nachdem ich ins Bett gegangen war. In meinem letzten Jahr auf der Highschool.«

Ben legte den Block ab und griff rasch zu einem anderen. »Donnerstag, achtundzwanzigster November.« Er fuhr mit dem Finger die Seite hinunter. »Ich glaube, ich hab etwas gefunden.«

Sophie hörte mit dem Reiben auf und rückte mit ihrem Stuhl an ihn heran. »Wo? Was haben Sie?«

»Freitag, dreißigster November. Dr. H. Robinson«, las er und sah auf. »Ihr Vater hätte einen Dr. H. Robinson anrufen sollen?«

Grace

Wusstest du, dass es am Tag deiner Geburt sechsundzwanzig Neugeborene auf der Station gab? Du warst Nummer siebenundzwanzig. Unsere Nummer siebenundzwanzig. Wir bewunderten dich vom Fenster aus, nachdem man dich zurück in den Säuglingssaal gebracht hatte. Dein Daddy riss die Arme hoch wie im Triumph, und ich sah mich im Gang um, ob auch andere Mütter von diesem ehrfürchtigen Staunen ergriffen waren.

Die meisten Babys weinten, aber nicht du, Sophie – du warst vollkommen zufrieden. Was auch um dich herum geschah, du warst mit dir und der Welt im Reinen. Eingemummelt in eine rosa-weiße Decke, deine Schlummi, wie du sie später genannt hast.

Du hättest deinen Vater mal sehen sollen! Wie er die Daumen in die Gürtelschlaufen hakte und sich in die Brust warf. »Na, wie haben wir das gemacht? Von all den Babys hier ist unseres das schönste.«

Wenn du nur wüsstest, wie viel diese kleinen Momente mir bedeuteten.

xoxoxoxo

24. Dezember. »Lassen Sie sich Asianudeln mit Shrimps und Frühlingsrollen von Ihrem Lieblings-Chinaimbiss schmecken, während Sie die noch in letzter Minute besorgten Weihnachtsgeschenke einpacken.«

Wäre ich besser nie geboren worden? Das habe ich mich oft gefragt, viel öfter, als ich zugeben möchte. Immer wieder spule ich in Gedanken die Minuten vor Williams Tod ab. Mein zappeliges Baby mit seinem ansteckenden Glucksen – und dann plötzlich schlaff und ausgelaugt, direkt vor meinen hilflosen Augen. Wenn ich eine bessere Mutter gewesen wäre, eine einfühlsamere, aufmerksamere, hätte ich vielleicht doch noch etwas tun können. Vielleicht hätte ich ihn doch noch einmal zum Arzt bringen sollen …

Ich begreife seinen Tod nicht. Ich werde ihn wohl nie begreifen. Warum er plötzlich meine Brust verweigerte und nur noch aus der Flasche saugte. Warum er todkrank wurde, wenn ich ihm sein Fläschchen gab. Warum er alles wieder erbrach und seine kleine Brust sich so krampfhaft zusammenzog. Der Arzt sagte, ich solle mir keine Sorgen machen, das würde schon wieder in Ordnung kommen und William habe doch etwas zugenommen. Er versprach mir, dass seine schläfrigen Augen wieder wach blicken würden, dass sein Glucksen zurückkommen würde.

Mein Tun oder Nichttun geschah nicht in böser Absicht. Keine Mutter könnte ihr Kind mehr lieben, als ich William geliebt habe. Aber meine Liebe genügte nicht. Ich habe durch meine Unzulänglichkeit bei ihm versagt, habe auch bei dir und Paul versagt.

Carmen bemerkte meine schlechte Stimmung und sagte, ich solle nicht so ein Gesicht ziehen. »Noch bist du nicht tot«, rief sie, als ich in den Aufenthaltsraum kam. Sie saß mit Jada am Tisch, wo sie durchsichtige Ziploc-Beutel mit kleinen Geschenken von draußen öffneten. Probenpackungen mit Zahncreme, Shampoo und Handlotion, dazu Erdnusscracker und Skittles-Kaudragees. Eine rote Schleife schmückte jeden Beutel.

»Ich schätze, die Kirchendamen haben die Mitteilung über die Zahnbürsten nicht bekommen«, sagte Carmen, auf die normal großen Zahnbürsten deutend, die konfisziert worden waren und nun auf dem Pult des diensthabenden Aufsehers lagen. »Na, vielleicht putzt er sich jetzt mal die Zähne«, sagte sie so laut, dass er es hörte.

Jedes Jahr bekamen wir ein Paket von den Kirchenkreisfrauen der Lutheran Church von Lake Terrace. Ich stellte mir vor, wie sie zusammensaßen und die Beutel füllten. »Bei Walmart gab es Erdnusskekse und Shampoo im Sonderangebot. Alles wirklich sehr günstig.«

Carmen warf mir meinen Beutel zu. »Du bist wohl was Besonderes. Bei dir ist dieses Jahr ein handgeschriebener Zettel drin.«

Ich hatte immer noch kein Wort mit ihr gesprochen, seit sie Roni so reingeritten hatte. Dabei wusste ich, dass ich meinen eigenen Ratschlag an Sophie beherzigen sollte: Wähle Liebe und Vergebung.

Stattdessen setzte ich mich mit dem Rücken zu ihr an einen anderen Tisch.

»Du gibst mir doch wohl nicht die Schuld an der Sache mit Roni, oder, Grace?«

Bei ihrem scharfen Ton zuckte ich zusammen. Ich musste antworten. Jada bekam es offenbar mit der Angst zu tun, denn sie verdrückte sich ans andere Ende des Raums.

»Du hast gelogen.« Ich bemühte mich, ruhig zu sprechen, weigerte mich aber einzulenken.

Carmen kam auf mich zu. »Du blödes Miststück!« Ihre schmalen Lippen waren nur noch ein Strich.

Ich stand auf und merkte erst jetzt, wie frei sich meine Beine endlich wieder anfühlten.

»Nenn mich, wie du willst, aber gib es wenigstens zu. Du hast gelogen, und deshalb darf Roni möglicherweise jetzt nie ihren Vater sehen.«

»Komisch, ich hab keinen Protest von Schwester Grace gehört«, spuckte sie zurück. Wir standen uns so dicht gegenüber, dass ich ihre Zunge sehen konnte. Sie hatte orangefarbene Skittles gegessen. »Unsere ach so heilige Kindsmörderin hat ihr selbstgerechtes Maul gehalten.«

Jada räusperte sich. Der Officer an der Tür beobachtete uns mit der Hand am Gürtel.

»Du hast recht. Ich bin genauso schuld wie du.«

Carmen warf siegreich ihren Kopf zurück.

»Wir müssen Roni beide um Verzeihung bitten«, sagte ich.

Der Officer kam herbei. »Setzen Sie sich wieder, Ladys, oder gehen Sie zurück in Ihre Zellen.«

Carmen grunzte zuerst mich an, dann ihn. Wir

setzten uns an verschiedene Tische. Ich cremte mir die Hände mit Lotion ein. Carmen aß noch mehr Skittles.

Wähle Liebe und Vergebung. Manchmal hasste ich Pauls Predigten.

Niemand wollte mir sagen, ob Roni überlebt hatte. Die Wachhabenden antworteten nicht, wenn ich sie danach fragte, und Ms Liz war seitdem nicht mehr hier gewesen.

Ich sah die Lokalnachrichten, die einen Einbruch im Motel 6 meldeten, das gleich vor den Gefängnistoren lag, sowie einen Autodiebstahl, der in der vorangegangenen Nacht passiert war, während die Fahrerin, eine ältere Frau, Benzin tankte. Nichts von einer Fünfundzwanzigjährigen, die versucht hatte, sich zu erhängen, weil sie sich sehnsüchtig gewünscht hatte, an Weihnachten endlich ihren leiblichen Vater kennenzulernen.

Ich betete darum, dass es Roni gut ging. Dass sie in einem Krankenhausbett irgendwo außerhalb dieser Mauern lag, alte Folgen von *Friends* sah und von einem besseren Leben träumte. Dass eine freundliche Schwester vielleicht sogar Mitleid mit ihr hatte, den nächsten Angehörigen benachrichtigte und ihren Vater heimlich zu einem Besuch hereinschmuggelte. Der ihr zärtlich über die Haare strich. »Es wird alles gut, Daddy ist hier. Ich finde einen Weg, um dich aus diesem Schlamassel herauszuholen.«

An Weihnachten stand mir ein Anruf zu. Das Büro meines Anwalts würde nicht besetzt sein, aber vielleicht würde ich trotzdem dort anrufen, und sei es nur, um das Telefon klingeln zu hören.

Ich drehte den oberen Teil des letzten mit Erdnussbutter gefüllten Doppelkekses ab, ehe ich die Nachricht einer namenlosen Frau las, die sich die Zeit genommen hatte, an mich zu denken. Mein Name stand in Schönschrift auf dem gefalteten weißen Umschlag in dem Beutel.

Ich wollte Ihnen nur sagen, dass Sie an diesen Feiertagen nicht allein sind. Zumindest nicht im Geiste. Ich bete für Sie, seit ich in der Zeitung von der Ablehnung Ihres letzten Berufungsgesuchs gelesen habe. Geben Sie die Hoffnung nicht auf. Derselbe Gott, der immer bei Ihnen war, ist auch jetzt bei Ihnen.

Den letzten Satz las ich mindestens dreimal, ehe ich das Blatt wieder zusammenfaltete und zwischen die Seiten meiner Bibel steckte. Des Buches, das in den Händen zu halten ich mich nicht mehr würdig fühlte.

»Gott, wenn du mich überhaupt hörst – hilf bitte Roni.«

Und dann bat ich ihn, seine schützende Hand über Sophie zu halten.

Sophie

Sophie fand sich auf einer Bank in der Gepäckausgabehalle eines Flughafens wieder, der eine Dreiviertelstunde Autofahrt von Brookfield entfernt lag, und das an Heiligabend. Ben war losgegangen, um ihr einen entkoffeinierten Kaffee zu holen, und brachte noch zwei große Weihnachtsplätzchen und einen Brownie mit extradunkler Schokocremefüllung mit.

»Sie müssen für zwei essen«, sagte er, als er die Auswahl in die Höhe hielt.

Ich wette, er ist ein guter Dad, dachte sie und nahm sich ein Plätzchen und den halben Brownie. »Schätze, ich hab tatsächlich ein bisschen Hunger.«

Ein paar Stunden zuvor hatte er sich ihren detailgenauen Bericht über ihr Gespräch mit Jack angehört. »Das kann alles bedeuten oder nichts«, hatte er bemerkt, als sie fertig war. Dann hatte er mit seinem Handy die Nummer gewählt, die ihr Vater unter Dr. H. Robinsons Namen geschrieben hatte. Gleich nach dem ersten Klingeln meldete sich eine Automatenstimme: »Der Anschluss mit dieser Nummer besteht nicht mehr. Falls Sie die Nummer irrtümlich gewählt haben, legen Sie bitte auf und wählen Sie erneut.«

»So etwas dachte ich mir schon«, sagte Sophie.

»Dann rufe ich jetzt einen Detective bei der Kriminalpolizei an, den ich kenne. Falls Dr. H. Robinson noch unter uns weilt, findet er ihn.«

Innerhalb von wenigen Minuten hatte Ben die Mobilnummer eines Herrn in Seattle, der vielleicht, vielleicht auch nicht vor siebzehn Jahren ein medizinisches Labor auf der anderen Seite des Landes betrieben hatte. »Drücken Sie die Daumen, dass er es ist«, sagte er zu ihr, während er wählte.

»Mache ich schon.« Sie hielt ihre Fäuste hoch, damit er es sah.

»Hallo, hier ist Henry.« Ben stellte den Lautsprecher an.

»Guten Tag, mein Name ist Ben Taylor. Ich bin auf der Suche nach einem Dr. H. Robinson.«

»Das bin ich, aber ich heiße heute nur noch Henry. Ich bin seit fünf Jahren im Ruhestand.«

»Darf ich Sie fragen, ob Sie einmal einen Paul oder eine Grace Bradshaw gekannt haben?«

»Bradshaw?«, wiederholte er. »Der Name sagt mir irgendwas. Wer spricht da noch mal?«

»Ben Taylor. Ich bin Rechtsanwalt und vertrete Grace Bradshaw. Sie sitzt in der Todeszelle, weil sie ihren kleinen Sohn vergiftet haben soll.«

»Ach ja, das ist lange her. Ein Fall in South Carolina, jetzt erinnere ich mich. Ihr Mann, äh, wie hieß er noch mal?«

»Paul. Paul Bradshaw.«

»Ach ja, ein großer Mann mit Brille. Er bat mich,

einige unabhängige Labortests durchzuführen. Ich hatte die Ergebnisse, aber er hat sich nie mehr gemeldet.«

»Was für Labortests genau?« Ben trommelte mit den Fingern auf die Rückseite seines Handys. »Erinnern Sie sich noch daran?«

»Darauf können Sie Ihr rotnasiges Rentier verwetten.« Ben verdrehte die Augen und warf Sophie einen Blick zu, der besagte: Ich hoffe, dieser Typ ist nicht plemplem. »Ethylenglykol. Ich hab das Babyfläschchen des Kindes untersucht.«

Ben zeigte Sophie den erhobenen Daumen. »Wie bald kann ich Sie befragen? Persönlich, meine ich.«

Dr. Robinson seufzte und schnalzte laut mit der Zunge. »Ich komme erst in ein paar Wochen wieder. Fliege mit meiner Cessna über die Feiertage nach Florida, um Verwandte zu besuchen.«

»Ich fürchte, so lange können wir nicht warten«, erwiderte Ben. »Grace soll im Februar hingerichtet werden.«

Sophie hörte den Doktor etwas zu jemandem im Hintergrund murmeln. *An Heiligabend?*, rief eine weibliche Stimme.

»Ich fliege nachher los. Muss irgendwo zwischenlanden und auftanken.« *Sag ihnen, dass wir was vorhaben!* »Wie weit sind Sie vom nächsten Flughafen entfernt?«

Ben sagte es ihm, und Dr. Robinson fragte: »Können wir uns heute Abend gegen acht dort treffen?«

Ben tunkte sein Plätzchen in seinen Kaffee, während Sophie in einer Broschüre der Handelskammer über die »Hauptattraktionen von Brookfield« blätterte. Die heruntergekommene, überdachte alte Brücke am Stadtrand wurde darin nach Art eines Hochglanzreisemagazins als ein unbedingtes Muss hingestellt.

Ben stand auf, um sich zu strecken, und sah auf seine Uhr: 20:27.

»Danke, dass Sie Ihre Feiertagspläne über den Haufen geworfen haben«, sagte Sophie zu ihm. Sie wollte ihn fragen, wie seine Kinder die Nachricht aufgenommen hatten, doch dann fragte er sie vielleicht nach Thomas, und darauf hatte sie keine Antwort.

»Danke, dass Sie mir einen guten Grund dafür gegeben haben.« An seinem aufrichtigen Ton merkte sie, dass ihm wirklich etwas an ihrer Mutter lag.

»Mr Taylor?« Ein Mann mit einem gepflegten silbergrauen Bart und einem in die Hose gesteckten grün-weißgestreiften Golfshirt kam von hinten auf sie zu. »Entschuldigen Sie die Verspätung. Der Gegenwind ist ein bisschen stärker in dieser Richtung. Ich bin Henry Robinson.«

»Ben Taylor.« Ben gab ihm die Hand. »Das ist Sophie Logan, Graces Tochter.«

»Schön, Sie beide kennenzulernen«, sagte er. »Ich hab alle Aufzeichnungen mitgebracht, die ich finden konnte, aber wie ich Ihnen schon am Telefon sagte – es ist ziemlich lange her.«

»Wir sind für alles dankbar, das Sie uns geben können.« Sophie bemerkte das Abzeichen des Augusta-

National-Golfclubs auf seinem Poloshirt. »Das Masters-Turnier?«, fragte sie.

»Wir fahren jedes Jahr hin«, sagte er. »Spielen Sie auch Golf?«

»Mein Mann. Wir waren ein paarmal dort.« Möglicherweise hatten Thomas und sie sogar am Amen Corner neben ihm gestanden.

»Ich hab damals versucht, Ihren Vater zu erreichen, um die Ergebnisse mit ihm zu besprechen, aber er hat mich nie zurückgerufen.«

»Er ist gestorben«, erklärte Sophie. »An einem Herzinfarkt. Ben hat Ihren Namen in seinen Notizen gefunden.«

»Aha, das erklärt es«, sagte Dr. Robinson. Er öffnete seine Aktentasche und holte eine Mappe heraus.

»Er wusste nichts davon?«, fragte Sophie, nachdem sie die Zusammenfassung der Ergebnisse gelesen hatte, die den Verdacht ihres Vaters bestätigten. *Die Untersuchung der Flasche ergab keinen Nachweis von Ethylenglykol (dem aktiven Bestandteil von Frostschutzmittel).*

»Er wusste es nicht«, bestätigte Dr. Robinson.

Ihr Vater hatte nie daran gezweifelt, dass seine Frau unschuldig war. Er hatte kein Stück Papier zum Beweis gebraucht.

»Ich habe die Ergebnisse an die Staatsanwaltschaft geschickt, aber nie etwas von dort gehört. Nach einer Weile hörte ich auf nachzuhaken.«

»Grace hat mich nach Pauls Tod engagiert, um ihre Berufungsgesuche für sie einzureichen«, erklärte

Ben. »Ich habe eine Kopie der Analysen, welche die Staatsanwaltschaft in Auftrag gegeben hatte. Sie verzeichneten Spuren von Ethylenglykol in jedem der untersuchten Fläschchen, und die Polizei fand Scheibenwischerflüssigkeit unter der Küchenspüle der Bradshaws.«

Sophie wusste nicht, worauf er hinauswollte, doch er fuhr fort: »Die Autopsie von Williams Gehirn erhärtete den Verdacht. Die Aussagen der Sachverständigen ließen auf Mord schließen.«

Sie versuchte, das Bild von Williams geöffnetem Schädel und seziertem Gehirn aus ihrem Kopf zu bekommen. Das klang alles so überzeugend. Hatte ihre Mom William vergiftet?

Ben sah, wie sie die Fäuste ballte. »Ich spiele hier jetzt den Advocatus Diaboli, aber wir brauchen eine andere Erklärung, um das alles zu widerlegen.«

»Ich habe dieselbe Flasche untersucht wie die von der Staatsanwaltschaft beauftragten Labors. Ich kann Ihnen garantieren, dass es keine Spuren von Scheibenwischerflüssigkeit gab.« Er reichte Ben einen zweiten Bericht. »Ich habe mir die Prozessprotokolle angesehen, die Ihr Vater mir gegeben hatte. Die Verteidigung Ihrer Mutter war äußerst nachlässig. Die vom Krankenhauslabor durchgeführte Analyse von Williams Blut zum Beispiel« – Henry zog ein weiteres Blatt aus seiner Mappe – »war absolut inakzeptabel.«

Er schüttelte den Kopf, während Ben den Befund durchlas. »Was man sieht und was man findet, hängt sehr davon ab, auf welcher Seite man steht. Herrgott, man könnte Frostschutzmittel in meinem Becher Kaffee hier finden, wenn man diese überholten chromatografischen Techniken anwendet. Ich hätte Williams Blut noch einmal getestet, wenn ich eine Probe gehabt hätte, und einen anderen Rechtsmediziner hinzugezogen, um den Geschworenen ein anderes Bild zu vermitteln.«

Sophie schloss die Augen und atmete ein paarmal tief durch, um sich zu beruhigen.

Sie wollte auf irgendetwas einschlagen, jemanden verantwortlich machen. Doch wie sie es auch drehte und wendete – letztendlich zeigten alle Finger auf sie. Sie hätte ihre Mom nicht aufgeben dürfen. Sie hätte zu Ende bringen müssen, was ihr Dad angefangen hatte.

»Ich hätte mir die Unterlagen meines Vaters genauer ansehen sollen.« Sie musste sich zwingen weiterzusprechen. »Dann hätte ich wahrscheinlich Ihre Nummer gefunden und Sie viel früher kontaktiert, Dr. Robinson. Meine Mutter hat siebzehn Jahre lang die Hölle durchgemacht. Das ist alles meine Schuld.«

Ben versuchte sie zu trösten. »Sie waren noch ein Teenager. Im Übrigen hätte ich auch schon viel früher Nachforschungen in diese Richtung anstellen sollen.«

Sophie starrte ihn an und zuckte dann die Achseln. Viel leichter, jemand anderem zu verzeihen als sich selbst. Aber sie hatten jetzt keine Zeit für »Was wäre gewesen, wenn« und »Hätten wir doch«.

»Meine Mutter braucht uns jetzt.«

»Da haben Sie recht«, sagte Ben. »Wir müssen stark für Ihre Mom sein und stark für ihr Enkelkind.«

Sophie nickte und legte unwillkürlich eine Hand auf ihren Bauch. »Dr. Robinson, halten Sie es für möglich, dass mein Bruder an einer Stoffwechselkrankheit gestorben ist?«

»Einer Stoffwechselkrankheit?« Die Falten auf seiner Stirn vertieften sich. »Daran hatte ich noch gar nicht gedacht, aber es würde vieles erklären.« Er legte seine Hand auf Sophies und sah sie an. »Ich wüsste vielleicht einen Weg, das herauszufinden.«

Grace

Ein Tablett mit einem hartgekochten Ei, einem Becher Obstsalat und einer einzelnen Schweinsfrikadelle glitt durch meine Tür, um zur Feier meines siebzehnten und letzten Weihnachtens im Todestrakt beizutragen. Ich hatte nicht viel Appetit und blieb in meiner Zelle, wo ich die Zeit damit zubrachte, mir jedes einzelne Weihnachten in Erinnerung zu rufen, seit Paul und ich eine Familie gegründet hatten.

Daddy, der dein rosa Schwinn-Rad zusammenbaute, nachdem ich dich ins Bett gebracht und dir das Versprechen abgenommen hatte, tief und fest zu schlafen. Die weißen Seiten der Bauanleitung in verschiedenen Sprachen auf dem Fußboden ausgebreitet, sein Hammer, Schrauben in jeder Größe und ein Inbusschlüssel ordentlich aufgereiht auf dem Couchtisch.

Ich blieb in der Küche, nagte die Enden von Karottenstreifen an, um die Abdrücke von Rudolphs Zähnen zu imitieren, und biss die beiden Oreo-Kekse an, die du vor dem Schlafengehen herausgelegt hattest. Dann schüttete ich die Hälfte von dem Glas Milch für Santa in den Ausguss.

Am nächsten Morgen, während du geradewegs zum

Baum ranntest, riefen wir dir aus der Küche zu: »Sieht aus, als hätte dein Imbiss Santa und seinem Rentier geschmeckt.« Du liefst herbei, um nachzusehen.

Wenn ich noch genug Energie hatte, zupfte ich einen Wattebausch auseinander und brachte kleine Wattefetzchen am Kamingitter an. »Der arme Santa muss sich wieder den Hosenboden aufgerissen haben.« Du hüpftest kichernd herum. »Dummer Santa!«, sagtest du.

Letzte Nacht habe ich geträumt, dass wir alle zusammen in einem Bett lägen. Ich auf der einen Seite, du und William in der Mitte und Paul auf der anderen Seite. Im Haus war es still, kein Fernseher an. Nur wir vier, die wir dort lagen. Ich hörte dich atmen und fühlte Williams Ärmchen meinen Arm streifen. Es war, als stünde die Zeit still, als könnte uns nie etwas passieren. Ich empfand vollkommenen Frieden.

Als ich heute Morgen aufwachte, allein, immer noch im Todestrakt, um mich herum der Lärm der brüllenden Aufseher und der scheppernden Zellengitter, fühlte ich mich, als wäre das letzte bisschen Leben, das ich noch in mir habe, aus mir herausgesaugt worden. Der Friede meines Traums war verschwunden, und das Chaos meiner Wirklichkeit überfiel mich wieder.

Früher habe ich jeden Abend, wenn ich die Augen schloss, zu Gott gebetet, dass er mich wieder mit meiner Familie vereinen möge. Diese kurzen Träume halfen mir zu überleben, halfen mir, die langen Stunden zu überstehen, in denen meine Augen gezwungenermaßen offen waren.

Manchmal beneide ich Jada. Sie bleibt für sich. Sie

hortet ihre Brotscheiben von den Mahlzeiten und formt kleine Zootiere daraus. Die Giraffe weiß mehr über sie als ich. Sie schafft sich ihre eigene Realität, in der sie mit ihrer Familie zusammenlebt.

Es heißt, dass man sein Leben wie im Zeitraffer vor sich ablaufen sieht, bevor man stirbt. Schnipsel aus großen und kleinen Momenten wie »Es ist ein Mädchen« oder »Er hat deine Nase« oder »Natürlich will ich dich heiraten« und »Gib nicht auf, wir stehen das zusammen durch«. All die vielen Ereignisse, die uns erheben oder niederschmettern oder zu Tode langweilen, alle miteinander zu der Geschichte unseres Lebens verwoben.

Die meisten Menschen neigen dazu, sich nur an das Herausragende zu erinnern. Das »Ja, ich will« und das »Ich will nicht mehr« oder auch das Glücksgefühl, das sie hatten, als sie sich zum ersten Mal auf Wasserskiern aufrichteten. Mir geht es genauso, aber wenn ich auf meine neunundvierzig Jahre zurückblicke, waren die wichtigsten Momente für mich nicht die Ereignisse an sich, sondern die Augenblicke danach. Wenn ich am Ende eines langen Weihnachtstags mit dir im Bett kuschelte, der Boden übersät von zerknülltem Geschenkpapier und aufgerissenen Schachteln, der Kartoffelbrei am Topfrand klebend, meine ganze Energie verbraucht, und du mich ansahst und fragtest: »Mommy, hattest du schöne Weihnachten?«

Die Beziehungen, die mich fertigmachten, waren es, die mich weiterbrachten. Die Umstände, die mich verrückt machten, spornten mich dazu an, besser zu werden. Solche Momente haben meine Seele geformt und meinen Geist gekräftigt. Sie sind es, an die ich mich erinnern will, diese kleinen Elemente, die so tief in mir eingeschlossen sind, dass sie zu einem Teil von mir wurden. Sie werden mit mir in die Ewigkeit gehen.

Lebe nicht für die großen Ereignisse. Halte inne und genieße die Momente danach.

Sophie

In diesem Moment, vermutete Sophie, saß Thomas mit seiner Familie am Frühstückstisch, und seine Mutter servierte ihm die traditionelle Weihnachtsbrunch-Quiche mit Würstchen und dreierlei Käse und den Auflauf aus Armen Rittern und Crème brûlée. Der Duft von frisch gebrühtem Cappuccino, der über allem lag, war ihr immer das Liebste gewesen.

Vivianne würde fragen: »Wo ist Tante Sophie? Sie hat versprochen, mir die Fingernägel zu lackieren.« Wie sie Thomas kannte, würde er ihr antworten, dass Tante Sophie sich nicht gut fühle, Ruhe brauche und ihn gebeten habe, ohne sie nach Charleston zu fahren. Sie stellte sich vor, wie seine Mom bei seiner Erklärung die Augenbrauen hob und sein Dad skeptisch über seine Gleitsichtbrille hinwegblickte.

Sie widerstand dem Drang, ihn anzurufen oder ihm eine SMS zu schreiben, weil sie nicht wusste, was sie sagen sollte. »Hey, ich habe tolle Neuigkeiten. Meine Mom, die du für tot gehalten hast, ist zwar nicht tot, aber sie könnte unschuldig sein.« Keine Formulierung erschien ihr auch nur halbwegs angemessen. Doch sie würde ihm bald sagen müssen, dass sie schwanger war. Er verdiente es zu erfahren, dass er Vater wurde.

Nach dem Treffen mit Dr. Robinson hatte Ben ihr sein Gästezimmer angeboten. Der Gedanke, wieder in dem einzigen Bed & Breakfast von Brookfield zu übernachten und am Weihnachtsmorgen von einer Duftmischung aus Katzenstreu und ranzigem Speck geweckt zu werden, machte ihr die Entscheidung leicht. *Wenn kümmert's, was die Leute denken*, sagte sie sich und nahm die Einladung bereitwillig an.

Sie mussten sich ranhalten und einen Plan entwerfen, damit ihre Mutter noch eine Chance hatte, entlastet zu werden. »Auch wenn wir beide von der Unschuld Ihrer Mutter überzeugt sind«, hatte Ben sie gewarnt, »müssen wir zuerst den Gouverneur dazu bringen, sich unsere neuen Erkenntnisse anzuhören.« Er seufzte. »Die Wahrscheinlichkeit ist gering, dass er das tut.«

»Misserfolgsquote von hundert Prozent, wenn wir es nicht versuchen«, hatte sie erwidert, was er mit einem Lächeln quittierte.

Die Chancen standen schlecht – das hatte auch Dr. Robinson deutlich gemacht. Nachdem er dazu gekommen war, ein paar Recherchen über die Krankheit anzustellen, hatte er sie angerufen. »Die Stoffwechselkrankheit, die William möglicherweise gehabt hat, die sogenannte Isovalerianazidämie, kurz IVA, ist selten, sie kommt etwa einmal unter fünfundsiebzigtausend vor. Zu der Zeit, als Ihr Bruder geboren wurde, hat man sie noch gar nicht diagnostiziert.«

Er versicherte sich, dass sie ihm folgen konnte, ehe er fortfuhr.

»Ihre Eltern müssten beide Konduktoren, also Überträger, gewesen sein, damit es zu dieser Erkrankung bei William kommen konnte, Sophie. Da Sie die Krankheit nicht haben, besteht eine fünfzigprozentige Wahrscheinlichkeit, dass auch Sie eine Überträgerin des defekten Gens sind, beziehungsweise eine fünfundzwanzigprozentige Wahrscheinlichkeit, dass Sie vollkommen normale Gene haben. Babys, die mit IVA geboren werden, können Proteine nur äußerst schwer spalten. Ich vermute, dass William sich aus diesem Grund nach dem Trinken erbrochen hat. Ohne Behandlung kann es zu Krampfanfällen mit Todesfolge kommen. Heute ist der Defekt mittels einfacher Ernährungsanpassung und Medikamenten therapierbar.«

Eine Überträgerin. Mein Baby kann die Krankheit also auch haben? Jack hatte etwas von zusätzlichen Tests erwähnt, aber sie hatte nicht näher nachgefragt. Sie wickelte sich nervös eine Haarsträhne um die Finger.

Ben musste ihre Gedanken gelesen haben, denn er nahm ihre Hand und fragte Henry, den sie auf Lautsprecher gestellt hatte: »Wie machen wir jetzt weiter?«

»Ich würde gern Williams Blut untersuchen. Besteht die Chance, dass die Staatsanwaltschaft uns die Erlaubnis dazu erteilt?«

»Das habe ich schon versucht. Es waren keine Blutproben mehr übrig. Sämtliche Beweismittel sind entsorgt worden, ob Sie es glauben oder nicht.« Er trommelte wild mit seinem Stift auf sein Bein. »Könnten wir Williams Leiche zur Untersuchung exhumieren?«

Bei der Vorstellung, Williams letzte Ruhestätte zu stören, zwirbelte Sophie ihre Haare noch schneller.

»Ich glaube, das wird nicht nötig sein.« Ein Rauschen und Knistern störte die Verbindung.

»Können Sie bitte wiederholen, was Sie gesagt haben?«, bat Ben.

»Ich sagte, das wird nicht nötig sein. Wir können Grace testen. Das Gefängnis verfügt nicht zufällig über ein hochmodernes Gentest-Labor, oder?«

»Selbst wenn, die Berge von Anträgen, die gestellt werden müssten, um das durchzusetzen … das wäre nicht rechtzeitig zu schaffen.«

»Da Ihr Vater nicht mehr lebt, Sophie«, sagte Dr. Robinson, »was halten Sie davon, mir ein wenig Blut zu spenden?«

Sophie traf Ben in seiner Küche an, wo er Rühreier schlug. »Wie haben Sie geschlafen?«, fragte er.

»Nicht so gut.« Sie setzte sich an den Küchentisch. »All die Jahre unschuldig in der Todeszelle.«

»Das kommt öfter vor, als man denkt«, sagte er trocken. »Vollkorn oder weiß?«

»Vollkorn, bitte.«

Ben steckte zwei Brotscheiben in den Toaster. Er trug ausgewaschene Jeans und einen dunkelblauen Pullover. Seine Küchenarbeitsflächen waren tipptopp aufgeräumt, nur an dem Ende neben dem Kühlschrank saß eine Familie handbemalter Keramikhühner. Eine persönliche Note, die noch von seiner verstorbenen Frau stammte, vermutete Sophie.

»So haben Sie sich Ihren Weihnachtsmorgen wohl auch nicht vorgestellt«, bemerkte sie zu ihm.

Er reichte ihr ein Glas eiskalten Orangensaft. »Mein Geschenk wird eine rehabilitierte Grace Bradshaw sein, die das Gefängnis verlässt.« Er goss die Eier in eine Bratpfanne und tat ein paar Kettenwürstchen dazu. »Ich hoffe, Sie sind keine Vegetarierin.«

»Ich würde jetzt ein halbpfündiges Lendensteak essen, wenn Sie eins hätten. Dieses Baby verursacht mir einen Bärenhunger.«

»Ich habe eine Freundin angerufen, die Notfallärztin im hiesigen Krankenhaus ist. Sie ist nicht in der Stadt, aber sie meinte, das Ambulanzlabor im Brookfield General sei klein und unterbesetzt. Außerdem hat es heute sowieso nicht auf.« Er schaufelte Eier auf einen Teller. »Sie hat vorgeschlagen, dass wir uns an eine größere Einrichtung wenden, mit Laboranten, die auf Gentests spezialisiert sind. Ich habe vor, einen Genetik-Experten hinzuzuziehen, der die Ergebnisse interpretieren soll.«

»Welches Labor hat sie vorgeschlagen?«

Ben reichte ihr Butter und ein Glas Brombeermarmelade. »Das Duke. Ist das nicht bei Ihnen um die Ecke?«

»Allerdings«, sagte Sophie. Nun war es so weit, ihre beiden Welten prallten aufeinander.

Ben schaltete den Herd aus und tat ihr drei Kettenwürstchen und eine großzügige Portion Rührei auf den Teller.

»Also, wenn ich Dr. Robinson richtig verstanden

habe …« Sie gabelte einen Bissen von den Eiern auf. »Wenn ich normale Gene habe, können wir nicht beweisen, dass William diese Krankheit hatte.« Sie legte die Gabel ab und schob ihren Teller beiseite. »Und meine Mutter wird durch die Spritze sterben. Bin ich dagegen eine Überträgerin, könnte mein Kind das Gleiche haben, was William hatte.«

»Ich weiß.« Ben, der den Herd abgewischt hatte, drehte sich zu ihr um. »Ein echtes Dilemma.«

Nach einem Moment des Schweigens hob sie prostend ihr Glas Orangensaft. »Na dann, frohe Weihnachten.«

Ihren Sarkasmus ignorierend, setzte Ben sich zu ihr an den Tisch. »Aber Sie müssen es so oder so feststellen lassen. Was sagt Ihr Mann dazu?«

»Er weiß es nicht.«

»Das mit dem Test?«

»Alles.« Sie unterdrückte die Tränen. »Von der Schwangerschaft, von gar nichts.«

»Sie wollen ihn überraschen?« Ben machte große Augen. Sie sah ihm an, dass er hoffte, das möge der Grund sein.

Sie musste ihn enttäuschen. »Das wird ein ziemlicher Schock für ihn werden. Er weiß nicht einmal, dass ich einen Bruder hatte. Thomas glaubt, dass meine Mutter schon lange tot ist. Krebs. Das ist mir damals so rausgerutscht, als wir uns kennengelernt haben.«

Ben riss ein Küchentuch ab und hielt es etwas zu lange an seinen Mund. Sophie versuchte, seinen Gesichtsausdruck zu deuten. Verstand er sie, oder war er über sie entsetzt?

»Wie haben Sie das« – er legte das Küchentuch auf seinem Schoß ab – »all die Jahre geheim gehalten?«

»Lügen«, antwortete Sophie. »Eine Unmenge an Lügen.«

Bens Handy klingelte, doch er ging nicht ran. »Das muss eine schwere Bürde gewesen sein, die Sie da allein getragen haben.«

»Das war es.« Sie griff nach seinem Telefon, das mitten auf dem Tisch lag und noch immer klingelte. »Hier, sprechen Sie mit Ihren Kindern.«

Sie beobachtete, wie sein Gesicht sich aufhellte, als seine fünfjährige Enkeltochter ihm aufgeregt erzählte, was der Weihnachtsmann ihr alles gebracht hatte. »Und ich vermisse dich noch viel mehr«, sagte er. Dann: »Ich wünschte auch, ich könnte bei euch sein«, als sein Sohn ans Telefon kam. »Ja, ich weiß, ich muss schon einen verdammt guten Grund haben, um am Weihnachtsmorgen nicht bei meinen Kindern zu sein.«

Als er aufgelegt hatte, sagte Sophie: »Ben, würden Sie mir einen Riesengefallen tun? Können Sie mich bitte zu meiner Mutter bringen?«

Grace

Hab Nachsicht mit mir. Ich will nichts von dem, was passiert ist, vergessen, deshalb schreibe ich alles nacheinander auf. Du wirst es verstehen, wenn du zu Ende gelesen hast.

Am Weihnachtstag musste Carmen wieder stören …

»Ich will duschen«, schrie sie jedem zu, der es hören konnte. »Mein Mann ist bald hier, und ich rieche wie die Klospülung.« Niemand reagierte. Duschtag war gestern, sie würde heute nicht schon wieder dürfen.

»Grace«, schrie sie durch die verriegelten Zellentüren, »wann schneidest du mir die Haare?« Ich antwortete ihr nicht. Ich hatte vergessen, ihr zu sagen, dass mir meine Schönheitssalon-Privilegien entzogen worden waren.

Der Gefangenen ist es aufgrund ihres bevorstehenden Statuswechsels nicht mehr gestattet, außerhalb der Abteilung zu arbeiten, in der sie derzeitig untergebracht ist. *Gestelzte Verwaltungssprache, die nichts anderes bedeutet, als dass ich nicht mehr im Salon arbeiten darf, weil ich bald hingerichtet werde.*

Die Zellentüren gingen auf, und Carmen war immer noch am Toben. Sie kam mit einem Plastikkamm in der Hand herausgestürmt und rief: »Kannst du mir helfen, was damit zu machen?«

»Frohe Weihnachten«, sagte ich zu ihr und dann zu Jada, die von ihrer Zelle aus zusah.

»Ja, ja, dir auch, Grace«, antwortete Carmen, so freudlos es nur ging. »Jetzt toupier mir meine verdammten Haare, ehe mein Mann kommt.«

Ich nahm den Kamm und folgte ihr in den Aufenthaltsraum. Dabei warf ich einen Blick in Ronis Zelle. Vielleicht würden wir heute etwas erfahren.

»Jada, willst du mitkommen?«, fragte ich im Vorbeigehen.

»Nein, ich bleib lieber in meiner Zelle und mach mich fertig. Falls meine Kinder es schaffen, mich zu besuchen.«

Ich antwortete mit einem schiefen Lächeln, das so viel heißen sollte wie »Na sicher, klar doch«.

»Beeil dich, Grace.« Carmen fuchtelte mit den Händen um ihren Kopf herum. »Er wartet auf mich.«

Ich setzte den Kamm an und toupierte ihren Pony, bis er gerade in die Luft ragte. Ihre Haare wurden dünner, weshalb es schwer war, überhaupt Fülle hineinzubekommen. Nach ein paar Minuten vergeblicher Versuche sagte ich: »Du siehst hübsch aus.«

Sie schnappte sich den Kamm und ging zu dem ausgeschalteten Fernseher hinüber, um ihr Spiegelbild zu betrachten.

»Machen Sie sich bereit für die Leibesvisitation«, teilte der Aufseher uns mit, nachdem er den Hörer aufgelegt hatte.

Carmen quietschte, als hätte sie im Lotto gewonnen. »Ich geh als Erste!«

Ich winkte ab. Keine Leibesvisitation für mich und

Jada. Niemand würde kommen und Weihnachten mit mir verbringen.

Carmen verschwand hinter dem Vorhang, und ich ließ mich vor dem Fernseher nieder, um mir die Zeit mit irgendeiner Show zu vertreiben. Es gab eine Wiederholung der diesjährigen Westminster-Hundeausstellung. Ich deckte mich mit einer grauen Decke zu, die ich aus meiner Zelle geschleift hatte, und beschloss, dem Portugiesischen Wasserhund die Daumen zu drücken. Er erinnerte mich an Teddy, und er hatte so einen kecken Gang.

xoxoxoxox

»Bradshaw, wir haben nicht den ganzen Tag Zeit«, brüllte der Officer. »Bewegen Sie sich hier rüber, wenn Sie Ihren Besucher sehen wollen.«

Ich stellte den Ton leiser und vergewisserte mich, dass er mit mir sprach. »Ich habe Besuch?«

»Nicht, wenn Sie sich jetzt nicht ranhalten.«

Ich flog quasi durch den Raum, um mich durchsuchen zu lassen. Das musste ein Irrtum sein.

Vielleicht Ben? Ich hatte nichts mehr von ihm gehört, seit unser Telefonat unterbrochen worden war.

Zwei Aufseher führten Carmen und mich durch den Gang und durch eine Reihe von automatischen Kontrollpunkten. Meine Fußfesseln fühlten sich eng an, genauso wie meine Brust. Ich musste mich daran erinnern zu atmen.

»Wo bringen Sie mich hin?«, fragte ich den Officer, als wir an dem Kontrollpunkt für das Anwälte-Mandanten-Zimmer vorbeigegangen waren.

»Besucherbereich«, sagte er. Ich konnte mich nicht an den Weg erinnern. Ich war seit Jahren nicht mehr dort gewesen.

KONNTEST DU ES SEIN?

Ich brauchte ein Glas Wasser.

Der Officer öffnete per Summer ein paar Türen, die ich noch nie gesehen hatte.

»Nummer sechzehn«, sagte der Mann im Kontrollraum zu ihm.

»Nummer neun«, sagte er zu Carmens Aufseher.

»Du siehst zum Anbeißen aus«, sagte sie durch die Glasscheibe zu ihrem Mann, kaum dass sie sich gesetzt hatte.

Der Officer schloss meine Fußfesseln auf und zog den blauen Plastikstuhl ein Stück zurück, damit ich mich darauf setzte. Er befestigte die Metallmanschetten der Fesseln an den Stuhlbeinen und nahm mir die Handschellen ab.

Niemand saß hinter der Scheibe.

Ich sah den Officer fragend an, doch der schüttelte den Kopf. »Keine Ahnung. Ich tu nur, was man mir sagt.«

Das schwarze Telefon an der Wand war entfernt worden. Dickes Glas und Drahtgitter trennten mich nun von wem auch immer.

Nach einer endlosen Weile hörte ich einen anderen Officer sagen: »Sechzehn. Bradshaw ist in sechzehn.«

Meine Hände begannen zu kribbeln, als wären sie eingeschlafen. Ich schloss die Augen und betete, dass ich dich sehen würde, wenn ich sie wieder aufmachte.

Ich hörte das Scharren eines Stuhls. Als ich hinsah,

setzte sich ein junger Mann mir gegenüber. Er starrte mich durch die Scheibe hindurch an.

Ich senkte den Kopf. Ich wollte keine Interviews geben. Weder über mein Leben noch über meinen Tod. Schon gar nicht an Weihnachten.

»Ich habe kein Interesse an einem Interview«, sagte ich, um Höflichkeit bemüht. »Ich habe nichts zu sagen.« Dann schob ich meinen Stuhl zurück und machte dem Aufseher ein Zeichen.

»Sie hat die gleichen Grübchen wie Sie«, sagte der junge Mann.

Ich drehte mich wieder um und musterte ihn. Er war mir völlig unbekannt.

»Auch Ihre hohen Wangenknochen.« Er sah nicht gerade froh aus, als er das sagte, aber auch nicht wütend.

»Wer sind Sie?«

»Man hätte mich beinahe nicht hereingelassen«, sagte er und deutete mit dem Kopf auf den Kontrollraum. »Mein Bruder hat seine Beziehungen spielen lassen.« Er trug ein Tweedsakko und Jeans.

»Sind Sie mit Ben, meinem Anwalt, verwandt?« Er sah Ben nicht ähnlich. Größer und breiter in den Schultern und viel schlanker. Er trieb wohl viel Sport.

Er antwortete nicht, sondern starrte mich weiter an. Ich wusste nicht, ob ich mir die Haare gekämmt hatte.

»Ich konnte es nicht glauben, als ich davon erfuhr«, sagte er dann. »Ich musste erst selbst bei der Bezirksstaatsanwaltschaft anrufen.«

»Kenne ich Sie?«, formulierte ich meine Frage um.

»Ich wusste nicht, dass Sie am Leben sind«, sagte er

langsam und gedehnt, als bereitete es ihm Schmerzen, die Worte zu artikulieren. »Bis gestern.«

Ich saß steif und aufrecht, den Rücken an die Stuhllehne gepresst, und schielte zu den Aufsehern hin, ob sie uns noch im Blick hatten. Der Fremde zog ein Foto aus seinem Portemonnaie und hielt es an die verschmierte Scheibe. Er und seine Frau vor einer Kirche mit Buntglasfenstern und Spitzbögen. Er in einem schwarzen Smoking. Sie in einem eng anliegenden, perlenbestickten, langen weißen Kleid mit einem langen Brautschleier.

»Ich heiße Thomas Logan. Ich bin mit Ihrer Tochter verheiratet.«

Sophie

Ben fuhr ihr auf dem Weg nach Lakeland voraus und verlangsamte vor jeder Kreuzung, damit sie nicht hinter einer roten Ampel zurückblieb. *Ich kenne den Weg zum Gefängnis*, schrieb sie ihm schließlich per SMS, als sie wegen eines Unfalls halten mussten. Er schickte ein Emoticon in Form eines erhobenen Daumens zurück.

Sie wählte Thomas' Handynummer, sobald feststand, dass es eine Weile dauern würde, bis die Fahrbahn nach der Karambolage von vier Wagen vorn frei geräumt war. Vorsorglich schaltete sie die Freisprechfunktion am Lenkrad ein, da Multitasking mit ihrem hormonüberschwemmten Gehirn keine sichere Option war.

»Bitte hinterlassen Sie eine Nachricht«, meldete sich Thomas' Voicemail nach dem dritten Klingeln.

»Ruf mich an« war alles, was sie herausbrachte. Er musste wirklich beleidigt sein. Sie drückte wieder die Bluetooth-Taste und wollte gerade sagen: »Margaret Logan anrufen«, als ihr Handy einen eingehenden Anruf meldete.

»Sophie?«, sagte Mindy.

»Hallo, Mindy. Frohe Weihnachten.« Sie gab sich Mühe, natürlich zu klingen.

»Wo bist du? Thomas ist halb krank vor Sorge um dich.«

»Ich musste mal für ein paar Tage weg, einen klaren Kopf bekommen, weißt du.«

»An Weihnachten?«

»Ist merkwürdig, ich weiß, aber ich hatte ein paar Dinge zu erledigen.«

Mindy sagte nichts darauf, doch Sophie hörte einen der Zwillinge im Hintergrund nach Waffeln greinen und wusste daher, dass sie nicht aufgelegt hatte.

»Ich mache mir ebenfalls Sorgen um dich, Sophie. Man verschwindet nicht einfach so an Weihnachten, ohne dass was im Argen ist.« Mindy sprach gedämpft, aber freundlich.

Es ist was im Argen. Ich bin unterwegs, um meine Mutter zu besuchen, der die Todesspritze bevorsteht. Ich habe in all den Jahren nichts unternommen, um ihr zu helfen, weil ich ihr nicht geglaubt habe. Ich habe ihr nicht vertraut. Wenn sie sterben muss, ist das meine Schuld. Ganz allein meine Schuld.

»Ich erzähle dir alles, wenn ich zurück bin«, sagte sie schließlich. So gern sie sich Mindy anvertrauen wollte, sie konnte das nicht, ehe sie nicht Thomas alles gestanden hatte.

»Na gut«, sagte Mindy nach einer weiteren verlegenen Pause.

»Wie geht's meinem kleinen Jungen?«, fragte Sophie, um das Thema zu wechseln.

»Ich hatte heute keinen Dienst, aber die Schwester

vor meiner letzten Schicht meinte, seine Mom hätte ihn wieder besucht. Hat keinen Tag ausgelassen.«

»Ist das gut?« Sophie wusste nicht, was sie davon halten sollte.

»Liegt leider nicht in unserer Hand, die Entscheidung.«

Sophie wollte erwidern, dass die Leute, die solche Entscheidungen trafen, Idioten waren, dass sie nicht alle Fakten zusammentrugen, ehe sie ein endgültiges Urteil fällten und mit ihren gut gemeinten Grundsätzen das Leben unschuldiger Kinder verpfuschten, aber sie unterließ es. »Richte Max aus, dass seine Sosie ihn sehr vermisst.«

»Mache ich«, versprach Mindy.

»Danke, dass du dich nach mir erkundigt hast.«

»Gern geschehen«, sagte Mindy. »Versprich mir, bald nach Hause zu kommen.«

Nachdem sie sich voneinander verabschiedet hatten, beschloss Sophie, nicht bei den Logans zu Hause anzurufen. Sie wollte keine weiteren Fragen beantworten.

Das einzige Gespräch, auf das sie sich jetzt konzentrieren musste, war ein längst überfälliges. Das Gespräch mit ihrer Mutter.

Ben ließ sein Fenster herunter und zeigte einen Ausweis vor, der ihm Einlass ins Staatsgefängnis Lakeland gewährte. Sophie dagegen musste aussteigen und ihre Vorder- und Rücksitze von dem Beamten mustern lassen. Nachdem sie dem Uniformierten ihren Führerschein gezeigt hatte, winkte er sie durch.

Die Größe und das Abweisende der Anlage schüchterten sie immer noch ein. Früher hatte sie manchmal geträumt, dass sie auf der einen Seite des hohen Maschendrahtzauns stand und ihre Mutter auf der anderen, blutend aus Schnitten von den Rollen um Rollen Stacheldraht obendrauf. »Ich kann das Pflaster nicht finden«, hatte sie im Schlaf geschrien, das wusste sie noch.

Ben holte sie an ihrem Auto ab und ging mit ihr zu einer Tür, über der »Besuchereingang« stand. Eine lange Schlange aus Frauen und kleinen Kindern stand an der Abtrennung für die Männerabteilung von Lakeland. Sophie beobachtete, wie eine junge Mutter ihrem schreienden Baby ein Fläschchen in den Mund schob, während sie dem Kleinkind an ihrer Seite befahl: »Halt dich an meinem Bein fest.« Dann gab sie ihm eine geöffnete Schachtel Käsecracker.

Die Einlasskontrolle war das, was am längsten dauerte. Früher hatte Sophie oft länger als eine Stunde im eiskalten Regen angestanden, völlig durchgefroren, nachdem sie ihren Dad nicht mehr gehabt hatte, der sie daran gemahnte, Handschuhe anzuziehen und einen Schirm mitzunehmen.

»Werden Erinnerungen wach?«, fragte Ben, als er bemerkte, wie sie sich umblickte.

»Zu viele.«

»War die Besucherschlange immer so lang?« Er zeigte ihr seinen beschichteten Anwaltsausweis, auf dem unten fettgedruckt ERLEICHTERTER ZUGANG stand. »Normalerweise werde ich damit gleich durchgewunken, aber wer glaubt schon, dass ein Anwalt am Weihnachtstag arbeitet?«

»An den Feiertagen sind mein Vater und ich immer im Morgengrauen aufgestanden, um mit als Erste in der Schlange zu sein. Mein Dad hat mich mit einem Erdnussbutter-Parfait von Dairy Queen bestochen, wenn ich mich umdrehen und weiterschlafen wollte. ›Komm schon, steh auf‹, sagte er. ›Deine Mommy wartet auf uns.‹«

Ein Mann in verwaschenen Jeans und einer schwarzen Jacke stand vor ihnen. Er drehte sich mehrmals um und schien etwas sagen zu wollen, ließ es dann aber. Sophie schloss aus der Art, wie er sich ständig die Hände an den Hosenbeinen abwischte, dass dies sein erster Besuch in Lakeland war.

»Wir hätten wohl früher kommen sollen«, bemerkte sie zu Ben. »Kurz vor zwei Uhr nachmittags am Weihnachtstag, da muss man lange anstehen.«

»Besser spät als nie. Ihre Mom läuft uns nicht davon.«

Das nicht. Noch nicht.

»Sie wollen Ihre Mom besuchen?«, fragte der Mann vor ihnen.

Sophie nickte. Es ging ihr zwar gegen den Strich, über Persönliches zu reden, aber er schien ein wenig freundlichen Zuspruch brauchen zu können. »Ihr erstes Mal?«

»Allererstes«, antwortete er. »Merkt man, was?«

»Ein bisschen.«

Er gab ihr und Ben seine schwielige Hand.

»Carl«, stellte er sich vor. »Ich bin den ganzen Weg von Alabama hierhergefahren und hab meine Tankstelle zumachen müssen – zum ersten Mal in siebenundzwanzig Jahren.«

Die Schlange geriet ins Stocken. Die drei bildeten einen kleinen Kreis, während der Wind stärker wurde.

»Ich will meine Tochter besuchen«, erzählte Carl. »Nach der langen Fahrt ist mein Rücken halb kaputt.« Die vielen Jahre des Benzinzapfens in der heißen Sonne hatten sein Gesicht ledern gemacht, so dass er wahrscheinlich älter aussah, als er war.

»Sie weiß Ihre Mühe bestimmt zu schätzen«, sagte Ben.

»Ich hatte den Kontakt zu ihr verloren.« Er holte ein Päckchen Kaugummi aus seiner Jeanstasche. »Ihre Mom war richtig schlimm auf Drogen und hat sie mir weggenommen, ist einfach in einen anderen Staat gezogen.« Die Krähenfüße um seine Augen kräuselten sich. »Sie hat ihren Nachnamen geändert und behauptet, die Kleine wär nicht von mir. Ich hab sie lange nicht aufspüren können.«

Er bot Sophie und Ben von seinen Juicy Fruit an.

»Nein danke«, sagten sie beide.

»Nachdem die Fernsehnachrichten sich auf die Story gestürzt hatten, fingen die Leute an zu reden. Mir war klar, dass ich die Wahrheit rausfinden musste.«

»Bitte halten Sie Ihre Ausweise zur Identifizierung bereit«, sagte eine weibliche Stimme über Lautsprecher. Die Schlange bewegte sich wieder langsam vorwärts.

»Sie ist meine Tochter.« Carl griff in seine Gesäßtasche und zog ein Blatt Papier heraus. »Ich habe ihre Geburtsurkunde. Veronica Mae Cooper. Geboren am 13. Juli 1993.«

Er strahlte, als hätte er einen kostbaren Schatz gefunden.

»Sie nennt sich jetzt Roni.«

Zwei Stunden später sprang die rote digitale Nummernanzeige an der vorderen Wand des Besucherbereichs auf 312. Sophie hatte 314. »Bald dran«, sagte sie zu Ben.

Er ließ die Zeitung sinken, die er gerade las. »Sie sehen blass aus. Fühlen Sie sich wohl?«

Sophie blickte auf ihre Handyuhr. »Ich muss wahrscheinlich was essen. Es ist schon gleich vier.«

Ben holte etwas Kleingeld aus seiner Hosentasche. »Darf ich Mylady einen Schokoriegel besorgen?« Sein schlechter britischer Akzent unterbrach die Monotonie.

»Was Besseres haben Sie nicht zu bieten?«, neckte sie ihn.

Er sondierte das Automaten-Angebot in einer Ecke des Raums. Einer pries »Deli-Sandwiches mit frischem Aufschnitt« an, doch Ben meinte, dem traue er nicht. Er kam mit einem Snickers und einer Flasche Limo wieder.

Die Nummer 313 blinkte auf.

Carl Cooper rief: »Das bin ich!«, und rannte zum Schalter.

Sophie wickelte ihren Schokoriegel aus und stand auf, um sich zu strecken. Ihr Kreuz war schon ganz steif, und sie überlegte, ob sie noch schnell auf die Toilette gehen sollte. Drei Frauen, zwei davon mit Kleinkindern, standen vor dem Raum mit nur einer Kabine an.

»Was soll das heißen, meine Tochter ist in eine andere Einrichtung verlegt worden?« Carls ohnehin schon schlechte Haltung wurde noch krummer. »Sie hat mir doch Briefe von hier geschrieben.«

Sophie verstand nicht, was die Frau hinter der Glasscheibe zu ihm sagte. »Ich kann nicht noch mal wiederkommen. Ich muss sie jetzt sehen.«

Ein Officer in einer braunen Uniform kam durch die geschlossene Tür und führte ihn aus dem Wartezimmer. »Sprechen wir hier drin.« Er zeigte auf einen Schreibtisch hinter dem Schalterfenster.

Sophie sah Carl mitgehen, seine kleinen Augen schimmerten feucht.

Die Anzeige sprang auf 314. Sie nahm ihre Handtasche vom Stuhl, warf sie über ihre Schulter und winkte Ben, der gerade einen Becher unter den Wasserspender bei den Toiletten hielt, mit dem Nummernabschnitt.

Sie ging zum Schalter, wo sie ihren Führerschein durch den Schlitz schob.

»Name des Häftlings«, fragte die Beamtin durch die Scheibe, wobei sie in den Computer tippte, ohne aufzusehen.

»Grace Bradshaw.«

»Geburtsdatum?«

»Meines oder das meiner Mutter?« Sophie fühlte sich wieder wie ein verängstigtes kleines Mädchen. Das Ziehen in ihrem Rücken wurde stärker.

»Der Gefangenen«, sagte die Frau hinter der Scheibe in einem Ton, als verstünde sich das von selbst.

»Einundzwanzigster Oktober neunzehnhundertpaarundsechzig. Sie ist neunundvierzig.«

Die Beamtin blickte über ihre schwarzgerahmte Lesebrille hinweg. »Grace Margaret Bradshaw.«

»Genau, das ist sie.«

Die Beamtin tippte wieder etwas und griff zu dem Telefon neben ihrem Computer.

Nach einigem »So habe ich es hier stehen« und »Das dachte ich mir« legte sie auf und sagte: »Die Gefangene Nummer 44607 hatte heute schon einen Besucher. Weitere sind nicht gestattet.«

Sophie stützte sich mit beiden Händen auf der Ablage vor dem Fenster ab. Im Raum war es plötzlich stickig und heiß.

Ben knallte seinen Anwaltsausweis gegen die Scheibe. »Ich bin ihr Anwalt. Es ist unerlässlich, dass wir Mrs Bradshaw noch heute sprechen.«

Sophie versuchte blinzelnd, in den Schalterraum hineinzusehen. Carl saß über einen Tisch gebeugt. Eine ältere Frau hockte neben ihm und redete auf ihn ein, wobei sie ihm mit arthritischen Fingern über den Rücken strich. Er regte sich nicht.

Ihr Blick verschwamm, während sie verfolgte, wie Ben mit der Beamtin verhandelte. Sie spähte wieder zu Carl hinüber. Etwas Warmes lief ihre Beine hinunter.

»Sophie, was ist mit Ihnen?«, fragte Ben. Sie spürte seine Arme um sich, als sie zu Boden sank.

»Rufen Sie einen Krankenwagen«, brüllte er.

Das kleine Mädchen, das sich am Bein seiner Mutter festhielt, sagte: »Guck mal, Mommy. Die Frau da blutet.«

Grace

ICH HABE HEUTE THOMAS KENNENGELERNT!

Sophie, ich habe deinen Mann getroffen. Ich hätte alle umarmen können, die mir begegneten, als ich zurück in den Todestrakt schlurfte. Selbst meine Hand- und Fußfesseln konnten mich kaum bremsen.

»Danke, lieber Gott. Danke, lieber Gott«, wiederholte ich ständig. Der Aufseher muss mich für verrückt gehalten haben.

Du kannst dir vorstellen, wie überrascht ich war, als Thomas sich mir gegenübersetzte. Zuerst wirkte er ziemlich aufgebracht. Die meisten Leute lernen ihre Schwiegereltern bei Grillsteak und Ofenkartoffeln kennen, daher verstand ich seine Verfassung sehr gut.

Er taxierte mich, das merkte ich. War ich wirklich so böse, wie die Zeitungen schrieben? Wie konntest du von jemandem wie mir geliebt worden sein?

Er durfte mich alles fragen, was er wollte. All das Warum und Wieso. Das Parkett gehörte ihm. Ich antwortete, so gut ich konnte – wahrheitsgemäß.

Er wusste es nicht, aber ich nahm ihn mir genauso vor. Taxierte diesen gut aussehenden Mann, dem dein Herz gehört. Ich mag ihn. Ich mag ihn wirklich.

Dass er Arzt ist, interessiert mich wenig. Er könnte

auch Müll von der Straße aufsammeln, denn was für mich zählt, ist die Zärtlichkeit in seinen Augen, wenn er deinen Namen sagt. Zuerst hat er nur widerstrebend über dich gesprochen – »Sophie soll selbst entscheiden, was sie Ihnen erzählt« –, doch nach einer Weile, als er merkte, dass er dich nicht vor mir zu beschützen braucht, hat er sich geöffnet.

»Sagen Sie mir bitte nur, ob sie glücklich ist«, bat ich ihn, bevor er gehen musste. Das war alles, was ich wissen wollte. Dass du abends ruhig und heiter deinen Kopf neben ihm aufs Kissen bettest.

Thomas antwortete, dass er es glaube, sich aber nicht sicher sei. Manchmal, wenn er dich ansieht, lächelst du, aber du bist nicht ganz anwesend. Körperlich zwar, doch dein Lachen ist nicht vollständig, als würdest du deine Freude zurückhalten.

Er sagte, dass du am glücklichsten aussähst, wenn du einen kleinen Jungen namens Max im Arm hältst, der keine Familie hat. Er erzählte mir von der Benefizveranstaltung und wie hart du dafür gearbeitet hast.

Ich bin stolz auf die Frau, zu der du geworden bist. Mein Herz ist so voll, dass es zerspringen könnte.

Jetzt kann ich meine Tage in Frieden beschließen, denn ich weiß, dass du jemanden hast, der dir beisteht. Ich liebe dich, meine Tochter, und es steht für mich außer Frage, dass Thomas dich auch liebt.

»Haben die von der Gewinnspielbenachrichtigung dich gefunden oder was?«, fragte Carmen mich später.

»Viel besser. Ich habe meine Tochter gefunden.«

Ich grinste von einem Ohr zum anderen. So hatte ich noch nie gestrahlt, seit ich hier war.

Jada sagte nichts. Sie nahm ihre Zeitschrift und ging in ihre Zelle zurück.

»Wette trotzdem, dass dein Besuch nicht so gut war wie meiner«, stichelte Carmen. »Mein Prachtstück von einem Ehemann hat mir einen neuen Anwalt besorgt. Er meint, bis Ostern bin ich hier raus.«

»Das freut mich für dich.« Ich erwartete nicht, dass irgendwer hier drinnen meine Freude teilte oder mich verstand. Das machte mir nichts aus. Ms Liz würde uns bald wieder besuchen. Sie würde sich freuen.

Sobald ich in mein Zimmer kam und die Fesseln los war, tat ich etwas, das ich seit siebzehn Jahren nicht getan hatte. Ich tanzte.

Sophie

Sophie hörte etwas, das sie für Thomas' Pager hielt, und war froh, endlich wieder in ihrem eigenen Bett zu sein. Sie rollte sich auf die Seite, um den Arm um ihn zu legen.

»Warte«, sagte Thomas, »dein Tropf verheddert sich sonst.«

»Thomas?« Sie sah ihn eine Taste drücken und einen blauen Apparat anhalten.

»Alles ist gut. Ich bin hier.« Er richtete die Schläuche, die von ihrer Hand abgingen, und küsste sie auf die Stirn.

»Wo bin ich?« Der Klebestreifen zog an ihrem Arm, als sie sich im Bett bewegte.

»Im Krankenhaus. Du warst eine Weile bewusstlos.«

»Im Krankenhaus? Welcher Tag ist heute?«

Thomas zog sein Handy hervor und sah nach der Uhrzeit. »Kurz nach halb zwölf am Abend, der Tag nach Weihnachten.« Er zog einen Stuhl an ihr Bett und setzte sich.

Sie zupfte an dem Pflaster an ihrer Hand und versuchte, sich einen Reim darauf zu machen. *Das Gefängnis. Unser Kind.* Sie wollte die Ereignisse zu einem Ganzen zusammenfügen, aber nichts passte so richtig.

»Was ist mit mir passiert? Ist das Baby …?«

»Aha, du weißt es also.« Thomas verschränkte die Hände im Nacken und senkte den Kopf.

»Ich wollte es dir sagen. Aber dann wurde auf einmal alles so kompliziert.« Sie versuchte sich aufzusetzen, fühlte sich aber schwach und flau. »Ich brauchte Zeit, um das alles zu verarbeiten.«

Thomas kratzte sich am Kinn. Sein zerknittertes Hemd und sein zerknautschtes Gesicht sagten ihr, dass er schon eine Zeitlang bei ihr war.

»Ist mit dem Baby alles in Ordnung?«

»Der Herzschlag ist kräftig.« Er rutschte auf seinem Stuhl nach vorn. »Was bedeutet, dass du wahrscheinlich keine Fehlgeburt haben wirst.«

»Aber was ist passiert? Warum bin ich hier?« Sophie tastete zwischen ihren Beinen, ob sie Blut fühlte.

»Vor allem bist du bedenklich dehydriert und obendrein anämisch.« Er streckte sich nach dem Klemmbrett, das am Fußende des Betts hing. »Woher die Blutung kommt, wissen wir nicht genau, aber dein Blutdruck ist extrem hoch.« Er warf einen Blick auf die Monitore neben dem Bett und überflog dann irgendwelche Blätter.

»Du musst dich ausruhen und entspannen.« Sein autoritärer Ton klang ganz nach Arzt.

Sophie nickte.

»Dir selbst und dem Kind zuliebe.« Nun hörte er sich anders an, verletzlicher, wie ein Vater.

»Es tut mir so leid, Thomas.« Sie streckte den Arm nach ihm aus.

Er warf das Klemmbrett ans Bettende, ohne etwas zu sagen.

»Woher wusstest du, wo ich war?«

Thomas nahm einen rosafarbenen Wasserkrug vom Nachttisch, füllte einen Becher, steckte einen Strohhalm hinein und gab ihn ihr.

»Ich war dort«, sagte er, nachdem sie einen Schluck getrunken hatte.

»Wo?« Sie zog den Strohhalm aus dem Mund und probierte erneut, sich aufzusetzen.

»Ich habe sie gesehen.« Er nahm ihr den Becher ab und stellte ihn auf den Nachttisch.

»Wen?« Sophie spürte, wie alles Blut aus ihrem Kopf wich und sich in ihrem Magen ansammelte.

»Ich habe deine Mutter kennengelernt.«

Im ersten Moment dachte sie, er würde einen üblen Scherz mit ihr treiben. Aus Rache für ihre Lügen und weil sie ihm nichts von der Schwangerschaft gesagt hatte. »Meine Mutter?«

Thomas nickte.

So hatte sie ihn noch nie erlebt. Seine Haltung war unnatürlich steif, seine Worte klangen wohlüberlegt. »Du hättest es mir sagen sollen.«

Während sie um eine Antwort rang, beobachtete sie, wie er die Schultern hochzog vor Anspannung. Auch er musterte sie und sah verwirrt drein.

»Ich wusste nicht, wie.« Bei dem Versuch, es zu erklären, musste sie nach Luft ringen. »Eine Lüge hat die nächste nach sich gezogen. Ich habe mich zu sehr geschämt.«

Thomas machte Anstalten, ihre Hand zu nehmen, hielt dann aber inne.

»Kannst du mir je verzeihen?«

Ehe er antworten konnte, ging die Tür auf.

Eine Schwester mit einem Stethoskop um den Hals kam herein. Sie trug etwas in der Hand. »Freut mich zu sehen, dass Sie wach sind und schon sprechen können. Wie geht es Ihnen?«

»Ich weiß nicht genau«, sagte Sophie, doch es war an Thomas gerichtet. Sie war sich nicht sicher, bis er ihre Frage beantwortet hatte.

»Der Arzt möchte, dass Sie versuchen, etwas zu essen. Was halten Sie davon?« Sie stellte ein Tablett mit einer Schale Tomatensuppe und einer Packung Cracker vor ihr ab.

»Ich versuche es mal mit den Crackern.«

Die Schwester öffnete die Packung für sie. »Ich kann Ihnen auch etwas anderes bestellen. Vielleicht ein Sandwich?«

Auch das konnte Sophie nicht reizen, aber sie hatte Durst. »Haben Sie zufällig Rootbeer?«

»Wie ist sie so?«, fragte sie Thomas, nachdem die Nachtschwester wieder gegangen war.

Er hatte sich inzwischen auf dem leeren Bett am Fenster ausgestreckt und ihr den Rücken zugekehrt. Vielleicht schlief er schon.

»Deine Mom?« Er setzte sich auf und schob den pfirsichfarben gestreiften Vorhang zwischen ihnen zurück, der halb zugezogen war.

»Hasst sie mich?«

Thomas schwang seine Beine herum und setzte sich auf die Bettkante. Er strich das Laken glatt, bevor er antwortete. »Nein, kein bisschen.«

Sophie zupfte an den Noppen auf ihrer Decke. »Als mein Dad gestorben war, war ich ganz allein. Die Leute von unserer Kirchengemeinde haben mir eine Zeitlang Essen gebracht, aber niemand hat gewusst, was er zu dem armen verwaisten Mädchen sagen soll, dessen Mutter in der Todeszelle saß.«

Thomas schwieg.

»Als ich wegzog, um aufs College zu gehen, wurde mir klar, dass mich in der neuen Stadt niemand kannte, niemand meine Geschichte kannte. Ich konnte sein, wer ich wollte. Ehe ich wusste, wie mir geschah, war ich eine andere geworden.«

»Warum hast du es mir nicht erzählt?« Das Wörtchen *mir* schoss wie ein Pfeil durch den Raum.

»Ich wollte von dir akzeptiert werden. Es war Liebe auf den ersten Blick, als du in diesen Starbucks kamst. Du wusstest, was du wolltest, wo du hinwolltest. Ich nicht. Unsere Wege haben sich zufällig gekreuzt, und es war reines Glück, dass du dich auch in mich verliebt hast.«

Er stand auf und kam an ihr Bett, hob die Decke an und schlüpfte zu ihr hinein. »Unsere Wege haben sich gekreuzt, weil es so sein sollte.« Seine steife Haltung hatte sich merklich gelockert. »Es war nichts Zufälliges daran. Ich habe durchs Fenster gespäht und dir zugesehen, wie du Caffè Latte machtest, Dutzende davon, bevor ich den Mut aufbrachte, dich anzusprechen.«

Sophie drehte sich um und legte den Kopf auf seine Brust. »Du hast mich beobachtet? Warum hast du mir das nie gesagt?«

»Wie es aussieht, haben wir uns eine Menge nicht gesagt.«

Sie schlang den Arm um ihn. Als sie ihn schließlich wieder losließ, fragte sie: »Wie hast du das mit meiner Mutter herausgefunden?«

»Das war ein ziemliches Stück Arbeit. Es hat mir keine Ruhe gelassen, dass du einfach so verschwunden bist. Es musste was dahinterstecken. Zuerst dachte ich, dass du mir immer noch nicht wegen Eva glaubst, dann, dass du vielleicht von mir enttäuscht bist wegen dieser ganzen Kunstfehler-Geschichte. Ich rief Carter an, um mit ihm darüber zu sprechen. Er hat dann ein paar Nachforschungen über dich angestellt und gewisse Informationen gefunden.«

»Carter weiß es also?«

»Meine ganze Familie weiß es.«

Sophie zupfte ihren Krankenhauskittel am Halsausschnitt zurecht, um sicherzugehen, dass er sie bedeckte. »Ich schätze, das kam gut an.«

»Ich weiß nicht, wie es ankam.« Thomas rollte sich herum, damit er ihr ins Gesicht sehen konnte. »Und es ist mir auch egal.« Er zog den Kittel hoch und legte seine Hand auf ihren nackten Bauch. »Alles, was für mich zählt, bist du und dieses Baby hier.«

»Nein!«, schrie Sophie. »Aufhören. Sie tun ihr weh!«

Thomas rüttelte sie sacht an der Schulter. »Wach auf.« Er legte einen nassen Waschlappen auf ihre verschwitzte Stirn. »Es ist alles gut. Du hattest einen bösen Traum.«

Sophie öffnete die Augen, erleichtert, ihrem Albtraum entronnen zu sein, nur um festzustellen, dass es nicht so war.

»All die Jahre«, stieß sie hervor, »hab ich meiner Mutter die Schuld an etwas gegeben, das sie nicht getan hat.« Sie nahm den Waschlappen vom Kopf und warf ihn quer durchs Zimmer. »Ihr Kind ist gestorben. Mein kleiner Bruder. Die Leute in unserem Kaff haben sie verabscheut. Ihr die schlimmsten Schimpfnamen gegeben.«

Sie vergrub ihr Gesicht in der Decke.

»Du musst dich beruhigen.« Thomas rieb ihren Arm. »Für unser Kind.«

»Ich hab damals die Prozessprotokolle durchgesehen, um irgendeine Art von Beweis zu finden, dass meine Mutter William nicht vergiftet hat, aber sämtliche Befunde besagten das Gegenteil.« Sie zog die Decke vom Gesicht. »Ich war dabei, als sie die Scheibenwischerflüssigkeit gekauft hat.«

Thomas zögerte. »Du konntest es nicht wissen.«

»Wie soll sie mir je verzeihen?«

Er tippte mit dem Zeigefinger auf das Grübchen unter ihrem Mund. »Das hat sie längst.«

Sophie blickte zur offenen Tür hinaus und sah Ben im Flur auf und ab gehen. »Würdest du bitte hereinkommen und dich setzen?«, rief sie ihm zu. Zu Thomas: »Sag ihm, dass er sich hier reinbewegen soll.«

Thomas schaltete den Sportsender ESPN aus und ging hinaus. Ben gehörte inzwischen praktisch zur Familie. Thomas hatte ihr erzählt, wie fürsorglich er bei ihr in der Notaufnahme gewacht hatte, bis er selbst dort eingetroffen war und veranlasst hatte, dass sie ins Duke verlegt wurde. »Ihm liegt viel an deiner Mom und dir«, hatte Thomas gesagt. Ben hatte ihn auch über die Notwendigkeit des Gentests aufgeklärt, noch ehe Sophie Gelegenheit dazu hatte.

»Was ist los mit dir?«, sagte sie zu Ben, als er in der Tür erschien. »Du machst mich nervös.«

»Was mit *mir* los ist?« Er wedelte mit dem Arm in Richtung des Tropfs, an dem sie immer noch hing.

»Was sagt dir dein Bauchgefühl?«, fragte sie.

»Mein Bauchgefühl sagt mir, dass wir von dem Genetiker hören werden, was wir schon wissen.«

»Meine Mom ist unschuldig?« Auf der Suche nach Bestätigung blickte sie von ihm zu Thomas.

Ben wollte gerade hinausgehen, um sein nervöses Herumtigern wieder aufzunehmen, als er an der Tür auf Dr. Blakely, den Genetiker, traf.

»Wir haben Ihre Testergebnisse.«

Thomas gab ihm die Hand. »Danke, dass Sie das vorgezogen haben.«

Sophie hob per Knopfdruck das Kopfteil ihres Betts an, während Thomas und Ben sich zu beiden Seiten des Facharzts stellten. Er breitete die Laborblätter auf dem Schwenktisch über dem Bett aus.

»Die Stoffwechselkrankheit ist auf der Mutation dieses Gens abgebildet.« Er zeigte auf einen Wert auf dem Blatt. »Das ist die Probe Ihrer Frau.«

Thomas nahm das Blatt und besah es sich genauer. »Sie hat die Überträger-Mutation.«

»Und das bedeutet, dass ihre Eltern auch Überträger waren, oder?«, fragte Ben mit verhaltener Erregung.

»Auf jeden Fall«, antwortete Dr. Blakely.

»Was ist mit meinem Kind?« Sophie konnte sich nicht freuen, bis feststand, dass ihr Kind gesund sein würde.

»Das ist die zweite gute Nachricht. Thomas hat zwei normale Gene. Ihr Kind wird nicht betroffen sein.«

Nachdem der Spezialist gegangen war und Sophie Ben in eine lange und überfällige Umarmung gezogen hatte, nahm er seinen Mantel und schloss seine Aktentasche. »Wir haben den Beweis. Jetzt müssen wir beten, dass ihn jemand zur Kenntnis nimmt.«

Grace

Eine Stoffwechselkrankheit. William ist an einer Stoffwechselkrankheit gestorben.

Ich bin noch dabei, das alles zu verdauen, aber im Grunde verstehe ich rein gar nichts.

Bens aufreibender Besuch hat mich in ein Wechselbad der Gefühle gestürzt. In einem Moment bin ich heilfroh und hoffnungsvoll, im nächsten empört, auch wenn ich mich bestätigt fühle. Warum konnte niemand meinen Kleinen retten?

Ben hat mir erzählt, dass du hier warst. DU WARST HIER! Ich könnte vor Freude platzen. Danke, dass du zu mir zurückgekommen bist!

Die Fältchen um Bens Augen zeigten alle nach oben, als er mir die Neuigkeit berichtete. »Sophie und ich wollten Sie an Weihnachten besuchen.« Seine Gegenwart fühlte sich viel leichter an als beim letzten Mal.

»Was soll das heißen? Ich habe Sie nicht gesehen.«

»Sophie und ich waren hier.«

»Soph… Sophie war hier?«, stammelte ich. Mein Rücken sank knackend gegen die Lehne des Metallstuhls. Ich befürchtete umzukippen.

»Das wollte ich Ihnen sagen, als Sie angerufen haben. Ich habe Sophie gefunden.«

»Sie haben Sophie gefunden, und ihr Mann hat mich gefunden?«

»So ungefähr.« Ben zuckte die Achseln, als könnte er es selbst nicht glauben. »Sie kam zu mir, weil sie neue Informationen hatte.«

»Informationen? Von was in aller Welt reden Sie?«

»Von Ihrem Mann und Ihrer Tochter. Sie haben Ihnen möglicherweise das Leben gerettet.« Er sprach schnell, machte aber eine kleine Pause, um das Wort »möglicherweise« zu betonen. »Sie haben mir doch erzählt, dass Paul nach Ihrer Verurteilung weiter nach entlastenden Beweisen gesucht hat, wissen Sie noch?«

Ich nickte. »Er tat nichts anderes, wenn er nicht arbeitete oder sich um Sophie kümmerte.«

»Sophie ist an Heiligabend zu mir gekommen. Wir sind zu Ihrem Haus gefahren und haben die ganzen Unterlagen gesichtet. Um es kurz zu machen, wir haben mit einem Dr. Robinson gesprochen. Einem Labormediziner, den Paul damit beauftragt hatte, das Babyfläschchen zu untersuchen.«

»Das Fläschchen zu untersuchen?« Ich sah mich rasch um, um mich zu vergewissern, dass der Aufseher unsere Zeit nicht abkürzte. »Wer? Was?«

»Ich hatte auch keine Ahnung davon, aber dann sind wir auf seinen Namen gestoßen.«

»Wie?« Ich versuchte mich an der Stirn zu kratzen, aber die Kette, die meine Handgelenke an meine Taille fesselte, war zu kurz.

»Das erklären wir Ihnen alles später.« Ben blickte hinauf zur Wanduhr. »Der springende Punkt ist, der Test war negativ. Keine Scheibenwischerflüssigkeit.«

»Ich weiß.«

»Verzeihung«, sagte Ben. Er wollte über den Tisch nach meinen Händen greifen, doch sie lagen in meinem Schoß.

»Kommen Sie langsam zum Ende«, sagte der Officer und hob die gespreizte Hand, um anzuzeigen, dass wir noch fünf Minuten hatten.

»Warum erfahre ich erst jetzt davon?« Hatte ich etwas nicht mitbekommen?

»Paul starb, bevor er die Ergebnisse erhielt. Er hat es Ihnen nicht gesagt, weil er es nicht wusste.«

Paul wusste es. Von Anfang an. Er brauchte kein Labor, keine wissenschaftliche Bestätigung, dass ich William nicht umgebracht hatte.

»Aber das Beste kommt noch. Dr. Robinson denkt, dass William an einer Stoffwechselstörung gestorben ist.«

»Einer Stoffwechselstörung?«

»Etwas, das sich metabolische Azidämie nennt.«

»Hat er sich deshalb ständig übergeben? Ist er deshalb nicht mehr aufgewacht?« Ich war traurig und erleichtert zugleich. »Sein Kinderarzt, warum konnte er das nicht feststellen?«

»Es ist sehr selten. Man wusste zu Williams Zeit noch nicht viel darüber.«

Ich versuchte zu begreifen, was er mir da sagte. »Was bedeutet das jetzt?« Würde es etwas ändern?

»Wir haben einen Gentest durchgeführt, der beweist, dass Sie William nicht getötet haben.«

»An einem Babyfläschchen?«

»Nein, an Ihrer Tochter. Sophie ist eine Konduktorin, das heißt Überträgerin desselben Defekts.«

»Aha?« Er hätte auch Japanisch reden können, aber immerhin klang es nach einer guten Nachricht. »Aber ihr geht es gut?«

Ich könnte es nicht ertragen, wenn du krank wärst.

»Sie ist gesund. Ihr …« Ich merkte, dass er mir nicht alles sagte.

»Grace, das sind alles gute Neuigkeiten. Ich bedauere nur, dass es so lange gedauert hat.«

»Ich auch.« Ich wusste, dass es nicht seine Schuld war. Nur nicht, wen ich dafür verantwortlich machen sollte.

»Es gibt jetzt viel zu tun. Unsere letzte Hoffnung ist ein Gnadengesuch.«

»Beim Gouverneur?« Meine neu aufgekeimte Hoffnung schwand wieder. »Besteht da überhaupt eine Chance?«

»Ich hoffe es. Wir haben alle Berufungsmöglichkeiten ausgeschöpft, wie Sie wissen. Das ist sozusagen unser Verzweiflungsschuss kurz vor Spielende.«

Ben kreuzte die Finger und legte sie sich auf die Brust. Ich schloss die Augen zu einem kurzen Gebet.

Als ich sie wieder aufmachte, sagte er: »Ihre Tochter ist wunderbar.«

»Ja, das habe ich gehört.«

»Sie ist eine fabelhafte junge Frau. Wir haben uns

angestellt, um Sie besuchen zu können. Als wir endlich zum Kontrollschalter kamen, wollte die Beamtin sie nicht durchlassen.«

»Wegen Thomas?«

Ben nickte. »Sie musste dann wieder weg. Wie wäre es, wenn ich ein Telefongespräch vermittle?«

»Da fragen Sie noch?«

»Dachte ich mir.« Er griff in seine Anzugtasche und holte einen gelben Zettel heraus. Neben Sophies getipptem Namen stand ihre Telefonnummer.

Sophie

Sophies Handy brummte den ganzen Tag, so viele Textnachrichten bekam sie wegen des Benefizdinners. Eva, Mindy, dann Kate. Dann noch zwei von Eva. *Muss mit dir reden.*

Seit sie aus dem Krankenhaus entlassen war, hatte Thomas nichts anderes getan, als um sie herumzuspringen. Er hatte sogar kochen gelernt. Sie hörte ihn mit seiner Mutter telefonieren: »Also, wie lange muss ich das Mehl für die Mehlschwitze andünsten?«

Nach acht Tagen ging er nun endlich wieder zur Arbeit.

»Versprich mir, dass du dich schonst.« Er drückte ihr einen Kuss auf den Kopf und zog den Polsterhocker für sie heran, damit sie die Beine hochlegen konnte.

»Versprochen«, sagte sie. »Ich kann im Sitzen telefonieren.«

Niemand in West Lake wusste bislang über ihre Mutter Bescheid, aber sie konnte an nichts anderes denken. Sie hatte ihre Ärztin angebettelt, aufstehen zu dürfen (»Ich bin dabei, einen großen Abend für eine Spendenaktion zu organisieren«), aber Dr. Johnson war unnachgiebig geblieben.

»Nicht, bis Ihr Blutdruck sich stabilisiert hat.« Die Ärztin hatte ihre Patientenakte von Jack übernommen, als sie aus ihrem Weihnachtsurlaub zurückgekommen war. Irgendwann würde sie sich ihr anvertrauen müssen, aber dann »vertraute« Dr. Johnson es vielleicht Jack an. Auch wenn sie im Grunde bereit war, der ganzen Welt von ihrer Mutter zu erzählen, musste sie doch zuerst selbst mit allem ins Reine kommen.

Kannst du rüberkommen?, schrieb sie Mindy. Sie hatte ihr noch nichts von der Schwangerschaft gesagt und wollte mit jemandem über etwas Freudiges reden. Evas SMS ignorierte sie.

Mindy erschien mit Kaffee to go und zwei Cupcakes mit Kirschcreme und einer Kirsche obendrauf von der Geburtstagsparty ihrer Zwillinge.

»Nicht zu fassen, wie schnell sie groß werden.« Mindy gab ihr den Cupcake mit der meisten Creme drauf. »Du brauchst das mehr als ich.«

Sophie tauchte einen Finger in die Creme. »Köstlich. Nur auf den Kaffee muss ich leider verzichten. Kein Koffein. Ärztliche Anordnung.«

»Du bist schwanger!«, rief Mindy. »Das erklärt dein merkwürdiges Benehmen!«

»Zum Teil jedenfalls.« Sophie nahm den Cupcake aus der Manschette und biss hinein. »Ich bin zu Bettruhe verdammt. Hoher Blutdruck.«

Mindy zog die Nase kraus. »Jetzt schon?«

»Jetzt schon. Ich darf mich nicht aufregen, und wenn ich brav bin, lässt meine Ärztin mich vielleicht bald wieder zur Normalität zurückkehren. Kann ja schlecht eine erfolgreiche Spendenaktion auf die Beine stellen, wenn ich auf meinem sich stetig ausdehnenden Hinterteil sitze.«

Mindy lachte und wurde dann plötzlich ernst. »Freust du dich auf das Kind?«

»Natürlich freue ich mich darauf, wieso denn nicht?« Eine unaufrichtige, phrasenhafte Antwort, die Sophie sofort bereute. Mindy hatte gefragt wie eine gute Freundin, der daran liegt, mehr zu erfahren.

»Na ja …« Mindy stockte.

Sophie setzte ihren Cupcake ab, legte die Hände aneinander und führte sie an die Lippen. »Es tut mir leid, Mindy.«

»Nein, mir tut es leid. Ich wollte dir nicht unterstellen, dass du das Kind nicht willst«, erwiderte Mindy, wobei sie Kuchenkrümel von Sophies Fußhocker pickte. »Es war nur so merkwürdig, dass du über Weihnachten einfach abgehauen bist.«

Sophie nahm ihre Hand, damit sie die Krümel sein ließ. »Stimmt, das war merkwürdig«, sagte sie, alle Mauern und Barrikaden niederreißend, die sie bislang aufgebaut hatte. »Aber lehn dich zurück, denn es kommt noch merkwürdiger. Ich wollte meine Mutter besuchen.«

Grace

Um ehrlich zu sein, konnte Ms Liz mir im Allgemeinen nicht viel Trost spenden. Sie hatte keine Gewissheiten oder Zusagen für mich, die mir die Furcht nahmen. Trotzdem war da etwas an ihrer Art, das mir ein Gefühl von Sicherheit gab. Von Anerkennung. Von Wertschätzung. Sie kritisierte mich nicht, wertete meine Ängste nicht ab. Und heute durfte ich ihr eine Seite von mir zeigen, die sie noch nicht kannte.

»Die meiste Zeit schwebe ich wie auf Wolken.« Ich unterdrückte den Impuls, sie zu umarmen, als ich ihr meine Neuigkeit berichtete. »Ich bin so voller Freude, dass diese Mauern, der Lärm… Ich nehme sie kaum noch wahr.«

Ms Liz sah mich mit zusammengekniffenen Augen an, als würde sie mich nicht wiedererkennen. »Haben Sie mit ihr gesprochen?«

»Noch nicht. Aber Ben hat mir ihre Nummer gegeben.« Immer wieder musste ich es mir vorsagen: ICH HABE DIE TELEFONNUMMER MEINER TOCHTER. Ich kniff mich sogar ins Bein, um mich zu vergewissern, dass ich nicht träumte. »Ich rufe sie an, sobald ich die Erlaubnis habe. Der Direktor hat mein Recht zu telefonieren ausgesetzt, bis ich meine Hinrichtungsformulare fertig ausgefüllt habe.«

»Was wollen Sie ihr sagen?«, fragte Ms Liz, sich ein Lächeln verbeißend.

Wie oft hatte ich mir unser erstes Gespräch schon ausgemalt. Was ich sagen würde. Was sie sagen würde. Ich schloss die Augen, um die Vorstellung zu genießen. Schließlich antwortete ich: »Ich möchte einfach nur ihre Stimme hören.«

»Und Sophie bestimmt Ihre.« Ms Liz lächelte nun rückhaltlos. »Haben Sie mit Ben gesprochen?«

»Nicht seit letzter Woche.« Ich hoffte, dass das kein schlechtes Zeichen war.

»Er hat sicher viel zu tun.«

»Sie müssen mich rauslassen. Oder?« Mit großen Augen flehte ich sie an, ja zu sagen.

»Ich denke schon«, sagte Ms Liz. »Wie sollten sie nicht?«

»Ich bin sicher, dass Ben alle Hebel in Bewegung setzt.« Ich weigerte mich, jetzt aufzugeben. »Haben Sie irgendetwas von Roni gehört?«

Ms Liz strich ihren Rock glatt und sah sich verstohlen nach dem nächsten Aufseher um. »Sie wissen, dass ich Ihnen eigentlich keine Informationen über Mitgefangene geben darf«, flüsterte sie.

Ich nickte und ermunterte sie zugleich fortzufahren.

»Sie lebt. Sie liegt noch auf der Intensivstation, aber sie lebt.«

Der diensthabende Beamte schien in irgendwelchen Schriftverkehr vertieft zu sein, so dass Ms Liz sich vorbeugte und weiter berichtete. »Ich konnte den Gedanken nicht ertragen, dass Carl Cooper sie an Weihnachten nicht sehen sollte. Also hab ich am Weihnachtstag im Besucherbereich auf ihn gewartet und ihm erzählt, was passiert ist.«

»Besuchszeit vorbei«, rief der Officer, ehe ich ihr weitere Fragen stellen konnte.

»Ich habe ihn zu seiner Tochter gebracht«, sagte Ms Liz augenzwinkernd. »Mr Cooper hat endlich seine Roni kennengelernt.«

»Ms Liz«, sagte ich noch, ehe der Officer mich wegführte, »wenn Sie die beiden das nächste Mal sehen, sagen Sie ihnen bitte, dass es mir leidtut?«

Als ich wieder in meinem Zimmer war, setzte ich mich und dankte Gott für Roni und die Zeit, die sie mit ihrem Vater verbringen durfte. Ich betete, dass sie sich noch oft sehen konnten und Roni endlich erfahren würde, wie es war, geliebt zu werden.

Nachdem ich mein Gebet beendet hatte, zwang ich mich, die Formulare des Direktors auszufüllen. Die Aufgabe erschien mir viel weniger beängstigend, wenn ich daran dachte, dass ich vielleicht bald nach Hause konnte. Ich würde alles ausfüllen, nur um mit Sophie sprechen zu dürfen.

Ben hatte den Vordruck für das Gnadengesuch an sich genommen. »Ich will sichergehen, dass alles hieb- und stichfest ist. Wir wollen dem Gouverneur ja keinen Grund geben, nicht einzuschreiten.«

Ich bat Ben, dafür zu sorgen, dass ich in Brookfield begraben wurde, in unserem Familiengrab, neben Paul und William. Er versprach es mir.

Nun musste ich mich noch mit der Liste meiner Hinrichtungszeugen und der Henkersmahlzeit auseinandersetzen. Ben hatte mein Testament mitgenommen und es persönlich ins Büro des Direktors gebracht.

»Setzen Sie meinen Namen darauf«, hatte er noch gesagt und auf die Zeugenliste getippt, bevor er ging. »Falls es so weit kommt, möchte ich für Sie da sein. Und benennen Sie auch Sophie und Thomas.«

Ich schüttelte vehement den Kopf. Ich hatte keine Angst vorm Sterben, wohl aber davor, dass Sophie mir dabei zusah.

»Das kann ich ihr nicht zumuten.« Keine gute Mutter würde so etwas von ihrem Kind verlangen.

»Überlassen Sie ihr die Entscheidung. Setzen Sie ihren Namen drauf und lassen Sie sie selbst entscheiden.«

Seitdem hatte ich immer wieder darüber nachgedacht. Wäre Sophie böse, wenn ich sie benannte? Wäre sie böse, wenn ich sie nicht benannte? Ich wünschte, ich könnte sie fragen, aber noch mehr wünschte ich, es wäre nicht nötig.

Letztendlich beschloss ich, auf Ben zu hören. Ich musste meine rechte Hand mit der linken stützen, als ich schrieb: *Ben Taylor, mein Anwalt und Freund. Dr. Thomas Logan, mein Schwiegersohn. Mrs Sophie Logan, meine Tochter.*

Sophie

Zwei der Menschen aus ihrem engsten Kreis hatten Sophie jetzt da, wo sie früher befürchtet hatte, dass sie sie haben wollten – bloßgestellt und angreifbar, ohne Mittel und Wege, eine effektive Verteidigung auf die Beine zu stellen. Doch zu ihrer Überraschung wurde aus ihrem Schlimmstfall-Szenario ein Bestfall-Szenario.

»Ich kann mir gar nicht vorstellen, was du durchgemacht hast«, hatte Mindy gesagt, nachdem Sophie ihr in Kurzfassung von ihren siebzehn Jahren ohne Mutter erzählt hatte. Sie legte Sophie die Hand auf den Arm. »Es muss ungeheuer schwer für dich gewesen sein, das ganz allein mit dir abzumachen. Bitte sag mir, wenn ich etwas für dich tun kann. Zu jeder Tag- und Nachtzeit, ich bin für dich da.«

Die Wunden in Sophies zerrissener Brust heilten ein wenig bei dem Versprechen der Freundin.

»Ich weiß, dass deine Mom gerettet wird. Ganz bestimmt. Es wird alles gut.«

Sie spürte, wie ihr Herzschlag sich zum ersten Mal seit Langem wieder beruhigte.

Dann hatte Mindy sich selbst zur Co-Vorsitzenden des Fundraising-Komitees ernannt und Sophie mit kleineren Aufgaben beschäftigt, die vom Sofa aus erledigt werden konnten, wie zum Beispiel zu entscheiden, wer neben wem sitzen würde oder ob die Combo sich erheben sollte oder ob eine lilafarbene Lotusblüte auf dem Tisch einen potenziellen Spender dazu bewegen könnte, mehr Geld zu geben.

Ben und Sophie telefonierten jeden Abend um sechs miteinander. Wenn er nichts Neues zu berichten hatte, rief er trotzdem an, »nur um zu hören, wie's mit der Schwangerschaft geht«.

Manchmal nahm Thomas ab. Wenn Sophie die Hand nach dem Telefon ausstreckte, gab er es ihr nur widerstrebend. »Ich versuche bloß, Stress von dir fernzuhalten.«

In Wahrheit war es ihr jedoch nie besser gegangen. Natürlich machte sie sich Sorgen, dass der Gouverneur das Gnadengesuch ablehnen könnte, aber das schien ihr ziemlich unwahrscheinlich. Ihre Mutter war unschuldig. Sie stellte sich den Gouverneur zwischen ihrer Mom und Ben auf einer Pressekonferenz vor. »Was wir dieser Frau angetan haben, kann niemals wiedergutgemacht werden.« Die Menge würde jubeln, Kameras würden blitzen. Ihre Mom würde sie umarmen und sagen: »Ich kann es kaum erwarten, mein Enkelkind in den Armen zu halten.«

»Wann darf ich endlich mit ihr sprechen?«, fragte sie Ben jedes Mal.

»Sobald der Direktor ihr die Erlaubnis zum Telefonieren gibt«, lautete seine nüchterne, aber freundliche Antwort.

Er warnte sie, sich keine allzu großen Hoffnungen zu machen, weder was den Anruf noch alles andere anging. »Erwarte das Beste, aber rechne mit dem Schlimmsten.« Sophie wollte gar nicht daran denken, was das in dem Fall hieß. Sie saß gerade mit dem Laptop auf der Terrasse vor dem Schlafzimmer und bestellte neue Bettwäsche für das Gästezimmer. »Lila und Gelb sind die Lieblingsfarben meiner Mutter«, erklärte sie Thomas.

Er war ohne Zögern damit einverstanden gewesen, dass ihre Mom nach ihrer Entlassung bei ihnen wohnte. »Sie kann so lange bei uns bleiben, wie sie möchte«, hatte er am Abend gesagt, als er ihr das Kreuz massierte. »Alles, was dich zum Lächeln bringt.«

Sie war ihm über die Maßen dankbar dafür, dass er ihr so unerwartet schnell verziehen hatte. Zwar wusste sie, dass ihre Lügen nicht ganz ohne Folgen bleiben konnten, hatte aber bisher noch keine bemerkt. Als sie ihn einmal fragte, ob er sie nun mit anderen Augen sehe, hatte Thomas geantwortet: »Wir sprechen darüber, wenn deine Gesundheit wieder im Lot ist.«

Er hatte es nicht drohend gesagt, eher so, dass sie merkte, wie sehr seine geordnete Welt aus den Fugen geraten war. Die Frau, mit der er jahrelang in einem Bett geschlafen hatte, war nicht die, für die sie sich ausgegeben hatte. Wie bei diesem Kippbild, auf dem man eine hübsche junge Dame sieht, bis man den Kopf neigt und blinzelt und eine alte Vettel daraus wird. Sophie stellte sich Gott weiß was vor, wenn sie Thomas dabei ertappte, dass er sie nachdenklich ansah.

Er antwortete nicht, wenn sie ihn fragte, was seine Eltern dachten, oder höchstens: »Es kommt nur darauf an, was ich denke.« Doch allein der Umstand, dass er sich in die Garage verdrückte, wenn Carter anrief, sagte ihr genug.

Eines Abends hörte sie ein Gespräch mit, als er dachte, sie sei schon im Bett. »Du betrachtest das vom Standpunkt eines Staatsanwalts aus. Wenn irgendjemand Schuld hat, dann die Ärzte und das Krankenhaus.« Sie schlich auf Zehenspitzen heran und lauschte mit dem Ohr an der Tür. »Jemand hätte darauf kommen müssen, dass dieses Baby ernstlich krank war.«

Ehe er den Hörer aufknallte, hörte sie ihn noch brüllen: »Scheiß auf meinen Status in der Klinik. Eine unschuldige Frau darf nicht hingerichtet werden!«

Sie stellte sich schlafend, als er ins Bett kam und sich an sie schmiegte. Es tat ihr weh zu sehen, dass er zwischen die Fronten geraten war. Sie würde seine Familie aufsuchen und erklären müssen, warum sie eine andere Vergangenheit erfunden hatte, um eine Zukunft zu gewinnen, aber das würde nicht heute und nicht morgen passieren. Bis dahin durfte nichts ihre Konzentration stören oder ihren Eifer dämpfen. Von nun an würde sie jeden Moment auf das verwenden, was sie schon längst hätte tun sollen – mithelfen, ihre Mutter aus der Todeszelle zu befreien.

Grace

Der Direktor hat meine Unterlagen vor achtzehn Tagen erhalten, aber ich habe immer noch nicht die Genehmigung zu telefonieren. Ich weiß nicht, was schlimmer ist – die Sorge, dass du dich weigern könntest, mit mir zu sprechen, oder die Sorge, dass du denken könntest, ich wollte nicht mit dir sprechen. Ich bete, dass heute der Tag ist, an dem ich deine Stimme höre.

»Hast du gehört, dass Roni zurückkommt?«, fragte mich Jada.

»Nein.« Ich legte meine Zeitschrift ab. »Woher weißt du das?«

»Ich hab Jones und Mackey darüber reden gehört.«

»Geht es ihr wieder gut?«

»Gut genug, um in den Todestrakt zurückgeschafft zu werden.« Jada stand auf und schaltete den Fernseher an, um die Talkshow *The View* zu gucken.

Ich schob den Stift in mein Tagebuch und ging zurück in meine Zelle. Dort zog ich die Schachtel mit selbstgebasteltem Weihnachtsschmuck unterm Bett hervor. Alle siebzehn Stücke lagen dort eingewickelt in Toilettenpapier, übereinandergestapelt in gepolsterten Reihen, und warteten darauf, eines Tages von

Sophie ausgepackt zu werden. Eines meiner Lieblingsstücke lag dreifach umwickelt obenauf.

Ich nahm es aus der Schachtel und sagte mir, dass Sophie es verstehen würde. Auf das graue Papier schrieb ich: *Bitte verzeih mir. Alles Liebe, Grace.*

Während die Aufseher sich über das NCAA-Basketballturnier unterhielten, stahl ich mich in Ronis Zelle und legte den weißen Keramikanhänger mitten auf ihre Pritsche. Unter dem Abdruck meiner Hand stand in Druckbuchstaben das Wort FAMILIE.

Carmen flitzte zum Telefon, um ihr fünfzehnminütiges Gespräch zu beginnen. Ich beschloss, in meiner Zelle zu bleiben und mir die Qual zu ersparen, ihre schmatzenden Küsse und Gesäusel wie »Ich will dich auch ganz, ganz fest an mich drücken, Baby« anhören zu müssen. Manche Dinge sollte man sich lieber nicht vorstellen.

Ich machte ein paar braune Papierhandtücher nass und fing an, meine Toilette zu schrubben.

»Sie sind dran, Bradshaw«, schrie Officer Mackey.

»Ich?«, schrie ich zurück. Ich warf die nassen Tücher in mein Waschbecken und wischte mir die Hände an der Hose ab.

»Beeilen Sie sich«, rief er. »Die Uhr tickt.«

Ich suchte nach Sophies Nummer und fand sie dort, wo ich sie hingetan hatte: unter dem Schutzumschlag meiner Bibel. So oft hatte ich mich in Gedanken auf dieses Gespräch vorbereitet, und nun konnte ich mich an nichts von dem Geprobten erinnern.

»Geben Sie mir die Nummer«, sagte Officer Mackey, als ich auf das Telefon zuging.

Ich gab ihm den kleinen gelben Zettel. Zum ersten Mal bekam ich seinetwegen keinen trockenen Mund.

»Ich gebe Ihnen zusätzliche fünf Minuten«, flüsterte er.

»Danke.« Ich legte die Hand aufs Herz, um meine Dankbarkeit zu unterstreichen.

Und dann habe ich gebetet, dass du zu Hause bist. Bitte, lieber Gott, lass Sophie zu Hause sein. Bitte lass sie rangehen.

Sophie

»Die Einladungen sind raus, und das Clubhaus hat bestätigt«, sagte Mindy. Sie saß bei Sophie im Wohnzimmer. Der Duft von Jambalaya mit Würstchen und Shrimps wehte zu ihnen heran, während sie arbeiteten. »Was jetzt noch zu tun bleibt, ist, dafür zu sorgen, dass die Chefköche samt ihren Kreationen auch kommen und die guten Leute von West Lake ihre Füller mitbringen, um dicke fette Schecks damit auszustellen.«

»Unbedingt.« Sophie bemühte sich, Mindy zuzuhören, doch als diese die Überraschungsmenüs für die Auktion durchging, las sie dabei den Blog auf der Website von *Innocence Project*, einer Organisation, die für die Aufklärung von Justizirrtümern stritt. *Dreihundertsechzehn Strafgefangene rehabilitiert, und es werden immer mehr.* Sie hatte den Betreibern bereits drei Briefe über den Fall ihrer Mutter geschrieben, seit sie aus dem Krankenhaus zurück war, und nahm sich nun vor, einen vierten zu schreiben.

»Hu-hu.« Mindy wedelte mit der Hand vor ihrem Gesicht herum. »Erde an Sophie.«

»Entschuldige, es fällt mir gerade schwer, mich zu konzentrieren.« Sophie nahm die Aufgabenliste zur

Hand. »Gott sei Dank hat das Clubhaus auf. Viel weniger Arbeit, als das Ganze hier zu veranstalten.«

»Bei dir zu Hause finden ja auch gerade wichtigere ›Events‹ statt«, sagte Mindy, auf Sophies Bauch deutend, und hob die Hand, um sich mit ihr abzuklatschen.

Sophie lachte. »Du bist wie ein Kerl.« Aber sie wusste Mindys Versuche, sie aufzuheitern, zu schätzen.

»Hey, ich bin auch noch da«, ließ sich Thomas vernehmen, der von der Küche hereinkam.

Mindy streckte ihm ihre Faust zum Fauststoß entgegen.

»Das Maisbrot müsste in zehn Minuten fertig sein«, sagte er. »Möchtest du zum Essen bleiben?«

»Es riecht köstlich, aber ich muss nach Hause zu den Zwillingen.«

»Was ist denn in den gefahren?«, fragte Mindy augenzwinkernd, als Thomas wieder gegangen war, um in irgendetwas auf dem Herd zu rühren. »Ganz der Küchenchef.«

»Er hat seine Leidenschaft fürs Kochen entdeckt. Um sechs ist er zu Hause, und um halb acht steht das Essen auf dem Tisch.« Sophie spähte in die Küche hinüber, ob er auch nicht mithörte. »Er tut alles für mich. Ich glaube, er hat Angst um das Kind.«

»Aber deine Ärztin hat gesagt, dass alles in Ordnung ist, oder?«

»Ja. Ich war heute bei Dr. Johnson, und mein Blutdruck ist okay. Der Herzschlag des Kindes ist kräftig. Ich bin etwa in der fünfzehnten Woche.«

»Musst du immer noch Bettruhe halten?«

»Nicht mehr ganz so strikt. Aber die Ärztin meinte, die Gesundheit des Kindes müsse Vorrang haben. Ich soll mich nicht sorgen oder aufregen.«

»Sie hat leicht reden.« Mindy zog Stirn und Nase kraus. »Ärzte können manchmal so unsensibel sein«, flüsterte sie mit Seitenblick zur Küche. »Wenigstens ist der Benefizabend jetzt ein Selbstläufer. Mach dir bloß keine Sorgen. Sei einfach am vierzehnten Februar da und genieß es.«

Sophie öffnete den Kalender in ihrem iPhone, um die Tage zu zählen.

»Noch vierundzwanzig Tage.« Fünfundzwanzig Tage bis … *Dazu wird es nicht kommen. Dazu darf es nicht kommen.*

Das Telefon klingelte, als Thomas das Maisbrot aus dem Ofen nahm. »Ich gehe ran.«

Sophie hoffte, dass es Ben mit guten Neuigkeiten war. Sie half Mindy, ihre restlichen Unterlagen zusammenzusammeln, und umarmte sie rasch.

»Kann ich noch bei euch auf Toilette gehen?«

»Du weißt ja, wo sie ist.«

Mindy schloss gerade die Tür der Gästetoilette hinter sich, als Thomas sagte: »Natürlich übernehmen wir die Kosten.«

Grace

Du weißt ja, was dann geschah, aber ich muss einfach alles aufschreiben. Ich muss jeden unserer gemeinsamen Momente festhalten, weil ich es nicht ertragen könnte, auch nur eine Sekunde davon zu vergessen.

»Natürlich übernehmen wir die Kosten.« Die tiefe Stimme meines Schwiegersohns erinnerte mich wieder an den Abschnitt deines Lebens, an dem ich nicht teilhaben konnte.

»Hallo, Thomas. Hier ist Grace.« Ich musste mich zusammenreißen, um deutlich zu sprechen.

»Wie geht es dir?« Er klang nervös. Ich glaube, er hatte nicht mit einem Anruf von mir gerechnet.

»Hat Ben euch gesagt, dass ich anrufen würde?«

»Nein. Ich meine, ja, er sagte, er hätte dir unsere Nummer gegeben, aber wir sollten uns keine großen Hoffnungen machen, dass du telefonieren darfst.«

»Ja, ich bin selbst überrascht.« Ich spielte mit der Schnur. Nicht nur er war nervös. »Ich habe nicht viel Zeit. Ist Sophie da?«

Er zögerte, und ich fragte erneut: »Ist sie da?«

»Sie verabschiedet sich gerade von einer Freundin. Ich hole sie.«

Thomas deckte die Sprechmuschel ab, aber ich hörte

ihn noch gedämpft. »Geh im Arbeitszimmer ran. Ich bringe Mindy hinaus.«

Meine verflixten Beine fingen an zu zittern, so dass ich mich an die Wand lehnen musste. Atmen, sagte ich mir. Es kam mir beinahe so vor wie damals, als ich dich zum ersten Mal sah. So, junge Mutter, hier ist Ihre Tochter. Der maskierte Geburtshelfer legte dich mir in die Arme, deine rot verschrumpelte Haut auf meiner. Sehen Sie mal, sie hat Ihre langen Finger.

Ich kannte dieses Baby genauso wenig wie dich jetzt. Wolltest du überhaupt mit mir reden? Es dauerte ewig. Hattest du Besuch? Wussten diese Menschen von mir?

Die Automatenstimme sagte: »Noch dreizehn Minuten.« Ich sah mich nach Officer Mackey um. Er saß an seinem Pult und las die Zeitung.

Endlich hörte ich ein Klicken in der Leitung.

»Mom?«

Deine Stimme klang brüchig, aber ich hätte sie jederzeit wiedererkannt.

»Ja, ich bin's«, sagte ich.

»Ich kann es nicht fassen, dass ich endlich mit dir spreche.«

»Ich kann es auch kaum fassen.«

»Ich habe dir so viel zu sagen. Es gibt so Vieles, für das ich dich um Verzeihung bitten möchte.« Deine Stimme wurde so leise, dass ich dich kaum noch hörte.

»Sophie, ist schon gut. Es ist alles gut. Ich verstehe dich. Ich bin dir nicht böse.«

»Ich telefoniere jeden Abend mit Ben. Er wird dich freibekommen.«

»Er tut alles, was in seiner Macht steht, das weiß ich. Aber jetzt möchte ich etwas über dich erfahren, Sophie. Erzähl mir von deinem Leben.«

Ich hörte dich ein paarmal tief durchatmen, und ich glaube, du fingst an zu weinen.

»Bitte beruhige dich. Dein Blutdruck …«, kam es von Thomas im Hintergrund.

»Bist du krank?«, fragte ich. Etwa so wie William? Die automatische Ansage erinnerte mich an die schwindende Zeit.

»Nein, das kann man nicht sagen.«

»Bleib ruhig«, ermahnte Thomas dich erneut.

Du schniefest und batest ihn um ein Glas Wasser. Nachdem du einen Schluck getrunken hattest, bekam ich das Schönste zu hören, was ich je im Leben gehört habe.

»Mom, ich bin schwanger. Du wirst Großmutter.«

Sophie

»Du bekommst ein Kind?«, schrie ihre Mutter ins Telefon.

»Es soll im Juni kommen.«

»Mir geht das Herz über.«

Sophie schloss die Augen. Auf einmal war sie wieder sechs Jahre alt. »Mommy, guck mal, was ich gemalt habe. Unsere Familie.« Ihre Mom hatte das Bild an die Brust gedrückt und gesagt: »Mir geht das Herz über.«

»Ist alles gut mit dir?«

Sophie hielt die Augen geschlossen. Sie spürte die Arme ihrer Mutter um sich, die sie beschützten und streichelten.

»Es geht mir bestens, Mom. Die Ärztin kontrolliert meinen Blutdruck, aber es ist alles gut, ehrlich.«

Einen Moment lang sagten beide nichts. Sophie hörte ihre Mom in den Hörer schniefen.

»Bist du glücklich?«, fragte ihre Mutter dann mit zittriger Stimme.

»Ich versuche es zu sein.« Zum ersten Mal seit siebzehn Jahren gab sie eine ehrliche Antwort auf diese Frage. »Ich habe lange so getan, als sei alles in schönster Ordnung. Mit der Zeit bin ich ziemlich gut darin geworden, aber jetzt geht es nicht mehr. Ich vermisse dich. Ich möchte dich sehen und nach Hause holen.«

»Du ahnst nicht, wie sehr ich mich nach dir sehne«, sagte ihre Mom so leise, dass es kaum noch ein Flüstern war.

»Bald, Mom, ganz bestimmt.« Thomas stand neben ihr und streichelte ihr den Rücken.

»Ich mag deinen Mann.«

»Dachte ich mir, dass er dir gefällt. Er erinnert mich ein bisschen an Daddy.« Sophie nahm Thomas' Hand. »Ich wünschte, du wärst dabei gewesen. Bei unserer Hochzeit, meine ich.«

Schweigen am anderen Ende.

»Ich wollte dich nicht traurig machen«, sagte Sophie.

»Du machst mich nur froh«, antwortete ihre Mom endlich. »Ausgesprochen froh.«

Es piepte in der Leitung, das Signal, dass die Gesprächszeit gleich vorbei war.

Sophie ließ Thomas los und packte den Hörer mit beiden Händen. »Ich hab dich lieb, Mom.«

Zum ersten Mal seit elf Jahren antwortete ihre Mutter leise: »Ich dich auch, Sophie.«

GRACE

Wir haben gerade aufgelegt, und es gibt noch so Vieles, was ich dich fragen will. Naheliegendes wie: »Möchtest du einen Jungen oder ein Mädchen?« und »Wie richtest du das Kinderzimmer ein?«, aber vor allem bin ich neugierig auf all die Kleinigkeiten, die Mütter gewöhnlich über ihre Kinder wissen, wie: »Hörst du immer noch gern den Wäschetrockner laufen beim Einschlafen?« oder »Isst du deinen Toast immer noch am liebsten mit Zimt und Zucker?« Diese Eigenarten, auf die sonst niemand achtet, die Mütter aber in ihrem Gedächtnis speichern.

Ich möchte so gern zum Lebensmittelladen laufen, um dir Zitronenbonbons zu kaufen, denn die zu lutschen hilft gegen die Übelkeit (leidest du unter Morgenübelkeit?), oder dir dreißig verschiedene Mahlzeiten zum Einfrieren machen, damit du einen Vorrat hast, wenn du zu müde zum Kochen bist. Diese ganze greifbare Unterstützung, die die meisten Mütter für ihre Lieben leisten dürfen. Doch da Lakeland mich dafür wohl kaum rauslassen wird, muss ich mich auf die nichtgreifbaren Gaben konzentrieren, solche, wie sie nur tief aus einem Mutterherzen kommen.

Es ist kaum zu beschreiben, wie wunderbar es für mich war, dich sagen zu hören: »Ich hab dich lieb.« Anteile von mir, die seit dem Tag, als ich dich zum letzten Mal sah, verkümmert waren, fingen wieder an zu atmen. Wie auf Wolke sieben bin ich zurück in meine Zelle geschwebt.

Ich weiß, dass Thomas dich ebenfalls liebt. Er hat es mir bei seinem Besuch gesagt, es mir aber auch gezeigt, indem er sich so fürsorglich um dich kümmerte, während wir telefonierten. Jetzt kann ich schlafen wie nie zuvor, weil ich weiß, dass es noch jemanden in deinem Leben gibt, der dich anbetet.

Ich weiß nicht, wie viele Telefongespräche uns noch bleiben und ob wir uns je von Angesicht zu Angesicht wiedersehen werden. Diese Entscheidungen liegen nicht in meiner Hand und ebenso wenig in deiner. Doch egal, was der Gouverneur tut oder nicht tut, du sollst wissen, dass es mir gut gehen wird und ich an einem besseren Ort sein werde, umgeben von Liebe.

Auch du wirst glücklich sein. Jeden Morgen, wenn du in das Gesicht deines Neugeborenen blickst, dessen Ausdruck sich mit jedem Tag verändert, wirst du merken, dass ich bei dir bin.

Hüte dich davor, dir noch weitere Stunden durch Bedauern trüben zu lassen. Ich habe mich dafür entschieden, allen Groll, alle Verbitterung loszulassen und eine bewusste Anstrengung zu unternehmen, damit meine Feinde das Beste in mir zum Vorschein bringen und nicht das Schlechteste. Ich bete darum, dass auch du die Kraft dazu hast.

Immer wieder habe ich mich während meiner Jahre hier drinnen gefragt: War ich eine gute Mutter? Haben wir genug Kekse miteinander gebacken?

Ich konnte dir nicht alles beibringen, was du wissen musstest, um in dieser unberechenbaren Welt zurechtzukommen. Ich habe keine Ahnung, ob du mit Geld haushalten kannst oder anständige Tischmanieren hast, aber wenn ich meine gedankliche Prüfliste für eine gute Mutter durchgehe, wird mir klar, dass es im Grunde auf nur wenige Dinge ankommt. Wirst du geliebt, und kannst du andere mit ganzem Herzen lieben?

Wenn ich auf mein Leben zurückblicke, erkenne ich, dass der Sinn darin bestand, dir deines zu schenken. Dir den richtigen Weg zu zeigen, die Wahrheit zu sagen und dir alles zu geben, was ich zu geben hatte.

Lass dir Zeit und genieße jeden Moment. Fischstäbchen und Makkaroni-Auflauf schmecken besser an einem glücklichen Tisch.

Ich kann es nicht fassen, dass mein Enkelkind in dir heranwächst.

Sophie

»Ich versuche alles, was mir nur einfällt«, versicherte ihr Ben.

Sophie hatte damit gewartet, ihn anzurufen, bis Thomas zur Arbeit war. Es waren nur noch zwei Wochen bis zum Hinrichtungstermin, und ihre Ungeduld wuchs im gleichen Maße wie ihr Bauch. Beim Telefonieren schnitt sie die Preisschilder von der neuen Hose mit Elastikbund ab, die sie online bestellt hatte.

»Warum haben wir noch nichts gehört?« Sie wusste, dass er keine Antwort darauf hatte, aber sie konnte nicht anders, als jedes Mal nachzubohren, wenn sie miteinander sprachen. Ben hatte ihr und Thomas das Prozedere einer Berufung für Insassinnen des Todestrakts lang und breit erklärt. Die neuen Informationen konnten nur angehört werden, wenn der Gouverneur beziehungsweise dessen Dienststelle dazu bereit waren.

»Das Büro des Gouverneurs hat mir versichert, dass sie die Petition erhalten haben, aber mehr wollten sie mir nicht sagen. Ich habe keine Ahnung, wann man eine Entscheidung zu treffen gedenkt.«

Sophie hatte das Gefühl, an einem Teppich mit einem wuchtigen Schrank darauf zu zerren. »Ich verliere allmählich die Hoffnung. Anscheinend interessiert es außer dir, mir und Thomas keinen Menschen, dass meine Mutter unschuldig im Gefängnis verrottet.« Sie warf die Schere aufs Bett.

»Wir wussten, dass die Chancen schlecht stehen«, erinnerte sie Ben.

Die Internetrecherchen, die sie spätnachts betrieb, wenn ihr Verstand sich weigerte, zur Ruhe zu kommen, sagten ihr, dass er recht hatte. Die Statistiken sprachen nicht für ihre Mutter. Keine der dreiundvierzig Hinrichtungen in South Carolina seit Wiedereinführung der Todesstrafe vor dreißig Jahren war von einem Gouverneur verhindert worden.

»Ich weiß nicht, was sie tun werden«, wiederholte Ben hilflos.

»Wir dürfen nicht aufgeben.«

»Ich werde deine Mutter nie aufgeben, aber wir müssen uns auf alles gefasst machen.«

»Worauf denn, Ben? Darauf, dass eine unschuldige Frau, die bereits über ein Drittel ihres Lebens im Gefängnis gesessen hat, dort stirbt?« Sie bückte sich mühsam und pickte ein paar Fussel vom Schlafzimmerboden auf.

»Unsere neuen Erkenntnisse kommen möglicherweise zu spät.« Er stellte nur fest, was ihr längst klar war. *Ich habe zu lange damit gewartet, meiner Mutter zu helfen. Sie wird durch meine Schuld sterben.* Sophie hob ein zerbrochenes goldfarbenes Röhrchen »Elizabeth Arden Beautiful Colour Maximum Volume Mascara« auf, das von ihrer Schminkkommode heruntergerollt war, und schleuderte es gegen die Wand.

»Mach das ruhig, Ben. Mach dich aufs Schlimmste gefasst, aber ich denke nicht daran. Meine Mom kommt nach Hause, und was anderes lasse ich mir nicht einreden.« Sie zögerte, doch dann ging die Wut mit ihr durch. »Vielleicht bist du einfach nicht der Richtige für diese Aufgabe.«

Ben ging nicht auf ihre Provokation ein. »Ich verstehe, dass du frustriert bist. Mir geht es genauso.« Als sie nichts darauf erwiderte, fragte er: »Wie fühlst du dich? Wie geht es dem Baby?«

Sie wusste, dass er das Thema wechselte, damit sie sich beruhigte. In Wahrheit könnte sie Ben nie und nimmer feuern. Er war zu einem Teil ihrer Familie geworden und stellte obendrein die einzige Verbindung zu ihrer Mutter dar.

»Dem Baby geht's gut. Meine Ärztin hat gesagt, dass ich mich wieder leicht körperlich betätigen kann. Einkaufen gehen und zum Frisör und so was. Aber sie erlaubt mir noch nicht zu reisen.«

»Deine Mom versteht das«, versicherte Ben ihr. »Außerdem darf sie im Moment sowieso keinen Besuch haben.«

»Warum? Hat sie irgendwelchen Ärger?« Sophie fixierte den neuen schwarzen Fleck an der Wand, den sie verursacht hatte.

»Ich habe heute Morgen ein Fax erhalten«, antwortete er widerstrebend. »Zwei Wochen vor der anberaumten Hinrichtung wird die Gefangene vom Todestrakt in eine sogenannte Überwachungszelle verlegt.«

Grace

Dieser Teil meiner Geschichte ist möglicherweise schwer zu verkraften. Es drängt mich, das Ende aufzuschreiben, aber fühle dich bitte nicht verpflichtet, es zu lesen. (Verzeih das unlinierte weiße Papier, ich erkläre es gleich.)

Noch ehe die Morgensonne ihre ersten Strahlen in meine Zelle warf, wurde ich von den scharrenden Füßen mehrerer Aufseher geweckt. Sie (deren Stimmen ich nicht kannte) hatten sich vor meiner Tür versammelt.

Sechs Stunden zuvor hatte ich schon ähnliche Geräusche gehört und war aufgestanden, um nachzusehen, was die Unruhe zu bedeuten hatte. Officer Mackey hatte einen Rollstuhl durch den Gang geschoben. Die schiefen Vorderräder ratterten auf dem Beton und stellten sich immer wieder quer. Zuerst dachte ich, wir bekämen eine neue Insassin, doch als er näher heran war, sah ich, dass er Roni schob.

Sie hielt den Kopf gesenkt und zur Seite geneigt. Ihr Oberkörper war mit einem dicken weißen Gürtel an die Lehne geschnallt. Ich wollte rufen: »Willkommen zurück. Ich bin froh, dass du wieder da bist«, aber sie sah nicht so aus, als sei sie wach genug, um es zu hören. Und würde sie sich über so eine Begrüßung überhaupt freuen?

Ich sehnte mich danach, ihr persönlich zu sagen, dass

es mir leidtat, was ich getan hatte, was andere getan hatten, und dass ich sie nie wieder im Stich lassen würde, wenn sie mir noch eine Chance gäbe. Mir war klar, dass sie nicht ernsthaft hatte sterben wollen, sich nicht das Leben hatte nehmen wollen, sondern nur *dieses* Leben nicht mehr wollte. Das war ein Unterschied, und ich nahm mir vor, ihr dabei zu helfen, sich besser zu fühlen.

Plötzlich hörte ich vor meiner Tür jemanden brüllen: »Gefangene Nummer 44607, Grace Bradshaw.« Diesmal galt der Aufruhr also mir.

Erschrocken sprang ich aus dem Bett und stellte mich mit dem Gesicht zur Tür. Ich kaute auf meiner Unterlippe, aber ansonsten stand ich vollkommen still.

Meine Zellentür ging auf, und ich sah fünf Aufseher vor mir. Drei davon hatten Schutzschilde vor dem Gesicht. Zwei andere trugen lange Stöcke.

Ein weiblicher Officer warf mir einen orangenen Overall zu und befahl mir, mich umzuziehen. Ich stand wie erstarrt und suchte nach plausiblen Erklärungen für dieses frühmorgendliche Eindringen.

»Beeilen Sie sich«, befahl sie, als ich keine Anstalten machte, mich auszuziehen.

»Was ist denn los?«, fragte ich.

Ein männlicher Officer mit einem Klemmbrett kam herein. »Sie werden in einen anderen Teil des Gefängnisses überstellt.«

»Wozu?« Es waren doch noch zwei Wochen bis zu meiner Hinrichtung.

»Um mit den Vorbereitungen zu beginnen.« Er klang so sachlich wie eine Flugbegleiterin, die vor dem Start die

Sicherheitsanweisungen heruntergeleiert. »Ziehen Sie sich aus.«

Ich gehorchte. Ich kehrte ihnen den Rücken zu und stützte mich mit einem Arm auf dem Bett ab, als ich mich bückte, um die Hosenbeine abzustreifen.

Während die Beamtin mich durchsuchte, richtete ich meinen Blick auf die Fotos über meinem Bett. Paul und du. Du und William. Paul und ich.

»Komme ich hierher zurück?«, fragte ich, als sie ein letztes Mal mit den Händen über meine nackte Brust strich. Sie antwortete mir nicht.

Zwei der Aufseher lasen in den Papieren auf einem Klemmbrett, während die anderen drei jede meiner Bewegungen verfolgten. Ich deutete ein freundliches Lächeln an zum Zeichen, dass ich nicht vorhatte, ihnen Schwierigkeiten zu machen.

Als ich begann, die Fotos von der Wand abzunehmen, hielt einer von ihnen mich zurück. »Keine persönlichen Gegenstände erlaubt.«

»Was passiert mit …?« Ich klopfte auf meine Decke, um nach dem Tagebuch für dich zu suchen.

Zwei der Wärter waren sofort bei mir. Ich hielt die Hände so, dass sie sie sehen konnten.

»Darf ich nicht irgendetwas mitnehmen?« Es schnürte mir die Luft ab. »Meine Bibel?«

Ich sollte für immer fort und alles zurücklassen.

Officer Jones durchbrach die Mauer aus Aufsehern am Zelleneingang. »Herrgott noch mal, lasst sie ihre Bibel mitnehmen.«

Der Beamte mit dem Klemmbrett trat von einem Fuß

auf den anderen und nickte dann. »Die Bibel, aber sonst nichts.«

Officer Jones stand neben mir, als ich die Bibel vom Tisch nahm.

»Das Tagebuch für Sophie?«, fragte ich sie leise.

»Ich sorge dafür, dass sie es bekommt.«

Ich fand es unter der Decke, am Fußende des Betts. Ich hatte dir noch so viel zu sagen.

Bevor ich es Officer Jones gab, drückte ich einen Kuss auf das unvollendete Tagebuch mit dem abgenutzten braunen Ledereinband.

»Geben Sie nicht auf«, sagte sie zu mir. »Geben Sie nicht auf.«

Die Wärter legten mir Hand- und Fußschellen an, und ich warf einen letzten Blick auf die Bilder an der Wand. Die Fotos, die mein Leben dokumentierten und mein Herz in den vergangenen siebzehn Jahren am Schlagen gehalten hatten.

Als ich mein Zimmer verließ, hörte ich einen der Officer sagen: »Werft das Zeug in eine Kiste und beschriftet sie für die nächsten Angehörigen.«

Sophie

Sophie konnte nicht länger warten. Sie dachte daran, Thomas zuerst nach seiner Meinung zu fragen oder ob er böse wäre, ließ es aber sein. Als sie zum Telefon griff, hoffte sie, dass sein Verständnis für sie noch dieses kleine Stück weiter reichte.

»Könnte ich bitte mit Carter Logan sprechen?«, sagte sie in ihrem lieblichsten Südstaatentonfall.

»Mr Logan ist im Moment nicht verfügbar. Möchten Sie ihm eine Nachricht hinterlassen?«

»Ja, gern.«

Nach einem langen Moment der Stille hörte sie Carters Ansage: »Sie sind mit dem Anrufbeantworter von Carter Logan, Bezirksstaatsanwalt von Charleston County, verbunden. Ich bin dankbar dafür, meinen Mitbürgerinnen und Mitbürgern dienen zu können, und begrüße Ihren Anruf. Bitte hinterlassen Sie mir eine Nachricht, dann rufe ich Sie zurück.«

Sophie holte tief Luft. »Carter, hier ist Sophie. Ich wollte dich nicht zu Hause anrufen, damit Vivianne es nicht hört. Du weißt ja über den Fall meiner Mom Bescheid und was da gerade im Gange ist. Falls du ihr und mir auf irgendeine Art und Weise helfen kannst, wäre ich dir sehr dankbar.«

Nachdem sie aufgelegt hatte, fühlte sie sich zu einem kleinen Teil tatkräftig und gestärkt, zu einem größeren jedoch verzweifelt – schutzlos und entblößt wie eine Obdachlose, die an einer verkehrsreichen Kreuzung um Essen bettelt, oder ein bereits spindeldürres Model, das vor einem Fotoshooting gesagt bekommt, es müsse noch mehr abnehmen.

Dabei würde sie nackt durch die Straßen von West Lake wandern, wenn sie dadurch ihre Mutter freibekommen könnte. Aber würde sie das auch vor Thomas' Familie tun?

Sie klickte die Schwangerschafts-Überwachungs-App auf ihrem iPhone an. Siebzehn Wochen und vier Tage schwanger und immer noch kein Wort von Thomas' Verwandtschaft dazu, dass sie ein Kind bekam. Jedenfalls nicht ihr gegenüber. Sie wusste, dass Thomas mit seinen Eltern gesprochen hatte. Manchmal hörte sie ihn gedämpft im Arbeitszimmer telefonieren, mit ernster Stimme, die nicht gerade nach einem freudigen Ereignis wie der bevorstehenden Geburt eines neuen Enkelkindes klang.

Andererseits hatte sie es sich selbst zuzuschreiben, dass sie ihr die kalte Schulter zeigten. Beziehungen, die auf Unehrlichkeit aufgebaut waren, mussten irgendwann zerbrechen. *Willkommen im Irgendwann*, sagte sie sich, während sie durch verschiedene Vormittags-Talkshows zappte und überlegte, wie sie einen weiteren Tag auf dem Sofa produktiv gestalten konnte.

Sie war gerade am Eindösen, als das Handy klingelte.

»Sophie, hier ist Mindy. Hast du eine Minute Zeit?«

»Ich versuche gerade zu entscheiden, ob ich Wiederholungen von *Der Preis ist heiß* gucken oder ein Nickerchen halten soll. Es ist also gerade ganz schlecht.«

Mindy lachte. »Okay, wenn du so beschäftigt bist, will ich dich nicht lange stören, aber ich dachte, du würdest es wissen wollen.«

»Was denn?«

»Die Mutter von Max hat beim Sozialamt alle Hürden genommen und will ihn mit zu sich nach Hause nehmen.«

»Was? Wann?« Sophie warf die Fernbedienung auf die Couch. »Kann ich zu ihm?«

»Sie will ihn heute Abend holen. Wenn du ihn noch sehen willst, musst du dich beeilen.«

Grace

»Kann ich mich von ihnen verabschieden?«, fragte ich die Aufseher, die mich wegführten. Zwei gingen vor mir, zwei an meiner Seite und die übrigen beiden dicht hinter mir.

Carmen und Jada starrten mich durch ihre schmalen Zellenfenster an.

»Mehr ist nicht drin«, antwortete einer kopfschüttelnd.

Ich drehte mich zu Carmens Tür um. Unsere Blicke begegneten sich, und mehrere Sekunden lang unterbrach keine von uns den Kontakt. Ich hob die Hände, so hoch es ging, zum Abschied. Sie zeigte mir den erhobenen Daumen.

Jadas Gesicht verschmolz fast mit dem Aschgrau ihrer Tür. Sie wischte sich etwas aus dem Auge, ehe sie verschwand.

Ronis Fenster war leer.

Ich steuerte darauf zu, doch der Officer packte mich am Arm und drehte mich weg.

»Zeit zu gehen.«

Ich beugte den Kopf und sprach ein Gebet für Roni. Stellte mir vor, wie sie hilflos auf dem Bett lag, ihr Rollstuhl in der anderen Ecke.

»Moment mal«, sagte Officer Jones. »Da will sich noch jemand verabschieden.«

Ich sah auf. Officer Jones deutete auf Ronis Zelle. Hinter dem Fenster war ein Stück von Ronis Gesicht aufgetaucht, die andere Hälfte nahm der Christbaumanhänger ein, den ich ihr geschenkt hatte. Sie hielt ihn flach gegen die Scheibe. Ich lass das Wort FAMILIE.

Sophie

Punkt sechs Uhr abends marschierte Sophie schneller, als sie sollte, durch den Krankenhauseingang, eine Tüte von JCPenney in der Hand. Thomas, dem sie hatte versprechen müssen zu warten, bis er zu Hause war, damit er sie wenigstens fahren konnte, trottete hinterdrein.

»Mach langsam, du müsstest eigentlich liegen!«, rief er.

Sie winkte ab und ging weiter, betete, dass Max noch in seinem Zimmer war.

»Max?«, rief sie, als sie endlich dort ankam.

Sein Bett war bereits abgezogen, die Monitore und Apparate waren entfernt worden.

»Ich habe ihn verpasst.« Keine Spur mehr von Zirkuspuzzlen mit turnenden Elefanten oder einer der Toy-Story-Figuren. »Er ist weg.«

Thomas kam herein, als sie sich gerade in den malvenfarbenen Sessel sinken ließ, auf dem sie so oft mit Max gesessen hatte. Sie würde ihren kleinen Mann nie wiedersehen.

»Es tut mir sehr leid, dass du ihn verpasst hast«, sagte Thomas. »Ich sehe mal, ob ich Mindy finden kann. Vielleicht haben wir ja eine Adresse oder Telefonnummer von ihm.«

Sophie bemühte sich, ruhig zu bleiben. *Stress ist nicht gut für das Baby*, hörte sie ihren Mann in Gedanken mahnen. *Aber Max zu verlieren ist absolut nicht gut für mich*, hielt sie ihm entgegen.

»Hier will dir jemand tschüss sagen«, ließ er sich auf einmal von der Tür her vernehmen.

Max, eingemummelt in einen dunkelblauen Wintermantel, lief mit ausgestreckten Armen auf sie zu. »Sosie, wo warst du denn?«

Sophie bückte sich und hob ihn hoch. »Hab dich vermisst.«

Max' Mutter kam hinter ihm herein. »Sag auf Wiedersehen. Wir müssen dich jetzt nach Hause bringen.« Eine jägergrüne Wollmütze von John Deere bedeckte ihre Haare fast vollständig. Die hohlen Wangen waren mit pfirsichfarbenem Rouge bemalt, und sie roch nach einer Mischung aus Zigarettenqualm und Immergrün-Wunderbaum.

»Hätten Sie etwas dagegen?«, fragte Sophie, auf die Tüte neben sich auf dem Boden deutend.

Die Frau bückte sich und zog die goldfarbenen Nylon-Schnürsenkel ihrer Arbeitsstiefel mit Stahlkappen fest. »Nee, schon gut, so viel Zeit haben wir grad noch.«

Mit Max auf dem Schoß öffnete Sophie die Tüte und holte eine pastellfarbene, blau-rosa-gelbkarierte Häkeldecke heraus. Während sie Max darin einpackte, sagte sie: »Die gehörte meinem kleinen Bruder. Er hat mir viel bedeutet, genauso wie du. Ich möchte, dass du sie bekommst.«

Grace

»Alles okay da drinnen?«

Ich hatte keine Ahnung, wo ich war oder wer da etwas durch die Tür rief. Mein Oberteil hatte sich verwickelt und klebte an meinem Rücken. Es war dunkel und heiß hier.

»Bradshaw, alles in Ordnung mit Ihnen?«

Ich blinzelte, aber nichts kam mir vertraut vor. *Wo bin ich?*

Die Tür ging auf. Herein kam die Person, die meinen Namen rief. Blinzelnd versuchte ich, meine Augen an das Licht zu gewöhnen, das mit ihr hereinströmte.

»Sind Sie okay, Bradshaw? Sie hatten offenbar einen Albtraum.«

Eine blaue Uniform ragte über mir auf.

Die Überwachungs-Todeszelle. Ich bin in eine Überwachungszelle verlegt worden.

»Wie spät ist es?«, fragte ich die zierliche Aufseherin. Ihre Stachelfrisur fügte ihrer geringen Körpergröße etwa drei Zentimeter hinzu.

»Noch einige Stunden, bis Sie aufstehen müssen.« Sie wischte sich mit dem Handrücken den Schweiß von der Stirn.

Ich rollte mich herum, um mein T-Shirt und meine Gedanken zu entwirren. Kopf und Hals fühlten sich starr an, als hätte mich jemand mit mehreren Lagen Plastikfolie umwickelt.

»Atmen Sie tief durch.« Die Aufseherin sah zu, wie ich mich drehte und wand. »Atmen Sie. Das wird Sie beruhigen.« Sie sprach weiter ruhig und freundlich auf mich ein, wobei sie sich etwas breitbeiniger hinstellte. Dann machte sie ein paar Schritte rückwärts und blickte kurz zur Tür, wo vermutlich die Verstärkung wartete.

»Das ist nichts Ungewöhnliches. Passiert allen in ihrer ersten Nacht hier.« Sie hob die Hand, um irgendwem zu signalisieren, dass sie die Lage im Griff hatte.

Ich kämpfte den Drang nieder, aufzuspringen und wegzulaufen, wohl wissend, dass jede abrupte, unerlaubte Bewegung meinerseits ernste Konsequenzen haben würde. Stattdessen suchte ich nach einem Blickpunkt, auf den ich mich konzentrieren konnte, und rief mir die Entspannungsübungen ins Gedächtnis, die Ms Liz mir beigebracht hatte. Am Fußende meines Eisenbettgestells, wo die Querstange auf die Seiten traf, war die Farbe abgeblättert. Das freigelegte graue Metall bildete scharf gezackte Linien.

Ich starrte darauf und zählte bis zehn. *Visualisieren, Grace*, hörte ich Ms Liz in mein Ohr flüstern. Ich versuchte mich daran zu erinnern, wie Paul roch, wenn er sich mit seinem Aftershave bespritzt hatte, oder wie sich Sophies lange dünne Arme um meine beschürzte

Taille anfühlten, wenn ich den Abwasch machte. Doch nichts stellte sich ein.

Die gezackten Linien wurden größer und bewegten sich auf und ab, vor und zurück. Ich schlug die Hände vors Gesicht und begann zu weinen.

Die Aufseherin kam zu mir und legte mir eine Hand auf den verschwitzten Rücken. »Tief ein- und ausatmen«, wiederholte sie.

Ich atmete ein und zählte bis fünf, ehe ich langsam wieder ausatmete. Richtete meinen Blick diesmal auf die glänzenden Handschellen, die an ihrem Gürtel baumelten.

Eins, zwei, drei … Auf ihrem Namensschild stand *I. Kollins*. Ida? Irene?

»Es wäre wohl dumm, Sie zu fragen, wovon Sie geträumt haben.«

Ich atmete fertig aus und zählte erneut, bevor ich etwas sagen konnte.

Vier, fünf …

»Mein Mann ist gestorben.« Meine Antwort war mit einem heiseren Keuchen durchsetzt. »Nach meiner Verurteilung.« Die Vorstellung von Paul in einem roh gezimmerten Eichensarg ohne Blumen zuckte durch meine Träume wie eine Tornadowarnung. Ein einfacher, schmuckloser Sarg, mitten in meine nächtlichen Angstvisionen platziert.

Ich hab dich alleingelassen. Du musstest mutterseelenallein die Beerdigung deines Vaters überstehen.

Die Beamtin nahm die Hand von meinem Rücken und richtete sich auf, während ich nach Luft rang.

»Gibt's ein Problem hier drin?« Ein glatzköpfiger Officer mit einem buschigen Schnurrbart erschien an der Tür.

»Nein, alles bestens«, antwortete Officer Kollins, während mein Keuchen sich legte.

»Dann macht mal Schluss mit dem Weibertratsch«, bellte er. »Wir haben uns noch um einige Verfahrensbestimmungen zu kümmern.«

Officer Kollins legte mir erneut die Hand auf die Schulter und drückte sie kurz, ehe sie ging. »Versuchen Sie, noch etwas zu schlafen. Wir sprechen uns morgen früh.«

Als sie fort war, wurde ich endlich ruhig genug, um Willams lange Wimpern vor mir zu sehen, die im Schlaf flatterten. Seine Brust, die sich regelmäßig hob und senkte, während er süß träumte. Ich legte mich neben ihn und sah ihm für den Rest der Nacht beim Atmen zu.

Sophie

Dr. Johnson nahm das Maßband um Sophies sich ausdehnende Mitte ab. »Achtzehn Wochen und drei Tage«, sagte sie. »Das Baby entwickelt sich ganz nach Plan.«

Sophie zog ihr Shirt herunter. »Kann ich dann also wieder normalen Aktivitäten nachgehen?«

»Normalen Aktivitäten wie zum Beispiel …?« Dr. Johnson wickelte das Band fertig auf und warf es in eine Schublade. Dann holte sie einen Fötus-Doppler hervor. »Ziehen Sie bitte Ihr Shirt noch einmal hoch.«

Die Ärztin drückte den Doppler an ihren Unterbauch, während Sophie sich den Kopf darüber zerbrach, wie sie »meine Mutter vor ihrer Hinrichtung noch einmal besuchen« so formulieren konnte, dass es unter »normal« fiel. Nach einer Weile gab sie es auf und schloss die Augen, um ihr neues Lieblingsgeräusch auf sich wirken zu lassen, das eilige Schlagen des kleinen Herzens.

»Hört sich gut an.« Sophie atmete auf, wie jedes Mal. »Also, Sophie«, fuhr Dr. Johnson fort, »Ihr Blutdruck hat sich stabilisiert, und Sie haben kein Eiweiß mehr im Urin, aber …«

Sie wusste schon, was kommen würde.

»Wenn Sie von mir die Erlaubnis wollen, zu Ihrer Mutter zu fahren und sie zu besuchen – die kann ich Ihnen nicht geben.« Dr. Johnson reichte ihr die Hand, um ihr von der Untersuchungsliege herunterzuhelfen. »Diese Entscheidung können nur Sie und Thomas treffen.« Ihr Kind, ihr gemeinsames Kind, bedeutete ihr alles, aber ihre Mutter ebenso. Und nun, da ihr das endlich klar geworden war, fand sie es unerträglich, dass sie sich zwischen den beiden entscheiden sollte.

»Ich verstehe«, sagte sie. »Aber das heißt, dass ich nicht mehr liegen muss, oder?«

»Das heißt, dass Sie sich immer noch schonen müssen.« Dr. Johnson strich ihren schulterlangen Bob, der platter am Kopf anlag als sonst, hinter die Ohren. Eine lange Bereitschaftsnacht, vermutete Sophie, nachdem sie auch noch verkrustete Lidschattenreste um die Augen der Ärztin bemerkt hatte. »Aber Sie dürfen sich wieder mehr bewegen.«

»Okay.« Sophie dachte daran, Dr. Johnson zu beruhigen, indem sie etwas vorbrachte wie »Thomas kann einen Rollstuhl für mich ausleihen« oder »Der Besucherraum im Hinrichtungstrakt liegt nicht weit vom Parkplatz«, beschloss dann jedoch, keine schlafenden Hunde zu wecken. »Dann also in zwei Wochen wieder.«

»Ja, aber rufen Sie mich gern an, wenn Sie mich brauchen.« Dr. Johnson hatte schon die Hand am Türknauf, drehte sich jedoch noch einmal um. »Sophie«, sagte sie, Mitgefühl in den müden Augen, »ich weiß, dass Sie im Moment Unvorstellbares durchmachen wegen dieser, äh, Situation.«

Sophie nestelte an dem zerknitterten, dünnen weißen Papier auf der Liege herum. »Mit meiner Mutter, meinen Sie?« *Situation* ging natürlich um einiges flüssiger von der Zunge als »Tut mir leid, dass Ihre Mutter durch die Todesspritze sterben soll«.

»Ja, mit Ihrer Mutter«, antwortete Dr. Johnson sanft.

Die ärztlichen Ratschläge, merkte Sophie, fielen ihr um einiges leichter als die persönlichen.

»Ich kann mir nicht annähernd vorstellen, was das für eine Belastung ist.« Zum Glück wurde sie von ihrem Pager unterbrochen, ehe Sophie darauf eingehen musste. »Aber versuchen Sie, daran zu denken, dass Sie eine komplizierte Schwangerschaft haben.«

Draußen im Wartezimmer klingelte ihr Handy, kaum dass sie den nächsten ihrer zweiwöchentlichen Termine vereinbart hatte.

»Hallo, Thomas«, sagte sie und überlegte, wie sie Dr. Johnsons mahnenden Worten einen positiven Dreh geben könnte.

»Sophie, hier ist Carter.«

»Oh.« Sie hatte gar nicht auf die Anzeige gesehen. Es war vier Tage her, seit sie ihm die Nachricht in seinem Büro hinterlassen hatte, und sie hatte die Hoffnung schon aufgegeben, dass er zurückrufen würde. »Hallo, Carter. Wie geht es dir?«

»Wichtiger ist, wie geht es dir?«

»Ganz gut, glaube ich. Ich war gerade bei der Ärztin. Das Kind gedeiht.« Beinahe hätte sie gesagt:

»Deine Nichte oder dein Neffe gedeiht«, verkniff es sich aber.

»Freut mich zu hören. Thomas hat uns die freudige Nachricht mitgeteilt. Meinen Glückwunsch. Caroline wollte dich anrufen, aber sie hat gerade so viel mit Vivi zu tun.«

»Ich verstehe«, sagte Sophie, auch wenn sie beide wussten, dass das nicht stimmte. »Du rufst vermutlich wegen meiner Nachricht an.«

»Richtig«, sagte er, sich rasch auf einen professionellen Ton verlegend. »Ich fürchte, ich kann da nicht viel tun.«

»Warum denn nicht, Carter?«, fragte sie herausfordernd, doch mit plötzlich trockenem Mund.

»Weil Mrs Bradshaw siebzehn Jahre Zeit hatte, um zu beweisen, dass sie unschuldig ist. Sie hat sämtliche Berufungsmöglichkeiten ausgeschöpft. Das Ganze wirkt wie der letzte verzweifelte Versuch eines Kleinstadtadvokaten – und, ganz ehrlich, Sophie, der Gouverneur wird ihm das nicht abkaufen.«

Sophie klemmte sich das Telefon unters Kinn, während sie in ihrer Tasche nach dem Autoschlüssel kramte. *Mrs Bradshaw, ach ja?* Sie kippte den Inhalt der Tasche auf die Motorhaube ihres Land Rovers. Die Schlüssel waren nicht da.

»Wir haben Beweise, Carter.« Sie warf ihr Make-up-Täschchen und ihr Portemonnaie wieder hinein, während sie sich auf dem Parkplatz nach ihrem Schlüsselanhänger umsah. »Wir haben einen Gentest.«

»Der Staatsanwalt hat auch Beweise. Es wurde

Ethylenglykol in Williams Blut nachgewiesen«, sagte er strenger, als sie ihn je erlebt hatte. Unwillkürlich stellte sie sich eine sechzehnjährige Vivi vor, wie sie nachts, zwanzig Minuten nachdem sie hätte zu Hause sein sollen, auf Zehenspitzen über das Ahornparkett schlich und betete: »Bitte, lass meinen Dad nicht aufwachen.«

Sie ging um ihr SUV herum und lehnte sich an die Hecktür, während Carter weitersprach.

»Die an den Babyfläschchen und mit den Blutproben deines Bruders durchgeführten Labortests haben solide wissenschaftliche Ergebnisse geliefert. Selbst wenn dein Bruder irgendeine Stoffwechselstörung hatte, widerlegt das nicht die Tatsache, dass deine Mutter ihn vergiftet hat.«

»Sein Blut wurde nie auf eine Stoffwechselkrankheit hin getestet. Wir haben eine Untersuchung derselben Babyflasche, die etwas völlig anderes ergeben hat. Seine Blutproben wurden *mit antiquierten Methoden* analysiert. Bitte, Carter, ich weiß, dass meine Mutter unschuldig ist.«

»Es tut mir leid, Sophie. Wirklich.« Seine Stimme wurde ein bisschen weicher. »Aber ich bin nicht sicher, ob ich dir immer glauben kann. Nicht genug jedenfalls, um mich dafür aus dem Fenster zu lehnen.«

Das hatte sie verdient, das wusste Sophie. »Du hast recht, ich habe euch angelogen. Weil ich mich zu sehr geschämt habe. Ich wollte für eure Familie akzeptabel sein. Du kannst mir misstrauen, so viel du willst, aber lass es bitte nicht an meiner Mutter aus.«

Die Tür der Arztpraxis ging auf, weshalb sie zu der abgewandten, diskreteren Wagenseite herumging. »Meine Mom hat meinen Bruder nicht umgebracht.«

Kaum waren die Worte heraus, hörte sie ein leises Schlüsselklingeln hinter sich. Eine Frau in einem pinkfarbenen Anzug für medizinisches Personal legte ihre Schlüssel neben sie auf die Bordsteinkante. Sophie erkannte in ihr die Arzthelferin wieder, die ihren nächsten Termin eingetragen hatte. »Haben Sie vergessen«, formte sie mit den Lippen, ehe sie wieder davoneilte.

Sophie sah ihr nach, wie sie zurück in die Praxis huschte. Bestimmt würde sie gleich weitertratschen, was sie gerade gehört hatte. Lasst die Googel-Suchen beginnen.

»Ich würde dir gern helfen, aber ich kann nicht«, fuhr Carter fort, um einen aufrichtigen Ton bemüht. »Du solltest dich auf alles gefasst machen, denn der Gouverneur wird es bestimmt auch nicht.«

Grace

Meine Zellentür ging auf, bevor jemand »Hinstellen zum Appell« geschrien hatte oder ein Frühstückstablett durch den Schlitz geklappert war. Officer Kollins kam mit einem Stuhl und einem Klemmbrett herein.

»Konnten Sie noch etwas schlafen?«

Ich wusste, dass sie das nur fragte, damit ich mich ein wenig entspannte, denn die Videokamera oben in der Ecke zeichnete jede meiner Bewegungen auf.

»Nicht viel.«

»Ich glaube, ich habe mich gestern Nacht gar nicht vorgestellt. Ich bin Officer Kollins.«

»Grace Bradshaw.« Ich gab ihr die Hand, als würden wir uns auf einem Elternabend begegnen.

»Das ist mal was Neues«, scherzte ich, als wir mit dem Händeschütteln fertig waren.

»Mache ich sonst auch nicht.« Sie blickte kurz zu der Kamera hinauf. »Officer Jones ist eine Freundin von mir. Sie hat mich gebeten, Ihnen bei dem Übergang zu helfen.«

Übergang – nennt man das jetzt so?

»Danke, das ist nett. Werde ich Officer Jones noch einmal sehen?«

»Ich weiß es nicht«, sagte sie und überflog die Seiten auf ihrem Klemmbrett. Der mangelnde Blickkontakt gab mir die Antwort.

»Ich muss das weitere Vorgehen mit Ihnen durchsprechen, nun, da Sie in der Überwachungszelle sind.«

»Okay.« Ich strich die Knitterfalten in meiner Hose glatt, während sie begann.

»Mit Ausnahme der Viertelstunde, die Ihnen zum Duschen bewilligt wird, werden Sie Ihre gesamte Zeit in dieser Zelle verbringen.« Officer Kollins steckte das Ende ihres schwarzen Stifts in den Mund und zog die Kappe ab. »Sie werden täglich von einer Krankenschwester, einem Psychologen und einer Seelsorgerin besucht. Sie dürfen keine persönlichen Gegenstände bei sich haben, abgesehen von diesen hier.«

Sie legte ein Bettlaken, einen Kopfkissenbezug, einen Satz Unterwäsche und ein Paar dünne graue Socken aufs Bettende. Dann hielt sie mir die Hose der nun vollständig orangenen Gefängnisuniform an und sagte: »Die sieht drei Nummern zu groß aus. Ich werde den Ausstattungs-Sergeant zur Wäscherei raufschicken. Mal sehen, ob wir nicht etwas finden, das Ihnen passt.«

Ich war drauf und dran zu sagen, dass sie sich nicht die Mühe machen solle, schließlich kannte ich mich damit aus, Sachen zurechtzudrehen und -zuknoten, damit sie mir nicht vom Leib rutschten. Doch der Gedanke, morgen einmal ohne rote Striemen von dem überschüssigen Stoff aufzuwachen, bewog mich dazu, den Mund zu halten.

»Der Sergeant wird Ihnen vor dem Duschen heute

Abend ein paar Toilettenartikel bringen. Alles, was Sie sonst möchten, muss schriftlich beantragt werden.«

»Kann ich etwas Schreibpapier haben?«

Officer Kollins nickte. »Ich bringe Ihnen ein Formular.«

Meine Bibel lag aufgeschlagen am Fußende meines Bettes. »Darf ich die behalten?« Zögerlich deutete ich mit dem Kopf darauf.

Officer Kollins blätterte durch ihre Unterlagen. »Das ist erlaubt.«

»Darf ich Besuch haben?«

»Besuch ist erst wieder gestattet am Tag der …« Sie räusperte sich und machte ein paar schnelle Häkchen mit ihrem Stift. »… Ihrer Hinrichtung.«

Nachdem sie noch versprochen hatte, mir etwas zu lesen zu besorgen, ging sie. »Mögen Sie irgendwelche bestimmten Zeitschriften?«

»*Hausfrau heute*«, sagte ich, bereute es jedoch sogleich. Ich brauchte die Menüs des Monats nicht mehr. Die Tage, die mir noch blieben, konnte ich an den Fingern abzählen.

Sophie

Trotz der Bedenken der Ärztin und Thomas' Besorgnis würde Sophie nichts davon abhalten können, ihre Mutter an ihrem vielleicht letzten Tag auf Erden zu besuchen. Thomas machte zwar viel Aufhebens um sie und bat sie immer wieder, auf sich zu achten, aber sie wusste, dass er sie verstand.

Was sie ihm nicht sagte, war, dass sie ihre Mom von Angesicht zu Angesicht sehen musste, um selbst einschätzen zu können, ob sie noch eine Spur von Vorwurf oder Wut ihr gegenüber hegte. Über die wahren Gefühle ihrer Mutter im Ungewissen zu bleiben, würde sie mehr belasten als alles andere.

Sie verfolgte, wie die Nachrichtensender die Story immer ausführlicher brachten, je näher der Hinrichtungstermin rückte. »Grace Bradshaw aus South Carolina wird in zwei Tagen hingerichtet, falls ihrem Gnadengesuch nicht noch stattgegeben wird. Sie wäre seit vierundzwanzig Jahren die erste Frau, die in diesem Staat auf gesetzliche Anordnung getötet wird.«

Ben unternahm weiter, was er nur konnte. Es gelang ihm sogar, sich von einer forschen ehemaligen Staatsanwältin in deren Late-Night-Talkshow einladen zu lassen.

»Mit Verlaub«, hakte die Moderatorin unbarmherzig nach, »Ihre Mandantin hatte siebzehn Jahre Zeit, um mit dieser ›Stoffwechseltheorie‹ aufzuwarten, und jetzt kommen Sie in letzter Minute damit an. Warum, Sir, haben Sie nicht schon früher Nachforschungen in diese Richtung angestellt?«

Ben setzte ihrer Aggressivität seinen Südstaatencharme entgegen und hielt sich an die Tatsachen. »Graces Mann starb, bevor den neuen Beweisen nachgegangen werden konnte. William Bradshaw ist an einer Stoffwechselkrankheit gestorben. Wir haben eine genetische Untersuchung seiner Schwester, die das unzweifelhaft belegt.«

In einer Werbepause beschloss Sophie, eine Facebook-Seite einzurichten. *Freiheit für Grace Bradshaw – South Carolina will eine unschuldige Mutter hinrichten.* Sie rief Thomas zu sich, der gerade die Geschirrspülmaschine ausräumte, damit er sich ihren Entwurf ansah.

»Bist du sicher, dass du damit in die Öffentlichkeit gehen willst?« Er las ihren Text und starrte auf die ihm unbekannten Familienfotos, die sie hochgeladen hatte. »Ich habe sie aus unserem Haus mitgenommen, als ich in Brookfield war«, erklärte sie. »Das bin ich, kurz nach meiner Geburt, wie ich die Hand meiner Mom umklammere.« Sie hatte dieses Bild immer wieder in allen Einzelheiten betrachtet, seit sie es mit nach Hause gebracht hatte.

Gespannt wartete sie auf die Reaktion ihres Mannes. Er berührte kurz die Aufnahme auf dem Bildschirm. »Ich hab noch nie ein Babyfoto von dir gesehen.«

»Ich auch nicht, zumindest seit langer Zeit nicht.« Sophie senkte den Kopf und atmete tief durch, ehe sie ihm in die Augen sah. »Ich kann stolz darauf sein, die Tochter von Grace Bradshaw zu sein. Mein Fehler war, das nicht früher zu erkennen.«

Thomas vergrößerte das Bild. »Warum hattest du nicht genug Vertrauen zu mir, um es mir zu sagen?«

Der Schmerz in seiner Stimme traf sie tief.

»Weißt du, ich habe das Gefühl« – er machte eine ausholende Geste zu beiden Seiten –, »dass das alles eine einzige große Lüge war.«

Sie nahm seine Hand. »Nichts davon ist eine Lüge. Ich dachte nur, wenn du es erfährst, wenn deine Familie davon erfährt, würdest du mich verlassen. Meine Familie ist so anders als deine. Du bist so anders als ich. Ich möchte von dir geliebt werden.«

Thomas kam ganz nahe heran. »Ja, ich *liebe* dich.« Er nahm ihr Gesicht zwischen seine Hände, fester, als er wohl beabsichtigt hatte. »Und ich will nicht, was meine Familie hat. Ich will, was deine Familie hatte, was unsere Familie haben kann.«

»Das will ich auch«, flüsterte Sophie. »Das will ich auch.«

Später am Abend loggte Thomas sich auf sein Facebook-Profil ein. »Zusammen haben wir eine Menge Freunde«, sagte er und scrollte durch die Liste. »Wir können diese Seite genauso gut mit allen teilen.«

Kurz darauf rief Margaret Logan ihn auf dem Handy

an. Er ging zum Telefonieren ins Arbeitszimmer, doch Sophie schloss hinterher aus seiner vergrämten Miene, dass seine Mutter sich nicht sehr solidarisch gezeigt hatte. »Ich weiß, wie es ist, wenn einem etwas vorgeworfen wird, das man nicht getan hat«, sagte er zu ihr, als sie im Bett lagen. Er nahm sie in die Arme und schlief an sie geschmiegt ein.

Da er ihr nichts weiter erzählt hatte, als sie ihn auf das anhängige Gerichtsverfahren angesprochen hatte (»Darum machen wir uns später Gedanken«), schrieb sie Mindy eine SMS.

Eltern haben Klage zurückgezogen ☺, aber seine Bewerbung um Chefchirurgenstelle ist nach dem Zeitungsbericht aussichtslos.

Eine Reihe von traurigen gelben Emoticongesichtern folgte auf Mindys Antwort.

Am Morgen vor dem Tag der Hinrichtung rief Thomas in seiner Praxis an und sagte, dass er sich aus persönlichen Gründen ein paar Tage freinehme, während Sophie erfolglos die Umstandsoberteile auf der oberen Stange ihres Kleiderschranks durchging. *Hat je ein Arbeitsrechtsratgeber in der Geschichte von Arbeitsrechtsratgebern konstatiert, dass es ein triftiger Grund für eine Freistellung ist, wenn man der Ermordung seiner Schwiegermutter beiwohnen muss? Oder haben sich die Designer von »A Pea in the Pod« beim Entwerfen meiner beigen Bluse mit Schößchen und Spitze gesagt: »Hey, Jane, die wird besonders gut an einer Schwangeren aussehen, die an einer Hinrichtung teilnehmen muss«?* Als sie nach einer Viertelstunde immer noch nicht wieder aus dem Ankleidezimmer hervorgekommen war, traf Thomas die Entscheidung für sie und wählte eine langärmelige cremefarbene Tunika mit Häkeleinsatz zu khakifarbenen Leggins aus.

Als sie am Clubhaus vorbeifuhren, sah Sophie den Lieferwagen des Blumenladens davorstehen. Thomas hielt am Straßenrand, weil Mindy hinter dem Lieferwagen hervorgesprungen kam und winkte.

»Ich muss dich unbedingt umarmen.« Mindy deutete durch die geschlossenen Fenster auf Sophie, die ihre Tür öffnete.

»Ich drück dich ganz fest«, flüsterte Mindy ihr ins Ohr, ehe sie weiterfuhren. »Du brauchst nie wieder etwas allein durchzustehen.«

Thomas hatte ein Zimmer in einem Hotel nahe dem Gefängnis gebucht. Er erwähnte den Namen erst, als sie schon auf der Interstate waren, und konnte nicht wissen, dass es sich um dasselbe handelte, in dem Sophie damals mit ihrem Vater übernachtet hatte. Sie beschloss, es ihm zu einem späteren Zeitpunkt zu sagen. Sie hatte am eigenen Leib erfahren müssen, dass ein schmähliches Geheimnis weitere nach sich zog, und damit war jetzt endgültig Schluss.

Um sich die lange Autofahrt erträglicher zu machen, schloss sie die Augen und ließ ihre Gedanken zu einer Erinnerung wandern, die sie beruhigte. Ihre Mom, wie sie im Schneidersitz auf dem Küchenfußboden saß und ihre kleinen Hände hielt. Sie roch wieder den Nagellack, als sie ihr die Fingernägel in einem glitzernden Violett lackierte und jede Schicht trockenpustete, bis ihre Nägel perfekt aussahen.

Grace

Verzeih, dass ich eine Weile nicht geschrieben habe. Mir ist das Papier ausgegangen. Jetzt endlich, nach dem Ausfüllen eines weiteren Antragsformulars (vor acht Tagen), hat mir Officer Kollins einen Bleistiftstummel und ein einzelnes Blatt unliniertes Papier gebracht. Ich schreibe ganz klein, um Platz zu sparen.

Ich wusste, dass dieser Zeitpunkt irgendwann kommen würde, und denke, ich habe mich gut darauf vorbereitet. Ich will keinen einzigen Augenblick mehr mit Grübeleien darüber verschwenden, was passieren oder nicht passieren könnte. Lieber konzentriere ich mich auf all die guten Tage, die vorher waren.

Du sollst unbedingt wissen, dass es mir trotz dieser ganzen irrwitzigen Umstände gut geht. Es war eine Umstellung, mich an mein neues »Zimmer« und den anderen Tagesablauf beziehungsweise das Fehlen eines solchen zu gewöhnen, aber allmählich geht es. Das Schwerste ist, nicht noch einmal mit dir sprechen zu können.

Ich habe so viele kostbare Momente mit dir verpasst und weiß, dass ein simples »Es tut mir leid« das nicht ansatzweise wiedergutmachen kann. Irgendwann habe ich mir selbst vergeben müssen, dass ich nicht bei dir war, als du mich brauchtest. Ich hoffe, du kannst mir auch vergeben. Nachdem dein Dad gestorben war, musstest du einige einschneidende Veränderungen im Leben ganz allein bewältigen. Niemand war da, um dir mit Rat und Tat zur Seite zu stehen, als du deine Bewerbungsunterlagen fürs College ausgefüllt hast. Niemand hat mit dir gejubelt, als du den dicken Brief geöffnet hast, der eine Zusage enthielt. Niemand hat dir geholfen, deine Sachen zu packen, oder hat dir von der Veranda aus nachgewunken, als du dein Elternhaus verließest, und gebetet, dass du heil ankommen würdest.

Daran kann ich nichts mehr ändern, und ich will keine weitere Sekunde mit Reue und Bedauern zubringen. Vor allem sollst du eines wissen, nämlich dass ich vor Stolz auf dich beinahe platze. Du hast den größten Pokal, die dickste 1 plus, das blaueste Siegerband und das funkelndste Diadem verdient.

All die Meilensteine in deinem Leben, angefangen von deinem Einzug in ein leeres Wohnheimzimmer bis hin zur Wahl der schönsten Brautfrisur für deine Hochzeit, habe ich in Gedanken begleitet. In meiner Fantasie war dein Zimmer im Studentenwohnheim mit einem Muster aus rankenden Wildblumen mit kuriosen Blättern tapeziert. Habe ich recht? Deine Haare hattest du an deinem Hochzeitstag zu weich fallenden Locken frisiert und aufgesteckt, und aufgrund des Fotos, das Thomas mir gezeigt hat, weiß ich, dass du einen Schleier trugst, der am Hinterkopf befestigt war und deine hohen Wangenknochen und dein herzförmiges Gesicht betonte.

Kein Meilenstein, den andere Mütter in ihren Familienalben vermerken, blieb im Herzen deiner Mutter un-

vermerkt. Du warst nicht vergessen. Für den Fall, dass ich dir das nicht mehr persönlich sagen kann – ich bin überaus glücklich, tief beeindruckt und auf Knien dankbar dafür, deine Mutter sein zu dürfen.

Mir ist bewusst, dass ich unzählige Augenblicke übergehe, wichtige Ereignisse, die erwähnt werden müssten, wie zum Beispiel das Elternwochenende an deinem College (bist du an dem Wochenende in deinem Zimmer geblieben, oder hat dich die Familie deiner Mitbewohnerin zum Essen eingeladen?) oder die Frage, ob du genug Geld hattest, um die Hochzeit zu organisieren, die dir vorschwebte. Jetzt habe ich die erste Seite schon fast vollgeschrieben und muss es wohl langsam genug sein lassen.

Auf der Rückseite will ich ein paar Gedächtnisstützen für mich selbst auflisten – ich hoffe, es macht dir nichts aus, Sophie. Ich zwinge mich, positiv zu bleiben, und denke, das wird mir dabei helfen.

Irgendwann einmal habe ich Paul gefragt, nachdem ich einen besonders »haarigen« Wortwechsel zwischen ihm und einem seiner Gemeindemitglieder mitbekommen hatte: »Wie schaffst du es bloß, freundlich zu solchen Leuten zu bleiben?« Dabei zeigte ich auf die Kehrseite des unangenehmen Gentlemans, der ihn gerade angebrüllt hatte. Paul hatte vergessen, seinen Namen mit auf die Tafel der Stifter der neuen Bänke für den Altarraum zu setzen. »Wie können Sie nur, wo ich dieser Gemeinde so viel Geld gespendet habe?«, schäumte der Mann noch aus dem Autofenster, bevor er davonbrauste.

»Gott schickt uns nicht immer die Menschen, die uns angenehm sind«, antwortete Paul, während ich ver-

suchte, meine Zunge im Zaum zu halten, um dem Mann nicht etwas Unflätiges hinterherzurufen. »Er schickt uns die, die wir brauchen. Ich betrachte jeden unschönen Zusammenstoß als ein Geschenk. Eine Chance, mich in Freundlichkeit und Geduld zu üben.«

Nun denke ich über die weisen Worte deines Vaters nach, und ich glaube, ich zeichne mir (uns) eine kleine visuelle Hilfe auf.

NAME	IHR/SEIN GESCHENK AN MICH
Ms Liz und Officer Jones	*Sie haben mich freundlich behandelt trotz der schlimmen Dinge, die sie von mir glauben mussten. Sie haben dazu beigetragen, dass ich mich hier drin als Mensch fühlte.*

Roni	*Sie hat mir geholfen, einen Röntgenblick zu entwickeln – die Fähigkeit, durch Haut und Muskeln hindurchzusehen und zu verstehen, was sie ausmacht, die Basis dessen, wer sie geworden ist und warum. Sie hat mir ihre verletzlichsten Seiten dargeboten, eingehüllt in beflecktes, zertrampeltes Geschenkpapier. Ich bin froh, dass sie nun die allumfassende Liebe erfährt, die einem nur ein Vater oder eine Mutter schenken können.*
Jada und Carmen	*Sie haben mich gelehrt, zu akzeptieren, ohne zu verstehen. Sie als Menschen anzuerkennen und zu lieben, ohne ihre Taten gutzuheißen.*

Du und William	*Ihr habt mir die größten Geschenke überhaupt gemacht. Vor allem das Geschenk, Mutter zu sein. Zu lieben, ohne auf die Kosten zu achten, und innerlich vor Glück zu hüpfen, weil ich euch so vergötterte. Und nun machst du mir noch das Geschenk, Großmutter zu werden. (Ob ich sie/ihn vom Himmel aus aufwachsen sehen kann?)*
Paul	*In ein paar Tagen wird sein Gesicht das erste sein, das ich sehe, das weiß ich. Er und William werden auf mich warten. Er hat mir das Geschenk gemacht, nie an mir zu zweifeln und mich als den Menschen anzusehen, als der ich gemeint war. Ich bin sehr dankbar dafür, eine solche Liebe erfahren zu haben.*

Bevor ich es vergesse – das Rezept für Grandma Pearls Hühner-Nudel-Eintopf:

Vier oder fünf Hühnerbrustfilets in so viel Wasser kochen, dass sie gerade bedeckt sind. Wenn das Hühnerfleisch gar ist, aus der Brühe herausnehmen und zerteilen. Dann eine Packung tiefgefrorene Eiernudeln (falls du die nicht bekommst, tun es auch kurze breite Trockennudeln) in die Brühe geben. Falls mehr Flüssigkeit nötig ist, kann man etwas Wasser oder Fertighühnerbrühe hinzugeben. Kochen, bis die Nudeln gar sind. Und jetzt kommt das Beste: den größten Teil der Brühe, aber nicht die ganze, von den Nudeln abgießen und dann je eine Dose Hühnercremesuppe, Champignoncremesuppe und Selleriecremesuppe sowie das Hühnerfleisch hinzufügen und erhitzen. Alles verrühren, mit Salz und Pfeffer abschmecken und GENIESSEN! (Mir schießt das Wasser in den Mund und in die Augen – ich rieche die Cremesuppen und sehe meine Mutter vor mir, wie sie diese köstliche Mahlzeit zubereitet.) Falls das Ganze zu dickflüssig ist, ein wenig Milch oder mehr Hühnerbrühe hinzufügen. Ein Rezept, bei dem man nichts falsch machen kann.

Sophie

Ben traf sich mit Sophie und Thomas am Frühstücksbüffett im Hotelfoyer. Niemand hatte großen Appetit, aber Thomas bestand darauf, dass Sophie wenigstens ein bisschen Obst aß. Ben legte den Tagesablauf im Einzelnen dar, während Thomas eine Banane vom Büffett holen ging.

»Der Gouverneur hat nicht nein gesagt«, versicherte er ihnen, nachdem Thomas sich wieder gesetzt hatte. »Wir haben nur noch keine Antwort.«

»Ist das normal?«, fragte Thomas, der die Banane schälte und Sophie gab.

»Wie gesagt, in so einer Situation ist praktisch nichts normal. Wir müssen einfach abwarten, wie der Gouverneur entscheidet. Jedenfalls werden wir Grace eine gewisse Zeit vorher besuchen dürfen.« Er führte nicht aus, vor was, aber sie wussten natürlich, was er meinte. »Danach, falls der Gouverneur sie nicht begnadigt, wird sie in den Hinrichtungsraum gebracht, wo man mit der Prozedur beginnen wird.«

Thomas legte den Arm um Sophie. Eine Familie mit einer kleinen Tochter stand gleich neben ihrem Tisch für den Waffelautomaten an.

Ben senkte die Stimme. »Hast du dich schon entschieden, ob du bei der Hinrichtung dabei sein möchtest?«

Sophie konnte nicht darauf antworten. *Wird es wirklich so weit kommen?*

»Schätzchen, deine Waffeln mit Schokosplittern sind fertig.« Das kleine Mädchen hüpfte, dass seine Zöpfe flogen.

Thomas zog Sophie fest an sich. »Wir entscheiden das zusammen, wenn wir dort sind.«

Die Demonstranten hatten bereits zwei gegnerische Lager vor dem mit Stacheldraht bewehrten Zaun der Strafanstalt gebildet, als Ben seinen Wagen auf das bewachte Tor zulenkte. Er hatte vorgeschlagen, zusammen in einem Auto zu fahren, da das Gefängnis »an einem Hinrichtungstag das reinste Irrenhaus« sei. Kaum war es heraus, hatte er gemerkt, wie kaltschnäuzig das klang, und sich entschuldigt.

»Ist schon gut«, hatte Sophie geantwortet.

Sie klappte die Sonnenblende herunter, um nachzusehen, ob ihr Eyeliner verschmiert war. Vermutlich war es auch für die meisten Gefängnisbeamten nichts als ein »Hinrichtungstag«. Ähnlich wie für Lehrer, die Elternsprechtag hatten, oder für Mediziner, die ihren Rezertifizierungstag für die Herz-Lungen-Wiederbelebung hinter sich bringen mussten. Eine Sache, die sie sich nicht freiwillig aussuchen würden, doch da es nun mal sein musste, machten sie das Beste aus dieser lästigen und unangenehmen Jobanforderung. Sie wusste, dass Ben nicht mit ihnen in einen

Topf geworfen werden konnte, er wollte schließlich nur pragmatisch sein und Zeit sparen. Außerdem kümmerte sie das alles sowieso nicht, denn solange nichts anderes verlautbart wurde, war heute für sie kein Hinrichtungstag, sondern der Tag, an dem der Gouverneur ihre Mutter endlich freilassen würde.

Gruppen von Gegnern der Todesstrafe saßen vor dem hohen äußeren Zaun auf Liegestühlen und steckten Kerzen in Papierhalter. Eine Frau in einem dunkelblauen Kapuzensweatshirt, die braunen Haare mit einem Gummiband zurückgebunden, blies wärmend in ihre Hände, als Ben vorbeifuhr. Sobald sie sie sah, hob sie ein eingerissenes Pappschild auf und schwenkte es. In roten Buchstaben hatte sie darauf geschrieben: HÖRT AUF ZU TÖTEN, DAMIT DAS TÖTEN AUFHÖRT!

Ein Kleinbus einer Kirchengemeinde, der »Lake Terrace Lutheran Church«, wie die Aufschrift lautete, bot der wachsenden Menge von Demonstranten Schutz vor dem kalten Februarwind. Sophie winkte einer Frau, die vor ihrem Stuhl kniete, im Vorbeifahren zu.

Auf der anderen Straßenseite hatte sich lediglich ein versprengtes Häuflein von Befürwortern der Todesstrafe versammelt. »Es ist noch früh«, gab Ben zu bedenken, als Sophie eine Bemerkung über die zahlenmäßige Diskrepanz machte. »Es ist noch früh.«

»Ich brauche die Führerscheine von allen Fahrzeuginsassen«, wies der uniformierte Beamte Ben an, nachdem dieser das Fahrerfenster heruntergelassen hatte.

»Was ist der Grund für Ihren heutigen Besuch?«, fragte der Beamte und gab ihm seinen Führerschein zurück.

»Ich bin Grace Bradshaws Anwalt.«

Der Officer nickte. »Und Sie, Mrs Logan?« Er musterte ihr Passbild und dann ihr Gesicht.

»Ich bin Grace Bradshaws Tochter.«

Der Officer sah sie noch einmal prüfend an, ehe er Ben ihren Ausweis zurückgab.

»Und Sie?«, fragte er Thomas.

»Ich bin Graces Schwiegersohn.«

Der Officer öffnete das Tor und winkte sie hinein.

Grace

Ich schreibe meine Zeit hier in der Überwachungszelle nieder unter dem Vorwand, dass das Nichtwissen für dich möglicherweise qualvoller ist als das Wissen. Sollte das nicht der Fall sein, dann bitte Thomas, es zuerst durchzulesen und für dich zu filtern.

Heute Morgen kam Officer Kollins in meine Zelle, um mein Frühstückstablett abzuholen. »Mehr wollen Sie nicht essen?«, fragte sie mit einem Blick auf die ungeschälte braunfleckige Banane und den durchsichtigen Plastikdeckel, der noch auf der grauen Schale voll Grießpudding saß.

»Keinen großen Appetit heute.« Das war ihr natürlich klar, aber Smalltalk fällt nicht leicht in so einer Situation.

»Wie haben Sie geschlafen?«

»Nicht so gut.« Offenbar hatte sie mich gestern Nacht nicht über Video beobachtet.

Tatsächlich war ich mir nicht sicher, ob ich überhaupt geschlafen hatte. Ich hatte ständig zwischen Vorfreude und Niedergeschlagenheit, Aufregung und Verzweiflung geschwankt. In ein paar Stunden würde ich dich sehen – dein Gesicht, das ich elf Jahre lang nicht gesehen hatte. Ich malte mir aus, dein Haar zu riechen und deinen

Herzschlag ganz nah an meinem zu spüren, doch auf das Gute folgte schnell das Schlechte. Ich sah dich weinen und flehen, als die Wärter mich fesselten und fortführten. »Verabschieden Sie sich von Ihrer Tochter«, hörte ich sie sagen, sobald ich einzunicken begann.

»Ich möchte den Zeitplan für heute mit Ihnen durchgehen, damit es zu keinen Missverständnissen kommt.« Officer Kollins zog ein Blatt heraus und legte es neben mich auf den Tisch. »Heute Vormittag werden die Krankenschwester und der Gefängnispsychologe Sie aufsuchen. Bei dieser Gelegenheit können Sie etwaige medizinische oder psychologische Bedürfnisse ansprechen.« Sie wartete auf meine Bestätigung, dass ich sie gehört und verstanden hatte, ehe sie ein Häkchen in ihr Kästchen machte.

»Nach Beendigung dieser Visiten dürfen Sie Besuch von Ihrem Rechtsbeistand und Ihrer Seelsorgerin erhalten. Haben Sie das verstanden?«

»Ja, habe ich, aber wann kann ich meine Tochter sehen?«

»Besuchszeit für Familienangehörige ist heute Nachmittag zwischen fünfzehn und sechzehn Uhr.«

Eine viereckige Digitaluhr vor meiner Zelle zeigte 8:37 an. Noch sechs Stunden und dreiundzwanzig Minuten.

»Wann ist …?« Ich konnte mich nicht überwinden, es auszusprechen, also tat Officer Kollins es für mich.

»Falls der Gouverneur nicht einschreitet, findet Ihre Hinrichtung heute Abend um achtzehn Uhr statt.«

Sophie

Ben tippte Ziffern in sein Handy, während Sophie und Thomas in dem kleinen, abgetrennten Besucherbereich auf und ab gingen.

»Hier ist noch einmal Ben Taylor. Können Sie mir bitte sagen, wann der Gouverneur seine Entscheidung bekannt geben wird?«

Es klopfte an der Tür, als er gerade in seinem Büro anrufen wollte, um zu erfahren, ob Louise etwas gehört hatte.

»Darf ich hereinkommen?«

Sophie blieb stehen, als eine kleine Frau mit einem strengen grauen Haarknoten den Raum betrat. Mit ihren steifen Beinen und dem krummen Rücken bewegte sie sich nur langsam voran.

»Hallo, ich bin Sophie.« Sie gab der Frau die Hand, die eine vollgestopfte Stofftasche mit einem aufgestickten Namen dabeihatte, den sie nicht richtig entziffern konnte.

»Sophie, ich bin Ms Liz.« Ihr gekrümmter Händedruck war herzlich. »Ich bin die Seelsorgerin Ihrer Mutter.«

»Wie geht es ihr? Haben Sie sie heute schon gesehen?« Sophie hielt den Atem an.

»Nein, noch nicht«, antwortete Ms Liz langsam. Sie begrüßte Ben und Thomas mit einem Nicken.

Ben legte auf, und Sophie erkannte an seinem niedergeschlagenen Ausdruck, dass Louise auch nicht mehr wusste.

»Setzen wir uns doch.« Ms Liz machte eine einladende Geste.

Ben holte ein paar Klappstühle aus einer Ecke des kleinen Raums. Zwei von den drei Stühlen hatten ungleiche Beine und wackelten, so dass er und Thomas stehen blieben und darüber debattierten, welche von den beiden Frauen am meisten Stabilität brauchte.

»Gebt den da Ms Liz«, entschied Sophie.

Ms Liz nahm Platz, während Ben sein Taschentuch aus der Brusttasche zog und es unter das eine Bein von Sophies Stuhl klemmte.

»Wissen Sie, wie es ihr geht?«, erkundigte sich Sophie.

»Ich bin sicher, sie ist unglaublich tapfer wie immer«, sagte Ms Liz. »Ich gehe zu ihr, sobald die Krankenschwester bei ihr fertig ist.«

»Ist sie denn krank?«

»Nein, das gehört zum normalen Ablauf«, warf Ben ein.

»Ich besuche Ihre Mom jetzt schon seit einiger Zeit«, bemerkte Ms Liz. »Wir sind uns recht nahe gekommen.«

Sophies Augen begannen zu brennen. »Dann wissen Sie es wohl?«

»Was denn?«, fragte Ms Liz. Die Falten um ihre Augen vertieften sich, doch ihr Gesicht wirkte sanft und gütig.

»Dass ich eine furchtbare Tochter gewesen bin.« Sophie gelang es, ihre Stimme unter Kontrolle zu bringen, nicht aber das Beben ihrer Schultern und Hände. Es war auf einmal kalt im Raum.

Thomas zog seine Anzugjacke aus, legte sie ihr um und ließ seine Hände auf ihren Schultern ruhen.

»Nun, eins weiß ich sicher«, sagte Ms Liz und zog eine Packung Taschentücher aus ihrem Mantel. »Die Miene Ihrer Mutter verändert sich immer völlig, wenn sie über Sie spricht. Dann ist es, als würden diese Mauern« – sie fuchtelte mit den Armen – »einfach nicht existieren.«

Bens Handy klingelte, kaum dass Sophie ein wenig aufgeatmet hatte. Weder sie noch Ms Liz regten sich.

»Ben Taylor.« Pause. »Ja, ja, das ist richtig.« Pause. »Okay. Danke.«

Ben hielt das Telefon an seine Brust gepresst. »Der Gouverneur hat seine Entscheidung getroffen. Sein Büro faxt sie gegen vier an meins. Seine Assistentin sagt, er wird etwa um dieselbe Zeit eine Pressekonferenz abhalten.«

»Ist das gut oder schlecht?«, stammelte Sophie. Sie sah Ben und Ms Liz flehend an.

Ben schüttelte den Kopf. »Ich habe keine Ahnung.«

Ms Liz tätschelte ihre Hand. »Wir müssen einfach abwarten.«

Ein Klopfen an der Tür unterbrach sie. »Ms Liz?«

Eine Aufseherin steckte den Kopf herein. »Sie können jetzt zu Mrs Bradshaw.«

Sophie vergrub den Kopf in den Händen. Sie fühlte, wie das Baby in ihr seine Haltung anpasste.

»Sophie«, sagte Ms Liz, bückte sich und holte etwas aus ihrer großen Tasche. Sophie konnte jetzt den Namen *Elizabeth* in dunkelvioletter Kursivschrift darauf lesen. »Ihre Mutter hat mich gebeten, Ihnen das zu geben.« Sie reichte ihr ein in braunes Leder gebundenes Tagebuch.

Sophie hielt es mit zittrigen Händen. Die Tränen liefen ihr übers Gesicht, während sie das abgegriffene Buch an sich drückte.

Ms Liz stand auf und streichelte ihr mit ihren gekrümmten Fingern über den Kopf.

»Ms Liz«, rief Sophie. »Sie müssen mir einen Gefallen tun!«

Grace

Um 12:17 Uhr war ich sowohl von der Krankenschwester als auch dem Gefängnispsychologen begutachtet worden. Beide hatten mir Fragen gestellt, auf die es keine positiven Antworten gab, zum Beispiel: »Wie fühlen Sie sich?« oder »Möchten Sie über irgendetwas sprechen?« Ich antwortete, so gut ich konnte. »Meine Gefühle schwanken« und »Meine Tochter wird bald hier sein, dann kann ich mit ihr sprechen«. Eine höfliche Umschreibung von: »Wiegen Sie mich, notieren Sie meinen Allgemeinzustand und gehen Sie wieder.« Wen scherte es denn noch, was die Waage anzeigte?

»Kann ich jetzt zu ihr?«, hörte ich Ms Liz' schwache Stimme vor meiner Zelle.

»Wenn Officer Kollins mit ihr fertig ist«, antwortete ein männlicher Officer. »Sie muss Bradshaw gleich in den Besucherbereich führen.«

Ich hatte keinen Spiegel und wollte mir unbedingt wenigstens noch die Haare kämmen, bevor ich Sophie wiedersah. Da ich nicht wusste, ob ich in diese Zelle zurückkehren würde, fuhr ich rasch mit der Bürste hindurch und band sie, vielleicht zum letzten Mal, zu einem Pferdeschwanz zusammen.

Officer Kollins ließ mich husten und hinhocken,

um mir dann die Hand- und Fußschellen anzulegen. »Geht's einigermaßen?«, fragte sie.

Ich sah wieder auf die Uhr. »Ja, ich bin okay, denke ich.«

Ms Liz lehnte draußen an der Wand. »Hallo, Grace«, sagte sie, sobald meine Zellentür sich öffnete. »Ich habe eine Überraschung für Sie.«

Sie ging an meiner Seite, als wir zwei verriegelte Stahltüren passierten und den Besucherbereich für die Todeskandidaten ansteuerten. »Der Direktor hat die Erlaubnis gegeben.«

»Erlaubnis für was?«

»Sie dürfen Sophie im Besucherraum sehen. Mit Körperkontakt.«

Ich hatte nicht gewusst, dass diese Möglichkeit überhaupt bestand, und mich darauf eingestellt, sie durch eine verschmierte Glasscheibe hindurch zu sehen.

»Kommen Sie, wir bringen Sie dorthin«, sagte Officer Kollins zu mir, als meine Beine nachzugeben drohten. Mit Ms Liz' Hilfe stützte sie mich.

Nachdem ich das Gleichgewicht wiedererlangt hatte, gingen wir weiter. Und dann sah ich Sophie. Ihren Hinterkopf, als sie gerade zur Toilette verschwand. Ich glaube, Thomas folgte ihr.

»War sie das?«

Ms Liz nickte lächelnd.

»Sie kommt gleich wieder.« Officer Kollins, die mir eine Hand auf den Rücken, die andere auf den Arm gelegt hatte, führte mich voran.

»Sophie«, wollte ich rufen und zu ihr stürzen. »Ich bin hier! Deine Mom ist hier.«

»Atmen Sie tief durch«, riet mir Ms Liz. »Sie sehen sie gleich.«

Officer Kollins betätigte die Tastatur neben dem Eingang zum Besucherbereich. Ich drehte mich um in der Hoffnung, einen Blick auf Sophie zu erhaschen, wenn sie aus der Toilette kam.

»Hallo, Grace«, sagte Ben, als die Tür aufging.

Er hatte sein Anzugjackett ausgezogen und auf den Sitz eines Klappstuhls geworfen. Seine grau-schwarz gestreifte Krawatte hing schief.

»Hallo, Ben.«

Officer Kollins zog einen Stuhl für mich heran, und ich setzte mich. Ich sah zu Ben auf, um von ihm zu hören, dass das Gnadengesuch abgelehnt worden war. Doch er wusste, das war nicht die Hauptsache für mich. »Sind Sie bereit, Sophie zu sehen?«

Ich hatte mich für bereit gehalten, doch als er mich danach fragte, brachte ich keinen Ton heraus. Mir stockte der Atem, und für einen Augenblick glaubte ich, mein Herz hätte aufgehört zu pumpen. Mein Körper wusste, was mein Verstand nicht begriff: Diese Momente mit Sophie würden wahrscheinlich meine letzten sein.

Sophie spürte es auch. Als sie ins Zimmer kam und unsere Blicke sich trafen, wussten wir es beide. Wir verstanden die Bedeutung der Zeit, und zwar so voll und ganz, dass nichts außer uns zählte, nichts anderes existierte. Statt darüber zu reden, was hätte sein können, taten wir das Einzige, was wir konnten – wir klammerten uns aneinander.

»Würden Sie mir die Handschellen abnehmen?«, bat ich Officer Kollins, als ich meine Stimme wieder in der Gewalt hatte.

Officer Kollins hatte Verstärkung von Officer Mackey bekommen, und sie sahen sich kurz an, bevor Mackey seine Schlüssel herausholte. »Lassen Sie mich das nicht bereuen.«

»Deine Haare«, sagte ich zu Sophie, als die Handschellen ab waren. »Sie riechen genau wie früher.«

Sie befühlte ihre glänzenden blonden Haare, die ordentlich mit einer Strassklemme zur Seite gescheitelt waren. »Ich benutze noch das gleiche Shampoo, das du immer für mich gekauft hast. Es gibt mir das Gefühl, dir nahe zu sein.«

Ich wusste nicht, wo Thomas und Ben standen, ich wusste nur, dass mein kleines Mädchen in diesem Augenblick neben mir saß. Ich hielt ihre Hand, und sie rieb meine. Dann berührte ich ihren Bauch und spürte mein erstes Enkelkind sich bewegen. Sophie führte meine Hand. »Fühl mal hier, Mom. Dein Enkel strampelt.«

Als ich mich genug beruhigt hatte, um einen klaren Gedanken fassen zu können, ermahnte ich mich, dass ich stark sein musste. Ich musste Sophie schonen und ihr vermitteln, dass es mir gut gehen würde, was auch passierte. Dass es ihr gut gehen würde. *Bitte, lieber Gott, mach mich stark.*

Ich kann den Frieden nicht erklären, der sich daraufhin einstellte, genauso wenig wie die Kraft, die mich erfüllte. Es war, als würde alles, was zuvor war, verblassen, als wäre dies der Moment, die Minute, die Sekunde, auf die ich mich zubewegt hatte. Es brauchte nichts gesagt, kein Bedauern geäußert zu werden, denn Sophie und ich verstanden uns. Wir teilten etwas miteinander. Eine Liebe, die nicht verging.

Ich wusste, dass diese Ruhe nicht aus mir selbst kam. Sie kam von einem Gott, der all diese Jahre über meine Gebete erhört hatte. Ein Engel schwebte über diesem Raum, seine enormen Schwingen schützend über Sophie gebreitet. Nie hatte ich mich mehr geliebt gefühlt.

Sophie

Sobald der Wärter ihrer Mutter die Handschellen abgenommen hatte, spürte Sophie sie wieder – die Hände ihrer Mom. Die Finger waren schmaler, die Adern dicker und blauer, aber die Haut war so glatt und seidenweich, wie sie sie in Erinnerung hatte. Dieselben Hände, die ihr sirupartige grüne Aloe-Vera-Lotion auf ihren verbrannten roten Rücken gestrichen hatten – »Morgen ist es schon besser, Liebling« – oder kalte Milch auf ihren zu lange in der Mikrowelle erhitzten Haferbrei gegossen hatten, und sie empfand sie als so tröstlich wie eh und je.

»Es tut mir leid …«, begann sie, doch ihre Mom unterbrach sie.

»Wir sind jetzt zusammen«, flüsterte sie. »Wir sind jetzt zusammen.« Sie schloss die Augen und drückte Sophies Hand an ihr Herz.

»Erzähl mir von deinen Träumen«, bat ihre Mom sie, als sie sich beide ein wenig gefasst hatten. »Thomas hat mir von deiner Wohltätigkeitsarbeit berichtet, aber was interessiert dich noch? Was sind deine Leidenschaften, wofür stehst du morgens auf?«

Sophie überlegte einen Moment. Niemand, noch nicht einmal Thomas, hatte ihr je solche Fragen gestellt, die bis in ihr Innerstes zielten. »Thomas hat dir doch von Max erzählt, weißt du noch?«

»Natürlich, der kleine Junge im Krankenhaus, stimmt's?«

»Ich bin ganz verrückt nach ihm. Ich hab ihn richtig lieb, Mom. Ich liebe ihn.«

Ihre Mutter streichelte ihre Wangen. »Das wollte ich sehen – dass etwas dein Gesicht zum Leuchten bringt.«

Sophie ergriff die Hände ihrer Mom und legte sie sich in den Schoß. »Aber seine Mutter hat ihn mit nach Hause genommen, deshalb weiß ich nicht, ob ich ihn noch einmal wiedersehen werde.«

Bens Handy klingelte, er ging ran. Sophie packte die Hände ihrer Mutter fester, während sie seinen Gesichtsausdruck beobachtete. Ihre Mom aber hatte nur Augen für sie.

»Ja«, sagte Ben. »Okay, okay, mhm. Welcher Sender?«

Grace

»1997 wurde Grace Bradshaw des Mordes an ihrem Säugling, William Joseph Bradshaw, für schuldig befunden.« Der Gouverneur stand an einem breiten Rednerpult aus Mahagoni im Garten des Gouverneurssitzes. Die hellrosa Teerosen, die es im Sommer einrahmten, lagen nun erfroren auf kahlen Erdhaufen.

»Ich habe die Fakten dieses Falls und die Anwendung der für die Verurteilung maßgeblichen Gesetze noch einmal überprüft. Trotz der von der Verteidigung in letzter Minute vorgebrachten Indizien besteht für mich kein Zweifel daran, dass Grace Bradshaw dieses abscheuliche Verbrechen begangen hat.«

Ich wusste, was nun kommen würde, und richtete meine Gedanken auf das, was ich nicht sehen konnte. Zukünftige Knospen, unter allem verborgen, die nur darauf warteten, das Licht zu erblicken und zu erblühen.

»Da es keine stichhaltigen neuen Beweise in diesem Fall gibt, sehe ich keinen Grund für eine Begnadigung. Als Ihr Gouverneur habe ich die Pflicht, dafür zu sorgen, dass der Gerechtigkeit Genüge getan wird, indem die Gesetze unseres stolzen Staates

South Carolina angewandt und seine Urteile vollzogen werden.«

Thomas stützte mich an einer Seite, Sophie an der anderen. Ben stand hinter mir, beide Hände fest auf meine Schultern gelegt. Officer Kollins hatte mir vor der Übertragung der Pressekonferenz wieder die Hand- und Fußfesseln angelegt. »Ist Vorschrift, Grace. Tut mir leid.«

Sophie fing an zu weinen, kaum dass der Gouverneur zu sprechen begonnen hatte. Als er fertig war, legte ich meinen Kopf auf ihre Schulter und weinte auch.

Sophie

»Warum hilft uns denn niemand?«, hörte Sophie sich schreien, nachdem Ben den Fernseher ausgeschaltet hatte.

Ihre Mom versuchte sie zu trösten. »Ist schon gut«, sagte sie immer wieder. »Ich habe meinen Frieden damit gemacht. Für Gott war das keine Überraschung.«

Sophie streichelte das weiche Gesicht ihrer Mutter. »Wie kannst du nur so ruhig sein?«

»Ich werde meinen Mann wiedersehen. Und meinen Sohn.« Ihre Augen quollen über. »Bitte denk daran – ich werde dich nie verlassen.«

»Ms Liz ist hier«, sagte Ben zu Officer Kollins, als er die Seelsorgerin vor der Tür entdeckte. »Ist es in Ordnung, wenn sie noch mal hereinkommt?«

Officer Kollins ging zur Tür und entriegelte sie. »Ich habe, was Sie wollten«, flüsterte Ms Liz Sophie zu.

Officer Kollins nahm ihre Schlüssel vom Gürtel und befreite Graces Hände, während Ms Liz zwei beschlagene Gläser, randvoll mit schäumendem Rootbeer und zwei Portionen Vanilleeis, auf den Tisch stellte.

»Bitte bleib bei mir, Mom!«, rief Sophie. Ihre Mutter nahm ihre zitternden Hände und zog sie an sich. Dann tippte sie auf das ausgeprägte Grübchen, das unter Sophies Mund erschien, wenn sie um etwas bettelte.

»Du darfst mich nicht alleinlassen«, flehte Sophie. »Ich brauche dich, du musst mir beibringen, eine gute Mutter zu sein.«

Grace

»Grace, es ist so weit«, sagte Ms Liz. Der Direktor hatte ihr erlaubt, mich auf dem kurzen Weg durch den Betongang, der von meiner Beobachtungszelle zur Hinrichtungskammer führte, zu begleiten. Sie stützte mich an einem Arm, Officer Kollins am anderen.

»Es ist so weit«, hörte ich meine Mutter sagen, als der große gelbe Schulbus knirschend auf dem Schotterstreifen vor unserem Haus hielt. Ihre Augen waren schmal und gerötet, ich dachte, sie würde eine Erkältung bekommen. »Dein erster Tag im Kindergarten. Ich könnte nicht stolzer auf dich sein.«

»Es ist so weit«, sagte mein Vater und nahm meinen Arm. Er wischte sich mit dem Ärmel seiner schwarzen Smokingjacke über die feuchte Stirn. Mein weißer Satinpumps drückte an der linken Ferse. Paul stand am Ende des Mittelgangs. Er legte seine Hand aufs Herz, als er mich sah.

»Es ist so weit«, sagte der Geburtshelfer nach acht endlosen Stunden Wehen zu mir. »Sie können jetzt pressen.« Er befestigte die Haltegurte. Ich spürte, wie Paul sanft meinen Nacken drückte, als Baby Williams Kopf zum Vorschein kam.

»Möchten Sie noch ein paar letzte Worte sagen?«, fragte Direktor Richards, nachdem ich auf die Edelstahlbahre gelegt und festgeschnallt worden war. Dabei massierte er seine Nasenwurzel. Ich hörte jemanden vom Wachpersonal schniefen und sah Ms Liz ein Taschentuch an die Augen führen. Dann drehte ich meinen Kopf, um Sophie ein letztes Mal anzusehen. Sie saß zwischen Ben und Thomas, und ich wusste, dass sie gut aufgehoben war. Mit den Lippen formte ich lautlos die Worte, die ich schon unzählige Male zu ihr gesagt hatte: *Ich hab dich lieb.*

»Nein«, antwortete ich dem Direktor ruhig. Denen, auf die es ankam, hatte ich alles gesagt.

Ich sah zur Decke hinauf und zählte die Kacheln. Etwas Warmes sickerte in mich hinein und füllte meine Adern. Ich schloss die Augen und tat das Einzige, das mich beruhigte, wenn ich es an diesem Ort nicht mehr aushielt: Ich stellte mir die Gesichter vor, die sich in mein Herz eingeprägt hatten.

Epilog

Ein Haufen aus gelben und rotbraunen Ahornblättern bewegte sich raschelnd im Herbstwind. »Max! Max, komm raus, wo du auch steckst«, rief Thomas.

Nachdem er eine Zeitlang so getan hatte, als hätte er keine Ahnung, wo Max sich verbarg, ließ Thomas sich direkt neben den kichernden Jungen in das tanzende Laub fallen.

Kurz nach Gracies Geburt hatte Mindy angerufen und Sophie mitgeteilt, dass Max wieder da war. Seine Mutter hatte ihn auf der Kinderstation abgeladen, als ihr seine Pflege zu viel wurde. Thomas sah, wie Sophies Gesicht aufleuchtete, als sie mit der Freundin telefonierte. »Komm, besuchen wir unseren Jungen«, hatte er gesagt, sobald sie aufgelegt hatte.

Sophie saß auf einer Parkbank, sog den Geruch des Herbstlaubs und ihres warmen Apfelmosts in sich auf und ließ die Gesichter, die sie umgaben, nicht aus den Augen. Die sechs Monate alte Gracie lag zufrieden neben ihr in ihrem Sportwagen. Ihr blonder Lockenschopf war durch ein schneeweißes Mützchen mit hellrosa Lammohren, das Ben ihnen zur Geburt geschickt hatte, gegen den kühlen Wind geschützt.

Ich glaube, das wird ihr gefallen, hatte er auf die Glückwunschkarte gekritzelt.

Sophie beugte sich vor und küsste ihre schlafende Tochter. Dann tauchte sie den Arm tief in die Windeltasche und zog ihr Tagebuch mit dem abgenutzten braunen Ledereinband heraus. Auf der vorderen Umschlaginnenseite stand mit Hand geschrieben ein Gebet in Anlehnung an den 91. Psalm. *Vater, danke, dass ich bei dir sitzen darf und du mir zuhörst, wenn ich dir von meiner Gracie und meinem Max erzähle. Ich vertraue dir meine Kinder an. Ich weiß, dass du mit deinen liebend ausgestreckten Armen über sie wachst und sie beschützt und sie vollkommen sicher sind …*

Danksagung

An Lauren Lo Pinto, Sofie Brooks und das ganze Team bei Putnam: Danke dafür, dass ihr diesem Roman ein Zuhause gegeben habt. Es bedeutet wirklich die Erfüllung eines Traums für mich, mit euch zusammenzuarbeiten.

An Jill Marsal von der Marsal Lyon Literary Agency: Sie stehen ganz oben auf meiner Liste aufregender Telefonate. Große Dankbarkeit dafür, dass Sie mich vertreten und sich dieser Geschichte angenommen haben.

An meinen Mann Greg: Ich habe darum gebetet, jemanden zu finden, den ich mein Leben lang lieben kann. Ich bin sehr dankbar dafür, dass ich dich getroffen habe.

An Taylor, Lukas, Gracie und Olivia: Ihr spielt in den bedeutsamsten Momenten meines Lebens eine Rolle. Ich hoffe, ihr merkt, wie mein Gesicht aufleuchtet, wenn ihr ins Zimmer kommt. Tut das auf dieser Welt, wozu ihr und nur ihr geschaffen worden seid. Ich bin wahnsinnig glücklich, eure Mutter sein zu dürfen.

An Mom, Dad und meine kleine Schwester Tonya: Ihr habt bewirkt, dass mir unser kleines Haus mit nur zwei Schlafzimmern und einem Bad wie ein Schloss vorkam. Danke dafür, dass ihr mich immer in die richtige Richtung gelenkt und mir beigebracht habt, meine Nächsten zu lieben. Ich hätte mir nicht mehr wünschen können.

An Scottie Barnes (www.forgivenministry.org): Es ist ein seltenes und unschätzbares Geschenk, jemandem zu begegnen, der sich so aufopfernd um andere kümmert wie du. Dein Glaube, dein Mut und deine Tapferkeit spornen mich dazu an, mehr zu tun und besser zu werden. Danke, dass ich mich dir und deinem Team von »Forgiven Ministry« anschließen durfte. Ihr bewirkt unglaublich viel für Kinder mit inhaftierten Elternteilen.

An Caitlin Alexander und Susanne Scheppmann: Eure ermutigenden Worte haben mir das nötige Selbstvertrauen gegeben, um weiterzuschreiben. Euer Ansporn kam stets im richtigen Moment. Danke dafür, dass ihr mir mit eurer Stimme geholfen habt, meine eigene zu finden. Ich bin euch ewig dankbar.

Zum Schluss, aber nicht minder erwähnenswert: Ich danke den Leserinnen und Lesern von *Du in meinem Herzen*. Es ist ein Privileg, Geschichten für andere schreiben zu dürfen, und ich bin glücklich und beschämt, dass Sie sich die Zeit genommen haben, meine zu lesen.